the 마니 끌래유

The 마니끌레유

초판 1쇄 찍은 날 § 2006년 4월 26일
초판 1쇄 펴낸 날 § 2006년 5월 6일

지은이 § 김은아
펴낸이 § 서경석

편집장 § 문혜영
편집책임 § 이종민
편집 § 한지윤

펴낸곳 § 도서출판 청어람
등록번호 § 제1081-1-89호
등록일자 § 1999. 5. 31
어람번호 § 제5-0092호

주소 § 경기도 부천시 원미구 심곡1동 350-1 남성B/D 3F (우) 420-011
전화 § 032-656-4452 팩스 § 032-656-4453
http://www.chungeoram.com
E-mail § eoram99@chollian.net

ⓒ 김은아, 2006

ISBN 89-251-0089-4 03810

The 마니 끌레유

· 김은아 지음 ·

도서
출판
청람

목 차

프롤로그
청천벽력

'**아**무래도 속은 것 같아.'

지율은 숫자 하나 기입이 안 된 장부와 텅 빈 금고를 바라보며 아연실색했다. 청력에 문제가 없었다면 미용실을 넘겨준 전 원장의 말대로 평일엔 사십만 원, 주말엔 칠십만 원 정도 되는 돈이 금고 안에 채워져 있어야 했다. 그런데 사천 원은커녕 단돈 사십 원도 없는 상황이었다. 지율은 혹시 금고에 구멍이라도 난 게 아닌가 싶어 재차 확인을 해보았다. 그래도 결과는 좀 전과 마찬가지였다.

뒷골이 심하게 땅긴 지율은 목구멍을 타고 올라오는 신음을 괴롭게 삼키며 카운터 모서리를 세게 움켜잡았다. 그러지 않으면 심장을 정통으로 맞은 짐승처럼 손을 든 채 그대로 나가동그라질 것만 같아서였다. 혈압이 높아지기 시작하면서 건강에 적신호가 켜지기 일보 직전이었다.

'오늘만 이러면 말도 안 해.'

미용실을 인수한 이후 내내 곤두박질치던 매상이 오늘 최악을 기록했다. 지율은 이 끔찍한 사실에 눈앞이 하얘졌다 까매지기를 반복하더니 이내 진공인 상태가 되어버렸다.

'이 일을 어쩌지? 애당초 이런 사업에 뛰어드는 게 아니었는데……. 너무 무모하고 어리석었어. 아아, 이 사태를 어떻게 해결하지? 당장 대책을 강구해야만 해!'

두 주먹을 불끈 쥔 지율은 벽에 걸린 시계를 향해 날카로운 눈빛을 날렸다. 정확히 밤 아홉 시였다.

"퇴근합시다!"

지율의 말이 끝나기가 무섭게 최 선생과 혜정, 그리고 은영이 소파에서 엉덩이를 떼고 탈의실로 후닥닥 들어갔다. 마치 가시방석에서 벗어날 수 있음에 감사하듯이. 사실 직장 내에선 오너의 컨디션에 따라 월급쟁이인 직원들의 기분도 좌지우지되는 게 일반적이지 않는가. 그들이라고 해서 자이로드롭만큼 빠르게 바닥을 치는 미용실 형편을 모르거나 심기 불편한 오너의 마음을 읽지 못한 건 아니었다. 오히려 오너가 망연자실하는 동안 눈칫밥을 배터지게 먹고 곧 다가올지도 모를 어두운 미래, 즉 정리해고에 대한 두려움으로 전전긍긍해야만 했다. 그런 그들에게 퇴근하자는 소리는 구원의 종소리나 다름없었다.

"우리 이러다 잘리는 건 아닐까요?"

주위 사람들의 애간장을 태울 만큼 말귀가 어둡고 기술 익히는 속도가 느려 터진 스물두 살의 은영이 느낄 정도라면 아주 심각한 상황임이 분명했다.

　"우리? 설마 기술도 없는 원장님이 우릴 다 자르겠어? 내가 볼 땐 말이지, 한 사람 정도만 자르면 될 것 같은데……. 아마도 네가 제일 유력한 후보가 아닐까?"

　동갑내기이지만 직급이 위인 혜정이 은영의 심장을 사정없이 뒤흔드는 말을 했다. 은영은 혜정의 잔인함에 작은 눈과 입을 최대한 크게 뜨고 벌렸다. 낮에 혜정이 좋아하는 딸기우유를 사준 게 분할 정도로 후회가 됐다.

　"어, 어, 어째서?"

　"솔직히 네가 할 줄 아는 게 뭐 있냐? 손님들 머리나 감겨주고 뒤에서 파지, 고무줄이나 집어 주는 게 다인데. 굳이 우리 셋 중에 고른다면 너 아니겠어?"

　은영은 얄밉게 쫑알거리는 혜정의 입에 머리카락 한 움큼을 처 넣고 싶은 심정으로 이를 바드득 갈았다.

　"최 선생님도 그렇게 생각하시는 거예요?"

　은영은 혜정보다 인생을 삼 년 더 산 최 선생이라면 달라도 뭔가 다를 거란 기대감을 가지고 화살을 돌렸다. 하지만 옆에서 조용히 옷을 갈아입던 최 선생은 뭐라 할 말을 찾지 못하고 어물어물할 뿐이었다.

　"글쎄……."

　"말도 안 돼! 매일 밥 먹듯이 지각하고 청소하기 싫어서 뺀질거리는 인간을 놔두고 날 자른단 말이에요?"

코 평수를 최대한 넓혀 황소바람을 내뿜는 은영이 혜정에게 날카로운 칼을 꽂듯 시선을 옮겼다. 그에 당혹한 빛이 역력한 혜정이 입을 떡 벌렸다.

"너 지금 그거 나 들으라고 하는 소리지."

"왜? 찔려?"

"야! 유은영!"

"왜! 전혜정!"

어디 한번 덤벼보란 식으로 뻗대는 곰과 당장이라도 날카로운 손톱을 날려 상대방의 낯짝을 휙 하고 할퀼 것처럼 두 손을 번쩍 든 여우는 바로 한 시간 전만 해도 서로 죽고 못산다고 했던 단짝, 은영과 혜정이었다.

"이러지 마. 원장님 심기도 안 좋으신데!"

한바탕 전쟁이 벌어질 것을 염려한 최 선생이 낮은 목소리로 질책을 하면서도 눈물을 글썽거렸다. 은영과 혜정은 눈물의 여왕인 최 선생이 울면 사태가 더욱 심각해질 수 있다는 사실을 알기에 그저 콧방귀를 요란하게 뀌고 서로를 외면하는 것으로 말싸움을 마무리했다.

한편 지율은 길 건너 즐비한 가게들 중 불 꺼진 부동산 중개소와 질긴 눈싸움을 하고 있었다. 머리는 백만 개의 바늘이 꽂힌 듯 몹시 쑤시고 가슴은 묵직한 돌을 얹어놓은 것처럼 답답하기만 했다. 지율은 내일 부동산 중개소에 가서 미용실을 다시 되팔면 얼마나 받을 수 있는지 물어볼 생각이었다.

'이 불경기에 가게가 쉽게 빠질까? 나 같은 인간만 만나면 되는 데……'

지율은 감언이설로 꼬드긴 미용실 전 주인 흉내를 그대로 내면 가능할지도 모르겠다는 생각을 하면서도 양심을 파는 짓은 하고 싶지 않아 고개를 휘휘 저었다.

'나 살자고 다른 사람한테 그런 식으로 떠넘길 순 없잖아. ……그래도 하늘만 허락한다면.'

지율은 세상에서 가장 불쌍한 존재처럼 애처로운 눈빛을 하고 위를 올려다보았다. 그 누가 하늘이 푸르고 검다 했는가. 지금 지율의 눈엔 하늘이 그저 노랗게 보일 뿐이었다. 미용실 앞에 심겨진 나무에서 떨어지는 은행잎보다 더 샛노란 하늘. 그 하늘은 아무 말이 없었다.

'매정한지고!'

절망이 죽음에 이르는 병이 될 수도 있다는 생각을 하며 지율은 고개를 푹 떨어뜨렸다.

'에구, 모질지도 못한 년! 그러니 이 모양 이 꼴이지! 그러나저러나 이게 어떤 돈인데……. 우씨……'

지난 일들이 머릿속을 주마등같이 스쳐 지나갔다.

발단. 대학 졸업과 동시에 부모님 성화에 못 이겨 결혼을 하다.

전개. 채 일 년도 못 돼 이혼 도장을 찍고 홀로서기를 하기 위해 고군분투하며 일자리를 찾아 돌아다니다. 한마디로 반란을 일으켰다는 소리다.

위기. 극심한 불경기에 취업을 포기하고 창업을 선택하다. 기분

전환이나 할까 싶어 찾았던 미용실에서 '아무리 불경기라도 머리는 깎고 삽니다!' 라는 감언이설에 홀라당 넘어가 미용실을 인수하다.

절정. 거의 망하기 직전이다.

결말. 눈앞이 캄캄하다!

파란만장하다고 해도 과언이 아닌 과거가 한 편의 영화가 되어 지율의 눈물샘을 자극했다. 미용실 전 주인 말대로라면 이 년 안에 투자한 돈을 다 회수하고, 그 다음부터는 돈방석이 아니라 돈침대에 눕기만 하면 된다는데 그럴 기미는 전혀 보이지 않았다. 오히려 기존의 단골들까지 주인이 바뀐 걸 알고 발길을 돌리니 깡통 차고 길바닥에 나앉는 일이 더 빠를 것 같았다.

'아아, 이대로 가다간 결국 파산하고 말 거야! 나 어떡해?'

머리를 쥐어뜯고 비명을 지르고 싶은 심정으로 지율은 눈물을 글썽였다. 사실 지금이라도 재력 빵빵한 부모님께 모든 과오를 털어놓고 낯가죽 두꺼운 빈대처럼 붙어먹고 살아도 되지만 지율은 남은 인생을 그렇게 살고 싶진 않았다. 이혼녀라는 꼬리표까지 달았는데 애물단지, 골칫덩어리, 사고뭉치라는 말까지 들어가며 구질구질하게 살 순 없었다.

'어떻게 해서라도 떳떳하고 당당해져야만 해!'

지율은 입을 앙다물고 손톱이 살에 파고들 정도로 두 주먹을 꽉 쥐었다.

'김지율! 파이팅!'

굳게 마음을 먹은 지율은 직원들과 함께 미용실 밖으로 나왔다.

그때였다. 여러 장의 전단지가 바람결에 팔랑거리며 날아들었다. 그중 한 장이 혜정의 얼굴에 철썩 달라붙었다.

"에이, 누가 이딴 걸 뿌린 거야?"

신경질적으로 얼굴에서 전단지를 떼어낸 혜정은 과태료를 물게 될 범인이 누군지 알아내고야 말겠다는 신념의 낯빛을 하고 전단지의 내용을 살폈다.

"까악!"

뭘 발견했는지 혜정이 날카롭게 비명을 내질렀다.

"왜요? 뭔데 그래요?"

지율은 사색이 된 혜정에게 다가가 전단지를 받아 들었다. 그리고 이내 지율도 두 손을 덜덜 떨어대며 금방이라도 기절할 것 같은 얼굴을 했다. 손에 든 전단지가 낙엽처럼 팔랑팔랑 떨어져 바람결에 날아가 버렸다.

"마, 마, 말도 안 돼! 이런 법이 어디 있어!"

은영과 최 선생이 냉큼 땅바닥을 굴러가는 또 다른 전단지를 주워 들고 내용을 확인했다.

"나금자 미용실 오픈. 국내 최고의 헤어디자이너가 국내 최저가로 최고의 서비스를 해드립니다! 피부 관리와 네일아트까지 한곳에서 편하게……. 어머, 신기하다! 예전 원장님 이름하고 똑같네? 위치도 길 건너 새로 지은 건물이고 말이야! 그럼, 저기 인테리어하고 있는 데가 새로 생기는 미용실인 거였어? 되게 크게 열 생각인가 보다!"

은영이 마냥 신기하다는 듯이 떠들어댔다. 옆에 있던 혜정이 눈을 찡긋찡긋하며 은영에게 눈치를 주었다. 하지만 은영은 혜정의 행동을 이해할 수가 없어 어리벙벙한 표정을 지었다.

"너 눈에 뭐가 들어갔냐? 왜 자꾸 깜박거려?"

혜정은 눈치가 제로에 가까운 은영을 보고 인상을 찡그리다가 마침내 복장 터져 죽겠다는 듯 소리를 질러댔다.

"이 바보야! 넌 거기에 실린 사진을 보고도 몰라? 예전 원장님 맞잖아!"

"뭐? 이 사진이 그분이라구? 와, 이거 완전히 조작에 구라다! 너무 예쁘게 나와서 딴사람인 줄 알았잖아! 그런데 왜 그분이 저기에다 미용실을 여시는 건데? 캐나다로 이민 간다고 하셨잖아."

혜정이 은영의 머리통을 한 대 쥐어박았다.

"넌 상황파악이 그렇게 안 돼? 그분이 저 건물 사서 미용실 새로 차리시는 거라구!"

"그러니까 왜? 이민 가신다는 분이 왜 저기에다……"

"어이구! 이 답답아! 내가 너 때문에 답답해서 미친다!"

친구의 머리통을 갈긴 것도 모자라 혜정은 자신의 가슴을 마구 쳐댔다.

"이게 은근히 사람을 무시하네! 야! 전혜정! 잘 알아듣게 설명해 주면 어디가 덧나?"

"이 인간의 탈을 쓴 유인원아! 그렇게 머리가 안 돌아가니?"

"뭐, 유인원? 감히 우리 아버지 함자를 거들먹거려?"

"그만 해!"

은영과 혜정이 또 한바탕 소란을 피우려 하자 최 선생이 눈물을 글썽이며 버럭 소리를 질렀다. 하지만 소란스런 분위기에서도 지율은 이 순간 아무 소리도 들리지가 않았다. 청천 하늘에 날벼락을 맞은 사람처럼 속은 새까맣게 타 들어갔고 머리는 고장이 난 전화처럼 먹통이 되고 말았다. 눈앞이 캄캄해진다 싶더니 샛노래졌다. 하지만 단 한 가지 분명하게 깨달은 사실이 있었다. 그것은 바로 아주 보기 좋게 사기를 당했다는 거였다. 그것도 아주 합법적으로.

'이런, 제길!'

'여자의 이름, 김지율. 나이, 스물여섯. SG전자 이사의 아들과 결혼을 했다가 얼마 전 이혼을 하고 독립함. 사회경험 없이 가족들 몰래 미용실을 인수함.'

전화 내용은 대충 이러했다. 준우는 골치가 아프다는 표정으로 차창 너머 미용실을 바라보았다. 규모는 꽤 크지만 오래된 흔적이 역력한 곳이었다. 할 일이 없어 연신 하품을 해대던 직원들과 망연자실한 표정을 지었던 김지율이란 여자가 퇴근을 하기 위해 미용실 문을 닫고 있었다.

준우는 핸드폰을 통해 들려오는 말에 또 한 번 어이가 없다는 듯 눈살을 찌푸렸다. 여자가 아파트를 담보로 거액의 돈을 대출받아, 거의 망한 거나 다름없는 미용실을 사들였다는 얘기였다.

"미친 거 아냐? 세상물정을 몰라도 그렇지 어떻게 저걸, 어휴!"

준우는 전화를 건 사람의 기분을 전혀 고려하지 않고 한심하다는 듯이 빈정댔다. 아니나 다를까, 퉁명스런 말이 귓전을 때려왔다.

[살아온 인생 자체가 화이트인 애야!]

"화이트? 백치라는 거지?"

[감언이설로 꼬드긴 미용실 전 주인이 나쁜 거지, 걔가 무슨 잘못이 있어! 그나저나 네놈의 말투 은근히 기분 상한다.]

"아무리 이해하려 해도 미스터리잖아. 도대체 미용에 대해 아는 게 뭐가 있다구 썩은 고기를 덥석 물어?"

준우는 트러블메이커인 여자가 바로 앞에 있기라도 하듯 훈계조로 뇌까렸다.

[그러니까 내가 이렇게 사정하잖아. 도와줘.]

"사정은 침대에서나 해. 엄한 사람 괴롭히지 말고."

준우는 억지와 협박에 가까운 부탁을 한 사람에게 한껏 비아냥거렸다.

[민준우!]

상대는 이름을 한 번 부름으로써 많은 걸 요구하고 있었다. 더 이상 말장난하지 말고 진지하게 대화에 응해줄 것과 한때 절실하게 도움이 필요했을 때 손을 내밀어준 게 누구였는지 다시 한 번 생각해 볼 것에 대한 요구였다. 준우는 한발 물러서는 기미를 보이며 중얼거렸다.

"그놈의 인연이 뭔지."

준우는 연이어 말을 이어나갔다.

"어떻게 도와주면 되는 건데?"

[미용실을 포기하게 해줘. 아니면 잘해 나갈 수 있도록 도와주

든지.]

"돌아가시겠다. 반란을 진압하겠단 소리야, 아니면 성공하도록 지원을 하겠다는 소리야?"

준우는 상반된 내용의 애매모호한 부탁을 하는 상대에게 입장을 확실히 할 것을 요구했다.

[내가 돈 줄 테니 네가 가서 인수하겠다고 해.]

"내가 인수해서 꿀꺽 삼켜도 되는 거냐?"

하도 어이가 없어 농담으로 던진 말이었다.

[그래, 너 가져라.]

준우는 그 말이 농담이 아니라 진심이라는 걸 알고 버럭 소리를 질렀다.

"미친놈! 돈이 썩지? 차라리 내가 숟가락으로 땅 파서 미용실 주저앉혀 버린다!"

[민준우, 넌 한다면 하는 놈이니까 할 수 있어. 꼭 그렇게 해줘. 내가 숟가락 비용 대주마.]

"ㄱ 숟가락으로 네 무덤 파주기 전에 입 닥쳐라."

준우는 진심이든 농담이든 이 골치 아픈 상황에선 뭐든 반갑지가 않아 쏘아붙였다.

[민준우, 부탁한다. 꼭 좀 도와주라.]

"그런데 아예 뿌리를 뽑지, 잘해 나갈 수 있도록 도와주라는 건 또 무슨 꿍꿍이속이냐?"

전화가 끊긴 게 아닌가 하는 의심이 들 정도로 몇 초간 아무 말도 들리지 않았다.

[몸 고생 마음고생 하는 거 원치 않아서 포기하게 해달라고 한 거야. 하지만 굳이 그렇게 밀고 나가겠다면 드러나지 않게 돕고 싶어. 난생처음 스스로 내린 결정이거든.]

진심의 깊이를 가늠할 수 있는 말에 준우는 입을 다물 수밖에 없었다.

"어느 쪽을 선택하든 나한텐 모험인 거 알지?"

[안다.]

"기술과 경영 노하우를 습득하게끔 만드는 일은 쉽지도 않을뿐더러 시간과의 싸움이다. 단기간에 이루어질 일이 절대 아니지. 기술은 둘째치고라도 경영은 타고난 장사꾼이 아니면 힘든 거 너도 알 거다."

준우는 설명을 하면서 점점 빠져나갈 구멍이 좁혀지는 듯한 기분이 들었다.

"특히 서비스 업종은 언변도, 처세도 뛰어나야 하고 무엇보다도 탁월한 리더십이 필요해. 기술없는 주인은 자칫 잘못하면 직원들한테 휘둘리고 골치도 많이 썩어. 이런 경우엔 옆에서 보좌해줄 사람이 있어야 하는데……."

준우는 자기보다 더 적격한 사람이 없을까 하고 머리를 굴려보았다. 하지만 여자 주변엔 그런 역할을 맡아줄 가족이나 지인이 없었다. 국내에서 이름만 대면 알 정도의 기업을 운영하는 아버지와 후계자 수업을 받는 오빠, 그 두 사람이 버는 돈으로 보란 듯이 사회복지에 기여하는 어머니까지 돈으로 해결했으면 했지 결코 이런 분야에 뛰어들 계층의 사람들이 아니었다.

준우는 결국 자신밖에 그 일을 맡아줄 사람이 없음을 깨닫게 됐다.

'이런, 제길!'

준우는 속으로 욕설을 내뱉고 말을 계속해 나갔다.

"차라리 포기하게 만드는 게 낫겠다."

[네 선택이 어느 쪽이든 전적으로 믿으마.]

"생각할 시간 좀 줘. 미용실이 안 된다고 당장 어떻게 되는 건 아니니까."

[그래, 알았다.]

준우는 전화를 끊고 미용실 앞에서 우왕좌왕하는 지율과 직원들을 바라보며 한동안 고민에 빠졌다.

"골치 아픈 여자군."

제1장
유구무언

'**사**람들이 술 먹을 돈은 있고 머리 할 돈은 없나!'

새까맣게 탄 속, 열불이 나는 속이라 이 순간 제일 간절한 것은 시원한 맥주였다. 그래서 찾아간 곳이 길 건너 호프집이었다. 그런데 그곳은 최악의 매상을 기록한 미용실과 달리 꽤 넓은 실내임에도 불구하고 문전성시를 이루며 대박을 터뜨리고 있었다. 한마디로 쪽박을 찬 사람에겐 염장 그 자체였다.

지율은 빈자리를 찾아 들어가면서 이발할 때가 지난 아저씨, 파마가 풀린 아줌마, 염색이 필요한 아가씨를 보고 먹잇감을 찾아낸 사자처럼 눈을 번득였다. 큼직한 충격을 애피타이저로 먹었더니 이젠 사람이 돈으로 보이기까지 했다.

'그런데 요즘 조류독감 때문에 폐업하는 가게들 많다고 하지

않았나? 그런데 여긴 왜 이래? 왜 이 가게만 유독 돈을 긁어모으는 거냐구?'

지율은 약으로 해결 안 될 배를 움켜잡고 마지막으로 하나 남은 빈자리에 앉았다. 함께 온 직원들도 침울한 표정으로 뒤따라와 자리에 앉았다.

"미용실 식구들이 오랜만에 오셨네요?"

한 남자가 인사를 건네며 다가왔다. 지율은 갑자기 나타난 남자를 보고 얼떨떨한 표정을 지었다. 지팡이만 들고 있지 않을 뿐이지 중절모자, 콧수염, 그리고 모닝코트를 입은 남자는 누가 봐도 찰리 채플린이었기 때문이다.

'오늘 코스프레(costume play) 행사에라도 다녀온 아저씬가? 아니면 혹시 이런 차림으로 장사를 하는 게 대박의 비결? 이렇게 해서 대박을 터뜨릴 수만 있다면 난 당장 내일부터 마이 프레셔스(My precious)를 외치는 골룸이 될 수도 있는데!'

지율은 속으로 연신 구시렁거렸다.

"찰리 아저씨, 안녕하세요?"

호프집의 단골인 직원들은 아주 자연스럽게 남자를 찰리 아저씨라 불렀다.

"혹시 이분이 새 원장님?"

지율은 아직도 '원장님'이란 호칭이 낯선지 머뭇거리다 자리에서 일어나 고개를 숙였다.

"안녕하세요. 처음 뵙겠습니다."

"네, 안녕하세요. 그런데 미용하실 분처럼 생기진 않으셨네요."

관상으로 사람의 직업을 판단할 줄 아는 능력을 소유한 게 소문이 나서 사람들을 끄는 것일지도 모른다고 엉뚱한 추리를 한 지율은 남자에게 희미한 미소를 지어 보였다.

"찰리 아저씨도 호프집 사장님처럼 생기지 않으셨어요. 그리고 우리 원장님은 머리 안 하세요."

혜정의 말에 남자가 걱정스럽다는 듯 눈살을 찌푸렸다.

"주인이 기술없으면 힘들 텐데……."

정곡을 찌르는 노련함에 지율은 감탄해 마지않은 낯빛을 했다. 차라리 미용실 차릴 돈으로 이 아저씨에게 수업료 내고 대박 내는 노하우와 사람을 정확하게 꿰뚫어 보는 눈을 전수받을 걸 하는 후회까지 했다.

여기저기서 주문을 하려는 사람들이 벨을 눌러대자 남자의 손길이 바빠졌다.

"주문하시겠어요?"

지율은 자리에 다시 앉으며 직원들에게 선택권을 넘겼다.

"잘 드시는 걸로 시키세요."

직원들은 생각할 필요도 없다는 듯 한목소리로 주문을 하기 시작했다.

"숯불 바비큐 치킨 반 마리, 양념 치킨 반 마리, 맥주 이천이요."

"오케이! 그리고 특별서비스 계란찜 푸짐하게요!"

화통한 목소리로 주문서를 작성한 남자가 급한 걸음으로 자리를 떠났다.

지율은 목을 길게 빼고 분명히 이 안에 존재할 대박의 비결을 캐내기 위해 주위를 죽 둘러보았다. 문턱이 닳도록 밀려드는 손님들로 호프집은 와자지껄했고 들썩들썩했다. 개중엔 자리가 없음을 아쉬워하며 발길을 돌리는 손님도 있었다. 지율은 비결을 찾아내기도 전에 부러운 마음이 들어 어깨가 축 늘어졌다. 찌그러진 주전자가 된 기분이었다. 그 모습을 지켜보던 최 선생이 조심스럽게 입을 열었다.

"원장님, 미용실이요, 이대로 가다간 곧 문 닫아야 해요. 도대체 무슨 생각으로 미용실을 인수하신 거예요? 미용하는 사람들도 요즘 같은 불경기엔 다들 꺼려하는데……."

"그러게요."

이제껏 말은 못하고 속만 끓였던 지율은 자신의 심정을 헤아려 주는 최 선생이 고마워 눈물을 글썽였다.

"게다가 예전 원장님께서 도의적으로 하시면 안 될 일까지 벌이셨으니, 앞으로 어쩌실 생각이세요? 기존 손님들까지 그쪽으로 몽땅 옮겨갈 게 불을 보듯 뻔한데……. 저희들은 원장님 도와드리고 싶어요. 장사가 안 돼서 저희를 자르셔도 할 말은 없지만요."

"가위도 없고 기술도 없는 제가 자르긴 뭘 자릅니까?"

지율은 그런 가위가 있다면 먼저 순진한 사람의 간을 빼먹고 등을 친 전 원장 나감자인지 나금순인지 하는 여자를 가루가 될 때까지 아주 싹둑싹둑 잘라 버릴 거라고 마음먹었다. 그리고 이 나라를 어렵게 한 놈들과 자신의 인생을 어둡게 한 전남편까지. 지율은 대성통곡을 하고 싶은 심정과 지푸라기라도 잡고 싶은 심정으로 직원들에게 애원했다.

"도와주세요. 저보다 여러분들이 이 방면으론 고수고 내공도 많이 쌓았을 테니 미용실을 살릴 수 있는 방법이 있으면 가르쳐 주세요. 적극적으로 검토하고 활용할게요."

구조조정이나 정리해고에 대한 두려움이 싹 가신 직원들은 놀란 가슴을 쓸어내리고 침체된 미용실의 원인을 분석하기 시작했다.

"미용실 주인이 바뀌었는데도 오픈 행사 하나 없이 어물쩍 넘어간 게 잘못이었어요. 전단지도 뿌리고 홍보도 열심히 했어야 해요."

"우리 미용실 가격이 다른 미용실보다 비싼 것도 문제예요. 오늘 손님이 왜 없나 싶었는데 이게 다 전 원장님이 뿌린 전단지 때문이에요. 싼 가격에 머리 하려고 다들 기다리는 거라구요."

"최 선생님 실력도 좋으시지만 더 강하게 어필이 될 수 있는 헤어디자이너를 영입하는 게 좋을 것 같아요. 아무리 시설이 좋고 서비스가 좋아도 기술이 부족하면 안 가게 되거든요. 아마 기술도 좋고 외모도 번듯한 남자 헤어디자이너가 있으면 동네 여자들이 다 몰려들걸요!"

"동네 여자들이 다 온다면 욘사마에 버금가는 남자 헤어디자이너를 영입해 보는 것도 고려해 볼 만하지만 그런 분이 과연 계실까요?"

직원들이 지적한 문제점을 하나라도 놓치지 않기 위해 귀를 바짝 세우고 듣던 지율이 질문을 던지자 직원들이 머리를 긁적였다.

"찾아보면 있겠죠?"

최 선생이 이왕이면 긍정적으로 생각하자는 식으로 말했지만 목소리는 매우 자신이 없었다.

그때 찰리 아저씨가 주문한 음식을 가지고 와 탁자에 올려놓았다.

"자, 세상에서 가장 맛있는 치킨, 가장 시원한 맥주, 가장 부드러운 계란찜입니다! 끝으로 이건 새 원장님을 위한 제 선물입니다. 미용실 잘되길 바랄게요."

남자는 마른안주를 가리키며 지율에게 싱긋 웃어주었다. 지율은 남자의 온정에 감동의 눈물을 쏟아낼 뻔했다. 아마 혜정이 다른 화제를 꺼내지 않았더라면 정말 그러고도 남았을 것이다.

"그런데 찰리 아저씨, 영국에 있다는 아드님은 도대체 언제 와요? 만날 자랑만 하시지 말고 만나게 해주세요."

혜정의 질문에 찰리 아저씨의 얼굴이 환해졌다.

"어이구, 우리 아들 귀국한 건 어떻게 알고 귀신같이 물어보는 거야?"

"정말요?"

직원들 모두가 손뼉까지 치며 뜨거운 반응을 보였다. 지율은 도대체 뭐라고 자랑을 했기에 저럴까 싶어 남자의 이십 년 전쯤의 모습을 상상하며 아들의 캐릭터를 그려보았다. 하지만 아무리 멋지게 표현을 하려고 해도 왜소한 체격의 남자는 일명 '비호감' 인물일 수밖에 없었다. 아버지를 닮아 성격이 아주 좋아도 저렇게 열광을 할 정도의 인물은 절대 아니었다.

"그러지 않아도 중이 제 머리를 못 깎는다고 내일쯤 내가 그 미용실로 보낼 생각이었어. 그때 실컷 구경하라구."

"네? 우리 미용실로 보내신다구요?"

남자의 말에 가장 놀란 사람은 최 선생이었다. 경악을 금치 못하고 내지르는 비명에 지율도 덩달아 놀라고 말았다. 손님 하나가 아쉬운 판이고, 중 머리 하나 빡빡 미는 게 뭐 그리 어려운 일이라고 그러는지 이해가 가지 않았던 것이다.

"최 선생이 실력 발휘 좀 해봐."

남자가 생글거리며 자리를 떴다. 최 선생은 목이 타는지 맥주가 든 피처를 들고 물처럼 벌컥벌컥 들이켰다. 그리고선 입을 떼고 중얼거렸다.

"차라리 대통령 머리를 자르는 게 낫지!"

남자의 아들이 달라이 라마 정도 되는 스님이라도 된단 말인가. 하지만 그럴 리는 만무했다. 점점 미궁으로 빠지는 분위기에 지율의 호기심과 궁금증은 더욱 증폭되었다. 울상이 된 최 선생은 연거푸 맥주를 들이켰다. 지율은 혜정과 은영에게 눈짓으로 왜 저러느냐고 물었다. 혜정이 잠시 안타깝다는 듯이 혀를 차더니 이유를 설명해 주었다.

"찰리 아저씨 아들이 헤어디자이너거든요."

그 설명만으론 부족하다는 듯이 은영이 말을 보탰다.

"예전에 한국에 있었을 땐 강남에 있는 유명한 미용실 점장이 었고, 얼마 전엔 영국 런던에 있는 비달사순(Vidal Sassoon)과 토니 앤 가이(Tony & Guy) 헤어 디자인 학교를 졸업했대요."

하긴 미용하는 사람한텐 그런 사람이 대통령보다 더 높아 보일 수도 있을 것이다. 최 선생은 내일 아예 출근을 안 할 작정인지 피처에서 입을 떼지 않았다. 지율은 아랫입술만 질근질근 씹으며 최 선생을 애처롭게 바라보았다.

"우리 미용실에도 그런 유능한 헤어디자이너 있으면 좋겠다. 소문 금방 나서 손님들 바글바글할 텐데."

혜정이 한숨은 내쉬며 말했다.

"월급 만만치 않게 줘야 할걸?"

"많이 준다고 해도 이런 동네에서 일하겠니? 팁은커녕 가격 깎기 바쁜 동네인데?"

"하긴 그래."

혜정과 은영의 대화를 듣던 지율이 궁금한 표정으로 끼어들었다.

"그런 사람은 얼마나 줘야 해요?"

"글쎄요, 기본급만 삼백만 원 정도?"

"사, 사, 삼백이요?"

지금 있는 직원들의 월급을 다 합친 것과 같은 액수에 지율이 깜짝 놀라며 되물었다.

"아마 그런 사람들은 퍼센티지로 받기를 원할 거예요. 손님들이 주는 팁까지 따지면 한 달에 천만 원 가까이 번다는 소리를 들은 적이 있어요."

은영까지 가세해 설명을 하자 지율은 눈과 입을 동그랗게 뜨고 벌렸다.

"처, 처, 천만!"

"이런 동네하고는 게임 자체가 안 돼요."

지율은 넋이 나간 사람처럼 멍하니 호프집 천장을 바라보았다. 그런 사람을 쓰는 미용실 원장들은 도대체 얼마를 버는지 계산을 해보려 해도 천정부지로 치솟을 것만 같은 숫자에 기가 질려 그저 입맛만 쩝쩝 다셔댔다.

"촬리 아더씨! 여기 술 돔 더 두세요! 꺼억!"

마침내 최 선생의 혀가 꼬일 대로 꼬이고 눈이 토끼처럼 빨개졌다.

"최 선생님, 무슨 술을 그렇게 급하게 드세요? 취하신 거 같은데 그만 드세요. 내일 일 어떻게 하시려구."

혜정이 비어 있는 피처를 들고 설치는 최 선생을 만류했다.

"괜타아, 괜타아, 나 하나도 안 튀했더! 원당님! 두고 보세요! 더도요, 이 다음엔 아두 잘나가는 헤어디다이너 될 거예요. 꼭, 꼭, 꼭……. 으음……."

최 선생이 피처를 든 채로 탁자에 고개를 처박고 정신을 잃었다.

'에구, 최 선생님! 그 야무진 꿈은 가상하지만 어쩌자고 이러는 게요. 쯧쯧…….'

지율은 속으로 혀를 차댔다.

"최 선생님! 최 선생님, 정신 차리세요!"

혜정과 은영이 최 선생을 흔들어 깨웠지만 이미 꿈나라로 간 사람은 영영 돌아올 생각을 하지 않았다. 이래 가지고 내일 미용실 문을 열 수 있을까 싶어 지율은 또 한 번 한숨을 길게 내쉬었다. 그저 암담하기만 했다.

"원장님, 최 선생님 회생불가능인데요? 어쩌죠?"

은영이 최 선생을 깨우는 걸 포기하고 지율에게 물었다.

"제 아파트로 가서 재우죠."

"제가 업을게요."

미용 대신 씨름 방면으로 나가도 꽤 괜찮을 것 같은 은영이 덩 칫값을 하겠다는 듯이 말하자 지율과 혜정은 최 선생을 부축해 은영에게 업혀주었다. 혜정이 짐을 챙기는 동안 지율은 계산을 하러 카운터 쪽으로 갔다.

"아니, 벌써 가시려구요? 그런데 최 선생은 왜 저렇게 된 거예요?"

고주망태가 된 최 선생을 발견한 찰리 아저씨가 깜짝 놀라 눈을 커다랗게 떴다.

"이게 다 찰리 아저씨 때문이에요!"

최 선생이 무거운지 은영이 숨을 헐떡거리며 외쳤다.

"나 때문에?"

남자의 눈이 더 이상 커질 수 없을 만큼 커졌다.

"그래요! 찰리 아저씨가 아드님 우리 미용실에 머리 하러 보낸다는 소릴 하셔서 최 선생님이 이 지경이 되신 거라구요!"

혜정이 호프집 사장을 질책하듯 말했다. 호프집 사장은 예상치 못한 일이라는 듯 코를 씰룩쌜룩 움직였다. 그 바람에 콧수염이 들썩거렸다.

"이것 참, 미안해서 어쩌나……."

늦가을 밤바람은 몸과 마음이 무거운 여자들에게 가혹할 정도로 상당히 쌀쌀하고 세찼다. 그 때문인지 미용실에서 도보 십 분 거리에 있는 지율의 아파트가 부산 가는 거리만큼이나 멀게만 느껴졌다. 아파트 단지 안으로 들어선 지율은, 최 선생의 무게를 이겨내지 못하고 배트작배트작 걷는 은영을 열심히 응원했다.

"많이 힘들죠? 조금만 더 가면 돼요."

그때였다. 지하주차장에서 차 한 대가 총알처럼 튀어나왔다. 차는 경비실 앞에서 거친 소리를 내며 멈춰 섰다. 밤이 깊은데 항의하듯 클랙슨까지 울려대며. 지율은 이게 무슨 일인가 싶어 눈살을 찌푸렸다.

차의 운전석 문이 벌컥 열리고 한 남자가 갖은 욕설을 내뱉으며 내렸다. 뚱뚱하고 얼굴에 심술딱지가 덕지덕지 낀 젊은 남자였다. 남자는 손에 든 종이를 거칠게 흔들어대며 고함을 질러댔다.

"어떤 새끼야! 내 차에 이따위 경고문을 붙인 자식이 누구야?"

그 소리를 들은 경비원들이 당혹감을 감추지 못하고 경비실에서 나오기 시작했다. 그들은 대부분 오십대 이상의 아저씨와 할아버지였다.

"무슨 일이십니까?"

"이거 누가 붙였어? 누가 붙였냐구!"

남자는 아버지뻘 되는 경비원들한테 반말로 대들었다.

'이런 썩어 문드러진 놈! 어따 대고 반말질이야!'

지율은 손을 꽉 말아 쥐면서 이를 빠드득 갈았다.

"제가 붙였습니다."

모자를 썼지만 희끗희끗한 머리가 다 가려지지 않은 경비원이
나섰다.

"경비실에 방문차량 신고를 하지 않고 하루 이상을 무단 주차
하셨기 때문에……."

말이 채 끝나기도 전에 남자가 경비원의 멱살을 덥석 잡고 마구
흔들어댔다.

"그래도 그렇지 누구 맘대로 이딴 걸 내 차에 붙여? 엉!"

지율의 두 눈이 쟁반만큼 커졌다. 동방예의지국에서 초등학교
만 졸업했어도 천인이 공노할 비인도적인 만행을 자행하진 않을
텐데, 천하의 둘도 없는 망나니가 힘없는 노인을 쥐고 흔드니 눈
이 돈 것이다.

"야! 그거 못 놔!"

겁도 없이 큰 소리를 낸 지율이 앞뒤 가리지 않고 맞붙은 두 사
람을 향해 돌진했다. 그리고 둘을 떼어놓기 위해 아등바등했다.

"이건 또 뭐야?"

망나니가 성난 멧돼지처럼 으르렁거렸다.

"나? 이 할아버지 손녀딸이다! 왜?"

지율은 이 정도의 거짓말은 하늘도, 이웃들도 눈감아줄 거라 생
각하며 망나니에게 사납게 대들었다. 망나니는 곧 머리뚜껑이 열
리고 뜨거운 김을 내뿜을 것만 같은 모습을 했다.

"넌 빠져! 너하고는 할 말 없으니까!"

망나니가 거칠게 지율의 가슴팍을 떠밀었다. 그 바람에 지율은 나가떨어지며 엉덩방아를 찧었다. 지율이 경악하며 얼른 두 손으로 가슴을 가렸다.

'저, 저, 저 망할 놈이 내 가슴을 만졌어! 가만 안 둘 거야!'

지율은 이를 바드득 갈며 오뚝이처럼 벌떡 일어났다. 그리고 두 주먹을 불끈 쥐고 망나니를 향해 달려들었다.

"이 나쁜 놈! 쓰레기만도 못한 놈!"

"이게 미쳤나!"

지율은 망나니를 샌드백으로 생각하고 주먹을 연타로 날렸다가 또다시 떠밀려 엉덩방아를 찧었다.

우연히 이 장면을 목격한 사람은 한둘이 아니었다. 그중엔 계속 지율의 뒤를 밟았던 준우도 끼여 있었다. 준우는 어이가 없어 피식 웃음을 터뜨렸다. 전혀 웃을 상황이 아닌데도 똥인지 된장인지 구분 못하고 몸부터 날리고 보는 저돌적인 지율 때문에 웃고 만 것이다. 그는 참으로 오랜만에 웃겨주는 지율에게 고마워해야 할지, 아니면 눈을 흘겨야 할지 알 수가 없었다.

'참 가지가지 하는 여자군. 답이 안 나온다, 답이 안 나와.'

준우는 더 이상 뒤에서 관망만 하고 있을 수가 없었다. 우선 저 무지막지한 멧돼지부터 처리를 해야겠다는 생각에 입을 열었다.

"이봐! 그만 하지 그래!"

"에이! 이건 또 뭐야?"

격분하는 망나니가 고개를 홱 돌렸다. 엉덩방아를 심하게 찧은 지율도 고개를 돌려 준우에게 시선을 꽂았다. 지율은 순간 입을 떡 벌렸다. 새로 등장한 준우의 키가 유난히 커서이기도 했지만 모델 같은 외모에 더 놀라서였다.

넓찍한 어깨에 닿을 듯 말 듯한 머리카락은 모스그린 색이고 최근 신세대들 사이에서 유행처럼 번져 나가는 샤기 커트를 해 가시처럼 삐쭉삐쭉 튀어나오고 헝클어진 듯 부스스해 보였다. 하지만 그런 면이 준우를 더욱 야성적이고 섹시해 보이게끔 했다. 전체적인 선이 굵직굵직하면서도 수려한 이목구비는 어디 하나 나무랄 데 없이 균형이 잘 잡혀져 있었다. 지율은 궁금한 얼굴로 준우를 주시하며 자리에서 일어났다.

준우는 망나니를 향해 천천히 다가갔다. 상대방의 기선을 제압하듯 부리부리한 눈에 힘을 팍 주고 전혀 긴장하거나 흥분하지 않는 모습으로 뚜벅뚜벅. 드라마나 소설에서 너무나 진부하게 표현된 스타일, 즉 까만 가죽점퍼에 긴 다리를 감싼 청바지를 입고 있었는데 그 모습이 망나니의 번드르르한 양복보다 더 위압적으로 보였다.

준우는 망나니를 아예 깔아뭉개고 지나갈 작정인지 걸음을 멈추지 않았다. 오히려 망나니가 겁에 질린 표정으로 주춤주춤 뒷걸음질하며 물러났다. 딴에는 애써 의연한 척 고함을 지르며.

"왜, 왜 이래?"

준우는 망나니와 거의 맞붙을 정도가 되자 걸음을 멈췄다. 그리고 날카로운 비수를 꽂듯 망나니의 눈을 뚫어지게 내려다보았다. 그럴 수 있을 정도로 준우는 망나니보다 키가 훨씬 컸다. 준우는 망나니의 기가 꺾일 때까지 꿈쩍없이 그 상태를 유지했다. 그리고 자신이 원하는 때가 되었다는 걸 알았을 즈음 비로소 입을 열어 말하기 시작했다. 심문을 하는 검사처럼 상대에게 낮은 목소리로 또박또박.

"몇 동 살아? 왜? 내가 반말하니까 기분 나빠? 차마 기분 나쁘단 소린 못하겠지?"

망나니가 마른침을 꿀꺽 삼킨 후 아까보다 훨씬 누그러진 목소리로 궁색한 변명을 늘어놓았다. 존댓말까지 써가며.

"저는 아니고, 부모님이 여기에 살고 계시거든요. 어제 와서 하룻밤 묵은 것뿐인데 차에 이런 경고문이 붙어 있으니 제가 화가 안 나겠어요? 저도 아파트에 살지만 이런 식으로 단속하지는 않는다구요. 기분 나쁘잖아요."

"어떻게 아파트마다 똑같아?"

준우는 전혀 흔들림없는 말투와 태도로 다시 물었다.

"차에 전화번호도 써놨다구요. 전화라도 해서 물어보면 좋잖아요."

망나니가 항의하듯 말하자 멱살을 잡혔던 경비원이 끼어들며 해명을 했다.

"제가 경고문을 붙이기 전에 분명히 전화드렸습니다. 핸드폰이 꺼져 있어서 연결이 안 된 것뿐이지."

"그래도 계속 전화를 주시고 이런 건 붙이지 말았어야죠."

억지도 이런 막무가내 식의 억지가 없다는 생각에 지율을 포함한 모든 사람들이 일제히 망나니를 향해 눈살을 찌푸렸다.

"당신, 눈 안 좋아? 한글 몰라? 저기 뭐라고 써 있어? '방문차

량은 반드시 신고를 해주십시오!' 라고 되어 있잖아. 당신이 먼저 해야 할 일도 하지 않고서 지금 누굴 탓하는 거야? 그리고 지금은 밤이야. 잠자는 사람도 있는 밤이라구. 어린애들도 이 시간엔 조용히 해야 한다는 것쯤은 알아."

갑자기 준우는 망나니의 멱살을 덥석 움켜잡았다. 망나니는 지레 겁을 먹고 눈을 휘둥그렇게 떴다.

"멱살 잡힌 기분이 어때? 엿 같지? 입장을 바꿔서 생각을 해봐. 당신 부모가 자식뻘 되는 놈한테 다짜고짜 멱살이 잡혀 험한 꼴을 당하면 좋겠어? 당신이라면 그냥 지나칠 수 있겠냐구? 사과해. 그럴 생각이 없으면 조용히 물러가든지."

제 버릇 개 줄까마는 문제를 일으킨 망나니는 준우의 손을 뿌리치고 반성하는 기색도 없이 투덜댔다.

"에이, 내가 여기에 두 번 다시 오나 봐라!"

망나니는 슬금슬금 꽁무니를 빼며 자신의 차로 가 올라타고선 굉음을 내며 사라졌다.

"이런, 호래자식!"

"나 원 세상에, 살다 살다 별 희한한 꼴을 다 보겠네!"

"에이, 쓰레기만도 못한 놈 같으니라구!"

"말세입니다, 말세!"

여기저기서 따끔한 질타가 쏟아져 나왔다. 이 소란스러운 분위기에서도 지율을 포함한 모든 구경꾼들은 문제를 깔끔하게 해결하고 영웅호걸이 된 준우에게 완전히 매료되어 있었다. 한결같은 말투, 침착한 태도, 카리스마 넘치는 표정은 보는 모든 이들의 가습 한복판에 대지진을 일으키기에 충분했던 것이다.

준우가 지율에게 시선을 돌렸다. 그 순간 숨이 턱 막힌 지율은 숨어서 뭘 훔쳐먹다 걸린 도둑고양이마냥 눈을 동그랗게 뜬 채로 굳어버렸다. 준우의 한쪽 입꼬리가 살짝, 아주 살짝 치켜올라 갔다 곧 내려왔다.

지율은 자신한테 보인 준우의 행동에 놀라 눈을 끔벅끔벅 감았다 떴다. 사람의 마음을 요상하게 흔들어놓는 준우의 행동에 기분마저 묘해진 것이다.

'저게 비웃음이야 뭐야? 그런데 왜 사람을 저렇게 빤히, 뚫어지게 쳐다보는 거야? 민망하게……'

그때 누군가가 다 죽어가는 목소리로 지율을 불렀다. 바로 최선생한테 깔려 거의 압사를 당할 것 같은 은영이었다.

"원…… 장…… 니임…… 저…… 죽…… 겠어요."

자신을 따라오던 세 여자의 존재를 새카맣게 잊고 있었던 지율은 비명에 가까운 소리를 내지르며 펄쩍 뛰어올랐다.

"어마나! 내 정신 좀 봐! 혜정 씨, 제 가방 좀 들어주세요. 제가 최 선생님 업을게요."

지율은 혜정에게 가방을 던져 주듯 하고 등을 돌려 몸을 구부렸다. 혜정과 은영이 최 선생을 건네주길 기다리며. 하지만 아무런 일도 일어나지 않았다. 지율은 궁금한 얼굴로 고개를 쓱 뒤로 돌렸다. 그리고 또다시 눈을 휘둥그렇게 뜨고 굳어버렸다. 영웅호걸이 최 선생을 번쩍 안아 들고 서 있었기 때문이다. 은영과 혜정도 난데없는 준우의 행동에 그저 당황한 표정만 짓고 있었다.

"앞장서요."

영웅호걸 준우는 고주망태를 안고 지율의 아파트를 아주 짧은 시간 방문한 후 돌아갔다. 하지만 세 여자의 마음에서 일어난 파문은 오랫동안 계속되었다. 세 여자는 들썽들썽한 마음을 가라앉히지 못한 채 영웅호걸이 나간 현관문을 말없이 응시하다 약속이라도 한 것처럼 소파에 나란히 앉아 넋이 나간 표정으로 상념에 잠겼다. 한참 후에 혜정이 귀신에 홀린 듯한 표정으로 느릿느릿 물었다.

"은영아…… 방금 그 남자…… 진짜 멋있지 않냐? 그렇게 안길 줄 알았으면 내가 고주망태가 돼서 쓰러져 버리는 건데……. 아쉽다."

"내 평생…… 연예인 빼고…… 평범한 민간인이 저렇게 멋있는 건 처음이야."

은영도 전염이 된 듯 풀린 눈을 하고 말했다.

"저런 남자랑…… 일주일, 아니, 딱 하루만 같이 살아봤으면…… 원이 없겠다. 몇 살쯤 됐을까?"

"글쎄, 한 스물여덟이나…… 서른 정도? 그런데 뭐…… 하는 남잘까?"

"글쎄다, 뭐 하는 남잘까? 결혼은…… 했을까?"

갑자기 혜정이 땅이 꺼져라 한숨을 쉬어댔다.

"결혼을 했든 안 했든 그게 우리랑 무슨 상관이겠어. 저런 남자한테 아직까지 여자가 없겠냐? 우리한테는 그저 눈요기나 해야 할 그림의 떡일 거야."

"네 말이 맞다. 그림의 떡…… . 오르지 못할 나무……."

은영도 시무룩한 표정으로 되새김질하듯 중얼거렸다. 옆에서 대화를 엿듣던 지율은 떨떠름한 표정을 지었다.

'그럼, 나한텐 보기만 해도 체할 떡, 오를 생각만 해도 척추가 부러질 나무겠네?'

그때 침실에서 뭔가가 빌빌 기어서 나왔다. 최 선생이었다. 금 방이라도 끔찍한 것을 게워낼 것처럼 울꺽울꺽하며.

"화장실 바로 뒤에 있어…… 요."

지율의 말이 다 끝나기도 전에 끔찍한 일이 벌어졌다. 상상도 하기 싫은 광경. 세 명은 아파트를 무너뜨릴 작정인지 드높은 비 명을 질러댔다.

"아아악!"

제2장
마이동풍

'알 아들었을 만도 한데 끈질기군.'

준우는 낯익은 번호를 띄우며 몸을 떨어대는 핸드폰을 못마땅한 듯 바라보았다. 준우는 어린아이처럼 보채는 핸드폰을 무시하고 소파에 몸을 깊숙이 파묻었다. 때마침 맞은편 대형 벽걸이 TV에서 마음속 깊이 파고드는 말이 흘러나왔다.

"인생은 초콜릿 상자에 있는 초콜릿과 같아요. 어떤 초콜릿을 선택하느냐에 따라 맛이 달라지듯이 우리의 인생도 어떻게 선택하느냐에 따라 인생의 결과도 달라질 수 있어요."

이미 여러 번 봤고, 볼 때마다 인상적이었던 영화 '포레스트 검프'의 명대사였다. 선택의 기로에 서 있는 상태라 그런지 그 말에 전적으로 동감이 되었다. 몸을 떨어대던 핸드폰도 이내 포기를 했는지 잠잠해졌다. 하지만 핸드폰은 일 분이 채 안 돼서 다시 몸을 떨어댔다. 영화에 몰입하기가 힘들어진 준우는 괴로운 듯 눈을 감고 낮게 한숨을 터뜨렸다.

'똑같은 말을 또 읊어줘야 하나?'

준우는 마지못해 핸드폰을 받아 들었다.

"그만 좀 하면 안 되겠니?"

[준우 씨! 어디야? 우리 좀 만나! 응?]

한때는 막무가내로 굴어도 사랑스럽게 보이고 수용이 됐던 여자의 목소리가 지금은 짜증만 자아냈다.

"달라질 게 아무것도 없는데 만날 이유가 있나?"

[나 지금 이혼 소송 중이야.]

준우는 그 사실을 이미 알고 있기라도 하듯 미동하지 않았다. 침착한 모습은 전혀 흐트러지지 않았다.

"그래서?"

[나, 준우 씨랑 다시 시작하고 싶어.]

여자의 뻔뻔스러움에 잠시 할 말을 잃은 듯 준우는 아무 말도 하지 않았다. 그런 그에게 여자는 더 성마르게 말을 해나갔다.

[사람 마음이 그렇게 간사한 줄 몰랐어. 그 인간, 조난사고로 하반신 불구가 되더니 정신이 번쩍 들었나 봐. 본처랑 애들한테 돌아가겠대.]

감쪽같이 양다리를 걸쳤던 여자였다. 이해득실을 따져 손해가 될 짓은 절대 하지 않는 여자였다. 인생에서 넘지 말아야 할 한계가 분명히 존재하는데도 세상에서 정한 이치 따위 신경도 쓰지 않고 과감하게 행동부터 하고 보는 여자였다. 한번 마음먹으면 목표물이 자신의 손아귀에 들어올 때까지 절대 포기하지 않는 여자였다. 준우는 자신이 이런 여자를 한때나마 사랑했었고 청혼까지 했다는 사실이 부끄러웠다. 뒤늦게야 여자가 속물이라는 걸 깨달은 게 한이 될 정도로 후회스러웠다.

"그래서 넌 나한테 다시 돌아올 생각인 거구?"

준우가 아무런 감정도 싣지 않고 무미건조하게 물었다.

[알아. 준우 씨가 어떤 기분일지 다 알아.]

'안다구? 알긴 네가 뭘 알아?

준우는 하마터면 이렇게 쏘아붙일 뻔했다. 사랑과 결혼은 별개라며 잔인하게 뒤돌아섰던 여자의 마음을 돌리기 위해 얼마나 애를 썼는지 모른다. 지옥과 다름없는 시간을 보냈던 그때의 일이 새삼 떠올라 준우는 속이 뒤집어졌다. 영국으로 떠남으로써 사랑의 종지부를 찍었던 준우는 이제 여자에게 더 이상의 미련도 남아 있질 않았다. 그래서 뒤늦은 여자의 연락에 짜증만 날 뿐이었다.

[준우 씨, 히여간 우리 만나서 말해. 웅?]

준우는 실내 공기가 답답하게 느껴졌다. 소파에서 몸을 일으켜 베란다로 향했다. 시원한 바람이 간절하기만 했다.

[내가 그리로 갈까?]

"그러지 마."

고주망태가 된 것도 모자라 끔찍한 피자 한 판까지 만들어낸 최 선생은 어느 정도 술이 깼는지 집에 가겠다고 고집을 피웠다. 하룻밤 묵어가지 못할 정도로 면목이 없었던 모양이다. 그나마 비위가 좋아 뒤처리를 해준 은영과 계속 코를 막고 헛구역질을 하며 베란다로 도망갔던 혜정이 그런 최 선생을 따라나섰다. 걱정이 돼서 차마 혼자 보낼 수가 없었던 것이다.

홀로 남겨진 지율은 집에 있는 모든 창문을 있는 대로 다 열어놓았다. 그리고 시큼하고 지독한 냄새가 가실 때까지 담요를 뒤집어쓰고 베란다에 쪼그려 앉아 창밖을 내다보고 있었다.

열어놓은 창문을 통해 싸늘한 밤바람이 들이치자 몸이 아쓱해졌다. 지율은 담요를 바짝 끌어당겨 옴츠러드는 몸을 감싸고 따뜻한 슬리퍼 안으로 발을 더 밀어 넣었다. 어두운 창밖으로 보이는 나무들이 이는 바람에 간헐적으로 몸을 흔들어대자 낙엽이 우수수 떨어졌다. 지율은 꽤 오랫동안 바깥 풍경을 바라보며 복잡한 마음, 깨질 것 같은 머릿속을 정리해 나갔다.

'아, 내 미용실! 아, 내 인생! 아, 난 어쩌면 좋아!'

그때 하늘에서 낯선 음성이 들려왔다.

"그러지 마."

'그러지 말라구요? 뭘요? 엥? 이 목소리는?'

지율의 눈이 의심스러운 듯 가늘어졌다. 하나님이나 천사의 음성은 절대 아니었다. 지율의 머릿속을 퍼뜩 스쳐 지나간 것은 영웅호걸의 얼굴과 목소리였다.

'에이, 설마……. 그 영웅호걸이 바로 위층에 산다구? 말도 안 돼.'

그리고 보니 지율은 바로 위층에 누가 사는지 알지 못했다. 이

사 온 지 꽤 됐지만 같은 라인 사람들과 부딪친 적이 거의 없어서였다. 지율이 사는 곳은 엘리베이터가 있기는 하나 오층밖에 되지 않는 계단식 아파트였다. 게다가 다른 라인과 다른 점이 있다면 그건 옆집이 없다는 거였다. 처음 집을 보러 왔을 때 지율은 그게 제일 마음에 들었다. 사생활을 노출시키고 싶지 않은 마음이 강했기 때문이다. 영웅호걸의 목소리가 또다시 들려왔다.

"해리야, 도대체 몇 번을 말해야 알아듣겠니? 모든 상황이 변했다 하더라도 나 너한테는 절대 가지 않아."

남자가 한국말도 모르는 해리 포터와 전화할 리는 없을 거라 생각한 지율은 귀를 안테나처럼 쫑긋 세우고 눈을 더 가늘게 떴다.

"나 그만 잊어. 더 이상 연락도 하지 마. 내 마음 변하지 않는다는 거 알 때도 됐잖아. 그만 끊는다."

곧 침묵이 찾아들었다. 밤바람에 낙엽이 우수수 떨어지고 뒹구는 소리만 들려왔다. 지율은 혹시라도 자신이 전화를 엿들은 걸 영웅호걸이 눈치챌까 봐 아무 짓도 할 수가 없었다.

그때 라이터 켜는 소리가 들린다 싶더니 독한 담배 냄새가 코끝에서 느껴졌다. 바람까지 휙 불자 영웅호걸이 내뿜은 담배 연기가 바람을 타고 내려와 지율의 얼굴로 확 끼쳤다. 지율은 담배의 독한 냄새와 연기 때문에 자기도 모르게 기침을 하고 말았다.

"콜록, 콜록."

지율은 자신의 기침 소리에 스스로 놀라 손으로 자신의 입을 때리듯 막고 벌떡 일어났다. 이 자리를 벗어나는 게 우선이란 생각에 허둥지둥 거실로 뛰어들어 가려 했던 것이다. 그런데 뭔가가 발끝을 잡은 듯한 느낌이 났다.

'이런! 오, 마이 갓!'

지율은 베란다와 거실 사이에 있는 문턱의 태클로 인해 우당탕 탕 요란한 소리를 내며 엎어졌다. 쓰라린 고통이 몰려오는 데도 '찍' 소리도 못 내고 그대로 엎어져 속으로 신음을 삼켰다.

'으으으…… 아아아…… 씨이이……. 아프다아아……'

눈에서 눈물이 질금질금 나왔다. 마음 같아선 고통이 멈출 때까지 사나운 짐승처럼 포효하고 엄마 잃은 아이처럼 통곡을 하고 싶었다. 하지만 그럴 수가 없었다. 지율은 어디 부러진 데라도 있는 건 아닌지 뼈에 금이라도 간 건 아닌지 하는 별의별 걱정을 다 하며 시간이 흘러가기만 기다렸다.

지율은 고통이 점점 희미해지자 누운 상태가 편하다는 생각을 했다. 그러자 서서히 졸음이 몰려왔다. 지율은 아예 김밥 재료마냥 담요 끝을 잡고 뒹굴뒹굴 굴러 커다란 김밥을 만들었다. 정말 따뜻하고 좋았다. 졸음이 지율의 두 눈꺼풀을 잡고 조금씩, 조금씩 아래로 끌어내렸다.

'문 다 닫고 자야 하는데……. 보일러도 안 켰는데……. 이대로 자면 틀림없이 감기 들 텐데……. 그런데 꼼짝하기도 싫다아……. 귀찮아아……. 귀찮…… 아아아……'

마침내 지율은 두 눈을 감더니 더 이상 뜨지 않았다. 규칙적으로 새근새근 숨소리를 내며 깊은 잠 속으로 빠져든 것이다.

준우는 베란다 너머로 요상한 폼으로 잠든 지율을 심각하게 바라보았다. 아버지한테 선물로 받은 라이터만 아니었으면 야심한 밤에 아파트 정원을 헤맬 이유가 없는 그였다. 아래층에서 콜록거리는 소리와 연이어 들린 요란한 소리에 놀라 떨어뜨린 라이터는 다행히 일층에서 내뿜는 빛 때문에 쉽게 찾을 수가 있었다.

하지만 눈에 거슬리는 광경으로 인해 준우는 발길이 떨어지지가 않았다. 지율이 문을 죄다 열어놓고, 불은 있는 대로 다 켜놓고, 거실 바닥에서 보쌈당한 사람처럼 자고 있었기 때문이다. 감기라도 들면 어쩌려고 저런 상태에서 잠이 든 건지 당최 알 수가 없었다.

준우는 한쪽 슬리퍼만 신은 지율의 발만 봐도 웃음이 피식피식 새어나왔다. 다른 쪽 발은 넘어질 때 슬리퍼가 벗겨지고 스타킹이 찢어졌는지 엄지발가락이 고개를 쏙 내밀고 있었다.

준우는 아까 고주망태를 침대에 눕혀놓고 뒤돌아봤을 때 지율이 토마토처럼 얼굴이 붉어져서 눈동자를 불안하게 이리저리 떼구루루 굴리기도 했다가 눈살을 찌푸렸다 폈다 하며 정신 나간 사람처럼 굴어도 웃지 않기 위해 꾹 참았다. 그리고 스물여섯 살이나 먹은 이혼녀가 예의 바른 초등학생처럼 공손히 손을 모으고 고개를 숙이며 '고맙습니다' 하고 인사를 했을 때도 안간힘을 쓰며 안 웃었다. 그런데 지금은 이를 악물고 참는데도 도저히 웃음을 이겨낼 재간이 없었다.

준우는 지율을 불러 깨워볼까 하다가 창밖에 서 있는 자신을 보고 또 쓰러질까 걱정이 돼 최선이라고 생각한 방법으로 깨우기로 했다. 준우는 정원에 있는 작은 돌멩이를 집어 열린 문 사이로 던졌다. 돌이 재빠르게 또르르 하고 거실 바닥을 굴러갔다. 그 소리에 지율이 잠에서 깼는지 몸을 살짝 움직였다. 하지만 이내 다시 잠잠해졌다.

준우는 잠귀가 어두운 지율을 향해 가볍게 혀를 찬 다음, 다시 돌멩이를 집어 아까처럼 던졌다. 이번엔 다소 힘을 실어 보냈다. 이번엔 지율이 확실히 잠에서 깬 것 같았다. 준우는 얼른 벽 쪽으로 몸을 감췄다.

지율이 무거운 눈꺼풀을 간신히 밀어올리고 눈을 떴다. 정신이 가물가물한 상태에서 희끄무레한 두 개의 작은 물체가 보였다.

'저게…… 뭐지?'

지율은 따끔따끔한 눈을 가늘게 뜨며 물체를 확인하려 했다.

'도올? 돌? 웬 돌?'

지율은 정신이 퍼뜩 들어 벌떡 일어나 앉았다. 애벌레가 된 모습으로 거실 바닥에 놓인 두 개의 돌을 발견한 지율의 낯빛이 점점 새파랗게 질려갔다. 고개를 홱 돌려 거실과 베란다 사이의 열려진 문과 바깥 창문을 쳐다보았다. 커다란 두려움이 엄습했다. 방범창이 설치되어 있다는 걸 깨닫고 마음이 다소 놓였지만 누군가가 바깥에서 집 안을 들여다보고 돌을 던졌다는 게 끝내 께름칙했다.

지율은 마른침을 삼키고 떨리는 손으로 몸에 칭칭 감은 담요를 풀었다. 일어서자 두 다리가 사시나무 떨듯 파들파들 떨렸다. 누군가가 마구 흔들어대는 것처럼 심장도 요란스럽게 뛰었다. 다가가면 창문 밑에서 돌을 던진 사람이 불쑥 나타날 것만 같아 쉽사리 접근을 할 수가 없었다.

지율은 부지깽이, 야구방망이 등등 무기가 될 만한 것들을 떠올려 봤다. 하지만 그런 건 없었다. 아쉬운 대로 고춧가루나 후춧가루를 한 주먹 쥐고 가볼까 하고 고민했다. 그러다 생각을 바꿔먹었다.

'김지율! 용기를 내! 이까짓 일 아무것도 아니야! 담대하고 강해져! 넌 할 수 있어! 김지율! 파이팅!'

문 닫는 일이 적진으로 뛰어들어 가 적장의 가슴에 칼을 꽂는 일만큼이나 용기가 필요할 줄이야. 지율은 스스로에게 주문을 걸듯 중얼거리며 베란다를 향해 전진했다. 일부러 쿵쿵 소리를 내며. 그 소리에 돌을 던진 사람이 있다면 놀라 도망가기를 바랐다. 창밖으로 고개를 내밀고 용기백배한 목소리로 '언 놈이냐!' 하고 호통을 칠 수 있는 용기가 있다면 좋겠지만, 그저 엉덩이를 뒤로 빼고 가제트 형사처럼 손을 길게 뻗어 문을 닫고 걸쇠 채우기에 급급한 지율이었다.

신속한 손놀림으로 블라인드를 치고 거실 중문을 잠그는 것도 모자라 커튼까지 친 지율은 집 안의 모든 문을 닫고 잠갔다. 마지막으로 침실로 들어온 지율은 방문까지 걸어 잠근 뒤 침대 속으로 파고들었다. 이불을 뒤집어쓰고 떨리는 가슴과 입술, 그리고 손을 진정시키려 노력했다.

두려움이란 고개를 넘었더니 외로움이란 강이 나타났다. 이럴 때 누군가가 꽉 안아줬으면, 아니, 그저 곁에 있어주기만 했으면, 그러면 이렇게 미친 듯이 떨지는 않을 텐데 하는 생각이 들었다. 지율은 괜히 눈시울이 뜨거워졌다. 눈앞이 뿌옇게 흐려지고 코끝이 찡해졌다. 콧물이 나오는 것 같아 손을 코에 가져다 댔는데 그 위로 뜨거운 눈물이 후두두 떨어졌다.

'김지율, 이 바보! 울긴 왜 울어? 이게 울 일이야?'

어떻게든 눈물을 참아보려고 애를 썼다. 하지만 한번 봇물이 터진 눈물은 그칠 생각을 하지 않았다. 아예 포기를 해버리자 입술을 비집고 흐느낌까지 새어나왔다. 그리고 이 모습을 보면 가장 마음 아파할 사람을 부르기 시작했다.

"흐흑…… 엄마…… 흐흑…… 엄마……."

이름을 부르고 나니 엄마의 모습이 떠올랐다. 지율이 이혼하고 혼자 살겠다는 선언을 했을 때 생벼락 맞은 사람처럼 쓰러져 버렸고 식음을 전폐하다시피 한 엄마가. 그리고 집안을 발칵 뒤집어놓는 결심을 한 이유가 뭐냐고 닦달하고 불같이 화를 낸 아버지의 음성까지 연이어 귓가에서 윙윙댔다. 끝까지 이유를 밝히지 않고 함구무언하는 지율에게 화가 난 아버지는 분에 못 이겨 골프채로 세간을 때려 부수기까지 했다.

지율은 침울해하는 가족들을 곁에서 보기가 힘들어 독립한 후로 되도록 연락을 끊고 지냈다. 가족들을 고통의 늪으로 몰아넣은 기억이 뼛속에 사무치기 전에 떨쳐 낼 수 있는 방법은 그것밖에 없다고 생각했기 때문이다. 상처가 아물 때까지, 기억이 흐려질 때까지, 다시 마주 보고 웃을 수 있을 때까지 서로 떨어져 있는 편을 나을 것 같았다.

보통 여덟 시간을 자야 하는 사람이 수면 시간을 줄이면 줄인 만큼이 수면 빚이 된다는 말이 있다. 수면 빚을 갚기 전엔 절대 피로가 풀리지 않는다는데 눈물도 마찬가지인 것 같았다. 눈물 빛이 쌓이고 쌓여서 그것을 다 배출하지 않으면 그치지 않을 것 같았다. 마음의 바닥에 가라앉은 슬픔이 스멀스멀 올라와 여린 어깨를 들썩이게 만들었다.

'그래…… 울자. 남기지 말고 다 쏟아내자. 어차피 보는 사람도 없는데 뭐……. 그리고 더 이상은 울지 말자. 웃자. 웃자.'

지율은 마음을 놓고 울기 시작했다. 건조한 가을 날씨엔 눈물도 더 잘 마를 거라 생각하며.

붉은 태양이 어둠을 밀어 올리며 파란 가을 하늘을 향해 힘차게 솟아올랐다.

"어떻게 할 작정이냐?"

준우와 마주 앉아 아침식사를 하던 태현이 불쑥 물었다. 준우는 태현이 궁금해하는 것이 무엇인지를 알고 있는 듯 입을 열었다.

"어떻게 할까요?"

태현은 자신의 질문에 질문으로 답하는 준우를 보며 작게 웃음을 터뜨렸다.

"어차피 넌 네 생각대로 밀고 나갈 거잖니. 그런데 묻기는 뭘 묻는 거냐?"

이번엔 준우가 소리 없이 웃었다.

"그래도 아버지 의견을 듣고 싶네요."

"난 네가 무슨 결정을 하든 항상 믿을 거고 따를 거다. 그러니 네가 하고 싶은 대로 해라."

태현이 인자한 눈매를 하고 바라보자 준우가 씁쓸한 미소를 지었다.

"제가 하고 싶은 대로 해서 늘 실수투성인데도 그런 마음이 드세요?"

"인생에 있어서 정답이 존재한다면 난 네게 늘 강요만 했겠지. 실수는 잃는 게 아니라 얻는 거다. 실수로 인해 깨닫고 배우는 게 있잖니. 그런 면에서 실수는 우리 인생의 스승, 교과서, 나침반이라 할 수 있지. 참, 미용실 원장이 참 곱고 예쁘게 생겼더구나."

태현이 자연스럽게 화제를 돌렸다.

"아버지 눈에 안 예쁜 여자도 있나요?"

준우가 놀리듯 말하자 태현이 너털웃음을 터뜨렸다.

"그래, 이놈아! 내 눈엔 온 세상 여자들이 다 예쁘게 보인다! 그래서 여태까지 혼자인 거구."

태현이 과장스럽게 말하며 웃어댔다. 그런 태현을 바라보는 준우의 눈에 잠시 죄책감이 서렸다. 태현은 젊은 나이에 피 한 방울 섞이지 않은 준우를 아들로 받아들이고 헌신을 다해 키워냈다. 준우가 그런 태현을 아버지가 아닌 한 남자로 이해하고 바라보기까지는 많은 시간이 걸렸다. 조심스럽게 결혼 문제를 꺼냈을 땐 이미 태현의 혼기가 많이 늦어져 버린 상황이었다. 태현은 준우에게 현재 삶에 만족하고 있으니 염려치 말라 했다. 그래도 준우는 자식 된 도리를 다하지 못하는 것 같아 그것이 항상 마음에 걸렸다.

"많이 힘들어 보이더구나. 그래서 볼 때마다 안쓰러워."

여전히 지율이 마음에 걸리는지 태현이 다시 말을 꺼냈다.

"도와주라는 말씀으로 들리는데요?"

"네가 가진 것이 많다면 나눠 주는 것도 나쁘지는 않겠지."

"솔직히 가진 게 많은 여자인데 굳이 저러는 이유를 모르겠어요. 뭐 하러 사서 고생을 하는지."

"충분히 그럴 만한 가치가 있다고 생각했나 보지."

"다 잃고 나면 잘못 판단한 것에 대해 땅을 치고 후회할 거예요."

"그렇게 되지 않았으면 좋겠구나."

준우는 못마땅한 듯 입술을 비죽이다가 태현에게 물었다.

"그 여자한테 뭐 받으신 거 있으세요? 왜 그렇게 마음을 쓰세요?"

"하하하. 그렇게 느껴졌냐? 글쎄…… 왠지 마음을 끌어당기는 뭔가가 있더구나."

준우는 이해할 수 없다는 표정으로 고개를 가로저었다.

'마음을 끌어당기는 뭔가가 있다구?'

"아이, 어떡해?"

침대에 누워 있는 지율이 손거울을 들여다보며 울상을 지었다. 울어서 눈이 퉁퉁 붓고 하도 풀어서 코가 빨개져 있었기 때문이다. 지율은 냉장고에서 꺼내온 녹차 티백을 눈에 얹고 면봉으로 엄지손가락과 집게손가락 끝이 만나는 움푹 파인 부분을 눌러주었다.

"이러고 십 분만 있으면 좀 나아지겠지."

잠시 후 핸드폰이 울렸다. 지율은 손을 더듬거려 핸드폰을 잡고
선 귀에다 가져다댔다.

"여보세요?"

울어서 그런지 목소리가 코감기 걸린 사람처럼 맹맹했다.

[일어났니?]

걱정을 잔뜩 담은 목소리. 엄마였다. 지율은 순간 몸이 경직됐
다. 하지만 그저 짧게라도 아무 일 없이 잘 지내고 있다는 걸 알려
줘야 할 것 같아 서둘러 대답했다. 밝고 활기찬 목소리로.

"응."

[감기 걸렸어? 목소리가 왜 그래?]

"환절기라 그렇지 뭐. 그런데…… 아침부터 무슨 일로 전화했
어?"

지율은 별일 아니라는 듯 둘러대며 전화를 건 용건을 물었다.

[너…… 생활비 안 떨어졌어?]

망설이듯 조심스럽게 건네는 염려에 목과 가슴이 옥죄여 왔다.
못 하나가 가슴에 박혀 점점 안으로 파고드는 느낌이 들었다. 비
록 몸은 떨어져 있으나 단 한 순간도 널 마음 밖으로 내놓은 적이
없다고 하는 것 같아 가슴이 쓰리고 아려왔다. 하지만 지율은 그
런 엄마의 마음을 애써 외면하려 했다. 그래서 일부러 버럭 소리
를 질렀다.

"그딴 걸 왜 신경 써? 내가 한두 살 먹은 어린애야?"

[이것아! 나도 신경 쓰고 싶지 않아! 하지만 자꾸 눈에 밟히고
거치적거리는 걸 어떡해?]

한 톤 높아진 엄마의 목소리에 지율이 미간을 일그러뜨렸다.

"나 돈 많아. 평생 휴지 안 쓰고 뒤처리할 정도로 아주 차고 넘쳐. 그러니까 그만 걱정 하지도 마. 엄마 인생 살아. 나이 들면 건망증도 심해진다고 하던데 나 같은 건 잊고, 옛날처럼 해외여행 다니고 골프도 치란 말이야!"

지율은 정나미가 뚝 떨어지게 하고 싶었다. 주야불망 자신을 걱정한 걸 후회하게 만들고 싶었다. 이래야 엄마나 자신이 서로에게서 자유로워질 수 있을 것 같았다.

[너 같으면 그럴 수 있겠어? 밥이 넘어가? 잠이 와? 놀러 다닐 수 있겠어?]

속이 확 뒤집어졌는지 엄마가 따지듯 물었다.

"내가 사고라도 당했어? 요즘 같은 세상에 이혼한 게 무슨 대수라고 수족 못 쓰는 사람 수발 들듯이 그래?"

[이혼이 대형사고지 그게 아니면 뭐야? 차라리 수족 못 쓰고 절름발이라도 되면 사람들한테 동정이라도 얻지! 손가락질 받아가며 나락에 떨어진 내 심정을 네가 눈곱만큼이나 이해해? 하루에 십 년씩, 백 년씩 늙어가는 엄마의 마음을 이해나 하냐구?]

"이혼, 그거 자랑은 못 돼도 비난까지 받을 이유 없어! 이혼 쉽게 마음먹고 결정하는 사람들이 몇이나 될 것 같아? 사람들 인식이 어떻다는 거 뻔히 아는데 어느 누가 돌팔매질 받고 싶어서 그런 결정을 하겠냐구? 그럴 수밖에 없으니까! 그럴 수밖에 없는 이유가 분명하니까! 살고 싶으니까! 인생 더 이상 구질구질하게 살고 싶지 않으니까 하는 거라구!"

누가 먼저 도화선에 불을 붙였는가를 따지기 전에 둘은 이미 거대한 폭발음을 내며 산산이 부서지고 있었다.

[너…… 나 원망하는 거지? 굳이 싫다는 널 떠밀듯이 결혼시킨 날 원망하는 거지?]

엄마의 울먹이는 소리가 들려오자 지율은 흐느낌에 가까운 신음을 냈다.

"엄마, 제발 억지 좀 부리지 마."

지율이 항의를 하듯 소리쳤다.

[말 안 한다고 내가 내 속으로 낳은 자식 마음도 몰라?]

코까지 풀어가며 울고불고하는 엄마에게 지율은 더 이상 모진 말을 할 수가 없었다.

"엄마, 미안해. 잘못했어. 그만 울어."

지율은 한숨처럼 느껴지는 말을 건네고선 괴로운 표정을 지었다.

[나도 미안해. 오랜만에 전화해서 소리 지르고 눈물바람 한 거 정말 미안해. 지율아, 이것만 알아주라. 엄만 이때까지 너 잘되기를 바라며 살아왔다는 거.]

"알아……. 알아……."

같은 여자이기 전에 한 핏줄로 오랜 세월 함께 살아왔기에 그들은 모진 말로 생채기를 주면서도 서로의 진심이 어떻다는 걸 잘 알고 있었다.

[그럼, 됐어. 나, 네 말대로 즐겁게 살도록 노력할게.]

"그래, 엄마. 내 걱정하지 말고 웃으면서 잘살아. 그래야 나도 엄마 걱정하지 않고 잘살지. 그리고 나, 요즘 일도 하고 그래서…….”

얼떨결에 위로한답시고 나온 말이었다. 지율은 순간 자신이 말실수를 했음을 깨달았다.

[일? 무슨 일?]

“으응…… 저기…… 저기 말이지, 미용실…….”

[미용실? 네가 거기서 뭘 한다는 거야?]

엄마가 납득할 수 없다는 듯 말하자 지율은 식은땀을 흘리며 말을 고르고 골랐다.

“으응……. 카운터 지키면서…… 손님 접대하고 상담해 주고……. 뭐 그런 거야.”

[매니저 같은 거?]

“으응! 매니저! 아, 그 말이 안 떠올라서 한참 헤맸네!”

지율이 애써 밝게 말하며 사태를 주시했다. 엄마는 영 내키지가 않은지 한동안 아무 말이 없었다.

[힘들지 않아?]

“힘들기는! 재미있어! 심심하지도 않고 아주 좋아!”

너무 오버하면 의심을 살까 봐 더 이상 말을 덧붙이지 않았다.

[어디에 있는 미용실인데?]

“그건 왜?”

가슴이 쿵 내려앉는 기분이 들었다.

[한번 찾아가 보려구.]

헉! 지율은 소리나지 않게 입을 크게 벌렸다. 허둥지둥 어찌할 바를 몰랐다.

"오, 오, 오지 마."

[왜?]

"미용실에서 일하는 사람들 불편해. 가족들 드나들고 머리한답시고 오래 있으면 더 신경 쓰고 싶어한단 말이야."

[그래?]

"응."

지율은 엄마의 반응을 예의 주시했다.

[알았어. 나는 너 생각해서 미용실 매상 좀 올려주려고 했는데 불편하다고 하니 어쩔 수 없지 뭐.]

"잘 생각했어."

지율은 속으로 안도의 한숨을 내쉬었다.

"엄마, 나 이젠 출근해야 해."

[알았어. 그럼, 필요한 거 있으면 꼭 전화해야 한다. 끊어.]

전화를 끊은 지율은 벌렁거리는 가슴을 문지르며 한숨을 내쉬었다. 거짓말을 하고 비밀을 만드는 일이 이렇게까지 힘든 일인 줄 몰랐다.

제3장
혼비백산

　

"**좋**은 아침!"

　준우는 계단을 내려가다 문을 잠그고 있는 지율을 발견하고선 인사를 건넸다. 하지만 미처 인기척을 느끼지 못했는지 지율은 소스라치게 놀라며 바닥에 푹 주저앉아 버렸다.

　"엄마야!"

　새벽에 있었던 일의 영향이 컸던 탓인지 지율의 얼굴은 금세 하얗게 질렸다. 놀라게 할 의도가 없었던 준우는 자신을 원망하듯 째려보는 지율을 향해 다가갔다.

　"왜 그렇게 놀라요? 미안스럽게."

　준우는 허리를 굽혀 한 손으로 바닥에 떨어진 열쇠 꾸러미를 집어 들었다. 그리고 지율에게 잡으라는 듯 다른 손을 내밀었다.

지율은 그런 준우를 쳐다보기만 했다. 짧은 순간이나마 그가 내민 큰 손이 결코 투박하지 않고 오히려 아름답고 섹시하다는 엉뚱한 생각을 하면서. 지율은 이런 상황에서 그런 생각을 하는 자신의 머리통을 한 대 쥐어박고 싶어졌다.

그때 지율의 시야에 준우의 엄지손가락에 끼여진 반지 하나가 포착되었다. 흔해 빠진 금반지였다. 아무 무늬도 없는 그저 그런 반지. 평생의 반려자가 있다는 의미로 받아들여 처녀들로 하여금 상실감을 느끼게 하거나 '출입금지'라는 푯말 앞에서 맥이 탁 풀릴 정도로 심각한 반지는 절대 아니었다. 오히려 아직 애인이 없는 솔로임을 광고하는 듯한 반지였다.

"어서 잡지 않고 뭐 해요?"

"흠흠, 됐어요."

지율은 혼자 일어섰다. 아무리 이웃사촌이라고 해도 잘 알지도 못하는 사람의 손을 덥석 잡을 생각은 없었다. 더구나 어젯밤 전화를 엿듣고 도망치다 넘어진 것까지 대충 알 준우에게 떨리는 손을 내밀어서 감추고 싶은 감정을 드러내고 싶은 마음은 없었다. 그리고 이렇게 행동하면 그가 무안해서라도 피할 거라 생각했다. 지율은 새치름한 표정으로 바바리코트에 묻은 먼지를 털어냈다. 하지만 준우는 별로 신경 쓰지 않는다는 듯 말없이 손을 거둬들였다.

"걸핏하면 엉덩방아 찧고 넘어지고……. 그러다 골병들겠어요. 몸조심 좀 하시죠."

충고하듯 말을 건넨 준우가 아무렇지도 않게 문에 열쇠를 꽂고 잠가주었다. 다른 사람에겐 친절하게 보일지 몰라도 지율의 눈과 귀엔 심하게 거슬리는 행동과 말이었다. 허락도 없이 남의 영역에 침범해서는 아무렇지도 않게 접근하고 간섭하는 것 같아 기분이 팍 상해 버린 것이다. 어젯밤에 있었던 일까지 넌지시 내비쳐 신경을 자극하니 심사가 단단히 틀어지고 말았다.

"일부러 엿들으려고 한 건 아니었거든요."

지율은 준우의 손에서 열쇠 꾸러미 낚아채듯 하며 쌀쌀맞게 말했다.

"누가 뭐라고 했나요?"

"뭐라고 한 건 아니지만 이게 다 어젯밤 일을 두고 말하는 거잖아요!"

지율은 항의하듯 말하며 준우를 날카롭게 째려보았다. 그래서 준우의 눈과 입술 끝에서 잠시 나타났다 사라진 비웃음을 놓치지 않을 수 있었다.

"그런데 뭘 먹고 잤는데 얼굴이 퉁퉁 부었어요?"

"먹기는 뭘 먹어요? 어젯밤에 어떤 개자식이 집 안으로 돌을 던져서 놀래키는 바람에 울어서……!"

지율은 자신이 왜 이런 설명을 잘 알지도 못하는 남자에게 해야 하나 싶어 말을 끊고 입을 다물었다.

"울었어요?"

준우가 약간 놀라는 표정으로 되물었다.

"그러거나 말거나 무슨 상관!"

지율은 또다시 말을 끊었다. 준우의 얼굴에 서린 죄책감을 발견했기 때문이다.

"설마…… 돌 던진 사람이!"

"문단속도 안 하고 자니까 그렇죠!"

"당신, 변태예요? 관음증 환자예요? 왜 남의 집 안을 들여다보고 돌까지 던지고 그래요? 또 한 번만 그러면 가만 안 둘 거예요! 흥!"

지율은 새치름하게 콧방귀를 끼고선 자리를 벗어났다. 뒷모습을 보고 있을 준우를 의식해 허리를 꼿꼿하게 펴고 자신감 넘치는 발걸음으로.

준우는 긴 다리로 성큼성큼 지율의 뒤를 쫓았다. 가까이 다가갈수록 지율의 발걸음이 점점 빨라졌다. 준우는 예민하게 구는 지율이 우습게 느껴져 소리없는 웃음을 터뜨렸다. 준우는 금방 지율을 따라잡았다. 곁눈질로 준우를 발견한 지율이 인상을 찡그리며 씩씩댔다. 준우가 무슨 말을 붙여도 절대 반응을 보이지 않을 작정이라도 하는지 입술까지 감쳐물었다. 하지만 준우가 뒤통수를 칠만한 말을 할 줄은 꿈에도 생각지 못했다.

"스타킹 줄 나간 거 알아요?"

"허거거걱!"

지율은 준우의 말에 스텝이 꼬여 넘어질 뻔했다.

"이 사람이, 쪽팔리게!"

이를 바드득 간 지율은 서둘러 자신의 스타킹을 확인했다. 하지만 스타킹은 멀쩡했다. 그때 앞서 가던 준우가 뒤로 돌아서서 씨익 웃으며 윙크를 날렸다. 그에 지율은 두 주먹을 불끈 말아 쥐며 부르르 몸을 떨어댔다.

"감히 날 속여? 저게 죽으려고 환장을 했나!"

장사가 잘되든 안 되든 미용실의 아침은 늘 그렇듯 분주했다. 은영은 업소용 청소기를 끌고 먼지를 빨아들였고, 최 선생은 유리 세정제를 뿌려가며 거울을 닦고 있었다. 지각대장인 혜정은 청소가 다 끝날 즈음 숨을 헐떡거리며 허겁지겁 미용실 안으로 뛰어들어 왔다.

"죄송합니다!"

"넌 또 지각이냐?"

"제발 일찍 좀 다녀라!"

은영과 최 선생이 지율에게 잔소리할 틈을 주지 않고 혜정에게 핀잔을 연타로 날렸다. 혜정은 죄인처럼 고개를 푹 숙이고 탈의실로 들어갔다. 하지만 지율은 저 핀잔의 약발이 절대 24시간을 넘기지 않을 거라고 장담했다.

그때 미용실 문이 벌컥 열리고 한 할머니가 들어왔다. 지율은 드디어 개시를 하나 싶어 낯빛이 환해졌다. 그런데 할머니의 표정이 심상치 않았다. 뭔가가 잔뜩 쌓여 금방이라도 폭발할 것 같은 분위기였다.

"어서 오세……."

인사가 끝나기도 전에 할머니가 다짜고짜로 지율에게 머리를 들이밀며 화를 냈다.

"내 머리 어쩔 거야?"

"네?"

지율이 움찔하며 뒷걸음질쳤다.

"쥐 파먹은 거 어쩔 거냐구?"

쥐가 파를 먹고사는지 뭘 먹고사는지 알 게 뭐냐마는 아침부터 홍두깨를 내미는 할머니의 존재는 당혹스러움 그 자체였다.

"아이, 할머니! 또 뭐가 문제인데요?"

귀찮은 기색이 역력한 최 선생이 나섰다.

"오, 여기에 있었구먼? 내 머리 어쩔 거야? 여기 좀 봐! 여기!"

할머니가 이번엔 손으로 목덜미 쪽 머리카락을 가리키며 최 선생한테 머리를 들이밀었다.

"거기가 왜요?"

"쥐 파먹었다니까!"

할머니가 버럭 고함을 질렀다. 하지만 최 선생은 눈 하나 깜짝하지 않았다. 오히려 할머니보다 더 큰소리를 치며 짜증을 냈다.

"아이, 그놈의 쥐는 한 달에 한 번씩 머리를 파먹고 지랄이야!"

입에 담기도 민망한 육두문자에 지율의 눈이 휘둥그레졌다. 최 선생은 할머니의 머리를 쓱 훑어보더니 신경질적으로 덧붙여 말했다.

"어디 봐요! 멀쩡하고 예쁘기만 하구만! 아무렇지도 않아요! 오신 김에 여기 앉아서 커피나 한 잔 드시고 가세요!"

소파로 먼저 가서 앉은 최 선생이 옆 자리를 두드리며 말했다. 지율은 최근 읽은 경영지침서나 서비스 관련 도서 내용을 떠올리지 않아도 이건 상식에서 많이 벗어난 행동이라고 판단했다. 낙제에 가까운 서비스정신이었다. 더군다나 되도록 피해야 할 금지어까지 아무렇지도 않게 사용하고 있었다. 배짱이 두둑한 건지, 아니면 간이 배 밖으로 튀어나온 건지 알 수가 없었다. 그때 지율의 상식을 뒤집는 일이 또 생겼다.

"에이그, 우리 영감탱이가 또 쥐 파먹었다고 지랄을 떨잖아! 어이, 아가씨, 나 커피 둘, 크림 둘, 설탕 셋에 물 넉넉하게! 알지?"

손을 들고 자신의 취향을 밝히며 커피를 주문한 할머니가 최 선생 옆 자리에 나란히 앉았다.

"네!"

커피 주문을 받은 은영도 아무런 내색 없이 휴게실로 들어갔다. 지율은 순간 자신만 외계인이 된 듯한 착각에 빠져들었다.

"어? 할머니, 이거 짜야 해요! 안 그러면 점으로 변해요!"

최 선생이 할머니의 얼굴에서 뭔가를 발견하고 곧장 양손으로 짜냈다.

"이것 봐요, 이거. 시키면 게 나오잖아요! 만날 할아버지랑 싸우지 좀 말고 오순도순 이런 것 좀 짜주고 그래요. 오십 년 넘게 싸웠다면서 지겹지도 않으세요?"

"아직도 노인정 불여우 할망구랑 바람피우고 다니면서 나만 구박하는데 뭐가 예쁘다고 이런 걸 짜줘?"

"맞다! 나 지난번에 그 할머니 목욕탕에서 봤어요! 근데 그 할머니 정수리 부분 머리 그거 가짜예요. 부분 가발 떼어내니까 아주 벌거숭이산이던데요."

"정말? 그 풍성해 보이는 머리가 가짜라구? 얼만데? 얼마면 그렇게 될 수 있는 건데?"

아무리 나이가 들어도 여자는 여자인 것이다. 할머니는 원빈의 명대사를 날리며 자신의 연적을 능가하는 스타일을 연출하기 위해 최 선생과 진지한 눈빛을 주고받으며 열띤 토론을 벌였다.

"커피요."

은영이 커피를 가져와 할머니에게 건넸다.

"고마워. 아이고, 맛나다, 맛나."

할머니는 커피를 후후 불고 컵을 반복적으로 흔들어가며 마셨다. '후루룩 하, 후루룩 하' 하는 소리까지 내며.

"그런데 요즘 아침은 잘 먹고 다니는 거야?"

할머니가 묻자 최 선생이 시무룩한 표정으로 고개를 가로저었다.

"쯧쯧……. 그러고 다니면 속 버린다니까! 내가 곰국 맛있게 끓여놨는데 좀 갖다 줄까?"

최 선생이 할머니를 껴안으며 애교를 떨기 시작했다.

"헤헤……. 난 할머니가 만들어주는 음식이 제일 맛있더라."

"알았어, 알았어. 내가 가서 가져올게."

화를 낼 때는 언제고 금세 방긋방긋 웃는 할머니였다.

"할머니, 빨리 와야 해~"

귀찮아서 짜증을 낼 때는 언제고 비음 섞인 목소리로 아양을 떠는 최 선생이었다. 지율은 그들의 요상한 관계를 도무지 이해할 수가 없었다. 불길이 확 일었다가 금방 사그라지는 저 분위기는 대체 뭐란 말인가? 절대 길지 않은 할머니의 출현과 퇴장에 지율의 머릿속은 뒤죽박죽이 되었다. 그걸 눈치챈 혜정이 대수롭지 않다는 듯 설명을 해주었다.

"저 할머니 한 달에 한 번씩 저러고 가시니까 신경 안 쓰셔도 돼요. 할아버지한테 스트레스 받은 거 여기서 다 풀고 가시거든요. 최 선생님하고 각별하게 친한 사이니까 걱정 안 하셔도 돼요."

지율은 여전히 당황스러웠지만 이해할 수는 있다는 듯 고개를 끄덕였다.

직원들은 서로 돌아가며 머리를 만져 주고 개점을 위한 만반의 준비를 끝냈다. 시간이 흘러 곰국을 가져온 할머니는 또 한 번 자신의 머리를 가지고 최 선생하고 옥신각신하다가 헤어질 땐 다정한 연인처럼 아쉬운 눈빛을 하고 돌아갔다.

이제 시간은 정오를 넘어 늦은 오후로 치닫고 있었다. 그럼에도 불구하고 머리를 하러 오는 손님은 없었다. 하루를 황당하게 시작해서 그런지 미용실엔 계속 이상한 사람들만 드나들었다. '싼 일수대출'이란 글자가 찍힌 메모지만 던져 주고 가는 사람, 징을 울리며 시주를 강요하는 짝퉁 스님, 다른 미용실 이름을 대며 위치를 묻는 손님, 가격만 물어보고 뒷걸음질치며 가는 손님 등등.

신나는 댄스음악이 흘러도, 온풍기로 냉기를 몰아내도 미용실은 썰렁하고 침울한 분위기였다. 사기저하, 의욕상실로 지율과 직원들은 돌림노래를 하듯 한숨을 내쉬다 각각의 방법으로 시간을 보냈다.

최 선생은 다리를 꼬고 앉아 미용실에 있는 모든 잡지책을 섭렵하고 있었고, 혜정은 핸드폰으로 몇 시간째 수다를 떨고 있었으며, 은영은 머리를 360도 회전시키며 졸고 있었다. 지율은 카운터 의자에 앉아 눈이 빠져라 경영도서를 보며 원형탈모증에 걸릴 만큼 미용실을 회생시킬 만한 구체적인 방법을 강구했다. 하지만 뾰족한 해답을 찾기는 힘들었다.

그러던 중 지율의 시야에 한 남자가 포착이 되었다. 한때는 영웅호걸, 그림의 떡, 오르지 못할 나무였다가 오늘 아침 그녀를 쪽 팔리게 하고 속여 적으로 전락한 남자였다. 그는 맑은 유리 너머로 지율을 빤히 쳐다보았다. 지율은 볼 때마다 애매모호한 표정을 짓고 있는 그가 하나도 반갑지 않았다. 자신은 철저히 감추고 남을 샅샅이 해부하려는 듯한 눈빛이 정말 기분 나빴다. 주는 거 없이 얄밉고 약이 올랐다. 마치 밑지는 장사를 한 듯한 기분이랄까?

'가라. 꼴도 보기 싫으니까 어서 가라구. 지금 내가 컨디션도 안 좋고 기분도 저조하거든? 어라?

속으로 실컷 충고를 늘어놓는 중인데 준우가 문을 벌컥 열고 힘차게 들어왔다. 문소리에 직원들이 각양각색의 반응을 보이며 일어났다. 우선 손끝에 침을 발라 잡지책을 넘기던 최 선생은 일어나다 책을 툭 쳤고 그 바람에 두꺼운 잡지책이 탁자에서 미끄러지듯 떨어져 죄없는 최 선생의 발등을 사정없이 내리찍었다.

"악!"

그리고 오랜 통화로 뜨끈해진 핸드폰에게 이제야 휴식시간을 준 혜정은 준우를 향해 마구 하트를 날렸다. 얼짱 각도로 사진을 찍듯 자세를 취하고 인조 속눈썹을 붙인 눈을 깜박이며.

"우!"

마지막으로 꿈나라에서 막 돌아온 은영은 아직 잠이 덜 깼는지 다리를 휘청거렸다. 그리고 지금 이 상황이 생시인지 꿈인지 분간을 하기 위해 노력 중이었다. 토끼처럼 빨간 눈으로 준우를 노려봤다가 풀린 눈을 했다가 아주 정신이 없었다.

"아……."

'쯧쯧, 한심한 여인들이여.'

속으로 혀를 차대던 지율이 앞으로 쭉 내밀고 싶은 입술을 안으로 감쳐물고선 준우를 향해 미용실에 들어온 용건을 물었다. 나름대로 예의를 차리면서도 냉정하게.

"뭐 하시게요?"

"커트 좀 해주세요."

'어이, 최 선생님. 징 울리며 시주 강요하는 짝퉁 스님 생각나죠? 그 스타일로 시원하게 밀어주세요!'

지율은 이렇게 주문을 하고 싶은 마음이 굴뚝같았다. 하지만 그럴 수는 없었다.

"첫 번째 의자에 앉으세요."

"머리에 왁스를 발랐는데 머리부터 감아야 하지 않나요?"

준우가 태클을 걸어왔다.

'쳇! 네까짓 게 알면 얼마나 안다구!'

지율은 기분이 살짝 꼬였지만 내색하지 않았다.

"아, 그러셨어요? 그럼 우선 머리부터 감겨 드리죠. 은영 씨, 손님 샴푸실로 모시고 가세요."

은영은 얼굴을 붉혔다. 준우의 머리를 감길 수 있는 영광을 거

머쥔 것에 감격한 표정이었다. 준우가 샴푸대에 앉아 고개를 젖히
자 은영은 어느 때보다 정성 들여 머리를 감기기 시작했다. 준우
는 팔짱을 끼고 느긋한 표정으로 은영의 손길을 감상하듯 눈을 감
고 있었다.

머리를 다 감긴 은영은 준우를 안내해 의자에 앉도록 권했다.
그동안 최 선생은 열심히 가위를 닦고 있었다. 그동안 갈고닦아
온 실력을 유감없이 발휘하겠노라 마음먹으며.

"어떻게 해드릴까요?"

"다듬어만 주세요."

"네."

최 선생이 경쾌한 가위 소리를 내며 머리를 다듬기 시작했다.
은영과 혜정은 바로 뒤에서 그 과정을 지켜보고 있었다.

"저희 미용실엔 처음 오신 거죠?"

"네, 아버지가 가보라고 하셔서요."

"아, 아버님이요?"

최 선생의 손이 뚝 멈췄다. 얼굴에 점점 불길한 기운이 가득해
져 갔다.

"네."

"아…… 버님이 누구신데요?"

"길 건너 호프집 사장님이요."

준우의 말이 끝나기가 무섭게 최 선생은 급속 냉각되었다. 그건
뒤에 있던 은영과 혜정, 그리고 지율도 마찬가지였다. 네 사람은
동시에 속으로 이렇게 외쳤다.

'그럼, 바로 이자가 예전엔 강남에 있는 유명한 미용실 점장이었고, 지금은 영국 런던에 있는 비달사순, 토니 앤 가이 헤어 디자인 학교를 나왔다는 남자? 아니, 그런데 이 남자 돌연변이야? 유전자 조합이 어떻게 됐기에 아버지랑 영 딴판이냐구!'

최 선생은 수전증 환자처럼 손을 덜덜 떨어대더니 이내 가위를 떨어뜨리고 말았다. 실력이 금방 일취월장해질 줄 알고 적금을 깨서 산 가위, 불면 꺼질까 쥐면 터질까 하며 애지중지했던 가위였다.

정적에 잠긴 미용실. 움직이는 사람은 아무도 없었다. 거울을 통해 네 구의 얼음 송장을 이상하다는 듯 둘러보는 준우만 빼고. 갑자기 최 선생의 눈에서 눈물이 뚝뚝 떨어졌다. 그 모습에 모두들 놀란 표정을 지었다.

"최 선생님……."

혜정과 은영이 위로하듯 불러도 최 선생은 입을 앙다물고 아무 말도 하지 않았다. 그리고 억누른 울음을 더 이상 참을 수 없는지 소리를 내며 울기 시작했다.

"엉엉…… 전 못해요. 엉엉…… 가위야, 내가 잘못했다. 엉엉…… 널 떨어뜨리다니. 나 같은 건 죽어야 해. 가위야!"

최 선생이 떨어진 가위를 주워 들고 자학하듯 울부짖었다.

"선생님! 흐흑……. 그러지 마세요, 선생님!"

혜정과 은영이 최 선생을 따라 울며 위로했다. 미용실은 그야말로 신파극을 펼치는 극장이 되고 말았다. 클라이맥스에 이른 신파극은 기절한 가위를 품에 안고 미용실을 뛰쳐나간 눈물의 여왕과 그녀를 걱정하는 무리들의 퇴장으로 결말을 맺었다.

또다시 정적에 잠긴 미용실. 지율은 어찌할 바를 모르고 준우와 직원들이 나간 문을 번갈아 보았다.

'아니, 이 사람들이 나는 어쩌라구……'

지율은 자신만 버려두고 나가 버린 직원들에게 심한 배신감을 느꼈다. 그리고 그들을 따라 퇴장하고 싶은 마음이 간절하기만 했다. 하지만 그럴 수는 없는 법. 지율은 어떻게든 이 난국을 헤쳐 나가리라 마음먹으며 결의에 찬 눈빛으로 준우를 쳐다보았다.

"죄송하지만……."

솔직히 지율은 하나도 죄송하지 않았다. 하지만 말의 서두는 왠지 그래야 할 것만 같았다. 지율은 겉과 속이 다르게 행동했다.

"우선 이것 좀 빼주시죠?"

준우가 고갯짓으로 커트 보를 가리키며 말했다. 지율이 머뭇거리며 다가가 서투른 손으로 그것을 빼주었다. 그 다음엔 무엇을 어떻게 해야 할지 몰라 멍하니 서 있었다. 준우가 그런 지율을 한심하다는 듯이 쳐다보며 말했다.

"마무리는 해주셔야죠."

"잉? 마, 마, 마무리요?"

지율은 눈을 커다랗게 뜨고 할 줄 모른다는 듯이 고개를 가로저었다.

"아무리 기술이 없어도 그렇지 원장이란 타이틀을 달고 있으면 마무리 정도는 하실 줄 알아야죠."

준우가 핀잔을 주자 자존심이 상한 지율은 애꿎은 아랫입술만 질근질근 씹어댔다. 이쯤해서 그만두면 좋으련만 준우는 지율의 비위를 살살 건드리는 말도 서슴지 않았다.

"기술도 없고, 쓸 만한 직원들도 없고……. 도대체 무슨 깡으로 미용실을 인수하신 거예요?"

지율은 준우의 막말에 벌끈 화가 났다. 그래서 준우가 손님의 자격으로 미용실에 왔다는 사실도 잊은 채 마구 대들었다.

"뭐요? 무슨 깡? 아니, 내가 새우깡, 감자깡, 양파깡을 먹고 미용실 인수를 했든 말든 그게 댁이랑 무슨 상관이래요?"

지율은 몸을 부르르 떨어댔다. 준우는 직접 머리에서 핀을 뽑아내며 훈계를 하듯 말했다.

"그런 식으로 손님 대해가지고 돈 벌 수나 있겠어요? 손님은 왕이란 말 몰라요? 왕을 버리고 도망간 사람들이나 왕의 말에 대드는 사람이나……. 앞날이 심히 걱정되네요."

지율은 분한 마음에 이를 빠드득 갈며 준우를 노려보았다.

"지금 절 가르치시는 거예요?"

준우는 드라이기의 전원을 켜서 아무 소리도 들리지 않는다는 듯 머리를 말렸다. 지율은 더욱 분해서 속으로 욕을 해댔다.

'이 왕재수 같은 놈!'

머리를 다 말린 준우는 경대 위에 놓인 헤어 제품들을 느긋하게 훑어보는 여유까지 부렸다. 마음에 드는 왁스를 골라 능숙하게 스타일을 잡아나갔다. 금세 멋지게 변한 준우가 뒤로 돌아 나와 지율 앞에 섰다. 그리고 말없이 지율을 쳐다보았다.

"왜요? 제 얼굴 한번 뚫어보시려구요?"

지율은 준우가 하는 짓이 못마땅해서 한참을 꼬나보다 이렇게 쏘아붙였다. 그러다 뭔가가 생각이 난 듯한 표정을 지었다.

"지금 돈 때문에 그러시는 거예요? 말씀을 하시죠! 그냥 가셔도 돼요. 머리도 제대로 안 자르셨는데요 뭐."

지율이 시큰둥하게 말을 하자 준우가 한쪽 입꼬리를 치켜올려 피식 웃었다. 지율은 기분 나쁜 웃음에 더욱 기분이 상해 준우를 날카롭게 째려보았다.

"돈이요? 쥐 파먹은 것처럼 이렇게 만들어놨는데 어떤 정신 나간 사람이 돈을 주겠어요? 보상 요구하지 않는 걸 다행인 줄 아셔야죠."

준우의 빈정거림에 지율의 눈이 더욱 날카로워졌다. 지율은 속으로 계속 구시렁거렸다.

'너도 쥐 파먹고 사는 거 아냐, 이 잘난 인간아! 누가 뭐래? 누가 뭐라고 했냐구? 그러니까 빨리 가!'

"구시렁거리지 말고 소리 내서 말하세요. 골병에 속병까지 생기겠어요."

준우가 너무나도 태연하게, 느긋하게, 자연스럽게 속을 긁어댔다. 지율은 도저히 참을 수가 없었다. 한 번만 더 건드리면 아주 폭발을 할 것만 같았다. 그러기 전에 지율은 마음을 다스리고 입을 열었다.

"안녕히 가세요."

지율은 도도한 표정을 짓고선 최 선생의 세트대를 정리했다. 일부러 커트 보를 준우를 향해 탁탁 털고 싫은 티를 냈다.

"아니, 그런데 이 사람들은 돌아올 생각도 안 하고 어디에 있는 거야?"

지율은 세트대를 한쪽으로 밀어놓고 이번에 빗자루로 바닥을 쓸었다. 일부러 준우 쪽으로 먼지를 폴폴 날리며. 그때 문이 벌컥 열리고 혜정과 은영이 들어왔다.

"원장님, 화장실로 좀 가보세요. 최 선생님이 문을 걸어 잠그고 나올 생각을 안 하세요."

'정말 돌아가면서 가지가지로 속을 썩이네. 그런데 저 인간은 왜 안 가고 저렇게 서 있는 거야? 도대체 더 이상 뭘 원하는 거냐구?'

짜증이 머리끝까지 올라온 지율은, 갈 생각을 하지 않고 계속 서 있는 준우를 보며 속으로 투덜댔다.

'에이, 차라리 최 선생님 핑계 삼아 나가 버리자. 그럼 자기도 가겠지 뭐.'

지율은 빗자루를 내팽개치고 미용실 밖으로 나가 버렸다.

"아아……. 이대로 어디론가 떠나 버리고 싶다! 내 인생이 정말 어두워진다! 어두워져!"

지율은 연신 구시렁거리며 화장실 문을 벌컥 열었다. 안에선 최 선생이 한 많은 귀신처럼 처량하게 흐느끼고 있었다.

'뭐가 저렇게 서러운 걸까? 가위 때문에?'

사탕 하나 땅에 떨어진 거라면 지금 당장이라도 사줄 테니 이제 그만 울라고 할 수 있었다. 하지만 가위는 한두 푼으로 해결될 게 아니었다. 지율은 섣불리 말을 하지 못하고 있었다.

말없이 조용히 기다리던 지율은 이불을 뒤집어쓰고 울었던 일이 문득 떠올랐다. 울 땐 몰랐지만 울고 나니 속이 후련했던 것도.

사람이 울 때 울지 말라고 하는 것과 울고 싶을 땐 실컷 울라고 하는 것 중 어느 것이 더 우는 사람에게 도움이 될까 하는 생각을 해보았다. 그러다 갑자기 남자가 했던 말이 떠올랐다.

"구시렁거리지 말고 소리 내서 말하세요. 골병에 속병까지 생기겠어요."

상한 속을 끓이고 태운 것도 모자라 짭짤한 눈물로 재워두면 염증을 일으키거나 병이 날 거란 뜻일 게다. 정신적으로 건강해지고 싶으면 남의 이목을 두려워하지 말고 표출하라는 말일 게다. 하지만 나이가 들면 그러기가 쉽지 않다. 감정을 드러내지 않고 초연해야 어른 대접을 받을 수 있다. 쉽게 감정을 드러내면 정신연령이 낮다느니 사람이 헤프다느니 하는 소리를 듣게 될 뿐이다.

어찌 보면 최 선생은 그런 면에서 자존심이 상한 것 같았다. 프로이고자 했지만 프로 근성이 부족한 모습을 보인 게 스스로 부끄럽고 창피했던 것이다. 아무리 남들이 괜찮다고 위로를 해도 자신 스스로가 괜찮지 않기 때문에 눈물과 울음도 그칠 수가 없는 것이다. 지율은 최 선생에게 섣불리 위로를 가장한 명령을 할 수가 없었다. '울지 마', '울어'라는 말은 쉽게 할 수 있는 게 아니라는 생각이 들었다. 스스로 눈물을 다 비워낼 때까지, 스스로가 다시 용기를 채울 때까지 기다려 주는 게 제일 좋은 위로가 될 것 같았다. 지율은 그냥 말없이 화장실을 나와 다시 미용실로 향했다.

"**아**니! 이건 또 무슨 황당한 시추에이션?"

지율은 투명한 유리 너머로 보이는 광경에 할 말을 잃고 말았다. 준우가 다리를 꼬고 소파에 앉아 있었다. 버젓이 커피까지 마시면서 혜정, 은영과 수다를 떨고 있었다. 셋 다 뭐가 그리 우스운지 깔깔깔 호호호 하하하 자지러지게 웃으며.

"쳇! 오늘 여러 번 배신감 느끼네!"

지율은 어이가 없다는 듯 혜정과 은영을 쳐다보았다. 그리고 곧 매서운 눈으로 준우를 노려보았다.

"아니, 이 인간이 여기가 사랑방인 줄 아나? 왜 안 가고 죽치고 앉아서 수다야?"

지율은 화가 나서 문을 벌컥 열고 들어갔다. 지율의 인상이 심상치 않자 혜정과 은영이 슬금슬금 자리를 피했다. 하지만 준우는 여전히 태연한 모습으로 커피를 마셨다. 눈부신 미소까지 지으며.

'어이구, 지가 무슨 커피 광고하는 모델인 줄 아나? 개폼 잡고 있네! 돈도 안 낸 주제에 오늘 샴푸에 물에 전기에 왁스에 커피까지, 왜 우리 미용실 재산을 축내고 있는 거야?'

지율은 새치름한 표정으로 카운터 쪽으로 다가가며 지나가는 소리로 물었다. 다소 가시 돋친 말투로.

"시간이 많으신가 봐요?"

"친절한 서비스에 응할 정도의 시간은 있죠. 은영 씨 커피 타는 솜씨가 보통이 아닌데요?"

지율이 없는 사이에 통성명까지 했는지 준우가 다정하게 이름을 불러가며 말했다. 지율은 기분이 묘해졌다.

질투? 영역싸움에서 패배한 자의 절망감? 잘 키우고 있는 선수를 다른 팀에 빼앗긴 감독의 마음? 아무튼 적당한 표현을 찾을 순 없지만 준우의 말과 태도가 보기 싫을 만큼 기분이 나빠졌다. 지율은 일부러 준우의 시선을 피했다. 아무런 실적이 없는 장부를 들여다봤다 텅 빈 금고를 열어봤다 했다. 그리고 더 이상 할 일이 없자 고개를 숙이고 메모지 하나에 낙서를 하기 시작했다.

〈영웅구라, 그림의 개떡, 오르고 싶지 않은 나무, 왕재수, 얄미운 개폼, 베뜨, 앵베실, 이디오.〉

"베뜨, 앵베실, 이디오는 무슨 뜻이에요?"

갑자기 들려온 준우의 목소리에 지율은 화들짝 놀라 메모지를 손으로 덮고 고개를 들었다. 준우가 바로 눈앞에 있었다. 지율은 손으로 메모지를 구겼다. 더불어 인상까지 구겼다. 그리고 앙칼지게 소리를 질렀다.

"뭐 하시는 거예요?"

"질문하는 중이잖아요. 그런데 어디 아파요? 왜 그렇게 얼굴이 빨개요?"

준우의 말에 지율이 붉으락푸르락한 얼굴로 거친 숨을 몰아쉬었다.

"커피 다 드셨으면 그만 가주실래요?"

지율은 준우의 정강이든 엉덩이든 뒤통수든 등짝이든 개 패듯해서라도 내쫓고 싶은 심정이었다.

"저는 궁금한 게 있으면 잠이 안 와서요. 아까 한 질문에 답 좀 해주세요."

지율은 종이가 불에 타 들어가듯 후르르, 추위에 떨듯 아르르 몸을 떨었다.

"제가 그래야 할 의무가 있나요?"

"거창하게 의무는 무슨 의무요? 지나가던 사람이 뭘 물으면 알려주는 그런 정도의 센스, 인지상정을 원하는 거지."

'센스, 인지상정은 무슨 얼어죽을 센스, 인지상정! 모기 삼단 옆차기 하는 소리하고 있네! 도둑고양이처럼 남의 걸 몰래 엿본 주제에!'

지율은 속으로 마음껏 비아냥거렸다.

"싫으면 관두세요. 그건 그렇고 여기는 사람 안 뽑나요?"

"사람이라뇨?"

준우가 느닷없이 그렇게 묻자 지율이 쌀쌀맞게 되물었다.

"여기에 취직 좀 하려구요."

"네에?"

자기도 모르게 고음을 낸 지율이 눈알이 튀어나올 정도로 눈을 크게 떴다.

"우, 우, 우리 미용실에 취직을 하겠다구요?"

"이력서 써올까요?"

준우가 다시 물었다. 하지만 지율은 아무 말도 하지 않았다. 그저 이 인간이 장난을 치나 하는 얼굴로 준우를 빤히 쳐다보고 있었다. 그러다 장난기가 발동했다.

'백수 주제에 날 가지고 노시겠다! 네가 어지간히 심심한가 보구나! 그래, 그럼 착한 원장님이 넓은 아량을 베풀어서 놀아주마. 어디 네 이력이 얼마나 화려한지 한번 구경이나 해보자구나! 가지고 오너라. 얼마든지! 써온다는데 마다할 이유가 없지 않느냐? 써오면 읽어주마. 읽어만 주면 될 것 아니냐?'

지율은 속마음 감추고 준우에게 앙큼한 미소를 지으며 말했다.

"네, 준비해 오시면 검토해 보죠."

준우가 의외의 반응이라는 듯 한쪽 눈썹을 치켰다. 그리고선 다시 질문을 던졌다.

"언제 가져올까요?"

"언제든지."

지율이 너그럽게 받아줄 용의가 있다는 듯이 말하자 준우가 흥미진진해지는 상황을 즐기려는 듯 다시 도전해 왔다.

"그럼, 미룰 것 없이 오늘 폐점 시간에 맞춰서 오겠습니다."

"좋으실 대로."

지율은 속으로 흔희작약한 마음을 숨기고 침착하게 대꾸했다.

"그럼, 이따 뵙죠."

준우가 약간 고개를 숙이고 인사를 건넸다. 진실을 캐고 싶은 눈빛은 여전히 지율에게 고정한 채. 하지만 지율은 그런 준우의 눈빛을 모른 척하며 인사를 건넸다.

"네, 안녕히 가세요."

준우가 미용실 문을 밀고 나갔다. 지율은 그런 준우의 뒷모습을 바라보며 속으로 교활한 웃음소리를 내며 웃었다.

'호홍홍홍! 가서 실컷 고생이나 해라!'

그때 지율과 준우의 대화를 엿듣고 있던 혜정과 은영이 쪼르르 달려왔다. 그리고 호기심 가득 찬 눈빛을 하고선 물었다.

"원장님! 진짜 민 신생님 채용하실 생각이세요?"

"민…… 선생님? 아, 지금 나가신 분이 민 선생님이에요?"

"네."

'성이 민이라……. 그럼 이름은 뭘까?'

지율은 갑자기 그의 이름이 궁금해졌다. 그러다 곧 자신이 그에 대해 관심을 가졌다는 사실이 불쾌해졌는지 속으로 투덜댔다.

'이름이 민간인이든 민방위든 민속촌이든 무슨 상관이야! 흥!'

"민 선생님이 우리 미용실에 오시면 진짜 좋겠다."

혜정이 손을 맞잡고 꿈을 꾸듯이 말했다. 지율은 순간 혜정을 째려보았다.

'뭐야, 저 표정은? 마치 황홀한 꿈을 꾸듯이. 이 남자가 우리 직원들한테 약을 먹였나? 아주 정신을 못 차리네! 흥! 혜정 씨, 꿈 깨셔!'

지율은 혜정의 뺨을 찰싹찰싹 때려서라도 제정신이 들게끔 하고 싶었다.

"맞아, 민 선생님 계시면 미용실 분위기가 확 바뀔 텐데……. 아마 동네 여자들 다 와서 구경하고 머리할걸?"

'얼씨구절씨구! 지화자! 좋다! 은영 씨, 여기가 동물원입니까? 뭘 구경하러 와요?'

혜정과 은영의 말과 행동이 못마땅해진 지율은 핀잔을 주려고 했다. 그런데 갑자기 최 선생의 목소리가 들려왔다.

"민 선생님이 누구죠?"

세 명이 뛸 듯이 놀란 표정을 지으며 뒤로 돌아섰다. 유령을 봐도 이렇게 놀라지는 않을 것이다. 뒷문으로 들어온 최 선생이 그들에게 다가왔다. 얼마나 울었던지 얼굴이 팅팅 부어 있었다.

"최 선생님……."

지율이 최 선생의 컨디션에 대해 물으려 하는데 최 선생이 말을 끊었다. 아주 기분 나쁘다는 듯이 툴툴대며.

"벌써 절 자르시고 다른 사람을 고용할 작정이신가 보죠?"

지율은 억울하다는 듯이 눈을 크게 뜨고 손을 내저었다.

"아니에요! 절대 아니에요!"

"아니긴 뭐가 아니에요. 지금 분위기가 그런데."

최 선생이 금방이라도 다시 울 듯한 얼굴로 말했다.

"아니라니까요!"

지율이 톤을 더 높여 강력하게 부정했다.

"원장님, 그런데 왜 민 선생님한테 이력서 가져오라고 하셨어요?"

눈치없는 혜정이 끼어들었다. 지율은 그런 혜정을 원망하듯 바라보았다.

'혜정 씨는 불난 데 풀무질하는 게 취미야?'

지율은 그렇게 묻고 싶은 걸 간신히 참고 설명하기 시작했다.

"최 선생님! 그리고 혜정 씨, 은영 씨! 미용실에서 자를 건 머리카락밖에 없어요. 사람을 두고 자른다든지 잘렸다든지 하는 표현은 되도록 쓰지 않기로 하죠. 이력서는 민 선생님이 먼저 써오겠다고 했고 저는 검토를 해보겠다고만 했어요. 그게 다예요. 결정된 건 아무것도 없어요. 그리고 무엇보다도 여러분들이 더 잘 아시잖아요. 민 선생님의 경력과 조건이 우리 미용실과 부합되기는 힘들다는 거요. 쉽지 않을 거예요. 말 그대로 검토만 해보는 것뿐이니까 민감하게 반응하지 않으셨으면 좋겠어요. 아셨죠?"

지율의 똑 부러지는 설명에 직원들 모두가 수긍한다는 듯 고개를 끄덕였다.

"오늘 안으로 해결하고 말겠어!"

핸드폰으로 통화 중인 준우의 표정과 말투에서 자신감이 넘쳐

흘렀다.

[그런데 쉽게 포기하려고 할까?]

준우에 대한 믿음은 있지만 그래도 우려가 된다는 듯한 말투였다.

"정말 미치지 않았다면 넘기겠지."

[그러겠지.]

동의를 하면서도 왠지 맥이 빠진 목소리였다.

"안 기쁘냐? 목소리가 왜 그래?"

[휴우, 나도 잘 모르겠다.]

"사람 헷갈리게 하지 말고 입장 분명히 해라."

[이게 정답이겠지?]

"인생엔 정답이 없다고 하시더라, 나보다 더 많이 사신 분이."

준우가 아버지 태현을 떠올리며 말했다.

[그 말이 정답 같다.]

"더 이상 골머리 썩지 않아도 된다는 게 어디야? 그것만으로도 충분하지 않냐?"

[그래, 네 말이 맞다.]

"다녀와서 결과 보고할게. 끊는다."

준우는 마지못해 동의를 하는 상대의 태도가 못마땅한지 핸드폰을 접어버렸다.

"어서 오세요!"

문소리가 나자 지율은 벌떡 일어나 우렁차게 인사를 했다. 하지만 곧 가슴이 뛰고, 숨이 가빠지며, 두통, 구토, 이명, 현기증을 동반한 증상이 한꺼번에 몰려왔다. 심장병이냐구? 천만의 말씀! 고산병에 가까운 증상이었다.

검토만 해볼 생각이었는데 정확히 폐점 시간에 맞춰 미용실에 온 준우는 정식으로 면접을 볼 작정인지 정장 차림이었다. 지율은 셔츠와 넥타이 대신 검은 터틀넥을, 짙은 회색 벨벳 양복을 입은 준우를 찬찬히 훑어보았다. 물론 멋졌다. 그리고 매력이 넘쳤다. 그것도 아주 많이. 인정할 건 인정해야만 했다.

하지만 지율이 느낀 심적 부담감에 비하면 그건 아무것도 아니었다. 지율은 높은 장벽을 뛰어넘어야 할 사람처럼, 과중한 숙제를 떠안은 사람처럼 눈앞이 암담했다. 숨이 턱턱 막힌 나머지 금방이라도 쓰러질 지경이었다.

지율은 이력서를 지참하고 저런 차림새를 하고 온 준우를 어떻게 모셔야 할지, 그리고 무슨 말을 해서 밀어내야 할지 아무런 묘안을 염출할 수가 없었다. 지율은 후회스러웠다. 괜히 장난기가 발동해 시킨 일이 이제는 자신의 발등을 짓찧고 싶을 정도로 후회가 됐다. 차라리 기억상실증에 걸린 사람처럼 '누구세요?', '제가 그런 적이 있었나요?' 하는 말로 이 순간을 얼렁뚱땅 넘기고 싶었다.

"원장님, 저희 퇴근해도 될까요?"

최 선생이 물어왔다. 지율은 그런 최 선생에게 도움을 요청하듯 바라보았다.

'함께 집중사격 하는 것까진 바라지 않을게요. 뒤에서 지원사격을 해서라도 이 남자만 내쫓든 때려눕히든 해주세요. 그러면 평생 보은하며 살게요. 제발 절 혼자 남겨두고 가지 마세요. 플리즈…….'

하지만 최 선생은 사람 속마음을 독해하는 능력이 낙제점에 가까웠다. 오히려 혜정과 은영에게 신세를 갚겠다며 빨리 가자고 했다.

'이런, 배신녀들! 내 그대들을 정녕 용서치 않을 것이오!'

지율은 자신을 홀로 남겨두고 탈의실로 쏙 들어가 버린 직원들을 향해 속으로 외쳤다.

"우, 우선 앉으세요. 차…… 라도 한 잔……."

떨떠름한 표정으로 준우를 바라본 지율이 이 순간을 모면할 수 있는 방법을 생각할 시간이 필요해 이렇게 말했다. 하지만 준우도 최 선생처럼 독해력이 영 아니었다. 일부러 모른 척하는 것일지도 모르지만 말이다.

"아니요, 됐습니다."

준우는 소파에 앉았다. 그리고 뭐가 그리도 바쁜지 양복 안에서 하얀 봉투를 꺼내 탁자 위에 올려두었다. 지율의 눈엔 그것이 사약을 받으라는 내용이 담긴 편지처럼 보였다. 무슨 일이 있어도 절대 열어보고 싶지 않았다. 지율이 마른침을 간신히 꼴깍 삼키려 하는데 준우와 눈이 마주쳤다. 그 바람에 지율은 사레든 사람처럼 캑캑거렸다.

"저기…… 잠시만……."

지율은 숨이 넘어갈 듯 말하며 휴게실로 도망쳤다. 눈물이 쏙 빠지게 기침을 한 다음 휴게실을 둘러보았다.

"왜 여긴 비상구가 없는 거야! 리모델링을 하면 일순위로 만들어 버릴 테야!"

물 한 잔을 들이키며 괴로운 호흡을 가라앉힌 지율은 서둘러 용기를 주워 담았다.

"맞서는 거야. 그래, 이럴 필요 뭐 있어? 면접하러 온 사람을 다 채용하라는 법은 없잖아? 누가 그렇게 잘나라고 했나? 옷은 또 그게 뭐야? 사람 기를 확 꺾어놓고! 여기 올 시간 있으면 더 좋은 데 가서 면접 보면 되잖아! 도대체 여기는 왜 와? 하여간 아주 못됐어!"

지율은 새치름한 표정으로 휴게실을 나왔다. 마침 탈의실에서 나온 직원들과 마주쳤다.

"원장님, 내일 뵐게요."

'그래! 그렇게 가고 싶으면 가버려라! 안 잡는다! 흥! 배신녀들!'

지율이 속마음을 감추고 떨떠름한 미소로 인사를 대신했다. 직원들은 준우에게 인사를 한 후 미용실 밖으로 나가 버렸다. 지율은 준우의 맞은편에 자리를 잡고 앉았다. 그리고 봉투를 열어 안에 든 이력서를 꺼내 들었다. 자신도 한 번 써보지 못한 이력서를 보려니 괜히 가슴이 통탕거렸다.

우선 눈에 확 들어온 것은 준우의 사진이었다. 실물과 별반 다르지 않지만 굳이 비교를 하자면 실물이 훨씬 나았다. 그때였다. 사진을 보던 지율에게 믿지 못할 현상이 일어났다. 갑자기 속에서 웃음이 넘어온 것이다.

이 무슨 해괴망측한 행동이란 말인가! 지율은 스스로 당황스러워 이력서로 얼굴을 감추고 웃음을 참으려 했다. 하지만 입술 바로 앞까지 넘어온 웃음을 다시 넘기는 건 너무나도 힘든 일이었다.

'아! 미치겠다! 김지율, 너 왜 이러니?'

참으려고 애를 쓰면 쓸수록 몸속에서 퍼진 웃음이 신경을 마구 간질였다. 그 괴로운 간지럼을 도저히 참을 수가 없는지 지율은 어깨를 들썩이며 웃어버리고 말았다. 이력서로 얼굴을 가린 채 맘껏!

'몰라! 몰라! 웃긴 걸 어쩌란 말이야! 배를 째든 등을 따든 몰라!'

"푸하하하하!"

지율은 너무 많이 웃어서 그런지 눈물까지 그렁그렁해졌다. 그리고 이제는 울기 시작했다.

'나 어떡해. 너무 웃겨. 이러다 죽겠어.'

"엉엉."

준우는 정신 나간 사람처럼 웃다 우는 지율을 어이없는 눈으로 쳐다보았다. 관찰할수록 참 독특한 여자라는 생각을 하며. 그러다 급기야 화가 난 듯 낮게 으르렁거리며 말했다.

"뭐 하는 거예요? 사람을 앞에다 두고. 이유 좀 알고 같이 웃고 울죠."

"죄, 죄송해요."

지율은 손으로 눈물을 훔치며 사과했다. 그리고 덧붙여 말했다.

"사진이란 거 참 신기해요."

"뭐가요?"

"사진 찍을 때의 감정까지 말해주니까 말이에요. 이거 찍을 때 기분이 별로 안 좋으셨나 봐요. 눈에 불만이 가득한데 억지로 웃고 있잖아요. 마치 이 작은 틀을 당장이라도 부수고 뛰쳐나오고 싶은데 차마 그럴 수가 없다는 듯 참고 있는 표정이에요. 언제 적 사진이에요?"

사진을 들여다보며 종알종알 재깔거리던 지율이 준우를 쳐다보았다. 그리고 곧 얼굴에서 웃음기를 거둬들였다. 준우가 왠지 화가 잔뜩 난 표정을 하고 있었기 때문이다. 당장이라도 지율의 멱살을 잡고 세 바퀴쯤 회전을 시킨 후 내던질 것만 같은 표정이었다. 지율이 겁을 집어먹고 이력서로 다시 시선을 옮겼다.

'자식이 말이지, 면접 보러 온 주제에 그런 위협적인 눈빛을 해? 마이너스 이십 점! 어디 보자, 성명 민준우. 준우? 음⋯⋯ 나쁘진 않네. 한자는⋯⋯ 그까짓 것 대충 통과. 생년월일 천구백칠십⋯⋯. 잉? 나보다 네 살이나 많잖아? 그럼 서른? 보기보다 늙었네. 어이구, 게다가 생일은 크리스마스? 당신이 예수님이라도 돼?'

지율은 괜히 트집을 잡으며 준우를 슬쩍 쳐다보았다. 준우는 좀 누그러진 모습으로 미용실을 둘러보고 있었다. 지율은 다시 이력서로 눈을 돌렸다.

'원장인 나보다 나이가 많은 죄로 마이너스 이십 점! 연락처, 관심없다. 현주소는 당연히 우리 윗집이겠지, 본적은 강원도 어쩌고 저쩌고, 호주 민태현, 관계 자(子), 찰리 아저씨 이름인가 보네. 학력은, 잉?

지율은 눈을 들어 준우를 째려보았다. 그리고 속으로 따지듯 물었다.

'이봐! 이거 허위 기재 아니야? 어떻게 초등학교 중퇴에 대입까지 검정고시야? 이게 말이 돼? 그나마 소문은 진짜네, 영국 런던에 있는 비달사순과 토니 앤 가이 헤어 디자인 학교를 졸업한 건. 그래도 허위 공문서 작성이 의심되는 바, 마이너스 이십 점!'

지율은 경력사항을 살폈다. 그리고 깜짝 놀라 입을 떡 벌렸다. 내로라하는 미용실 본점 이름이 줄줄이 나열되어 있기 때문이었다. 게다가 마지막으로 근무했던 미용실에선 정말 점장 자리를 꿰차고 있었던 모양이다. 지율은 입을 삐죽거렸다.

'그러니까 이렇게 잘난 사람이 뭐가 아쉬워서 우리 미용실에 취직을 하겠다는 거냐구! 알다가도 모를 사람일세! 사람 마음 혼란시킨 괘씸죄로 마이너스 이십 점! 군대는 당연히 갔다 왔군. 병역 회피하려고 별짓을 다 하는 세상에 이건 기특하다, 플러스 일 점! 너무 박한가? 그래! 기분이다! 오 점! 그럼 총 몇 점이지?'

지율은 머릿속으로 계산을 해보았다.

'애걔, 겨우 이십오 점이네! 이걸 어쩌나? 불합격이네! 호호호!'

지율은 영악한 미소를 감추고 입을 열었다.

"잘 봤어요."

준우가 지율을 빤히 쳐다보았다.

"경력이 대단히 화려하시네요. 그래서 의문이 생겨요. 왜 우리 미용실이죠? 이 정도의 경력이라면 대형 미용실로 가셔도 될 것 같은데. 아니면 오픈을 하셔도 될 것 같구요."

지율이 팔짱을 끼며 캐묻듯 질문을 던졌다. 준우가 그런 지율을 계속 뚫어지게 보다 양 허벅지에 팔을 기대고 몸을 앞으로 숙였다. 지율은 바로 앞에 탁자가 있으나 준우가 앞으로 다가오는 게 두려운지 몸을 뒤로 움직여 소파에 파묻 듯했다. 준우는 아주 차분한 음성으로 말을 하기 시작했다.

"제가 마음에 안 드세요?"

"그게 아니고……."

'자식이, 묻는 말에 대답은 안 해주고 왜 이렇게 도전하듯이 강한 눈빛으로 레이저를 쏴대는 거야?'

당황한 기색이 역력한 지율이 우물쭈물하다 다시 입을 열었다.

"아시다시피 요즘 경기가 안 좋아요. 미용실 서비스 가격이 낮아진 만큼 임금도 많이 깎인 상황이에요. 제가 선생님이 원하시는 임금을 맞춰 드릴 수 있을지 모르겠네요."

임금 얘기가 나오자 준우가 좀처럼 입을 열지 않았다.

"선생님도 여기서 일하기 힘들겠단 생각이 드시죠? 더 큰 미용실로 가보시……."

지율이 말을 끊을 수밖에 없었다. 준우가 폭탄선언을 했기 때문이다.

"기본급 없이 제 매출의 30%만 주세요."

지율은 할 말을 잃었다. 그저 코웃음만 나왔다.

"저희 미용실 매상을 알고나 하시는 소린가요? 저희 매일 파리, 먼지만 날리고 있어요. 그런데 선생님이 스태프보다 못한 월급을 받아가며 일을 하겠다구요? 여기는 팁도 안 나오는 동네예요! 한 마디로 모험이나 다름없다는……."

지율이 인간적인 측면에서 충고를 하는데 준우가 또 말을 끊었다.

"모험인 거 알아요. 하지만 상관없어요."

"전 이해가 안 되네요. 왜 그런 무모한 짓을 하시려고 하나요?"

지율이 따지고 들듯이 물었다.

"자신있으니까요."

준우의 답변에 지율은 멍해졌다. 다 죽어가는 미용실을 살릴 자신이 있다는 말에 충격을 받은 것이다. 지율은 어디서 저런 오만에 가까운 자신감이 나오는 건지 도저히 이해할 수가 없었다.

"자신…… 있다구요?"

"네, 자신있어요."

재차 확인을 하고 대답을 들은 지율은 말을 잃고 한동안 침묵했다. 준우가 그 침묵을 깨고 조심스럽게 말을 꺼냈다.

"그런데 제가 잘못 본 건가요? 원장님은 왠지 이 미용실을 이끌어갈 자신이 없어 보이십니다. 뭐, 그렇게 자신이 없으면 그냥 저한테 넘기시던가요. 차라리 그게 낫지 않을까요?"

준우가 지율을 충격의 도가니에 풍덩 빠뜨렸다. 슬며시 자존심을 긁으면서 믿지 못할 제안을 해왔기 때문이다.

'넘기란다. 이 가망성 없는 미용실을 자기한테 넘기란다.'

지율은 그가 한없이 의심스럽기만 했다. 회생 불가능한 미용실이라 아주 거저먹을 생각으로 그러는 것 같아 경계심마저 생겼다. 지율의 그런 마음을 읽어냈는지 준우가 말을 덧붙였다.

"얼마가 됐든 간에 상관없이 인수하겠습니다. 지금 당장 계약서를 써도 좋구요."

지율은 눈을 휘둥그렇게 뜨고 마른침을 꿀꺽 삼켰다. 이게 하늘이 준 기회인지 악마의 속임수인지 분간이 되질 않았다. 그저 가슴만 퉁탕거리고 머리가 어질어질해졌다.

'김지율, 정신 차려! 이 인간이 제정신이면 이런 제안을 왜 하겠니? 뭔가가 있는 거야. 그렇지 않으면 나 대신 물에 빠지고 불에 뛰어들겠다고 할 이유가 없잖아. 혹시 이 미용실 건물 밑에 유전이나 금광이 있는 건가? 도대체 무슨 속셈인 거지? 아무리 자신감이 장마에 봇물 넘쳐흐를 만큼 있어도 그렇지 어떻게 이런 제안을 할 수가 있는 거냐구!'

"길 건너 새 건물에 대형 미용실이 들어온다고 하던데 가급적이면 빨리 지힌데 넘기시는 게 유리하지 않을까요?"

지율은 더 더욱 의심이 생겼다. 자신의 상식으론 그런 것까지 아는 사람이 이런 제안을 할 리가 만무했기 때문이다.

'뭔가가 있는 거야. 분명히 뭔가가 있는 거야. 조류독감에 도산하는 가게들이 허다한 마당에 대박을 터뜨리는 찰리 아저씨를 봐도 그렇고 이 남자한테도 분명히 특별한 뭔가가 있는 거야! 부전자전이라고 이 남자는 황금 알을 낳는 거위일 수도 있다구! 김지율, 잘 생각해라. 지금 당장 거위의 배를 가를래, 아니면 거위를 곁에 둘래?

　지율은 머리를 빠릿빠릿하게 굴리고 돌렸다. 그리고 고심 끝에
결단을 내렸다.

　"내일부터 출근하세요."

　지율의 말에 준우가 자신의 귀를 의심하며 눈을 가늘게 떴다.

　'뭐? 날…… 채용하겠다구? 이 여자…… 미친 거 아냐?'

[진짜?]

"몇 번을 물어? 진짜 그랬다니까!"

준우는 똑같은 질문에 똑같은 대답을 반복하는 게 짜증이 나서 핸드폰에다 대고 소리를 버럭 질렀다.

[그래서 내일부터 출근할 거야?]

"별수없잖아."

준우는 지율이 쉽게 미용실을 넘길 줄 알았다. 넘겼더라면 지율을 두고 정신이 나갔느니 미쳤느니 하는 표현은 절대 쓰지 않았을 것이다. 어이없는 웃음을 터뜨리는 일도 없었을 것이다. 준우는 더 이상 빼도 박도 못하는 상황이 된 것을 깨닫고 한숨을 내쉬었다.

[미용실 주저앉히게 삽이라도 사줘?]

"네 무덤 파게 사줘."

농담을 주고받아도 기분은 나아질 기미가 보이지 않았다.

[내가 월급 줄게.]

"많이 줘."

[그래, 많이 줄게.]

"너 미워하지 않을 만큼 아주 많이 줘."

[그래, 아주 많이 줄게.]

"그래도 네가 미워질 것 같다. 끊어."

준우는 핸드폰을 접고 인상을 썼다.

"이왕 그렇게 된 거 기분 좋게 도와줘라."

태현이 준우 앞에 술과 안주를 놓아주며 넌지시 한마디를 보탰다. 애써 절제된 표현을 하고 있지만 이 상황을 즐기고 있는 게 분명했다. 어떻게 해서라도 미용실을 포기하게 만들겠다고 큰소리를 치며 나갔던 준우가 어이없다는 표정으로 귀가를 해서는 지율을 만만하게 봤다가 되레 당했다고 했을 때부터 태현의 태도는 그러했다.

"아버진 정말 아무렇지도 않으세요?"

평소 준우에 대한 자부심이 대단한 태현이었기에 준우는 태현의 태도가 솔직히 이해되질 않았다. 유학까지 다녀온 아들이 별볼일 없는 동네에서 썩게 됐는데도 반대는커녕 오히려 호의적인 태도를 보이고 있으니 말이다.

"솔직히…… 흥미진진하구나."

태현이 맞은편 의자에 앉으며 준우를 향해 싱긋 웃었다.

"아버지."

준우는 볼멘 목소리로 태현을 힐난하려 했다. 하지만 태현이 이를 허락지 않았다.

"기특하지 않니? 대견스럽지 않니?"

준우는 고개를 젖히고 한숨을 크게 토해냈다. 그리고선 얼굴을 한껏 일그러뜨리며 입을 열었다.

"기특하고 대견스러워요? 그 대책없는 사고뭉치가요?"

"대책이 없는 건 사실이지만 난 그 용기와 근성을 높이 사고 싶구나."

"그건 용기도 근성도 뭣도 아니에요!"

"그게 아니면 뭐란 말이냐?"

"엉뚱한 거예요!"

"하하하! 그거 재미있는 표현이구나!"

"아버지. 지금 웃음이 나오세요? 전 미치겠는데!"

준우가 복장이 터질 것만 같은 얼굴로 태현에게 항의조로 말했다.

"눈빛이 살아 있더구나. 난 그 눈빛에서 열정과 투지를 봤는데 넌 아직 그걸 못 본 모양이구나."

준우는 태현의 말에 쉽사리 동의를 할 수가 없었다. 그렇다고 해서 강하게 부정을 할 수도 없었다. 그저 내일 출근을 하자마자 지율의 눈빛에 그러한 것들이 살아 숨 쉬고 있는지 확인을 해봐야겠다고만 다짐할 뿐이었다.

"그래도 그렇지, 그 여자한테 너무 후한 점수를 주시는 거 아니에요?"

태현은 마냥 싱글벙글한 얼굴로 준우를 바라보기만 했다.

다음날 아침, 미용실 앞.

준우는 이상한 광경을 목격했다. 지율이 방금 떠나는 차를 향해 연신 손을 흔들고, 허리를 굽실굽실 굽혀가면서 인사를 해대고 있었다. 더 이상 차가 보이지 않는데도 말이다.

"뭐 하세요?"

"엄마야!"

지율이 비명을 내지르며 뒤를 돌아보았다.

"이젠 제가 엄마로 보여요?"

준우는 얄미울 정도로 느릿느릿 물었다. 그에 지율이 버럭 화를 냈다.

"청심환 사줄 거예요? 왜 자꾸 사람 놀라게 하는 거예요?"

"많이 놀랐어요?"

"네! 심장마비로 죽을 뻔했어요!"

준우가 방금 사라진 차의 방향으로 고개를 돌리며 물었다.

"그런데 방금 누가 왔다 간 거예요?"

"리모델링 맡아주실 분이요."

"리모델링이요?"

준우는 믿을 수 없다는 표정으로 되물었다.

"네. 미용실 싹 다 뜯어고칠 거예요!"

지율이 금방 화를 풀고 활짝 웃으며 말했다. 더 할 말이 많은지 말을 멈추지 않았다.

"제가요, 지금 자금이 쪼들려서 엄두도 못 낸 상황이었는데 어떻게 해결한 줄 아세요?"

잔뜩 흥분해서 들뜬 지율이 참새처럼 종알거렸다. 생기발랄한 얼굴에 눈은 초롱초롱 빛이 났다.

"돈이 없으면 인맥을 동원해서 사기는 못 치더라도 무작정 매달려 볼 수밖에요. 오빠 친구 중에 인테리어 업체 사장이 있거든요. 그래서 그 오빠한테 도와달라고 사정을 했어요. 결제는 돈 벌어서 하기로 하구요. 그랬더니 그 오빠가 다 알아서 해준대요. 게다가 당장 내일부터 공사해 준대요. 신경 쓸 게 없을 정도로요! 호호호! 잘됐죠? 정말 잘됐죠?"

준우는 어린아이처럼 좋아하는 지율을 무표정하게 바라보았다. 그의 그런 무덤덤한 반응에 지율은 얼굴에서 미소를 서서히 거둬들였다.

"흠흠, 저 먼저 들어가요."

지율은 호응을 안 해주는 준우가 밉다는 듯 토라진 얼굴을 하고 미용실로 들어가 버렸다.

준우는 미용실로 들어간 지율을 한참 동안 쳐다보았다. 머릿속이 뒤죽박죽이 된 기분이었다.

'도대체 하룻밤 사이에 무슨 일이 있었던 걸까?'

준우가 아는 김지율은 그저 엉뚱하기만 한 여자였다. 결코 열정과 투지로 생동감이 넘치는 눈빛을 하거나 뚝심과 패기로 우렁찬 목소리를 내는 여자는 아니었다. 굳세고 기개가 느껴지는 여장부의 모습을 보여주는 그런 여자가 아니었단 말이다.

그런데 지금 지율은 준우에게 그런 새로운 면모를 보여줌으로써 그를 자극하고 있었다. 자신이 내린 선택에 대해 다시 한 번 생각하게 만들고 있었다. 준우는 불현듯 미용실을 포기시키는 일보다는 미용실을 잘해낼 수 있도록 지율과 자신을 한번 시험을 해보고픈 마음이 생겼다. 오기라 해도 좋고 무모한 도전이라 해도 좋았다. 어차피 게임이 시작된 상황, 준우는 욕심이 생겼다. 어떻게 해서라도 성공하고 싶은 마음, 그것이었다.

"민 선생님! 안녕하세요!"

마침 출근을 하던 혜정과 은영 그리고 최 선생이 준우를 발견하고 인사를 건넸다.

"안녕하세요."

"어떻게 됐어요? 오늘부터 출근하기로 하신 거예요?"

혜정이 조급하게 물었다.

"네, 그렇게 됐습니다."

"와! 잘됐네요! 민 선생님! 앞으로 잘 부탁드립니다!"

준우의 말에 혜정과 은영이 손뼉을 치며 좋아했다. 하지만 옆에 있던 최 선생은 다소 걱정하는 낯빛을 했다.

"저도 잘 부탁드립니다."

"어서 들어가세요!"

"네."

지율은 모두가 미용실 안으로 들어오자 아까 준우에게 한 것처럼 희소식을 전했다. 그 소식에 세 여자가 뛸 듯이 기뻐했다.

"와! 신난다!"

"분명히 손님들이 물밀듯 올 거예요."

"대부분 새로 단장한 곳은 오픈 빨이라는 게 있거든요. 최소한 몇 달은 괜찮을 거예요. 그사이에 단골을 잡아야 하죠."

"우리 미용실 이름도 바꿔요."

갑자기 혜정이 제안을 했다. 모두들 귀가 솔깃해져 혜정을 주시했다. 은영도 거들었다.

"맞아요. 새 술은 새 포대에 담으라는 소리도 있잖아요. 우리 바꿔요."

지율이 최 선생과 준우의 의향을 묻듯 쳐다보았다. 최 선생은 고개를 끄덕여 찬성했고 준우는 어깨를 들썩이며 좋을 대로 하라는 식으로 의사 표현을 했다.

"그럼, 새 이름은 뭐가 좋을까요?"

"고급스럽고 부드러운 뉘앙스로 해요."

"그러니까 그게 뭐냐구?"

혜정의 말에 은영이 토를 달며 물었다.

"원장님, 불어가 전공이시라면서요? 좋은 말 없나요? 예를 들면 지금보다 대박 터지게 사람들을 많이 끌어들인다는 말 같은 거요."

혜정의 화살이 지율에게 돌아왔다. 그때 은영이 장난을 치듯 말했다.

"더 많이 끌래유."

콧소리를 내며 한 말은 충청도 사투리 같기도 하고 불어 같기도 했다. 은영은 장난이라는 듯이 혼자 깔깔대며 웃어댔다. 그러다 심상치 않은 표정을 짓는 사람들을 보며 웃음을 거둬들였다.

"제가…… 무슨…… 큰 잘못이라도……."

그때 사람들이 동시에 입을 열었다. 마치 커피 한 잔을 마시고 그 맛을 음미하듯.

"더 많이 끌래유……. 더 많이 끌래유……."

그러다 최 선생이 덧붙였다.

"앞의 더는 영문자 The, 그리고 뒤의 말은 소리나는 대로 마니 끌레유, 어때요?"

"좋아요!"

여자들은 소리 높여 동의를 했고 남자는 뭐든 상관없다는 식으로 어깨를 또 한 번 들썩였다. 그때 혜정이 손을 번쩍 들었다.

"제안 하나 할게요. 오픈하면 당분간 정신이 없을 테니 오늘 저녁 회식 어때요? 민 선생님 환영회도 할 겸."

"좋아요!"

찬성하는 소리가 더욱 커졌다.

평소와 별반 다르지 않게 장부는 썰렁했다. 하지만 지율은 그다지 신경을 쓰지 않았다. 아니, 신경 쓸 겨를이 없었다. 틈틈이 직원들과 미용실 물품을 정리해 상자에 담고 한쪽에 옮겨놓아야만 했기 때문이다. 별것도 아닌 일인 줄 알았는데 막상 시작해 보니 미용실 물품이 끝도 없는 쏟아져 나왔고 그것들을 분류해 담는 일은 결코 쉬운 게 아니었다. 확실히 남자인 준우가 있어서 그런지 작업은 순조롭게 진행이 됐다. 높은 곳에 있는 물품, 무거운 짐은 준우가 도맡아 쉽게 해결을 해주었다. 어느 정도 정리가 되자 지율과 그 일행은 회식을 위해 자리를 옮겼다.

목에 낀 먼지, 머리카락을 빼려면 정기적으로 삼겹살을 먹어주고 소주로 소독을 해줘야 한단다. 그래서 지율과 그 일행은 동네에서 제일 맛있다고 소문난 삼겹살 집으로 자리를 옮겼고 서로의 잔에 소주를 채워주고 건배를 했다.

"오늘 수고 많으셨고 앞으로도 수고해 주세요."

"대박을 기원하며, 건배!"

"민 선생님, 환영합니다!"

화기애애한 분위기 속에서 잔이 오가고 맛있게 구워지는 삼겹살은 게 눈 감추듯 없어졌다. 삼겹살을 굽고 가위로 잘라주는 건 준우의 몫이었다.

"와! 민 선생님, 삼겹살 자르는 솜씨가 예사롭지 않은데요! 먹기 좋을 만큼의 사이즈로 일정하게 써는 게 거의 예술의 경지에 가까워요!"

환심을 사기 위해 예술까지 들먹이며 알랑거리는 혜정의 말이 싫지 않은지 준우는 피식 웃었다.

"계속 고기 굽느라고 못 드셨죠?"

혜정이 쌈을 만들어 준우에게 디밀었다. 입을 벌리고 어서 먹으라는 식으로.

"제가 먹을게요."

준우가 굳어진 얼굴로 손을 내저으며 거절을 하자 혜정이 낯간
지러운 콧소리를 내며 계속 권했다.

"아잉, 어서 드세요."

지율이 아니꼽다는 듯이 그들을 보았다.

'혜정 씨, 민 선생한테 정말 마음 있나 보네. 그래도 그렇지 웬
닭살 애정 행각!'

준우가 마지못해 입을 벌리고 혜정이 내민 쌈을 받아먹었다. 혜
정이 만족스레 웃으며 애교 섞인 말까지 덧붙였다.

"맛있죠?"

그런 혜정을 밉살스럽다는 듯 쳐다보던 은영이 갑자기 손에 커
다란 상추를 얹어놓고 큼직한 삼겹살에 된장, 마늘, 풋고추 등등
을 넣어 커다란 쌈 하나 만들었다. 생각해 주는 마음은 갸륵하나
먹는 순간 질식사해 버릴 것 같은 크기의 쌈이었다. 은영은 혜정
이 한 것처럼 준우에게 권했다.

"제 것도 하나 드세요."

'아니, 이것들이 원장인 나한테는 깻잎 한 장도 안 권하면서 민
선생은 왜 이렇게 챙기는 거야?'

지율은 혜정이 준 쌈을 간신히 넘기고 난감한 표정을 짓는 준우
를 얄밉다는 듯 쳐다보았다. 그리고 못마땅한 얼굴로 준우에게서
가위를 빼앗아 삼겹살을 난도질하듯 잘라댔다.

'누군 입이고 누군 주둥아리냐? 이런 걸 두고 직장 내 성차별이
라는 거지? 저거 먹고 입이 쫙 찢어지든 확 체해 버리든 해라!'

"야, 누가 쌈을 그렇게 무식하게 크게 싸냐? 딱 먹기 좋을 만큼

싸서 드려야지."

혜정이 은영에게 시비를 건 순간 지율은 그들의 우정에 금이 가
는 소리를 들었다. 혜정의 말이 귀에 거슬렸는지 은영이 고개를
홱 돌리며 날카로운 눈빛을 했다.

"뭐? 무식?"

"그래, 무식! 민 선생님이 그렇게 큰 거 먹다 질식이라도 하시면
네가 책임질래?"

화가 난 은영이 쌈을 준우의 입에 강제로 밀어 넣고선 소매를
걷어붙였다.

"야! 전혜정! 네가 어떻게 나한테 그딴 식으로 말할 수가 있어?"

"어머! 유은영! 너 지금 나하고 맞짱이라도 뜨자는 거니?"

"허! 맞짱? 너 학교 다닐 때 여자 일진회 짱이었다는 소문 있던
데 사실이구나?"

"뭐? 야! 누가 그딴 소리 해?"

"너 아는 손님들이 그러더라. 너 이 동네 토박이 날라리라구."

지율은 벌레 한 마리 죽이지도 못할 것처럼 가녀리게 생긴 혜정
이 일진회 짱이었다는 말에 놀라 입을 떡 벌렸다. 지율은 혜정의
예전 모습이 절로 상상이 되었다. 힘없는 친구나 후배를 엎드려
뻗치게 한 후 껌을 짝짝 씹고, 한쪽 다리를 리드미컬하게 흔들며,
몽둥이로 위협하고, 사정없이 내려치는 일진회 짱의 모습이! 상상
만으로 지율은 소름이 돋고 식은땀이 났다. 앞으로 밉보이면 자신
도 어두컴컴한 곳에 끌려가 린치를 당할까 두렵기까지 했다.

'아니, 그런데 은영 씨는 무슨 배짱으로 저런 혜정 씨한테 덤비

는 거야? 아무리 민 선생이 좋아도 그렇지.'

지율은 이제 은영이 걱정되었다.

"야! 그런 어두운 과거는 청산이나 할 수 있지만 천성적으로 무식한 건 대대로 이어져 가는 거거든."

"뭐, 뭐, 뭐야? 오냐! 너 오늘 나한테 아주 제대로 걸렸다! 진정한 무식이 뭔지 내가 오늘 맛을 보여주마!"

은영이 잘게 썰어놓은 마늘과 풋고추를 혜정의 얼굴에 던지며 말했다. 독한 마늘과 풋고추 세례를 받은 혜정이 도저히 참을 수가 없는지 은영의 머리채를 확 낚아채듯 잡아당겼다.

"이게 착하게 좀 살아보려고 했더니 성질을 살살 건드리네!"

은영도 참을 수가 없는지 혜정의 양쪽 뺨을 잡고 흔들었다.

"이 위선자! 여우 같은 계집애!"

말려야 할 상황임에도 불구하고 일진회 짱과 무식대마왕을 섣불리 건드릴 수가 없었다. 그때 준우가 입을 막고 있던 쌈을 내뱉고 나섰다.

"둘 다 그만두세요. 이게 뭐 하는 짓이에요?"

혜정과 은영이 눈치를 살피며 서로를 놓아주었다. 새둥지처럼 헝클어진 머리를 한 은영과 뺨을 잡혀서 붉어진 얼굴을 한 혜정이 거친 숨을 몰아쉬며 씩씩댔다. 눈이 마주치자 '흥!' 하는 소리까지 내며 고개를 확 돌려 버렸다.

"화합하고 단결하자고 이렇게 모였는데 이게 뭡니까? 그렇게 안 봤는데 혜정 씨랑 은영 씨한테 실망했습니다. 자, 어서 서로 사과하고 화해하세요."

준우의 꾸짖는 말에 혜정과 은영이 시큰둥한 표정을 짓다 머뭇거리며 입을 열었다.

"미안해……. 내가 심했어."

은영이 혜정의 옆구리를 쿡 찌르며 사과했다.

"나도 미안해……."

고개를 푹 숙인 혜정이 애꿎은 손가락만 만지며 작게 말했다.

"자, 한 잔씩 하면서 기분 풉시다."

준우가 술을 들고 권하자 혜정과 은영이 수줍은 듯 자신의 잔을 내밀었다. 술과 함께 화를 넘겨 버린 혜정과 은영은 얼큰하게 취하기 시작했고 다시 둘도 없는 친구가 되었다. 서로 머리를 빗어 주고, 뺨을 문질러 주며 다시는 싸우지 말자고 다짐을 하고 손가락을 걸기까지 했다. 그리고 쌈을 싸서 서로의 입에 넣어주는 그들의 모습에 지율은 속으로 웃음을 터뜨렸다.

"그런데 민 선생님, 뭐 하나 여쭈어봐도 되나요?"

혜정이 궁금한 얼굴로 준우에게 질문을 던졌다.

"네, 그러세요."

"찰리 아저씨가 정말 아버님 맞으세요? 전혀 안 닮으셔서요."

준우가 씁쓸한 미소를 지었다.

"낳아주신 분이 아니라서 그래요."

준우의 고백에 다들 눈을 휘둥그렇게 떴다.

'어쩐지…….'

지율은 닮은 구석이 전혀 없는 두 사람이 부자관계라는 게 이상했지만 이런 사연이 있는 줄은 몰랐다.

"제가 있던 고아원에 아버지가 정기적으로 오셔서 머리를 깎아주셨어요. 그땐 호프집이 아니라 이발소를 하셨거든요. 초등학교 때 고아라고 놀리는 아이한테 주먹을 휘둘렀고 그게 문제가 돼서 학교를 그만뒀어요. 그 뒤 고아원을 무작정 뛰쳐나와 거리를 헤맸죠. 배가 너무 고파 돈 없이 식당에 들어가 밥을 먹고 도망쳤는데 그때 절 잡은 사람이 지금의 아버지였어요. 몰랐는데 아버지의 이발소가 바로 그 식당 옆이었던 거예요. 절 혼쭐낸 아버지는 대신 밥값을 내주셨고 절 이발소로 데려가 일을 시키셨죠. 그게 인연이 돼서 지금까지 같이 살아왔구요. 비록 외모가 닮지는 않아도 저한텐 친아버지나 다름없으신 분이에요."

준우가 말을 끝낸 후 '속았죠? 뻥이에요!' 라고 해도 될 정도로 믿기 힘든 이야기였다. 다들 어리벙벙한 얼굴로 히죽 웃는 준우를 바라만 보았다. 되도록 꽁꽁 숨기고 싶은 과거를 아무렇지도 않게 말하는 준우를 이해하기 힘들다는 표정들이었다.

"아버지한테 기술을 배우신 거예요?"

은영이 조심스럽게 물었다.

"네, 제가 가르쳐 달라고 했어요. 아버질 존경해서 그랬는지 아버지가 하시는 일들이 모두 다 멋져 보였거든요. 하지만 아버진 제가 다시 학교에 들어가 공부를 하길 원하셨어요. 전 절대 학교에 가지 않을 거라고 버텼구요. 그래서 아버지가 조건을 내거셨죠. 대입 검정고시까지 합격하면 기술을 가르쳐 주시겠다는 조건이요."

"결국 아버지가 시키는 대로 다 하신 거군요?"

혜정이 눈을 반짝이며 물었다. 준우가 고개를 끄덕이자 모두들 탄성을 내질렀다.

"와! 한 편의 드라마다! 드라마야!"

"그런데 왜 아버진 이발을 그만두셨나요?"

최 선생이 궁금하다는 듯 물었다.

"손에 무리가 와서 더 이상 일을 하실 수가 없었어요. 자고 일어나면 손이 퉁퉁 부어 있어 가위를 낄 수가 없을 정도였거든요."

"그러셨구나! 너무 안되셨다!"

은영이 슬픈 표정을 지으며 안타까워했다.

"저 때문에 고생하신 아버지를 편하게 모셔야 하는데……."

준우가 쓴웃음을 지으며 말했다. 지율은 마음이 불편해졌다. 죄책감과 책임감, 그리고 중압감이 동시에 느껴졌기 때문이다. 하지만 지율은 황금 알을 낳는 거위를 놓아줄 생각이 절대 없었다. 황금 알을 많이 낳아주면 그때 한번 생각을 해볼망정.

2차로 간 곳은 노래방이었다. 혜정과 은영, 그리고 최 선생은 신나는 음악에 맞춰 흥을 돋우는 노래와 춤을 선보이며 분위기를 띄웠다. 그들의 익살스러운 모습을 보는 것만으로도 충분히 즐거운 시간이었다.

이 세상 위에 내가 있고, 나를 사랑해 주는

나의 사람들과 나의 갈 길을 가고 싶어.

너무 힘들고 외로워도 그건 연습일 뿐이야.

넘어지진 않을 거야. 나는 문제없어.

노래가 끝나자 혜정이 먼저 지율에게 마이크를 건넸다.

"자, 돌아가면서 한 곡씩은 부르셔야 해요!"

지율은 나중에 부르겠다고 하려다가 괜히 혜정한테 밉보이면 안 될 것 같아 떨떠름한 얼굴로 마이크를 받아 들었다.

'내가 일진회 짱을 직원으로 둬서 떨 줄이야! 요즘 젊은애들이 오죽 무서워야 말이지. 이런 애들을 훈계할 노래는 없나?'

지율은 노래 목록이 담긴 책을 넘기다 뭔가를 발견하고 번호를 눌렀다. 곧 화면에 영어가 떴고 직원들의 원성이 방 안에 가득 찼다.

"뭐야? 너 저거 읽을 줄 알아?"

"몰라! 내가 어떻게 알아!"

"왜 알아듣지 못하는 노래를 부르시는 거예요!"

지율이 배시시 웃으며 화면을 응시하고 '노 다웃(No doubt)' 의 '돈트 스피크(Don't speak)' 를 부르기 시작했다. 이혼하고 나서 우연히 듣게 된 노래였는데 가사가 마음에 닿아 하루 종일 반복해서 들었던 적이 있었다.

Don't speak
아무런 말도 하지 마세요.
I know just what you're saying
무슨 말을 하려는지 알고 있으니까요.

So please stop explaining
그러니 제발 날 납득시키려 하지도 말아요.
Don't tell me cause it hurts
내겐 상처만 될 뿐이니 아무 말도 말아줘요.

준우는 노래를 부르는 지율을 빤히 쳐다보았다. 화면에서 내뿜어져 나오는 빛 때문인지 몰라도 두 눈이 맑고 영롱하게 보였다. 술을 마셔서 그런지 볼까지 곱게 발그스름했다. 가사를 읊는 입술 모양이 꽤 육감적으로 느껴졌다.

'예뻐 보이네.'

준우는 남몰래 쓴웃음 터뜨렸다.

'민준우, 시간이 약이긴 한가 보다. 여자가 눈에 들어오는 걸 보면. 그런데 왜 하필 저 여자냐?'

준우는 자신에게 여자를 부탁한 사람의 얼굴을 떠올리고선 낮게 한숨을 터뜨렸다.

'아마 이 사실을 알게 되면 뒤로 자빠지겠지?'

준우는 점점 짙어지는 속마음의 농도를 희석시킬 생각으로 탁자 위에 놓인 음료수를 따서 벌컥벌컥 들이켰다.

지율은 듣기만 하던 노래를 막상 부르자 괜히 그때 느꼈던 감정이 올라와 도저히 끝까지 부를 수가 없었다. 그래서 간주가 나오자 정지 버튼을 눌렀다. 여기저기서 항의가 터져 나왔다.

"에이, 끝까지 해주셔야지 그러는 법이 어디 있어요?"

"우리가 못 알아들으니까 안 하시나 보다."

"쇠귀에 경 읽기라는 뜻이지?"

"괜히 분위기 흐려서 미안해요."

지율이 혜정에게 마이크를 건네며 사과했다. 혜정이 샐쭉 눈을 흘기며 마이크를 준우에게 넘겼다.

"자, 민 선생님 차례입니다. 박수!"

준우가 책도 보지 않고 기계 앞으로 다가가 번호를 눌렀다. 윤도현의 '사랑Two'라는 제목이 떴고 준우가 곧 노래를 부르기 시작했다.

씩씩하면서도 호소력있는 음색이었다. 거칠고 강하면서도 군데군데 슬픔이 묻어났다.

나의 하루를 가만히 닮아주는 너.
은은한 달빛 따라 너의 모습 사라지고
홀로 남은 골목길엔 수줍은 내 마음만.

허공을 맴도는 눈빛이지만 무언가를 향해 끊임없이 가고 싶어 하는 갈망이 담겨 있었다. 어느새 지율은 자기도 모르게 그 눈빛에 사로잡혀 있었다.

널 만나면 말없이 있어도 또 하나의 나처럼 편안했던 거야.
널 만나면 순순한 네 모습에 철없는 아이처럼 잊었던 거야.

완전히 감정이입이 돼서 노래를 부르는 준우가 멋져 보였다. 하지만 지율은 그런 생각을 했다는 자체만으로도 자신이 못마땅해졌다.

'구라야, 저건 다 구라라구!'

그러다 지율은 불쑥 그날 밤의 전화 내용이 떠올랐다.

'혹시…… 해리인가 뭔가 하는 여자 때문에 저러는 건가?'

준우의 열창이 끝나자 우렁찬 박수가 터져 나왔다. 모두들 홀딱 반한 표정이었다.

"와! 민 선생님 노래 정말 잘하신다!"

"가수 해도 되겠어요!"

준우가 씁쓸한 미소를 지으며 자리에 앉았다. 이어 최 선생의 노래와 혜정과 은영의 광희, 난무가 계속됐다.

"리모델링하는 동안 뭐 하실 거예요?"

옆에 앉아 있던 준우가 대뜸 물었다.

"글쎄요, 미용실 좀 둘러보고……."

"공부 좀 하셔야 하지 않을까요?"

"공부요? 무슨 공부요? 저보고 도서관에라도 가란 말씀인가요?"

"공부를 꼭 그런 곳에서 해야 한다는 편견은 버리세요. 체험학습이란 게 있잖아요. 손님이 많고 적은 미용실에 가서 직접 몸소 체험하는 것만큼 좋은 공부는 없어요."

지율은 어떻게 그런 기특한 생각을 다 했느냐고 준우의 머리를 쓰다듬어 주거나 엉덩이를 두들겨 주고 싶었다. 하지만 그건 직장 내 성희롱이자 자신감에 차 있는 준우의 목에 우월감이란 깁스를 해주는 일이었다.

"어디로 가야 할지 모르겠으면 제가 아는 미용실을 추천해 드리구요."

지율은 역시 황금 알을 낳는 거위라 다르다는 생각을 하며 감사를 표시했다.

"그럼 고맙죠."

준우는 잠시 고민에 빠진 듯한 얼굴을 하다 입을 열었다.

"내일 아침 열 시 집 앞에서 만나죠. 제 머리도 해야 하니까 제가 몇 군데 모시고 다닐게요."

제6장
불가사의

다음날 아침.

준우는 약속 시간보다 더 일찍 바깥에 나와 있었다. 그는 팔짱을 끼고 눈을 감은 채 차에 몸을 기대어 서 있었다. 차가운 바람에 복잡해진 머리와 가슴이 맑아지기를 바라며.

지금 준우의 마음속은 안개가 낀 것처럼 뿌옇고 탁했다. 바람이라도 쐬면 달라질 줄 알았는데 그것마저도 쉽지가 않았다. 준우는 밤새도록 환청처럼 들려온 노랫소리에 시달렸다. 아주 신물이 날 정도로 시달렸더니 이젠 입에서 흥얼흥얼거려질 정도가 되었다.

'제길, 뭐에 홀린 것처럼 왜 이러는 거야?'

준우는 속으로 투덜거렸다.

"안녕히 주무셨어요?"

준우는 눈을 뜨고 마법처럼 앞에 나타난 지율을 바라보았다. 지율은 머리를 감고 물기를 채 다 말리지 못한 상태에서 환한 미소를 짓고 있었다. 그 모습이 청초하게 보였다.

"감기라도 들면 어쩌려고 그렇게 나왔어요?"

준우는 속마음을 숨기고 불만을 실은 뉘앙스로 타박을 주었다.

"늦잠을 잤지 뭐예요. 그래서 화장도 제대로 못하고 나왔어요."

준우는 헤벌쭉 웃는 지율에게 그렇게 웃지 말라고 명령하고 싶었다. 순진무구한 지율의 미소를 보고 있노라니 마음이 점점 뒤흔들리고 어지럽혀지는 듯한 느낌이 들어서였다.

"솔직히 난 민 선생님이 술김에 하신 말씀인 줄 알고 긴가민가 했어요. 그래서 늑장을 부렸는지도 몰라요. 혹시 지금이라도 마음 바뀌셨으면 말씀하세요. 그냥 저 혼자 돌아다녀도……."

"원래 이렇게 수다스러웠어요?"

무표정으로 일관하던 준우가 지율의 말을 끊으며 물었다. 소풍 가는 아이처럼 들떠 있던 지율이 야단이라도 맞은 것처럼 얼굴이 붉어지더니 이내 굳어졌다.

"입 다물라구요? 알았어요."

지율이 준우의 시선을 피하며 이로 아랫입술을 세게 깨물었다.

"타세요."

준우는 지율에게 퉁명스럽게 명령하고선 등을 돌려 버렸다. 지율은 그런 그를 원망하듯 쳐다보다 반대쪽으로 돌아가 차에 올라 탔다. 비참함이 절정에 달한 지율은 한동안 입에 지퍼를 채우고 침묵했다. 준우 역시 묵묵히 운전을 해나갔다. 그러다 카스테레오를 틀었다. 낯익은 음에 지율의 귀가 저절로 쫑긋해졌다. 곧 여가수의 목소리가 들려왔다.

'어라?'

지율은 자신이 노래방에서 불렀던 '노 다웃(No doubt)'의 노래가 흘러나오자 심기가 불편해졌다. 하지만 애써 모른 척했다. 무관심한 태도로 일관하려고 마음을 굳게 먹었다. 하지만 같은 노래가 네 번째로 나오는 순간 지율의 인내심도 산산이 부서지고 말았다.

"지금 나 고문하는 거죠?"

"고문이라뇨?"

준우는 시치미를 떼고서 시큰둥하게 되물었다.

"왜 하필 이 노래예요? 그것도 반복적으로?"

"내 맘이죠."

대들듯 따지던 지율은 이내 눈살을 찌푸리고 입술을 삐죽였다. 잠시 후 준우가 곁눈질로 지율을 살피고선 넌지시 물었다.

"혹시 이 노래에 얽힌 얘기 알아요?"

"아뇨!"

지율이 가시 돋친 대답을 했다.

"그룹의 보컬인 그웬 스테파니가 같은 팀의 베이스 기타 주자인 토니 커넬과 칠 년간 연인 관계로 있다 헤어지면서 이 노래를 만들어 불렀다고 해요. 그웬은 자신이 만든 괜찮은 곡 중 몇몇은 자신의 끔찍한 악몽에서 비롯됐다고 말하기도 했죠. 실연의 아픔을, 심금을 울리는 노래로 승화시킨 그웬이 참 대단하다는 생각이 들어요."

"사내연애는 끔찍한 악몽으로 남을 수 있으니 절대 하지 말라는 말을 하고 싶었던 게 아닐까요?"

지율이 분위기를 깨며 시큰둥하게 말하자 이번엔 준우가 눈살을 찌푸렸다.

"말을 해도 꼭!"

"내가 뭐 틀린 말 했나요?"

"그래요. 틀린 말은 아니에요. 하지만 제가 말하려고 했던 건, 그웬은 토니와 연인으로서 결별하면서도 팀을 깨지 않기 위해 부단한 노력을 했다는 거예요. 그런 면에서 그웬이 대단하다는 거구요. 단순히 토니와의 관계만 생각하면 그웬도 팀을 해체시키고 싶었겠죠. 하지만 그웬은 그 팀의 노래를 사랑하는 팬들을 실망시키고 싶지 않았던 게 아닐까 하는 생각이 들었어요. 사실 난 그러지 못했거든요. 일을 그만두고 영국으로 떠날 때 날 찾는 손님들은 안중에 두지도 않았어요. 미안한 마음조차 갖지 않았죠. 그저 이기적인 마음에 모든 걸 내려놓고 떠났어요. 시간이 지나니 그런 점들이 마음에 걸리고 후회가 되더군요."

준우는 이렇게 구구절절 설명할 생각은 아니었다. 그런데 자기도 모르는 사이에 그렇게 돼버렸다. 스스로 생각해도 이상한 일이었다.

"만약 또 그런 일이 생긴다면 어쩌실 건가요?"

지율이 지난날을 후회하는 준우에게 대뜸 물었다.

"글쎄요, 장담할 순 없겠지만 나이가 든 만큼 성숙하게 해결을 하도록 노력하겠죠."

"그럼요, 그러셔야죠. 그런데 설마 이 노래만 계속 들으실 건 아니죠?"

"들을 건데요."

'이래도 고문이 아니라구? 나쁜은 노옴!'

지율이 벌레 씹은 표정을 짓고선 아예 창밖을 향해 고개를 돌려 버렸다.

준우는 이대 근처 공용주차장에 차를 세우고 지율과 함께 꽤 유명한 미용실을 찾았다. 문을 열자 고급스러운 인테리어와 조용한 음악이 귓가를 스치고 지나갔다.

"어머! 민 선생님!"

세련된 여자 하나가 반색을 하며 다가왔다. 준우에게 손을 내밀어 악수를 청하고선 지율에게 고개를 숙여 인사를 건넸다.

"안녕하세요? 한예희라고 합니다."

"안녕하세요? 김지율이라고 합니다."

예희가 활짝 웃으며 지율과 준우를 번갈아 보았다.

"민 선생님, 아까 전화 받고 놀랐어요. 그런데 머리 자르러 온다는 건 핑계고 청첩장 주시려고 오신 거 아니에요?"

농담인지 정말 그렇게 생각을 한 건지 알 수가 없어 지율은 눈만 끔뻑거렸다. 준우도 다소 당황한 표정이었다.

"제가 너무 앞질렀나요? 그럼 애인 생겼다고 자랑하시러 오신 거구나? 맞죠? 맞죠? 에이, 민 선생님한테 목맨 여자들이 다 자살 소동 일으키는 동안 이분 만나 연애하셨던 거예요? 두 분 너무 잘 어울리신다! 참, 그건 그렇고 때마침 저희 새로 오픈할 직영점 점장 뽑고 있는데 민 선생님 어떠세요? 어제 저희 원장님한테 말씀 드렸더니 은근히 기대하고 계시거든요."

예희는 지율과 준우에게 반박의 여지조차 주지 않고 혼자 상상하고 판단한 것도 모자라 준우에게 취업 제안까지 했다. 지율은 눈만 휘둥그렇게 떴을 뿐이다. 예희의 난데없는 제안에 놀라서이기도 했지만 준우가 자신뿐만 아니라 타인들에게도 인정받는 황금 알을 낳는 거위인 줄 미처 몰랐기 때문이다.

'이 남자가 그렇게 뛰어난 헤어디자이너야? 이력서를 내지도 않고 스카웃이 될 정도로?'

"후후, 여전하시군요. 그런데 어쩌죠? 전 이미 취업했는데."

준우가 웃으며 대답을 했다. 예희는 대단히 아쉽다는 표정을 지었다.

"벌써요? 아깝다. 민 선생님, 혹시라도 마음 바뀌시면 말씀해 주세요."

준우는 그저 미소만 지을 뿐이었다. 지율은 황금 알을 낳는 거위의 마음이 변할까 봐 은근히 걱정이 됐다.

"우선 제 머리나 좀 잘라주세요."

"네, 알았어요. 준비해 드릴게요."

예희는 뒤에 있던 스태프를 불러 준우를 샴푸실로 데려가도록 하고, 지율이 차를 마시며 잡지를 볼 수 있도록 해주었다. 지율은 차를 마시면서 미용실 분위기를 살폈다. 모두들 전문적인 교육을 받았는지 손님들에게 친절하게 대했고 체계적으로 성실히 일을 해나갔다. 지율은 직원들의 서비스 부문에 특히 신경을 써서 살펴보라는 준우의 말을 기억해 내며 도움이 되는 정보를 머릿속에 차곡차곡 쌓아갔다.

"어땠어요? 공부 많이 했어요?"

머리를 깎고 미용실을 나온 준우가 지율에게 물었다.

"네. 그런데 우리 직원들도 같이 왔으면 참 좋았겠어요. 배울 점이 많네요."

"물론 대형 미용실과 동네 소형 미용실하고는 차이가 있어요. 만약 아줌마나 할머니들이 주 고객인 소형 미용실에서 이런 식으로 서비스를 한다면 다들 적응 못할 거예요. 하지만 공통적으로 갖추어야 할 게 있다면 그건 친절과 배려죠."

지율은 고개를 끄덕였다. 그리고 시무룩한 표정으로 넌지시 질문을 던졌다.

"그런데 아깐 제가 옆에 있어서 그렇게 대답하신 건가요?"

"뭐가요?"

준우가 궁금한 눈으로 물었다.

"저희 미용실하고 비교도 안 될 좋은 조건일 텐데, 저라도 당장 얼씨구나 하고 갈……."

"제 머리 어때요?"

준우가 지율의 말을 끊고 대뜸 물었다.

"네?"

지율이 인상을 찡그렸다.

"제 머리 어떠냐구요?"

지율은 준우의 머리를 힐끗 쳐다보고 성의없이 대답을 했다.

"뭐, 괜찮네요."

"무슨 대답이 그래요? 제대로 보지도 않고."

준우가 불평을 하자 지율이 고개를 돌리고 혼잣말로 조그맣게 중얼거렸다.

"머리를 밀든 말든 그게 나랑 무슨 상관이래? 내가 묻는 말엔 대답도 안 해주고선."

"다 들리거든요."

"청각도 더럽게 좋아."

"어엉!"

"어엉? 쳇! 어울리지 않게 웬 어엉?"

지율이 콧방귀를 뀌며 계속 비아냥거렸다.

"하루 종일 구시렁거리는 거 지겹지도 않아요?"

"더럽게 잘생기고 더럽게 멋있어요! 됐어요?"

"나 원 참, 무슨 표현이 그래요?"

"앙탈인가요?"

"원장님도 한 번 내뱉은 말 여러 번 반복시키면 짜증나죠? 나도 한 번 결정한 일에 대해선 절대 후회하지 않으니까 입 아프게 두 번 묻지 말아요."

말을 끝낸 준우가 앞장서서 걷기 시작했다. 지율은 어이가 없다는 표정으로 준우의 뒷모습을 쳐다보았다.

'망할 자식! 사람을 가지고 노네! 뭐? 한 번 결정한 일에 대해선 절대 후회 안 한다구? 정말? 정말 후회 안 한단 말이야? 뭘까? 뭔데 저렇게 자신만만한 걸까?'

"그만 구시렁거리고 가시죠?"

준우가 뒤를 돌아보며 큰 소리로 외쳤다.

다음으로 간 곳은 강남에 있는 미용실이었다. 이전 미용실과 별다른 차이점이 없는 곳이었다. 다른 점이 있다면 지율이 조금 더예뻐졌다는 거였다. 어깨까지 오는 머리를 다듬는 수준에서 자르고 드라이를 했더니 훨씬 산뜻해 보였다. 헤어디자이너가 메이크업도 해줘서 한결 세련돼 보였다. 지율 또한 그 결과에 흡족했다.

"다 됐어요. 그만 가요."

책을 보던 준우가 그제야 고개를 들었다. 그리고 멍한 눈을 했다. 마치 경이로운 광경을 우연히 목격한 듯. 지율이 예뻐 보였다. 가슴이 설렐 만큼. 화사해서 눈을 뗄 수가 없었다.

준우는 그런 마음을 애써 숨기려는 듯 농담을 건넸다.

"누구…… 시죠?"

'이 인간이 왜 이래?'

지율은 준우에게 눈을 흘겼다.

"애인이 예뻐져도 그렇지 몰라보시기까지 하면 어떡해요?"

지율과 준우의 관계를 애인이라고 오해한 헤어디자이너가 그렇게 말했다.

'아니, 같이 다니면 다 애인이야?'

지율은 정정해 주기 위해 입을 열었다.

"애인 아……."

그때 준우가 말을 끊었다.

"아니, 여기는 성형수술도 시켜주나요? 이분이 어딜 봐서 내 애인이라는 거예요? 나랑 같이 들어왔던 여잔 대체 어디로 사라진 거예요?"

지율은 입을 떡 벌렸다. 준우한테 이렇게 능청스러운 면이 있는 줄 미처 몰라서였다. 지율은 헛소리 지껄이지 말라는 식으로 준우의 어깨를 찰싹 때리고선 먼저 카운터 쪽으로 걸어갔다.

"아니, 처음 보는 여자가 사람을 치고 가네."

준우가 끝까지 능청을 떨며 쫓아왔다. 미용실을 나오자 준우가 지율의 앞을 가로막고 뒤로 걸으며 말을 걸었다.

"아, 나는 누군가 했네. 정말 딴사람처럼 보여요. 그런데 사람들이 참 이상하죠? 왜 원장님이랑 나랑 애인 사이라고 착각을 할까요? 원장님은 전혀 내 스타일이 아닌데."

준우는 일부러 속마음을 감추고 지율을 놀리는 듯한 말을 했다.

'이 거위가 뭐라고 꽥꽥거리는 거야? 너도 내 스타일 저어언혀어 아니거든!'

지율은 유들유들하게 구는 준우의 정강이를 한 대 차주고 싶은 마음을 간신히 참아냈다.

"자꾸 놀릴 거예요?"

"놀리다니요? 난 사실을 말하는 것뿐인데. 우리가 어딜 봐서 애인이라는 거예요? 이게 말이 돼요? 말이? 어?"

준우가 한 가게의 쇼윈도 마네킹이 입고 있는 청바지를 바라보며 가게 안으로 들어갔다. 지율도 채 다 하지 못한 말을 속으로 구시렁거리며 쫓아갔다.

'잘났다. 이 인간, 아니, 거위야!'

"한번 입어보세요. 잘 어울리실 것 같네요."

언으로 들어가자마자 매장 직원이 준우에게 다가와 옷을 적극적으로 권했다. 그때 준우가 갑자기 지율을 자신의 옆으로 끌어당기더니 직원에게 질문을 던졌다.

"저희가 어떤 사이로 보이세요?"

"네? 애인 사이 아니세요?"

직원이 황당한 표정을 짓다가 자신의 생각을 밝혔다.

"애인이라……. 애인, 난 이게 마음에 드는데 자긴 어때?"

지율은 입을 떡 벌렸다.

'애, 애, 애인? 자, 자, 자기? 아니, 이놈의 거위가 아침부터 닭을 잡아먹고 왔나? 왜 닭살 돋는 소리를 하고 난리야?'

지율이 속으로 구시렁거리며 장난기 가득한 얼굴을 한 준우를 흘겨보았다.

"자기야, 나 이거 입어볼까?"

놀리는 데 아주 재미가 붙었는지 준우가 끈질기게 자기라고 부르며 지율의 의향을 물었다.

'아, 이 거위가 제대로 미쳤나? 그리고 왜 은근슬쩍 말을 반 토막 내서 하는 건데? 날 가지고 노는 게 재미있나 본데 나 그렇게 호락호락하고 만만치 않아! 어디 누가 이기나 보자!'

"그래, 마음에 들면 입어봐."

지율이 일부러 반말조로 똑같이 능청을 떨었다. 그러자 준우가 처음엔 놀란 표정을 그 다음엔 장난스러운 미소를 지었다.

"그럼, 어디 한번 입어볼까?"

"허리 치수 어떻게 되세요?"

"삼십 인치요."

직원이 청바지를 찾아 준우에게 건넸다. 그리고 준우가 탈의실로 들어가자 지율에게 물었다.

"혹시 애인 되시는 분이 모델이신가요?"

"모델이요? 아닌데요."

하긴 지율도 준우를 처음 봤을 때 모델인 줄 알았으니 다른 사람도 그렇게 생각하는 게 무리는 아니었다.

"체격 조건이 딱 모델이세요. 마스크도 좋고요."

지율이 떨떠름한 웃음을 지어 보였다. 그사이에 준우가 탈의실 문을 열고 나왔다. 뭐 하나 나무랄 데 없이 완벽한 모습, 그 자체였다. 지율보다 직원이 더 감탄하는 표정이었다.

"어머! 너무 잘 어울리시고 멋지세요! 역시 청바지는 다리가 길어야 멋있어요!"

"자기는 어떤 것 같아?"

준우가 너무 리얼하고 자연스럽게 불러서 지율은 정말 자신이 준우의 애인이 된 듯한 착각에 빠질 것만 같았다. 하지만 이건 어디까지나 장난이고 게임이었다. 지율이 쓴웃음을 지으며 계속 맞대응을 했다.

"멋져! 자기는 축복받은 몸매라 뭘 입혀놔도 멋있어."

"내 몸매가 좀 뛰어난 건 사실이지."

지율은 직원만 없으면 얼른 자신의 목을 움켜잡고 토하는 모션을 취하고 싶었다. 아무리 그게 사실이라도 어떻게 저런 식으로 우쭐댈 수 있단 말인가!

"이거 커플 청바지이니 같이 구입해서 입으세요."

느닷없는 직원의 권유에 지율의 얼굴에서 웃음기가 완전히 사라졌다.

'웬 커플 청바지? 사는 순간부터 장롱 밖으로 꺼낼 일도 없을 텐데!'

"난……."

"그래요? 자기야, 우리 같이 입고 다니자. 주세요. 허리 이십오 인치로요."

준우가 지율의 말을 끊고 일방적으로 지율의 허리 치수까지 말하며 주문을 했다.

'뭐야? 저 인간이 내 허리 치수를 어떻게 아는 거야? 눈이 줄자야?'

지율은 직원이 건넨 청바지를 받지도 거절하지도 못한 채 어정쩡하게 서 있었다.

"자기야, 내가 입혀줘?"

준우가 장난기 넘치는 눈을 하고 묻자 지율이 직원의 손에서 청바지를 낚아채듯 움켜잡고 탈의실로 갔다.

'마음에 들면 저나 입을 것이지, 왜 나까지 끌어들이는 건데? 파는 사람이야 돈 벌 생각에 그렇다 치지만 왜 자기까지 덩달아 그러는 건데? 정말 마음에 안 들어!'

준우의 행동은 마음에 들지 않았지만 청바지는 생각보다 편하고 몸에 딱 맞아 마음에 들었다. 색깔도 멋있고 무엇보다도 전체적인 선이 예뻐서 한결 맵시가 돋보였다. 굽 있는 부츠를 신고 왔기 때문에 길이도 딱 맞았다. 지율이 탈의실에서 나오자 준우와 직원이 대화를 나누다 뒤를 돌아보았다.

"어머! 예쁘세요. 아까 입고 있던 바지보다 지금이 훨씬 더 보기 좋은 것 같아요."

직원이 호들갑을 떨며 말해도 지율은 그저 물건 하나 더 파려는 상술로밖에 들리지 않았다.

"자기야, 너무 예쁘다. 우리 이거 입고 그냥 가자."

준우는 장난을 빙자해 슬쩍 속마음을 내비쳤다. 반면 지율은 눈을 휘둥그렇게 떴다.

"그러세요. 그럼 제가 가격표 떼어드릴게요."

직원의 행동은 더 이상 어떤 반박도 할 수 없을 정도로 너무나 민첩했고 일사천리였다. 지율은 눈 깜짝할 사이에 종이가방을 들고 매장 밖으로 나오게 됐다. 얼떨떨한 표정이었다. 반면 준우는 그저 싱글벙글 헤벌쭉헤벌쭉 즐거운 얼굴이었다. 지율이 못마땅하다는 말투로 되물었다.

"재미있어요?"

"원장님은 재미없어요?"

"민 선생님은 못하시는 게 없어서 차아아암 좋으시겠어요. 구라면 구라, 연기면 연기, 뛰어난 헤어 기술까지! 게다가 무슨 복을 타고났는지 몸매까지 신의 축복을 받으시구! 와! 민 선생님은 인생이 차아아아아아아~암 재미있으시겠다!"

지율이 더 이상 꼴 수 없을 정도로 꼬아준 다음 앞장서서 걸어갔다. 그러다 걸음을 뚝 멈추고 뒤로 홱 돌아서 다시 준우에게 다가왔다.

"민 선생님은 첫인상하고 너무 다른 거 알아요?"

"제 첫인상이 어땠는데요?"

준우가 흥미롭다는 듯이 물었다.

"처음엔 되게 묵묵하고 중후해 보이고 카리스마까지 느껴졌는데."

지율은 차마 마음속의 말을 다 하지 못하고 입을 다물었다.

"그랬는데요?"

"지금 보니까 아주 푼수에다 얼뜨기, 띨빵! 사정없이 깹니다! 깨요!"

준우는 화를 내기는커녕 재미있다는 듯 호탕하게 웃어댔다. 웃음이 잦아들 즈음 준우가 덧붙여 물었다.

"내가 느낀 원장님 첫인상은 궁금하지 않아요?"

"안 들을 거예요."

지율이 귀를 막고 도망치듯 빠른 걸음으로 걸었다.

"내가 복수할까 봐 미리 도망치는 거예요?"

"몰라요, 몰라! 안 들려요! 안 들려!"

'후후, 진짜 귀엽네.'

준우는 속으로 한마디를 내뱉고선 인상을 구겼다.

'민준우, 빠지지 않을 만큼만 해라. 너랑 어울리는 상대라고 생각하니? 감당 못할 거면서. 일은 일로 끝나자.'

제7장
설상가상

'세상엔 공짜가 없는 법. 이렇게까지 귀한 시간을 내주고, 애인 역할까지 해준 것도 모자라 커플 청바지도 사줬는데 밥이라도 사야 하지 않겠냐고 한다. 누가 그러냐구? 누구긴 누구겠는가! 황금 알은커녕 능청 알만 낳는 거위, 민준우지! 한정식이 먹고 싶단다. 영국에 있을 때 그게 그렇고 먹고 싶었다나 뭐라나. 게다가 배보다 배꼽이 더 크다고 그것도 제일 비싼 코스를 고른다. 그래! 이깟 한정식이 대수냐! 잘 먹고 황금 알만 쑥쑥 낳아라!'

지율은 거위를 사육하는 농장주의 마음으로 양 볼이 미어터져라 밥을 먹는 준우를 바라보았다. 그런 준우를 보는 시선이 하나 둘은 아니었다. 튀는 외모 때문인지 여기저기서 날아드는 하트 시선이 적지 않았다. 준우를 두고 수군거리는 여자들도 꽤 있었다.

하지만 준우는 그런 분위기가 익숙한지 전혀 신경 쓰지도, 꺼려하지도 않았다.

지율은 마음을 굳게 먹었다. 누가 또 와서 애인이니 어쩌니 하면 '얘는 내가 키우는 황금 알 낳는 거위라구요!' 하고 말해주고, 거위 주제에 자신을 애인이니 자기니 하는 말로 또 한 번만 부르면 목을 비틀든 따버리든 할 거라고 말이다. 저 커다랗고 기다란 거위의 목을 확실히 따버리려면 힘이 필요할 것이다. 지율은 준우 못지않게 열심히 밥을 먹었다.

그런데 어디선가 낯익은 목소리가 들려왔다. 거위는 아니었다. 거위는 먹느라고 입을 놀릴 새가 없으니까. 지율은 목을 빼고 식당 안을 두리번두리번 둘러보았다. 그러다 절대 반갑지 않은 얼굴 하나를 발견하고선 인상을 일그러뜨렸다. 방금 삼킨 해파리냉채가 살아 움직여도 이것보단 놀랍지 않을 것이다.

부인 몰래 다른 사람을 집에 초대해 애정 행각을 벌이다 들켜서 이혼당한 남자. 간통죄로 집어넣을까 하다 인생이 불쌍해서 순순히 이혼을 헤줬더니 앞으로 친구처럼 잘 지내자는 말을 스스럼없이 했던 뻔뻔한 남자. 한 여자의 인생에 먹구름을 드리우게 하고 인간에 대한 기본적인 신뢰와 가치관을 단숨에 무너뜨린 망종인 오세혁! 바로 지율의 전남편이었다. 지율은 그런 인간이 생색내는 모습이 싫어서 준다는 위자료도 거부하고 깨끗하게 도장을 찍어 이혼을 마무리했다. 무슨 죄를 졌다고 빈털터리로 나오느냐며 격렬한 반응을 보인 부모님께 혼까지 나며. 그런데 다시 만나는 일이 생길 줄이야. 하늘도 무심하시지.

세혁은 외국인 남자와 식사를 하며 영어로 대화를 나누고 있었다. 건강해 보였다. 그리고 무척 행복해 보였다. 세혁은 뭐가 그리도 우스운지 소리까지 내며 웃어댔다. 그럴수록 지율의 인상은 일그러지다 못해 찌그러져 버렸다.

　'개자식보다 못한 나쁜 놈!'

　지율은 씹다 만 해파리냉채와 함께 욕을 꿀꺽 삼켜 넘겼다. 속이 거북해져 왔다. 마음 같아선 삼킨 걸 다 토해내고 싶기만 했다. 이 식당을 강력 추천했던 거위의 머리통을 한 대 갈기고 싶을 정도로 이곳에 온 게 후회가 됐다.

　살기등등한 지율의 시선에 찔려 아팠는지 세혁이 두리번거렸다. 그러다 지율과 정면으로 눈이 딱 마주쳤다. 좀 놀라는 눈치였지만 함께 온 준우를 보더니 바로 아주 의외라는 표정을 지었다.

　'이런, 제길!'

　지율은 또 한 번의 욕을 삼켰다. 세혁이 함께 온 사람에게 양해를 구하고 자리에서 일어났다. 눈도 마주치기 싫고 말도 섞기 싫은 지율의 마음을 모르는지 세혁이 지율을 향해 걸어오기 시작했다.

　'어딜 오는 거야? 오지 마! 소름 끼쳐!'

　지율은 징그러운 벌레 한 마리가 기어오는 것 같아 몸을 움츠렸다.

　"오랜만이야."

　세혁의 목소리를 듣는 순간 지율은 진짜 머리끝에서 발끝까지 소름이 돋아났다. 세혁의 호기심 어린 눈이 준우에게 꽂혔다.

'이상한 헛소리만 지껄여 봐! 낯짝에 가차없이 팔 차선 도로를 내줄 테니까!'

준우가 고개를 돌려 세혁을 바라보았다. 그것도 말없이 아주 빤히. 준우가 담담하게 일어나 세혁에게 직접 자신을 소개하며 손을 내밀었다.

"안녕하세요. 민준우라고 합니다."

세혁이 준우를 뚫어지게 쳐다보며 악수에 응했다. 아주 호의적이고 관심을 표명하는 적극적인 시선으로 살피기까지 했다.

"안녕하세요. 오세혁이라고 합니다."

세혁이 서의 자동직으로 명함을 꺼내 준우에게 건넸다. 그리고 뭔가를 바라는 듯한 눈빛으로 계속 준우를 응시했다.

"죄송합니다. 명함이 없어서요."

"아, 네."

세혁이 대단히 아쉽다는 듯한 표정을 지었다.

"민준우 씨라고 했죠."

아주 중요한 시항이라도 된다는 듯 재차 확인하며 기억하려는 세혁의 태도에 지율이 인상을 찡그렸다. 준우를 바라보는 세혁의 눈빛이 예사롭지 않았다. 위험스러운 감정이 엿보이기까지 했다. 지율은 머리카락이 쭈뼛 서는 기분이 들었다. 호흡까지 곤란해졌다. 넓은 공간이 답답할 정도로 좁게만 느껴졌다.

"어때, 이렇게 만나는 것도 쉽지 않은데 합석하는 건?"

지율은 세혁의 뻔뻔스러움에 치를 떨었다. 더 이상 이 끔찍한 악연과의 만남을 더 이상 견뎌낼 수가 없었다.

"왜요? 내 떡이 더 커 보여요?"

지율이 날카롭게 쏘아붙이고선 옷과 가방을 챙겨 들고 식당을 뛰쳐나갔다.

준우는 난데없이 떡을 운운하며 식당에서 퇴장한 지율을 한 시간째 뒤쫓고 있었다. 무작정 거리를 배회하는 지율은 무슨 생각을 하며 걷는 건지 앞에서 걸어오는 사람도 제대로 피하지 못하고 여러 번 부딪쳐 휘청거렸다. 그럴 때마다 준우는 앞을 향해 금방이라도 튕겨져 나갈 것만 같은 자신의 발에 힘을 주어야만 했다. 혼자만의 시간을 필요한 사람을 굳이 방해하고 싶지 않았던 것이다. 하지만 시간이 갈수록 등이 점점 구부정해지고 걸음걸이도 시원찮아지는 지율을 더 이상 방관만 할 수 없었다. 결국 준우는 급한 걸음으로 지율에게 다가섰다. 지율은 식은땀까지 흘려가며 손으로 배를 문질러 대고 있었다. 추운지 몸까지 떨어댔다.

"어디 안 좋아요? 체했어요?"

지율은 갑자기 나타난 준우를 보고서 깜짝 놀랐다.

"차는…… 어쩌고 뒤따라온 거예요?"

준우는 인상을 찡그리는 지율의 손을 잡았다. 그리고 버럭 화를 냈다.

"된통 체했나 보네! 손이 얼음이잖아! 아니, 그 남자가 철천지원수라도 돼? 체하기는 왜 체해?"

아프면 짜증도 느는 법. 가뜩이나 상태가 안 좋은데 준우가 반말로 윽박을 지르자 지율도 부아가 울컥 치밀었다. 더군다나 세혁의 손을 잡았던 손으로 잡으니 오염물질이라도 닿은 것처럼 끔찍해졌다.

"이거 놔요!"

지율이 거칠게 손을 뿌리치고 준우를 피해 가려 했다. 하지만 준우가 다시 지율을 막아섰다.

"약국이든 병원이든 가."

"싫어요."

"그럼 택시 타고 집에 가든지 내 차로 가서……."

"상관 말아요."

지율이 다시 준우를 피해 지나가려 했다. 하지만 이번에도 준우가 순순히 보내주지 않았다.

"몸도 안 좋으면서 왜 고집까지 피우고 그래?"

"날 그냥 내버려 둬요!"

지율이 귀찮다는 듯이 소리를 꽥 질렀다.

"미련하게 왜 이래?"

준우도 지율 못지않게 소리를 지르며 따끔하게 꾸짖었다. 지율은 어이가 없다는 듯 준우를 노려보았다.

"내가 그러거나 말거나 민 선생님이 무슨 상관이에요!"

준우에게 빽 하고 소리친 지율은 뒤돌아 좀 떨어진 곳에 있는 지하철 입구를 향해 뛰어갔다. 준우는 일그러진 얼굴로 지하 계단으로 사라지는 지율을 바라보았다.

지하철 안은 한산했지만 앉을 자리는 없었다. 지율은 자신의 가방을 짐칸에 올려두고 괴로운 얼굴로 열리지 않는 문에 기대어 서 있었다. 속이 울렁거리고 거북했다. 뭘 먹었는지, 어느 정도 소화가 됐는지 절대 확인하고 싶지 않았고 대중들에게도 공개하고 싶은 마음이 없었는데 금방이라도 일이 벌어질 것만 같았다.

'우욱! 쏠린다!'

지율은 도저히 참을 수가 없는지 문이 열리는 순간 후닥닥 바깥으로 뛰쳐나갔다. 동분서주한 모습으로 화장실을 찾아 들어갔다. 지율은 그 안에서 먹은 걸 다 게워냈고 수십 번 입 안을 헹군 다음 축 늘어진 모습으로 다시 나왔다.

'그런데 왜 이렇게 허전하지? 다 토해내서 그런가?'

지율은 고개를 까우뚱하며 천천히 걸었다. 그리고 이내 뭔가를 깨달은 듯 외마디 비명을 지르며 뚝 멈춰 섰다.

"헉! 내 가방!"

지율의 가방은 2호선에 태워진 채 순환노선을 돌고 있는 중이었고 지율은 빈손으로 어디인지도 모를 지하철 역사 화장실 앞에서 한동안 망연자실한 모습으로 서 있었다.

지율은 물어물어 2호선 분실물센터의 위치를 알아내 시청역으로 향했다. 돈은 둘째치고 핸드폰이 없으니 정말 환장할 노릇이었다. 누군가에게 도움을 청하고 싶어도 할 수가 없고 동전을 빌린다 해도 머리에 담아둔 전화번호가 없었기 때문이다. 시청역에 도착한 지율은 분실신고를 했고 아직 들어온 물품이 없다는 소리에 기다릴 수밖에 없었다.

지율은 자신의 칠칠맞은 행동에 화가 나기도 하고, 오늘 시내로 데리고 나온 준우가 원망스럽기도 했다. 그리고 분실한 가방을 찾지 못하게 될까 봐 걱정이 됐다. 가방을 찾지 못하게 되면 집에 들어갈 수도 없고, 밟아야 할 절차도 한두 가지가 아니었기 때문이다. 지율은 한숨을 푹푹 쉬며 가방이 무사히 돌아오기만 간절히 빌고 또 빌었다. 그러는 사이 시간은 계속 흘러갔다.

고개를 푹 숙이고 처량한 모습으로 분실물센터에 죽치고 앉아 있던 지율은 자신의 발 앞으로 불쑥 다가온 남자의 신발을 보았다. 낯이 많이 익었다. 지율은 슬그머니 고개를 들었다.

"에구머니나!"

지율은 심장이 바닥으로 떨어질 만큼 놀란 얼굴을 했다. 준우였다. 준우는 잔뜩 성이 난 모습으로 지율을 내려다보고 있었다. 그런데 더 놀라운 건 준우 손에 지율의 가방이 있다는 사실이었다. 애달도록 돌아오기만을 기다렸던 가방이 말이다!

"어? 내 가방!"

지율은 반가운 마음에 손을 내밀어 가방을 낚아채려 했다. 하지만 준우가 더 빨랐다. 그냥 넘겨줄 마음이 없는 것 같았다.

"이 아가씨 가방 찾았으니 저희는 이만 가보겠습니다!"

큰 소리로 이렇게 말한 준우가 지율의 손목을 확 잡아당겨 분실물센터 밖으로 나갔다.

"놔줘요! 아파요!"

지율이 바동거리며 외쳤다. 하지만 준우는 눈 하나 꿈쩍하지 않았다.

준우는 지하철을 타고 원점으로 돌아가 자신의 차에 지율을 앉히고서야 비로소 손목을 놓아주었다. 지율은 원망하는 눈초리로 준우를 노려보았다. 운전석으로 돌아와 앉은 준우가 지율의 가방을 뒷좌석으로 던지곤 시동을 걸었다. 화가 있는 대로 났는지 준우는 절대 입을 열지 않았다. 그저 무서운 얼굴로 묵묵히 운전만 했다.

사실 준우는 자신의 감정을 다스리기 위해 애를 쓰고 있었다. 조절, 통제, 억제가 되지 않는 감정과 씨름을 하다 보니 그는 애당초 부탁을 들어달라는 제안을 수락한 것까지 후회가 되던 참이었다. 한 번 결정한 일에 대해선 절대 후회하지 않는다고 큰소리 뻥뻥 쳤던 그가 지금 후회라는 걸 하고 있었다.

제안을 수락하지 않았더라면 지율을 만날 일도 없었을 것이다. 설령 만나더라도 그저 위아래층에 사는 이웃으로 눈인사나 하고 지나쳤을 것이다. 지율에 대한 묘한 감정도 싹트지 않았을 것이다. 지하철 옆 칸에서 지켜보던 중 갑자기 지율이 눈앞에서 사라졌을 때 믿을 수 없을 만큼 불안해지지도 않았을 것이다. 심장이 미친 듯이 뛰는 일도 없었을 것이다. 분실물센터에서 발견한 순간 마음이 놓이면서도 화가 나는 일도 없었을 것이다. 준우에겐 이 모든 것들이 불가사의한 일로 느껴졌다.

도로 위로 어둠이 내려앉기 시작했다. 퇴근 시간과 맞물려 도로는 가다 서다를 반복할 정도로 정체가 심해졌다. 지율은 차라리 올 때처럼 똑같은 노래를 계속 틀어 고문이라도 시켜줬으면 하는 바람을 가져보았다. 그럴 정도로 준우에게 미안해졌고 차 안의 무거운 침묵 때문에 숨이 막힐 것만 같아서였다. 지율은 용기를 내 입을 열었다.

"누구였냐고 안 물어요?"

"누군지 알아야 할 정도로 중요한 사람이야?"

준우는 차갑게 그리고 대수롭지 않다는 듯이 대꾸했다.

"전남편이에요."

준우는 아무 말도 하지 않았다. 전혀 관심이 없다는 듯.

"그런데 왜 저한테 반말해요?"

갑자기 생각난 듯 지율은 트집을 잡으며 물었다.

"내 맘이야."

"나는 원장이고 당신은 부하 직원이잖아요."

"나더러 밖에서까지 당신한테 원장 대접을 하라는 거야?"

"그건 아니지만……."

더 이상 따지지 말라는 듯한 말투에 지율은 입술을 비죽이며 입을 꼭 다물었다.

바람이 은행나무를 스쳐 지나갈 때마다 노란 나뭇잎들이 비처럼 흩날렸다. 지율은 창문을 내렸다. 그리고 손을 내밀어 날아가는 나뭇잎을 잡으려고 했다. 하지만 좀처럼 잡히지가 않았다. 지율은 마음을 비우고 손을 벌렸다. 그때 하나의 나뭇잎이 손바닥에 철썩 달라붙듯 들어왔다. 깜짝 놀란 지율은 얼떨결에 손을 말아쥐었다.

"어머."

지율이 믿기지 않는다는 듯 손에 쥔 노란 나뭇잎을 준우에게 보여주었다.

"이것 보세요. 잡았어요."

어린애처럼 헤벌쭉 웃는 지율을 준우가 어이없다는 듯 쳐다보았다.

"바람에 날리는 나뭇잎을 잡으면 어떻게 되는 줄 아세요?"

지율이 손바닥에 노란 나뭇잎을 놓고 다른 손으로 다림질을 하듯 쓸며 물었다.

"아니."

지율이 쓴웃음을 지어 보이며 대답을 해주었다.

"첫사랑이 이루어진대요."

이혼 경험까지 있는 여자가 사춘기 소녀처럼 굴고 있었다. 준우는 그런 지율을 비웃듯 물었다.

"그걸 믿어?"

"믿어서 손해날 건 없잖아요."

"첫사랑 다시 만나서 잘해보고 싶은 마음이라도 있는 거야?"

"글쎄요……."

지율이 뜻 모를 미소만 지으며 애매모호하게 말했다.

"첫사랑 얘기 좀 해봐. 어떤 사람이었어?"

넌지시 툭 던지는 준우의 말에 지율이 짐짓 정색을 했다.

"노코멘트예요."

이제껏 없었던 첫사랑을 즉석에서 만들어줄 수가 없어 지율은 이렇게 둘러댔다. 지율이 생각하는 첫사랑이란 짝사랑이 아닌 함께 맺은 사랑이었다. 불행도 이런 불행이 없겠지만 지율에겐 그런 첫사랑이 아직까지 없었다. 굳이 이유를 찾자면 금지옥엽, 애지중

지하며 키워 좋은 가문에 시집보내 떵떵거리며 살게 하는 것이 삶의 목표이자 전부인 부모님 때문이었다.

지율은 어려서부터 귀에 못이 박힐 정도로 좋은 가문에 시집을 가려면 구설수에 오르지 말아야 한다, 행실을 올바르게 해야 한다는 소리를 들어왔다. 그리고 초등학교를 제외한 대학까지 다 여자들만 다니는 곳을 다녔다. 그리고 지율의 부모님은 딸의 일거수일투족을 간섭했다. 하늘을 봐야 별을 딴다고 지율에겐 첫사랑을 만들 만한 기회가 이제껏 없었던 것이다. 그리고 결혼의 결과가 사랑이 될 수도 있다고 설득하는 엄마의 말만 믿고 결혼했다. 지율은 뜨거운 사랑은 아니더라도 '아, 이런 게 사랑이구나!' 라는 느낌 정도는 생길 줄 알았다. 하지만 그런 느낌이 들기도 전에 이혼을 선택하고 말았다.

사람은 믿고 싶은 걸 믿기 마련이다. 바람에 날리는 나뭇잎을 잡으면 첫사랑이 이루어진다는 말은 첫사랑이 이루어지기를 간절히 원했던 사람이 지어낸 것일 수도 있다. 지율은 이혼으로 결혼 생활을 끝냈다고 해서 사랑까지 끝낼 필요는 없다는 생각이 문득 들었다. 언젠가는 손바닥에 쥐어진 나뭇잎처럼 자신의 남은 인생에도 첫사랑이 우연히 파고들 수 있는 날이 있을 것이다. 지율은 그렇게 되기를 소망해 보았다. 누구나 사랑할 자격은 있고 사랑은 소수가 누리는 특혜가 아니므로.

"자기연민은 사랑의 가장 큰 적이라는 말이 있어."

지율이 고개를 돌려 앞만 보고 운전을 하는 준우를 쳐다보았다. 왜 갑자기 이런 말을 꺼내는 건지 의도를 파악하지 못한 지율은 다시 앞을 바라보며 한숨을 내쉬었다. 그러자 준우가 또 말을 읊어댔다.

"인간이란 덮어놓고 자기의 불행만을 생각하고 불평만을 토하는 동물이란 말도 있지."

지율은 눈살을 찌푸렸다. 준우가 남의 말을 인용해 자신에게 충고를 늘어놓고 있는 것 같은 기분이 들어서였다.

"민 선생님은 누군가가 떠들어댄 말에 동의가 되시나 보죠? 난 그런 말들은 눈에는 담겨져도 마음에는 담겨지지 않던데!"

"내 말은 자기연민에 빠져서 자신의 삶을 망치지 말라는 거야."

"아무 잘못도 하지 않았고, 아무 문제도 제공하지 않았는데 불행해진 피해자는 충분히 연민을 받을 자격이 있는 거 아닌가요? 나 스스로, 그리고 타인에게서!"

"이혼할 때 상처가 꽤 컸나 봐?"

준우의 질문에 지율이 한참을 망설이다 입을 열었다.

"상처가 아니라 충격을 받았어요. 그래서 많이 놀랐지만 아프지는 않았어요."

준우가 이해할 수 없다는 표정을 지었다.

"사랑으로 뛰지 않는 심장엔 상처가 생기지 않더군요. 그저 충격에 짧은 시간 요란하게 울리고 뛸 뿐."

"그 말은…… 전남편을 사랑하지 않았다는 뜻인가?"

준우가 미간을 좁히며 물어왔다. 지율이 아랫입술을 깨물며 고개를 끄덕여 인정을 했다.

"그래도 내 인생은 그런 것과는 상관없이 불행해졌어요."

"하지만 사랑없이 결혼한 사람은 피해자가 아니라 오히려 가해자에 가까운 거 아닌가?"

지율은 뭔가에 한 대를 얻어맞은 기분을 느끼며 준우를 노려보았다.

"그런 사람은 자기연민에 빠질 자격이 없는 거야. 자기연민에 빠져 있다면 그건 솔직히 코미디에 가까운 짓이라구. 자신을 속여가면서 그렇게 살고 싶어? 가끔 액세서리처럼 사치하고 싶을 때 꺼내 쓰고 싶냐구?"

옳을 수도 있지만 불행해진 자신을 그동안 연민해 온 여자에겐 잔인한 말이었다. 말이 아니라 무기에 가까웠다.

"헤어디자이너면 머리카락이나 자를 것이지 왜 엄한 여자의 마음을 사정없이 잘라대는 거예요? 그럼 민 선생님은 해린가 뭔가 하는 분을 사랑하셔서 자기연민에 빠지실 자격이 충분하시다는 건가요?"

갑작스런 반격에 준우의 표정이 딱딱하게 굳어졌다. 하지만 지율은 여기에서 멈추지 않고 2차 3차 맹공격을 퍼부었다.

"그래서 멀쩡한 직장 때려치우고 그 먼 데로 도망가고, 독한 담배 피우고, 노래 부를 때 그렇게 애절하셨던 거예요? 그래요! 자격도 없는 난 이제부터 그런 궁상 안 떨면서 살 테니 민 선생님은 실컷 떠시면서 살라구요!"

말이란 할 때 속이 후련해도 시간이 지나면 꼭 후회라는 부메랑이 되어 되돌아온다. 지율은 금방 후회하고 말았다. 하지만 싸움의 시초는 자기연민이 어떠니 자격이 어떠니 하며 떠든 준우였다.

지율은 속으로 그렇게 우기며 절대 사과하지 않겠다고 결심했다. 준우는 더욱 화가 난 표정이 되었고, 차 안은 더 더욱 무거운 침묵이 자리를 잡았다.

마침내 차가 아파트 단지로 들어섰고 집 앞에 도착했다. 준우는 차에서 내려 뒷좌석 문을 열고 지율의 가방을 집어 들었다. 그리고 앞서서 아파트로 들어가 버렸다. 지율은 서둘러 그런 준우를 뒤쫓으며 중얼거렸다.

"에이 씨, 요놈의 입이 방정이지, 그런 말은 왜 해가지구!"

준우는 일층 현관문 앞에서 서서 지율을 기다렸다. 그리고 지율이 가까이 오자 그제야 가방을 건네주었다. 여전히 화난 얼굴로. 지율은 가방을 열고 열쇠를 꺼내 문에 넣고 돌렸다. 그러자 준우가 손잡이를 잡고 문을 벌컥 열었다. 그리고 눈 깜짝할 새 안으로 들어가 버렸다. 마치 제집인 양. 지율이 황당한 얼굴로 뒤쫓아 들어갔다. 문이 닫혔고 지율은 거실 한가운데 등을 돌리고 서 있는 준우를 향해 나가달라는 말을 하려고 입을 열었다.

"저기요!"

갑자기 준우가 홱 뒤로 돌아섰다. 길만 뻥 뚫렸으면 운전대 꽉 잡고 액셀러레이터를 밟아 분노를 표출하고 끝냈을 그였다. 하지만 빌어먹을 도로는 꽉 막혔고 뒤집힌 속을 태운 불은 더욱 활활 타올랐다. 그 분노로 인해 사고를 내지 않기 위해 얼마나 안간힘을 썼는지 모른다. 준우는 성난 사자의 얼굴을 하고 지율에게 다가섰다. 지율은 뭔 큰일을 낼 것만 같은 준우를 피해 뒷걸음질쳤다. 눈을 커다랗게 뜨고 손을 내저으며.

"왜, 왜, 왜 이래요? 에비, 다가오지 말아요! 다가오면……."

뭘 어쩌겠다는 생각으로 한 말이 아니었기 때문에 지율은 말끝을 흐릴 수밖에 없었다.

"다가가면 어쩔 건데?"

준우가 한 걸음 더 앞으로 다가가며 물었다. 사자처럼 으르렁거리며.

"다가오면! 으음…… 다가오면 우리 아버지한테 이를 거예요! 우리 아버지가 얼마나 무서운데!"

지율이 허둥지둥 떠듬거리다 초등학생들도 유치해서 좀처럼 쓰지 않을 말을 하고 말았다.

'이런, 젠장. 드라마나 영화에선 이런 경우 여자 주인공이 멋진 명대사를 날리던데 김지율, 넌 뭐냐? 앞으로 매일 한 시간씩 드라마 보면서 공부 좀 하라구!'

지율은 스스로를 꾸짖고 다시 매서운 눈으로 준우를 노려보았다. 계속 뒷걸음질치며. 준우는 계속 지율을 향해 전진해 왔다.

"어디 한번 일러봐."

마침내 종아리에서 더 이상 갈 곳이 없다는 듯한 신호가 왔고 지율은 소파 위로 털썩 주저앉고 말았다. 가뜩이나 키 차이도 많이 나는데 난쟁이가 되어버린 기분, 더 위축된 기분이 느껴졌다. 지율이 목이 꺾어질 정도로 준우를 올려다보며 소리를 빽 질렀다.

"허튼짓하면 후회하게 만들어줄 거예요!"

"후회?"

준우는 코웃음을 쳤다.

"오는 내내 후회하게끔 만들어놓고 또 후회하게 만들어준다구? 어디 한번 해봐."

"하라구! 하란 말이지! 내가 하라면 못할 줄 알아!"

지율은 소파 위로 올라가 준우와 키를 맞춘 뒤 겁도 없이 두 손을 뻗어 준우의 멱살을 잡아 끌어당겼다. 그리고 눈을 부릅뜨고 눈알을 사납게 굴렸다. 반말도 서슴지 않았다.

"당신, 오늘 나한테 죽어봐!"

코가 닿을 만큼 준우의 얼굴을 바짝 당긴 지율이 재빠르게 고개를 옆으로 돌려 그의 귀를 콱 물었다. 그리고 이빨로 질근질근 짓이기듯 씹고 물어뜯었다. 준우가 비명을 질러댔다.

"아! 아! 아! 이거 못 놔! 당신이 타이슨이야, 뭐야? 어딜 물어뜯는 거야?"

"날 타이슨, 미친개로 만든 건 당신이야!"

지율이 발광하듯 외치며 몸을 잠시 뒤로 뺐다. 그리고 마지막으로 준우의 배를 향해 발을 날렸다. 그런데 푹신푹신한 소파 때문인지 지율은 기우뚱하고 중심을 잃었다. 그 바람에 발의 각도는 예상했던 위치에서 약간 벗어나고 말았다. 지율의 발은 준우의 배보다 아래쪽, 남자에게 치명적인 타격이 될 만한 급소를 강타해버리고 말았다. 순간 준우의 입에서 처절한 비명 소리가 길게 터져 나왔다.

"아아아아악! 으으으으윽……."

준우는 다리를 오므리고 강타당한 곳을 손으로 잡고선 쓰러지고 말았다. 그리고 거실 바닥을 떼굴떼굴 굴러다녔다. 여전히 비명을 지르다 삼키다 하며.

'엄마야! 어떡해? 내가 무슨 짓을 한 거야?'

지율이 공포에 질린 얼굴로 소파 구석으로 냉큼 도망치듯 갔다. 그리고 프라이팬에 올려놓은 가래떡처럼 이리저리 굴러다니는 준우를 바라보았다.

"괘, 괜찮아요?"

"어…… 떻…… 게 괜찮을 수가 있어?"

이젠 준우가 엎드려 숨을 가다듬으며 우는 소리로 대답했다.

"후회하게 만들어준다더니 이 여자 사람 잡겠네! 으윽……."

지율이 망설인 끝에 소파에서 내려왔다. 그리고 조심스럽게 준우에게 다가갔다.

"많이…… 아파요?"

"그걸 꼭 말로 해야 알아?"

"내가 남자도 아닌데 그 아픔을 어떻게 알아요?"

짜증이 약간 쉬인 말투에 준우가 고개를 번쩍 들고 화를 냈다.

"당신 이거 살인미수야!"

"고의로 그런 거 아니란 말이에요! 당신이 롱다리라서 내 발이 당신 배까지 닿을 수가 없었던 거라구요!"

지율이 변명 아닌 변명을 하며 은근슬쩍 준우에게 책임을 떠넘겼다.

"하여간 당신 나 평생 책임져야 할 짓을 한 거라구!"

"뭐? 평생 책임이요? 그건 보험회사에서나 자주 쓰는 말인데

도대체 나보고 어떻게 책임을 지라는 소리예요? 성불구자가 돼도 애당초 이 모든 문제의 원인은 당신이었으니까 나한테 덮어씌울 생각 마요!"

지율은 그래도 걱정이 되고 미안한지 손가락으로 준우의 중요한 부분을 가리키며 물었다.

"그런데 거기…… 약이라도 발라야 하나요?"

준우가 지율을 밉다는 듯이 째려보았다.

"'시간이 약이다'라는 말은 이럴 때 필요한 거야. 하지만 제 기능을 할 수 있을지 없을지 그건 장담 못하겠군."

"제…… 기능?"

지율은 입을 꼭 다물었다. 얼굴은 점점 토마토처럼 새빨갛게 붉어졌다. 준우는 시간이 흘러 좀 살 만한지 일어나 앉아 투덜거렸다.

"걱정돼서 지하철 옆 칸까지 타서 지켜봤던 내가 미친놈이지! 가방 때문에 사람들한테 도둑 취급까지 받아가며 사라진 사람 찾은 내가 정말 미친놈이지! 쌈닭에 이종격투기 선수에 타이슨 같은 여자한테 덤빈 내가 정말 미친놈이지!"

"구시렁거리려면 나처럼 속으로 하지 왜 사람 미안한 마음 들게 다 듣게 해요? 그리고 누군 가방을 두고 내리고 싶었겠어요! 금방이라도 토할 것 같은데 어떡해요! 조금만 늦었더라면 지하철 안에다 할 뻔했다구요!"

미안하지만 결코 순응하고 싶지 않은 지율이 버럭 소리를 질렀다. 준우의 표정이 서서히 일그러져 갔다. 그리고 자신의 귀를 손으로 만져 보다 헛구역질을 하며 화장실로 기어갔다.

"빌어먹을! 우욱! 그 입으로 내 귀를 물어뜯었단 말이야! 우욱!"

"그러게 누가 덤비래요?"

지율이 또 한 번 소리를 질렀다.

제8장
속수무책

준우가 화장실로 들어가자 지율은 바닥이 차가운 것을 느끼고 보일러를 가동시킨 후 현관으로 가 자신의 슬리퍼를 신었다. 그러다 뭔가가 떠오른 듯 신발장 문을 열었다. 안엔 보기만 해도 따뜻해질 것 같은 슬리퍼 한 켤레 있었다. 발이 큰 사람이 신어도 될 만큼 커다란 새 슬리퍼였다.

늘 일 핑계로 새벽 늦게 귀가하는 전남편 세혁을 위해 구입한 것이었다. 세혁은 그것이 자신의 것임을 알지 못했는지, 아니면 마음에 들지 않았는지 절대 건드리지 않았다. 지율로 하여금 그것이 누구의 소유물인지 알려줄 기회조차 주지 않고 늘 바쁘게만 살았다.

이혼 도장을 찍고 지율이 자신의 물건을 챙길 때까지 슬리퍼는 놓인 자리에서 위치 한번 바뀌지 않은 상태 그대로 외면을 당했다. 쓸쓸한 마음을 감출 수가 없었다. 자신처럼 꽤 오랜 시간 무관심의 대상이었던 슬리퍼에서 동질감을 느꼈다고나 해야 할까? 그래서 차마 버릴 수가 없었다.

신발장에서 슬리퍼를 꺼내 든 지율은 잠시 고민했다. 이런 사연을 가진 슬리퍼를 준우에게 신으라고 줘도 되는 것인지 말이다. 물론 아무런 의미를 두지 않는다면 별문제가 되지 않을 일이었다. 하지만 전남편을 위해 사뒀던 물건을 다른 남자에게 신으라고 주는 게 왠지 실례가 되는 일 같았다. 그때 화장실 문이 열리고 준우가 나왔다. 그리고 슬리퍼를 들고 서 있는 지율을 발견하고선 물었다.

"줄 거면 어서 줘."

지율이 우물쭈물하는데 준우가 다가왔다. 그리고 슬리퍼를 빼앗듯 가져가 신어버렸다. 말릴 새도 없었고, 설명할 틈조차 주지 않았다. 마음에 드는지 요리조리 살펴보기까지 했다. 지율은 그런 준우를 쳐다볼 수밖에 없었다.

'그래, 내가 말을 안 하면 그걸 어떻게 알겠어? 그냥 놔두자.'

지율은 부엌으로 가 무선주전자에 물을 담고 끓였다. 그리고 높은 선반에서 커다란 머그잔 두 개를 꺼내기 위해 손을 뻗으며 준우에게 물었다.

"뭐 마실래요?"

"뭐가 있는데?"

준우가 질문을 한 순간 지율은 아차 싶었다. 타서 마실 거라곤 커피가 다였다. 커피에 곁들일 수 있는 것조차 없는 상황이었다. 발뒤꿈치를 최대한 높이 들어 머그잔을 꺼내려는 것을 잠시 멈추고 지율은 몸을 돌렸다. 말을 정정하기 위해.

"사실은…… 헉!"

말을 채 끝내기도 전에 지율은 깜짝 놀라 숨을 급히 들이마셨다. 바로 뒤에 준우가 바짝 붙어 지율이 꺼내지 못한 머그잔을 대신 꺼내주기 위해 두 손을 뻗고 있었기 때문이다. 두 사람은 거의 포옹을 하듯 맞붙은 자세가 되어버렸다. 지율은 얼굴이 빨개졌다. 심장이 두근거렸다.

'뭐야, 이 두근거림은!'

지율은 너무나도 확연하게 보이는 준우의 얼굴과 반짝거리는 눈빛에 인상을 찡그렸다. 두려워졌다. 점점 준우에게 빠져들 것만 같아서. 지율은 제대로 상황파악을 못하는 심장을 꺼내 정신 차리라고 혼을 내주고 싶었다.

'저리 떨어져요! 내 심장이 제대로 된 현실을 직시하기 전까지 접근금지 오십 미터예요!'

지율은 속으로 비명을 지르듯 외쳤다. 준우는 머그잔을 들고 그런 지율을 내려다보며 장난을 치듯 말했다.

"토했다는 여자한테 키스할 만큼 나 엽기적이지 않아."

"어머! 뭐라구요?"

지율이 벌끈 화를 내며 팔꿈치로 준우의 배를 쿡 찔렀다.

"으윽……. 혹시 이종격투기 선수로 나설 맘 없어? 미용실보단 그게 훨씬 나을 것 같은데. 강력추천!"

준우가 아프다는 듯 신음을 흘리며 계속 장난을 쳤다. 지율은 속마음을 숨긴 채 지지 않고 이기죽이기죽 빈정댔다.

"어머, 정말요? 제가 가지고 있는 힘 10%밖에 발휘 안 했는데도 그럴 가능성이 있단 말이에요? 그럼, 진짜 제 숨은 에너지가 어느 정도 되는지 한번 맛 좀 보여 드릴까요?"

"그럼, 저 침대를 링으로 삼아 한번 겨뤄볼까?"

준우가 열린 침실 문 사이로 보이는 침대를 가리키며 물었다. 지율은 얼굴이 화끈 달아올랐지만 내색하지 않으려고 애를 썼다.

"관객을 둘째치고 심판 없이 하는 시합 봤어요? 심판 봐줄 사람 생기면 어디 한번 붙어보자구요! 머그잔 이리 주기나 해요. 물 식어요."

지율이 은근슬쩍 말을 돌리며 준우의 손에서 머그잔을 빼앗아 들었다. 그리고 아까 못다 한 말을 했다.

"사실 커피밖에 줄 게 없어요."

"상관없어. 난 뭐든 주는 건 다 감사하게 먹으니까. 그런데 뭐 요기가 될 만한 거 없어?"

지율이 머그잔에 커피를 타는 동안 준우가 뒤에 있는 냉장고를 허락도 없이 벌컥 열었다. 그리고 새된 소리를 냈다.

"아니, 이 냉장고는 마음 착한 사람만 음식이 보이는 거야? 왜 아무것도 없어?"

"왜 남의 살림살이를 가지고 이러쿵저러쿵 말이 많아요? 혼자 살면서 요리해 먹는 게 얼마나 비경제적이고 낭비인 줄 알아요? 그리고 미용실 인수한 뒤로 집에서 밥해 먹을 시간이 있기나 한

줄 알아요?"

지율이 지지 않고 따따부따했다. 준우는 그런 지율을 영 못마땅하다는 듯이 쳐다보았다.

"기다려!"

준우가 현관으로 향하더니 이내 문을 열고 바깥으로 나갔다. 그리고 곧 손에 플라스틱 통을 하나 들고 들어왔다. 선반에서 접시를 꺼낸 준우는 그 위에 이것저것 푸짐한 재료를 넣고 먹음직하게 만들어진 샌드위치를 올려놓았다.

"사 온 거예요?"

"이게 뭐 힘들다고 사다 먹어? 내가 오늘 아침에 만든 거야. 그건 그렇고 속은 괜찮은 거야?"

"아까 지하철에서 다 토해서 괜찮은데요."

준우는 잠시 측은한 눈빛을 하다 다시 물었다.

"양치질은 했어?"

"아뇨."

"그럼 빨리 하고 와."

"어차피 할 거 이거 먹고 나서 하면 안 되나요?"

"어라! 은근히 불결하네. 안 돼! 그건 내가 만든 샌드위치에 대한 예의가 아니야."

"애개개! 은근히 깨끗한 척은! 알았어요. 알았어!"

지율은 콧방귀를 끼며 화장실로 들어갔다.

'무슨 남자가 잔소리도 많고, 져주는 법이 없어? 그래도…… 여자 챙겨주는 건 꽤 기특하단 말이야.'

양치질을 하는 지율은 하얀 거품을 잔뜩 문 채 배시시 웃었다. 그리고 보이지도 않는 사람을 떠올리며 그렇게 속없이 웃었다는 게 마음에 들지 않아 얼른 웃음을 거뒀다.

양치질을 끝낸 지율은 식탁 의자에 앉자마자 커피를 한 모금 마신 후 샌드위치를 들고 한입 크게 베어 물었다. 꽤 맛있다는 듯 고개를 살짝 끄덕이며.

"참, 조금 전에 내가 칫솔 좀 빌려 썼어."

준우의 난데없는 발언에 지율의 눈이 있는 대로 커졌다. 그리고 항의하듯 입을 열었다. 하지만 입 안에 있는 음식물 때문에 발음이 분명치 않았다.

"외 허락도 읍시 쓰으는 거어예요?"

"에이, 다 삼키고서나 말을 하지. 파편 튀잖아."

준우는 더럽다는 듯이 인상을 찡그리며 놀려댔다. 지율은 신경질적으로 음식을 씹어 넘긴 후 다시 말을 이어나갔다.

"깨끗한 척은 혼자 다 하고, 정말 얄미워 죽겠어!"

"그러니까 쇼핑 좀 해. 무슨 집에 남아도는 칫솔도 없어?"

"그러지 않아도 쇼핑할 생각이었어요!"

지율이 짜증을 내듯 말하고선 다시 샌드위치를 베어 물고 우물거렸다.

"그럼, 이거 다 먹고 쇼핑하러 가자."

"네?"

"살 게 한두 가지가 아닐 텐데 그걸 다 어떻게 들고 오려구? 기사, 짐꾼 노릇해 준다고 할 때 얼른 받아들여."

'넌 왜 꼭 내가 입에 뭐 넣고 있을 때 말을 거는 건데? 입 다물고 시키는 대로 하라는 거야? 정말 얄미운 짓만 골라서 해! 정말! 정말! 미워 죽겠어!'

지율이 눈을 흘기며 속으로 심하게 구시렁거렸다.

'우격다짐! 막무가내! 고집불통! 독재자! 공산당! 꼬리 만 개 달린 늑대!'

강제나 다름없는 쇼핑을 하게 된 지율은 손수 쇼핑 카트를 밀고 가는 준우를 향해 끊임없이 속으로 좋알댔다. 준우는 혼자 살아본 경험이 있어서 그런지 말하지 않아도 뭐가 필요한지 다 알고 있는 사람처럼 물건을 골라 쇼핑 카트 안에 담았다. 때론 어느 것이 더 맘에 드는지 지율의 의견을 물어보기도 했다. 얼마나 꼼꼼하고 다정하게 구는지 지나가는 사람들이 부러운 듯 바라볼 정도였다.

생필품을 산 다음 그들은 식품 코너로 갔다. 곳곳엔 상품을 홍보하기 위해 마련된 시식코너가 있었고 손님들에게 시식을 권하는 사람들이 있었다.

"자, 맛있는 수제 물만두를 저렴한 행사가격으로 드립니다. 오셔서 한번 드셔보세요!"

한 아주머니가 준우를 가로막더니 시식을 권했다. 시식용 꼬치로 막 끓여낸 물만두를 찔러 건네주며. 준우는 물만두를 받아가지고 후후 불어 열기를 식혔다. 그리고 지율의 입 가까이에 대주었다.

'엥? 왜 나를 주는 건데?'

지율은 거절하려고 입을 열었다. 그 순간 준우가 지율의 입 안에 물만두를 쏙 넣어주었다. 그 모습에 아주머니가 호들갑을 떨어 댔다.

"어머! 이런 애처가가 다 있을까? 자, 이번엔 새댁이 먹여주면 되겠네요. 자, 어서 받아요."

아주머니가 또 한 개의 물만두를 지율에게 건넸다. 지율은 떨떠름한 표정으로 물만두를 받아 들었다.

"새댁이 부끄러움이 많나 보다!"

원치도 않았는데 오전엔 준우의 애인이 되었다가 저녁엔 새댁이 된 지율은 아주머니의 말이 끝나자마자 뜨거운 물만두를 준우의 입에 처넣듯 하고 빈 꼬치를 뚝 부러뜨렸다. 그때였다. 낯익은 목소리가 들려왔다. 하나도 아닌 두 목소리가.

"원…… 장님?"

"민…… 선생님?"

지율은 심장이 쿵 하고 내려앉는 기분을 느끼며 뒤를 돌아보았다. 혜정과 은영이었다. 두 사람은 지금 자신들이 본 광경을 도저히 믿지 못하겠다는 눈빛으로 지율과 준우를 바라보고 있었다. 지율은 눈앞이 캄캄해졌다. 이 상황을 어떻게 설명해야 좋을지 몰라 혜정과 은영을 멀뚱멀뚱 바라보기만 했다. 그저 속으로 이 말만 거듭 되뇌었다.

'딱 걸렸어……. 딱 걸렸어……. 아주 따악 걸렸다구…….'

정작 말을 꺼낸 사람은 준우였다.

"혜정 씨랑 은영 씨도 쇼핑 중이었어요?"

"네? 네에……."

혜정과 은영은 의구심 가득한 얼굴을 풀지 않고 대답을 했다.

"뭘 이렇게 많이 샀어요?"

준우는 전혀 아무렇지도 않다는 듯 혜정과 은영이 함께 밀고 온 쇼핑 카트를 들여다보며 물었다. 그에 은영이 설명했다.

"오늘 밤 최 선생님 집에 모여서 밤새도록 놀기로 했거든요."

"우린 왜 빼놓고 모이시는 거예요? 나도 노는 건 자신있는데."

"그런 게 아니고……. 그럼, 민 선생님이랑 원장님도 가실래요?"

혜정이 나서서 해명을 하다 은근슬쩍 제안을 해왔다. 지율은 뛸 듯이 놀랐다.

'가기는 어딜 간단 말인가! 커플 청바지를 입고 물만두를 서로 먹여주는 광경을 들키기까지 했는데 청문회까지 참석해야 한단 말인가! 안 된다. 절대 안 될 일이다!'

"그래도 돼요? 그런데 최 선생님이 괜찮다고 하실까요?"

사태파악을 못하고 철없이 동조하는 준우의 말에 지율의 눈이 점점 커졌다.

"최 선생님 혼자 사시니까 괜찮다고 하실 거예요. 잠깐만요. 그래도 한번 물어나 볼게요."

혜정이 핸드폰을 꺼내 단축키를 눌렀다. 순간 지율은 마음속으로 빌고 또 빌었다.

'최 선생님! 안 된다고 해요! 네버! 네버! 절대 안 된다고 해요! 제발요!'

하지만 혜정이 최 선생과의 짧은 통화를 끝내고 한 말에서 지율은 그건 단지 희망사항에 지나지 않음을 깨달았다.

"좋다고 하시네요. 대신 술이랑 안주 많이 사 오시래요."

"먹고 죽을 만큼 제가 사겠습니다!"

준우가 시원스럽게 대답을 하자 지율은 울상을 지었다.

'너 혹시 전생에 물귀신이었냐? 먹고 죽고 싶으면 너나 그러지 왜 나까지 끌어들이는 건데!'

자고로 속담에 삼십육계 줄행랑이 제일 으뜸이라고도 하지 않는가. 형편이 불리할 땐 도망쳐 화를 면하는 것이 상책인 것이다.

"어머나! 내 정신 좀 봐! 보일러를 최대한으로 켜놓고 그냥 나온 거 같네! 혜정 씨, 은영 씨! 나 먼저 갈게요! 미안해요!"

위기에서 벗어나기 위해 리얼한 연기를 해낸 지율은 두 주먹을 불끈 쥐고 100m 달리기 선수처럼 출입구를 향해 냅다 달리기 시작했다. 준우가 장을 봐오든 그냥 오든 지율이 상관할 바가 아니었다.

"분명히 커플 청바지였다니까요!"

"같이 쇼핑도 하고 서로 물만두까지 먹여줬다구요!"

"둘이 사귀는 게 틀림없어요!"

"아니야아아아아아아!"

지율은 끊임없이 들려오는 환청에 두 손으로 귀를 틀어막고 비명을 질러댔다.

딩동딩동. 딩동딩동. 탕탕탕! 탕탕탕!!

잠수를 타야만 했다. 물귀신이 찾아와 벨을 누르고 문을 두드려도 절대 잠수함 문을 열어주면 안 됐다. 물귀신과 아무 사이가 아니라고 주장을 해도 직원들이 안 믿어줄 텐데 더 이상의 접촉은 금물인 것이다.

'배를 가르고 속을 보여주면서 양심선언을 해야 믿어주려나?'

지율은 오랜만에 달리기를 한 탓에 다리가 풀리고 기운이 쇠진하여 꼼짝도 할 수가 없었다. 너무 힘든 하루였다. 손 하나 까딱할 정도의 힘도 남아 있지 않았다. 그저 껌처럼 침대에 달라붙어 잠이 들었다.

'여기가 어디지?'

지율은 어두컴컴한 공간을 둘러보았다. 양쪽으로 사람들이 결박당한 채 고개를 숙이고 의자에 앉아 있었다. 지율은 깜짝 놀랐다.

"저기요! 여기가 어디죠?"

고개를 숙이고 있던 사람들이 고개를 들었다. 지율은 다시 한번 놀라고 말았다. 그들은 최 선생과 혜정, 그리고 은영이었던 것이다. 고문을 당했는지 피투성이가 된 얼굴로 괴로운 신음을 흘리고 있었다. 지율은 비명에 가까운 소리를 내며 그들을 풀어줄 생각으로 일어서려 했다. 하지만 자신조차 그들과 똑같이 결박당한 것을 깨달았다.

"공주님, 조금만 참으세요. 곧 왕자님이 저희를 구하러 오실 거예요."

최 선생이 안타깝다는 듯 신음을 흘리며 말했다.

'잉? 공주? 왕자? 이 사람들이 지금 무슨 소리를 하는 거야?'

지율이 눈살을 찌푸리며 주위를 다시 둘러보았다. 햇빛 한줄기 들어오지 않는 지하실이었다. 습한 바닥엔 오물이 수북하게 쌓여 있고 지독한 악취가 코를 찔렀다. 피비린내와 뭔가가 심하게 썩는 냄새였다. 곳곳엔 고문기구로 보이는 채찍, 칼, 줄이 걸려 있었는데 군데군데 피가 묻어 있었다. 그때 뒤쪽에서 철거덩 하는 소리가 들려왔다. 고개를 돌려보니 철문이 열리는 게 보였다. 커다란 문과 맞먹는 덩치를 한 남자가 들어왔다. 남자는 지율과 눈이 마주치자 성큼성큼 다가왔다. 지율은 마치 괴물이 다가오는 듯한 느낌에 몸을 잔뜩 움츠렸다. 남자가 지율의 턱을 잡고 고개를 홱 들어올렸다.

"왜, 왜, 왜 이러세요?"

지율이 겁에 질려 떠듬거리며 물었다.

"죽고 싶지 않으면 빨리 실토하시지?"

굵직한 음성과 함께 다가온 역겨운 입 냄새에 지율은 구역질이 나올 것만 같았다.

'이 인간은 마늘로 이를 닦나? 우욱…… 쏠린다.'

"뭐, 뭘요?"

"세상에 단 하나밖에 없는 마법의 가위를 어디다 숨겼냐 말이다!"

'마법의 가위? 나한테 그딴 게 어디 있어? 팔아먹고 싶어도 없는데.'

지율이 모른다는 의미로 고개를 막 가로저었다.

"더 뜨거운 맛을 봐야 털어놓을 건가?"

남자가 지율을 놓아주고 벽으로 가 쇠침이 달린 채찍 하나를 들고 왔다.

'헉! 저걸로 날 때리려구? 맞는 순간 살점이 떨어져 나가 버릴 거야! 이거 꿈이지? 그래, 이건 꿈이야. 김지율, 어서 깨. 어서!'

지율이 극심한 공포에 몸을 떨며 자신에게 말했다. 하지만 꿈인 줄 알면서도 꼼짝할 수가 없었다.

"저, 전 몰라요! 살려주세요!"

지율은 벌벌 떨며 울기 시작했다.

"살고 싶으면 어서 말하란 말이야! 마법의 가위를 어디다 숨겼어? 엉!"

남자가 채찍을 휘두르며 윽박 질렀다. 그리고 보란 듯이 옆에 있던 탁자를 향해 내려쳤다. 바람을 가르고 날카로운 꾕음이 들리더니 탁자가 반으로 나뉘어 부서졌다.

"꺄악!!"

지율과 옆에 있던 최 선생과 혜정, 그리고 은영이 비명을 질러 댔다.

"자, 마지막으로 묻겠다. 마법의 가위는 어디 있는 거지? 바른 대로 말하지 않으면 너도 저런 식으로 토막 내 죽을 줄 알아라."

'엉엉…… 꿈이라도 이건 너무하잖아! 그딴 거 없는데 어떡하란 말이야!'

지율은 큰 소리로 울기 시작했다. 그때 철문 밖에서 소란스러운 소리가 들려왔다. 칼과 칼이 맞부딪치고 사람들이 내지르는 처절한 비명 소리가 들려왔다. 그리고 철문이 다시 벌컥 열렸다. 문을 연 사람은 준우였다. 갑옷 차림에 피가 묻은 칼을 들고 서 있었다.

"아니, 네 녀석은!"

채찍을 들고 있던 남자가 준우를 가리키며 흥분했다.

"감히 내 아이를 가진 여자를 납치하다니 절대 용서할 수 없다!"

'아이? 어이, 세 사람! 민 선생하고 잔 적 있어? 누구야, 민 선생의 아이를 가진 여자가?'

지율이 고개를 홱 돌려 최 선생과 혜정, 그리고 은영을 쳐다보았다. 하지만 그들의 시선은 일제히 지율에게 쏠려 있었다. 혜정이 부러운 듯이 속삭였다.

"공주님은 참 좋으시겠어요! 저런 분을 남편으로 두게 돼서……."

'뭐? 남편!'

지율은 황당한 표정으로 준우를 쳐다보았다. 준우가 그 와중에도 지율에게 진한 윙크를 날리며 입을 오므려 키스를 날렸다. 그 순간 지율이 마구 비명을 질러댔다.

"아아아아악! 아아아아악!"

지율은 미쳐 날뛰며 꿈에서 뛰쳐나왔다. 자리에서 벌떡 일어난 지율은 거친 숨을 몰아쉬었다. 온몸은 땀으로 흥건해져 있었다.

"뭐 이런 황당무계한 꿈이 있어? 내 평생 이런 악몽은 처음이야!"

지율이 마트에서 도망치고 난 뒤 준우는 36시간이 지나서야 지율을 다시 볼 수 있었다. 미용실 리모델링이 끝났으니 대청소를 하러 나오라는 문자를 보낸 지율은 마스크를 낀 상태에서 나와, 자신이 낀 것과 동일한 마스크를 준우를 포함한 직원들에게 나눠 주었다. 그리고 손짓으로 이렇게 말했다.

'나 목 아파서 말 못해요. 그러니 아무것도 묻지 말아요! 궁금한 게 있어도 입 닥치고 청소나 해요!'

준우는 걸레를 들고 청소를 시작하는 지율을 보고 어이없는 웃음을 터뜨렸다. 쇼핑을 하다 말고 냅다 도망을 친 것도 모자라 두문불출했던 여자가 '묻지 마 대청소'를 강행하고 있으니 웃지 않을 수가 없었던 것이다.

지율이 원하는 대로 대청소는 조용히 진행이 되었다. 시간은 흘러 점심시간이 다 되었다.

"원장님, 점심시간 다 됐는데 밥 안 먹나요?"

은영이 지율에게 물었다. 하지만 지율은 아무 소리도 안 들리는지 먼지가 묻은 헤어제품을 닦아 진열만 했다. 준우가 대걸레로 바닥을 닦다 그런 지율을 힐끗 쳐다보았다. 지율은 손만 기계적으로 움직일 뿐 정신은 딴 곳에 팔고 있는 모습이었다. 은영이 다시 한 번 큰 소리로 지율을 불렀다.

"원장님!"

그제야 정신을 차린 지율이 주위를 두리번거렸다.

"점심시간 다 됐거든요."

은영이 설명을 하자 지율이 그제야 벽에 걸린 시계를 보고 놀랐다. 진짜 놀랐는지 목이 아파서 말을 못한다고 했던 사람이 멀쩡하게 말까지 했다.

"어머, 시간이 벌써 이렇게 됐나요? 점심 메뉴 뭐로 할까요?"

"이런 날은 뭐니 뭐니 해도 중국음식이죠."

은영이 군침을 흘리며 말하자 혜정이 다가와 핀잔을 주었다.

"어유, 넌 그게 칼로리가 얼만데……."

"너 자꾸 사사건건……."

"나도 중국음식 먹고 싶다. 민 선생님은 어떠세요?"

최 선생이 곧 싸울 것 같은 혜정과 은영의 사이를 비집고 들어가 준우의 의향을 물었다.

"전 아무거나 괜찮습니다."

"그럼 원장님, 저희 중국음식 먹기로 하죠."

최 선생이 경쾌하게 결정을 내리고선 싱긋 웃었다. 지율은 사실 36시간 동안 심하게 몸살을 앓아 물 이외엔 먹은 게 거의 없는 상태였다. 그래서 기름진 중국음식이 부담스러웠다. 하지만 직원들이 원하는 쪽으로 맞춰주기 위해 요리 몇 가지에다 시사로 먹을 수 있는 음식을 주문했다.

잠시 후, 미용실 안으로 철가방 두 개를 든 남자가 들어왔다. 번개 맞은 노란머리에, 한쪽 귀엔 피어싱을 무려 다섯 개나 한 남자였는데 어디서 얻어터졌는지 눈가가 퍼렇게 멍들고 입술이 터져 피가 굳어져 있었다.

"식사 왔습니다!"

우렁찬 목소리에 청소하던 직원들이 동작을 멈추고 남자를 쳐다보았다. 그때였다. 혜정이 눈살을 찌푸리며 남자에게 말을 건넸다.

"야, 최대한!"

"어? 전혜정?"

대한이란 이름을 가진 남자가 혜정을 알아봤는지 놀란 얼굴을 했다.

"너 아직도 정신 못 차리고 사냐?"

혜정이 가죽점퍼에 가죽바지를 입은 대한의 차림새를 훑어보며 물었다.

"에이 씨, 쪽팔려! 내가 이래서 배달 안 나간다고 한 건데."

대한이 인상을 찡그리며 중얼거렸다.

"너, 이번엔 아버지한테 단단히 걸렸나 보다."

"어젯밤 경찰서에서 일 년 만에 상봉하고 끌려왔지 뭐. 그리고 보다시피 노동력 착취를 당하고 있고 말이야."

"쯧쯧, 넌 나이가 몇 갠데 주먹질이나 하구……. 야, 그러나저러나 음식 다 식겠다. 이리로 빨리 가져와."

혜정이 휴게실을 가리키며 앞장서서 들어갔다. 대한은 혜정을 쫓아들어 가 탁자 위에 부지런히 음식을 꺼내놓았다.

"전혜정, 너 언제부터 미용했냐? 나 여기서 머리하면 싸게 해줄 거냐? 아니, 우리 오늘 밤에 만날래? 내가 오토바이 태워줄게."

"내가 이 나이에 '오빠, 달려!' 하리?"

혜정이 새치름한 표정을 지으며 대한의 끊임없이 질문과 작업을 물리쳤다. 음식을 다 꺼내놓은 대한은 혜정에게 끈적거리는 시선을 던지다 휴게실로 막 들어온 준우를 보고 감탄조로 말했다.

"와! 형 머리 색깔 죽인다! 그렇게 하는데 얼마나 들어요? 에이씨, 제가 형이랑 똑같은 식으로 하고 싶어서 압구정동에서 비싸게 주고 했는데도 이 모양 이 꼴이에요. 형, 어떻게 해야 그 스타일이 나오는 거예요?"

대한은 처음 보는 준우에게 넉살 좋게 형이라고 불렀고 준우는 그런 대한이 싫지 않은지 피식 웃음을 터뜨렸다.

"혹시 형이 이 미용실 주인이에요? 형, 그럼 나 좀 써주면 안 돼요? 평생 중국집에서 썩느니 형처럼 폼나게 살고 싶다구요! 형, 네?"

대한이 애처로운 눈빛으로 준우에게 매달렸다.

"야, 번지수 잘못 찾았어. 저분이 원장님이셔."

혜정이 휴게실에 막 들어온 지율을 가리켜 정정을 해주자 대한은 지율을 향해 시선을 옮겼다. 그리고 다시 넉살과 아부를 적절하게 섞은 애원을 했다.

"아니, 이렇게 젊고 예쁜 누나가 원장님이시라구? 누나, 저 좀 써주세요! 뭐든 시키는 대로 다 하고 밥도 조금만 먹고 잘할게요. 네?"

지율은 황당한 표정으로 새로운 다크호스 대한을 쳐다보았다. 그때 대한의 핸드폰이 요란하게 울렸다. 발신인을 확인한 대한이 있는 대로 인상을 썼다.

"아이, 배달 나온 지 얼마나 됐다고 벌써 호출이에요! 아버지! 가요, 가!"

대한이 핸드폰을 받자마자 자기 할 말만 하고 끊어버렸다. 그리고 얼굴색을 달리해 미용실 식구들에게 예의 바르게 인사를 건넸다.

"제가 좀 바빠서 이만. 누나, 한번 고려 좀 해주세요."

대한이 급한 걸음으로 휴게실을 나가 버렸다.

"고려는 무슨 얼어죽을 놈의 고려? 애고, 저 녀석은 언제쯤 철이 들까?"

혜정이 한심하다는 듯이 고개를 흔든다, 대한이 나간 휴게실 문을 멍한 시선으로 바라보고 있는 은영을 발견했다.

"유은영!"

"으응?"

은영이 화들짝 놀라 혜정을 바라보았다.

"너 설마…… 저런 양아치 새끼한테 필 꽂힌 건 아니지?"

"아, 아, 아냐!"

부정을 하면서도 은영의 얼굴은 짬뽕 국물을 원샷으로 삼킨 것처럼 붉어졌다. 은영은 급히 그릇에 싸인 랩을 뜯으며 화제를 돌렸다.

"자, 어서 앉아서 식사하세요."

모두 자리를 잡고 앉았다. 지율은 나무젓가락을 뜯어 자장면을 비볐다. 하지만 뱃속에 든 것이 아무것도 없다 보니 영 식욕이 돋질 않았다. 그때 지율 앞에 물이 담긴 컵이 놓여졌다. 컵 집은 손을 보니 준우였다. 준우는 지율뿐만 아니라 다른 사람들한테도 물을 돌렸다.

"다들 일찍 오느라 아침 못 드셨죠? 빈속에다 기름진 음식 집어넣으면 체할 수도 있으니 물 먼저 마시고 드세요."

'자상하기도 하지.'

하지만 지율은 혜정과 은영이 의심을 잔뜩 담은 눈으로 준우와 자신을 번갈아 보자 가슴이 덜컥 내려앉았다. 그런데 준우가 그런 지율의 심정도 모르고 자신이 비빈 자장면과 지율의 자장면을 바꾸어주었다. 혜정과 은영의 눈이 더욱 의심스럽다는 듯이 가늘어졌다. 지율은 먹은 게 없는데도 체한 느낌이 들었다.

'이 눈치도 없는 거위야! 너 왜 이렇게 사람 속을 뒤집어놓니! 왜 시키지도 않았는데 쓸데없는 짓을 하냐구!'

지율은 이렇게 외치고 싶었지만 힘이 하나도 없어 관뒀다. 지율은 준우가 준 물도 마시지 않은 채 깨죽깨죽 자장면을 먹기 시작했다. 옆에선 다섯이 먹다 몰살당해도 모를 맛이라며 감탄을 해댔지만 지율은 모래가 한 움큼 든 닭똥집을 씹는 기분이었다.

"청소까지 해놓으니까 미용실이 어디 내놓아도 손색이 없을 만큼 좋네요."

최 선생이 주위를 둘러보며 칭찬을 아끼지 않았다.

"정말 좋아요. 일할 맛이 날 것 같아요!"

"아예 여기서 살림하고 싶을 정도예요."

혜정과 은영도 한 마디씩 거들었다. 그들 말처럼 꾀죄죄한 미용실은 현대적인 감각으로 재구성되어 세련되고 깔끔해져 있었다. 어두웠던 실내는 증설된 조명으로 눈이 부실 정도로 환해졌고, 새로 들인 미용기기와 기구들도 최신식이었다. 손님들이 앉아서 대기할 수 있는 의자 또한 카페에서나 볼 수 있는 안락한 것들이었다. 밖에서는 보이지 않는 공간인 주방, 세탁실, 그리고 미용재료를 보관할 수 있는 곳까지 세심하게 신경을 써서 만들어놓았다.

하지만 제일 신이 나 있어야 할 지율은 별 감흥이 없어 보였다. 그저 자장면의 면발이 몇 줄이나 되는지 세어보는 사람처럼 자장면을 뒤적거리기만 했다.

"잘 먹었습니다."

마침내 지율이 젓가락을 내려놓고 자리에서 일어났다. 직원들은 도대체 뭘 잘 먹었다는 건지 알 수가 없어 지율과 자장면그릇을 번갈아 보았다. 자장면은 오히려 처음보다 불어터져 양이 더 늘어난 것처럼 보였다. 지율은 정수기 앞으로 가 녹차 한 잔을 만들어 휴게실을 나가 버렸다. 지율의 그런 모습을 보던 준우의 표정이 굳어졌다. 무의식중에 손으로 몸을 더듬어 담배를 찾는 걸 보니 그의 심중도 천사만려가 꼬리를 물고 있음이 틀림없었다. 준우는 담배와 라이터를 찾아 자리에서 일어났다.

"천천히 많이 드세요."

준우마저 휴게실을 나가자 직원들은 그제야 참았던 말들을 쏟아내기 시작했다.

"둘이 사귀는 거 맞지? 맞지?"

"넌 그날 그 일을 보고도 모르냐?"

"그날 그 일이라면 커플 청바지에 물만두?"

"네. 그런데 벌써부터 심각 모드네요. 하여간 되게 빠르다. 빨라."

그때 은영이 음식들을 안타깝게 바라보며 중얼거렸다.

"출산드라여! 자장면발을 우동면발로 만들어놓고 달아난 저 마른 커플을 벌하소서!"

그런 은영을 바라보는 혜정의 눈빛이 심상치 않게 변해갔다.

"은영아, 그러고 보니 너 출산드라 닮았다."

"뭐?"

얼굴이 붉으락푸르락해진 은영은 양파를 혜정의 얼굴에 던지기 시작했다.

"그래, 자꾸 긁어라, 긁어!"

"야! 맵단 말이야! 그만 못해!"

제9장
동고동락

건물 뒤편 주차장. 지율은 어깨와 마음이 무거웠다. 새로 단장까지 했는데 미용실이 과연 잘될 수 있을지 걱정이 되고 은근히 겁도 났기 때문이다. 지율은 뜨거운 녹차를 후후 불고 한 모금 먹으려 했다. 그때 어디선가 독한 담배 냄새가 났다. 지율은 잠시 녹차를 제쳐 두고 코를 킁킁댔다. 그러다 뒤에서 담배를 피우는 준우를 발견하고 인상을 찡그렸다.

'저놈의 거위가 또 무슨 짓을 하려고 따라온 거야?'

지율은 온몸의 신경이 고슴도치의 가시처럼 곤두서 버렸다.

"진짜 아파?"

준우의 확인하는 말에 지율은 벌끈 화가 났다.

'이것이, 사람 말을 못 믿고 되물어? 나 죽다 살아난 사람이야!

아파 죽겠으니까 건드리지 마.'

"네, 지이인짜아 아파요!"

"보기보다 약골이네. 몸이 그렇게 약해서 일하실 수 있겠어?"

'너만 아니었으면 내가 이렇게 아플 이유도 없었어! 알지도 못하는 게!'

속으로 구시렁거리던 지율은 홧김에 녹차를 확 들이켰다. 아직도 뜨거운 녹차를.

"앗! 뜨거워!"

지율은 뜨거운 녹차를 얼떨결에 넘기고선 입을 벌려 데인 입천장과 목구멍을 차가운 바람에 식혔다. 준우가 조롱과 걱정을 반반 섞인 표정을 하고 다가와 혀를 차댔다.

"쯧쯧······."

지율은 그런 준우를 무섭게 째려보며 외쳤다.

"식사 다 하셨으면 청소나 마저 하시죠!"

"청소는 우리들이 알아서 할 테니 들어가서 쉬기나 하시죠!"

지율의 말투를 흉내 낸 준우가 담배를 손으로 비벼 끄고선 미용실을 향해 걸어갔다. 지율은 건방진 거위를 한 대 때려주고 싶은 충동에 주먹 쥔 손을 번쩍 들었다. 그때 갑자기 준우가 뒤를 돌아보았다. 깜짝 놀란 지율은 손을 쫙 폈다. 그리고 인사를 하듯 흔들어대며 제자리를 한 바퀴 겅둥겅둥 뛰기 시작했다. 구호까지 외치며.

"체력은 국력! 하나, 둘, 하나, 둘!"

직원들의 만류에 미용실에서 쫓겨난 지율은 집으로 돌아와 부엌을 뒤졌다. 뭐라도 먹고 기운을 차려야 내일 미용실 오픈에 차질이 생기지 않을 것 같았기 때문이다. 하지만 커피 외엔 아무것도 없었다.

　"커피로 죽을 끓여 먹을 순 없고, 쌀집 전화번호가 어디 있을 텐데……."

　지율은 구석구석을 샅샅이 뒤졌다. 하지만 없었다. 한숨을 내쉴 즈음 벨이 울렸다.

　"누구지?"

　지율은 먼저 현관문을 옆에 있는 비디오폰을 확인해 보았다. 모르는 사람이 서 있었다.

　"누구세요?"

　"죽 배달 왔습니다!"

　"전 시킨 적 없는데요."

　간절히 바라면 이런 우연한 일도 일어날 수 있겠지만 시킨 적도 없는 죽을 덥석 받을 순 없는 일이었다.

　"민준우란 분이 시키셨는데요."

　'잉? 거위가? 그 얄미운 거위가 죽을 배달시켰다구?'

　지율은 문을 열고 죽을 받아 들었다. 계산까지 했는지 배달하는 사람은 '맛있게 드세요!' 하고선 그냥 가버렸다. 지율은 죽을 꺼내 식탁 위에 올려놓고 고민에 빠졌다. 죽은 죽인데 죽이 죽으로 안 보였기 때문이다. 지율이 죽에게 물었다.

　"널 먹어도 되는 거니? 왠지 좀 불안하다. 널 먹고 나면 무슨 일이 생길 것만 같아서 말이야."

지율은 한참 고민을 하다가 이내 숟가락을 가지고 와서 죽을 떠먹기 시작했다.

"눈에는 눈! 이에는 이! 죽에는 죽! 딴소리, 헛소리 지껄이면 죽거나 죽이는 거지 뭐!"

다음날 아침.

지율은 눈이 휘둥그레졌다. 팔등신 미녀 세 명이 을씨년스런 날씨에 긴 머리를 풀어헤치고, 야한 옷차림으로 미용실 앞에서 댄스음악에 맞춰 몸을 흔들어대고 있었기 때문이다. 그 옆엔 턱시도 차림을 한 남자가 지나가는 행인들에게 전단지를 주며 무선 마이크에다 대고 말을 하고 있었다.

"잠시 후 열 시에 '더 마니끌레유' 미용실이 새 단장 기념 오픈을 합니다! 한 달간, 매일 선착순 오십 명에게 사은품을 증정하고 저렴한 행사가격으로 서비스를 해드립니다!"

시율이 눈을 가늘게 뜨고 남자를 자세히 바라보았다.

'어라! 저 남잔······.'

어제 음식을 배달한 최대한이었다. 지율은 어리둥절한 얼굴로 대한에게 다가가 그의 팔을 꾹꾹 눌러 불렀다.

"저기요."

지율을 발견한 대한이 마이크를 잠시 끄고 지율의 손을 덥석 잡았다.

"누나! 이제 나오셨어요?"

"이게 다 뭐죠?"

지율은 손을 슬며시 빼며 대한에게 물었다.

"우하하하! 제가 누굽니까? 장차 이 미용실을 이끌어갈 재목 아닙니까? 그래서 제가 아는 후배들 좀 풀었습니다! 어떻습니까? 이 정도는 돼야……."

그때 미용실 문이 열리고 혜정이 못마땅한 얼굴을 하며 나왔다.

"원장님! 그냥 들어오세요. 지가 좋아서 미친 짓 하는 거니까 신경 쓰지 마시구요!"

지율은 얼떨결에 혜정의 손에 이끌려 미용실 안으로 들어왔다. 미용실 안엔 최신 유행하는 음악이 흐르고 있었고, 직원들은 이미 손님 맞을 준비를 다 끝낸 상태였다. 지율은 직원들 옷차림새에 다시 한 번 놀랐다. 언제 맞췄는지 최 선생은 검은색 계열의 정장을, 혜정과 은영은 블라우스와 스커트 차림이었다.

"원장님, 저희 어때요?"

최 선생이 환하게 웃으며 물어왔다.

"언제 이렇게 다……."

지율이 커다란 눈으로 직원들의 모습을 살피며 물었다. 그러다 소파에 앉아 있는 준우와 눈이 마주쳤다. 준우도 차려입으니 다이아몬드 알을 낳는 거위처럼 더 멋져 보였다. 그런데! 신기한 일이 생겼다. 그냥 거위를 쳐다본 것뿐인데 가슴이 두근거리기 시작했다.

'어머, 나 미쳤나 봐. 왜 이래?'

지율은 당황하고 말았다.

"다들 멋지네요. 이럴 줄 알았으면 나도 맞춰 입고 오는 건데……."

지율은 은근슬쩍 말끝을 흐리며 휴게실로 들어갔다. 재킷을 벗어 가방과 함께 개인 사물함에 집어넣은 지율은 보랏빛 원피스를 입은 자신의 얼굴이 혹시 붉어지지 않았나 싶어 거울을 쳐다보았다. 다행히 그렇지는 않았다. 안도의 숨을 내쉰 지율은 몸살을 앓아서 까칠해진 얼굴을 보며 눈살을 찌푸렸다. 화장을 화사하게 해서 감출 만큼 감췄다고 생각했지만 그래도 티가 나기는 했다.

그때 준우가 휴게실로 들어왔다. 지율은 갑자기 다시 가슴이 두근거리기 시작했다. 지율은 괜히 개인 사물함을 열고 가방을 꺼내 뭔가를 찾는 시늉을 했다. 준우는 그런 지율에게 눈길도 주지 않고 물 한 잔을 마시고 나가 버렸다. 지율은 맥이 탁 풀렸다.

'김지율, 생쇼를 해라! 생쇼를! 그런데 너 미쳤냐? 뭐 잘못 먹었냐구? 왜 저 남자만 보면 가슴 두근거려 하는데? 혹시 저놈이 어제 죽에다 흥분제까지 넣어달라고 부탁한 거 아냐?'

바깥에서 시끌시끌한 소리가 들려왔다. 손님들이 들어오기 시작한 것이다. 지율은 마음을 다잡고 휴게실을 나섰다. 그리고 그 이후부터는 정신없이 움직여야만 했다.

어디에 숨었다가 나타났는지 손님들이 정신없이 몰려들었다. 준우와 최 선생이 빠른 속도로 일을 하고 혜정과 은영이 보조를 해도 대기석에 앉아 있는 손님들은 전혀 줄어들지 않았다. 지율은 기다리는 손님에게 차를 대접하고, 머리를 끝낸 손님들에게 돈을 받고 쿠폰에 도장을 찍어주는 일을 주로 해나갔다.

혼이 쏙 빠질 정도로 바쁜 가운데 지율은 팔을 걷어붙이고 손님 머리를 감겨주는 대한을 발견하고선 깜짝 놀랐다. 대한은 지율에게 윙크를 한 뒤 넉살 좋게 손님과 이런저런 얘기를 주고받았다. 완전히 미용실 직원이나 다름이 없는 모습이었다.

그때 준우가 갑자기 나타나 지율을 막아섰다. 이마엔 땀이 송골송골 맺혀 있고 얼굴과 옷엔 자잘한 머리카락이 붙어 있었다. 신기하게도 지율의 심장이 또 뛰기 시작했다.

'이런, 제길! 너 어제 죽에다 무슨 짓을 한 거냐?'

지율이 속으로 질문을 하는데 준우가 다짜고짜 지율을 끌고 휴게실로 들어갔다. 그리고 바늘을 건넸다. 지율이 멍한 시선으로 바늘을 쳐다보다 준우를 올려다보았다. 준우가 그제야 입을 열었다.

"이것 좀 빼줘. 손이 미끄러워서 뺄 수가 없어."

"뭘 빼달라는 거예요?"

지율은 준우가 내민 손을 들여다보았다. 엄지손가락 마디에 아주 작은 머리카락이 박혀 파고들어 가고 있었다. 지율은 순간 소름이 확 돋았다.

"이걸 빼달라구요?"

지율이 마른침을 꿀꺽 삼켰다. 그리고 못한다는 듯이 고개를 가로저었다.

"바늘로 살을 찢어서 파내야 하는데 난 못해요! 못해!"

"어서. 다른 사람들은 다 손에 약 묻히고 일하는 중이라 해줄 사람이 없단 말이야. 이대로 놔두면 머리카락이 살 속으로 더 파고

들어. 어서."

지율은 인상을 찡그리며 준우에게서 바늘을 받아 들었다. 이내 준우의 손을 잡고 바늘로 살을 긁고 찢으며 머리카락을 파내기 시작했다.

'우씨, 심장도 떨리는데 머리털까지 다 쭈뼛 선다!'

지율은 준우가 따뜻한 시선으로 자신을 내려다보는 것도 모르고 머리카락을 끄집어내기 위해 안간힘을 썼다. 마침내 바늘 끝에 머리카락이 묻어나왔다. 지율은 뛸 듯이 기분이 좋아 환하게 미소 지었다.

"이것 좀 보세요! 머리카락이 나왔어요!"

지율은 바늘을 준우에게 보여주기 위해 고개를 들었다. 하지만 준우는 지율에게서 황급히 손을 빼내며 뒤돌아 휴게실을 나가 버렸다. 속마음을 지율에게 들키고 싶지 않아서였다. 하지만 그걸 알 리 없는 지율은 입을 쑥 내밀고 속으로 욕을 해댔다.

"나쁜 놈! 고맙다는 말이라도 하고 가면 입이 부르트냐!"

지율은 준우가 나간 휴게실 문을 노려보다 들고 있는 바늘로 시선을 옮겼다.

"이럴 줄 알았으면 이걸로 피가 철철 날 정도로 파내는 건데!"

지율은 뚱한 표정으로 바늘을 들고 휴게실을 나왔다. 준우는 은영의 도움을 받아가며 파마를 말고 있었고, 최 선생은 드라이를, 혜정은 염색약 도포를, 제멋대로 직원을 자청한 대한은 손님의 머리를 말려주고 있었다. 지율은 대한을 유심히 쳐다보았다. 머리를 말려주는 손놀림과 접객하는 솜씨가 보통이 아니었다. 미용실에서 일해본 경험이 있는지 아주 익숙한 모습이었고, 손님 또한 대한을 아예 직원으로 생각했는지 전혀 불편한 기색이 없어 보였다.

'얼떨결에 직원이 늘었네.'

지율은 비위 좋게 구는 대한이 싫지는 않았다. 일을 하느라 여념이 없는 직원들처럼 대한 또한 성심성의껏 일을 하고 있었고, 미용실 바닥에 미처 치우지 못한 머리카락이 수북하게 쌓여 있을 정도로 일손이 아쉬운 판이기 때문이었다. 오늘같이만 손님이 많으면 원이 없을 정도로 미용실은 아주 바쁘게 돌아가고 있었다.

지율은 무심코 벽시계를 보고선 깜짝 놀랐다. 시계바늘이 점심시간을 훌쩍 넘긴 두 시를 가리키고 있었기 때문이다.

'세상에!'

지율은 황급히 카운터를 향해 걸어갔다. 점심식사를 배달시키기 위해서였다. 그때 낯익은 고급 승용차 한 대가 미용실 앞 도로에 멈춰 서는 게 보였다.

'에이, 설마……'

지율이 눈을 가늘게 만들고선 자동차 번호판을 확인해 보았다. 그리고 더 이상 커질 수 없을 만큼 눈을 크게 떴다.

'아니, 이상한 죽을 먹었더니 이젠 헛것까지 보이는 거야?'

지율은 하늘이 샛노래지는 기분을 느끼며 카운터로 계속 가야 할지, 아니면 도망을 쳐야 할지를 두고 잠시 갈등을 했다. 그러다 이러지도 저러지도 못하는 우스꽝스런 자세로 굳어지고 말았다. 차에서 내리는 자신의 전남편 세혁과 눈이 딱 마주쳤기 때문이다.

'오! 마이 갓!'

속으로나마 할 수 있는 말이라곤 고작 그게 다였다. 지율은 마른침을 꿀꺽 삼켰다. 하얗게 질린 지율과는 달리 세혁은 희색이 만면해졌다. 지율을 향해 손까지 흔들어댔다.

'저것이 미쳤나? 누가 보면 부부는 아니더라도 연인 사이인 줄 알겠네!'

세혁은 차에서 내린 기사가 트렁크를 열고 몇 개의 쇼핑백과 화분을 꺼내자 미용실을 향해 걸어오기 시작했다. 지율은 그 모습에 속으로 계속 욕을 해댔다.

'미친놈, 미친놈, 미친놈! 여기가 어디라고 와?'

지율은 충격으로 뒷골이 다 당길 정도였다. 지율은 안 되겠다 싶어 밖으로 뛰어나갔다. 신성한 미용실에 손님이 아닌 망종을 들어오게 할 수는 없었기 때문이다. 지율은 세혁의 앞을 가로막았다. 그리고 지나가는 사람들을 의식해 작게 으르렁거리며 말했다.

"이봐요! 오세혁 씨! 여기가 어디라고 와요?"

"개업 축하해!"

친구로 잘 지내보자고 하더니 세혁은 아주 절친한 친구한테 하듯 밝은 표정으로 인사를 건넸다. 지율은 혈압이 최고조로 상승했다. 이혼을 하고도 친구로 잘 지내는 요새 사람들처럼 쿨하지 못한 이유도 있었지만 결혼 기간 동안 받은 상처가 너무 커서 아직은 치유할 시간이 더 필요했다.

"이.봐.요. 오.세.혁.씨! 개소리 그만 지껄이고 꺼져요!"

지율은 이를 바드득 갈며 말했다. 하지만 세혁은 전혀 괘념치 않는다는 듯 자기가 하고 싶은 대로 했다.

"문 기사님, 그거 미용실에 갖다 놓으세요."

기사가 세혁의 지시대로 미용실로 들어가 화분을 놓고 쇼핑백을 혜정에게 건넸다. 혜정이 목을 길게 빼고 궁금한 표정으로 바깥 광경을 쳐다보았다. 지율의 얼굴은 보이질 않고 세혁만 방긋방긋 웃고 있으니 혜정은 당연히 지율의 눈에서 튀고 있는 불꽃을 봤을 리가 없었다. 그건 미용실 직원들도 마찬가지였다. 준우의 표정은 이미 오래전에 딱딱하게 굳어진 상태였다. 그런 준우에게 세혁이 환한 미소를 지으며 고개를 숙여 인사를 했다. 그걸 눈앞에서 보는 지율은 돌기 일보 직전이었다.

"준우 씨가 그때 식당에서 그러더라구. 당신이 미용실 오픈해서 같이 일하게 된 사이라구. 헤어디자이너라는 말에 좀 놀라기는 했어. 저 정도 되는 인물이면……."

지율은 도저히 들어줄 수가 없다는 듯 세혁의 말을 끊었다.

"셋 셀 동안 안 가면 기자들 불러 모아서 당신에 대한 거 다 불어버릴 거예요! 하나!"

"알았어. 가면 될 거 아냐. 어쨌든 잘 지내고 미용실 잘되기 바라. 나중에 또 올게."

사근사근하게 말을 한 세혁이 준우에게서 눈길을 떼지 못하고 뒷걸음질치며 차에 올라탔다. 그 모습에 지율은 동네가 떠나가라 비명을 지르고 싶어졌다. 그러다 손에 든 바늘을 발견하고선 후회를 했다.

"이걸로 죽을 때까지 찔러주는 건데!"

지율은 후회막심인 얼굴로 미용실 문을 열고 들어왔다.

"오신 분들은 누구고 이건 또 뭐예요?"

혜정이 궁금한 표정으로 물었다.

"좀 아는 사람이고 이건……."

어느새 다가온 은영이 쇼핑백 가까이 코를 대고 개처럼 킁킁댔다.

"이거 고기 냄새인 듯한데. 게다가 향긋한 샐러드도 있는 것 같구……."

마음 같아선 세혁이 가져온 음식을 갖다 버리고 싶었지만 굶주린 사람들이 허다한 때에 그럴 순 없었다. 지율은 아랫입술을 질끔 깨물고선 마음을 돌려먹었다.

"많이 배고프죠? 휴게실로 가서 어서 드세요."

지율은 손님들에게 양해를 구한 뒤 휴게실로 갔다. 그사이에 은영이 탁자 위에 음식을 차리고 있었다.

"와! 따끈따끈한 수프, 빵에 샐러드, 스테이크까지!"

지율은 하나도 반갑지 않다는 듯이 입술을 삐죽 내밀며 손님들에게 가져다 줄 차를 준비했다.

"아니, 이게 웬 진수성찬이야!"

"잉? 여기는 점심을 이렇게 먹어요?"

마침 일을 마치고 들어온 최 선생과 대한도 탁자 위 음식을 보고 깜짝 놀라 한 마디씩 보탰다. 무표정한 준우만 제외하고.

"원장님 아는 분이 가져오신 거예요. 정말 맛있겠죠! 자, 어서들 앉아서 식사하세요."

은영이 행복한 미소를 지으며 자리를 잡고 앉았다. 다른 직원들도 자리를 잡고 앉았다. 그때 혜정이 슬며시 자리를 꿰차고 앉는 대한을 째려보며 시비를 걸었다.

"어머, 우리 미용실에 이런 양아치 같은 직원이 다 있었나?"

"어, 이거 왜 이러셔? 누나도 아무 말씀 안 하시는데?"

대한이 혜정에게 대항하며 능청을 떨었다. 혜정은 지율을 원장이 아닌 누나로 부르는 대한이 더욱 못마땅했는지 싸늘한 표정을 지었다.

"누가 네 누난데?"

그때 은영이 혜정의 옆구리를 쿡 찌르며 끼어들었다.

"야아, 대한 씨가 오늘 얼마나 열심히 도왔는데 시비를 걸고 그래?"

혜정이 황당한 표정으로 얼굴이 붉어진 은영을 쳐다보았다.

"대한 씨? 그런데 너 갑자기 목소리가 왜 그래? 코감기 들었니?"

"밥 먹을 땐 개도 안 건드리는 거래."

은영의 목소리가 점점 앵앵거리자 혜정의 표정이 벌레를 씹은 듯 심하게 일그러져 갔다.

"네가 뭘 모르나본데 얘 학교 다닐 때 별명이 개만도였어. 개만도 못한 놈이라서."

대한은 배가 고팠는지 은영과 혜정의 신경전도 아랑곳도 않고 빠른 속도로 수프를 떠먹고 빵을 뜯어 수프에 찍어 먹었다.

"요즘은 몸값 일 억 하는 개들도 있더라."

은영이 끝까지 대한의 편을 들어주었다.

"어럽쇼? 야, 빈속인데도 속이 울렁거리거든, 그런 가증 떠는 목소리 좀 그만 내줄래?"

"자자, 기다리는 손님들 많으니까 어서들 먹고 일하자구!"

최 선생이 더 이상의 잡담을 허용하지 않겠다는 듯 말을 끊었다. 그리고 차를 준비하는 지율에게 식사를 할 것을 권했다.

"원장님, 식사하셔야죠."

"전 상관 마시고 많이 드세요."

지율이 준비한 차를 들고 휴게실을 나갔다.

"형! 머 하세요? 앙 드시고."

입 안 가득 음식을 담은 대한이 준우에게 포크를 쥐어주며 넉살을 떨자 혜정은 여전히 못마땅한 얼굴로 대한이를 노려보았고, 은영은 터프하게 음식을 먹는 대한의 모습에 홀딱 반한 듯 마구 하트를 날렸다.

아홉 시, 미용실 영업 시간 종료!

지율은 장부와 금고를 들여다보고 깜짝 놀랐다. 장부엔 육십 명에 가까운 손님 수와 갖가지 가격이 적혀 있었고 금고엔 녹색, 황금색, 핑크색 지폐와 더불어 수표까지 가득가득했다.

'이게 꿈이야, 생시야!'

지율은 믿기지 않는 현실 앞에서 넋이 나가고 말았다. 조심스럽게 계산기를 두드려 보니 무려 칠십만 원에 가까운 액수가 산출됐다. 계산을 잘못했나 싶어 지율은 계산기를 두세 번 더 두드려 보고 돈을 세보았다. 그래도 매번 같은 액수가 나왔다. 지율은 황홀한 표정을 지으며 파김치가 된 직원들에게 시선을 옮겼다.

"오늘 매상이 육십구만칠천 원예요!"

저렴한 행사가격으로 이 정도의 매상을 올리기란 결코 쉬운 일이 아니었기에 지율의 말에 모두들 깜짝 놀란 얼굴을 했다.

"정말요?"

최 선생과 혜정, 그리고 은영이 벌떡 일어나 손을 맞잡고 팔딱팔딱 뛰어올랐다. 눈물까지 글썽이며. 준우는 별일이 아니라는 듯 주머니에서 담배를 꺼내 미용실 밖으로 나가 불을 붙였다. 대한도 어미 닭을 쫓는 병아리처럼 쪼르르 나가 준우가 권하는 담배를 받아 들고 환하게 웃었다. 은영이 꿈을 꾸듯이 눈을 반짝였다.

"이대로만 계속 잘됐으면 좋겠다!"

"그러게."

혜정도 힘들지만 싱글벙글하면서 기뻐 어쩔 줄을 몰라 했다. 최 선생도 흐뭇한 표정을 지으며 지율을 쳐다보았다.

"원장님, 저희는 정말 오랜만에 일다운 일을 한 것 같은데 원장님은 많이 힘드셨죠?"

솔직히 힘들다는 말로는 부족했다. 발바닥이 부르틀 정도로 움직인 지율은 지금이라도 누울 수 있는 상황만 된다면 까무러치고 싶은 마음뿐이었다. 긴장까지 풀린 상태에선 때려죽인다 해도 의자에서 일어날 힘조차 없었다.

"제일 조금 일한 제가 이런 말 하면 안 되겠지만, 진짜 힘드네요."

힘이 하나도 담기지 않은 목소리로 말한 지율은 미소도 간신히 지었다.

"당분간 이럴 텐데 건강 유의하셔야 해요. 잘 드시고 잘 주무시고요."

"네, 그럴게요. 오늘 많이 힘드셨죠? 어서 퇴근 준비하세요."

최 선생과 은영, 그리고 혜정이 탈의실로 들어가고 준우와 대한이 문을 열고 들어왔다.

"대한 씨, 내일도 출근해 주실 수 있나요?"

대한의 입이 함지박만해졌다.

"진짜요? 누나! 저 채용해 주시는 거예요? 감사합니다! 감사합니다! 누나! 저 이 한 몸 빠개지도록 열심히 일하겠습니다!"

"저한테 계속 누나라고 부르시면 저 마음 바뀔지도 몰라요."

누나란 소리가 계속 신경에 거슬렸던 지율이 이렇게 말하자 대한이 배시시 웃었다.

"네. 알겠습니다, 원장님!"

그때 탈의실에서 옷을 갈아입던 혜정이 대한의 목소리를 들었는지 큰 소리로 항의를 해왔다.

"원장님! 걔를 왜 쓰세요! 미용실 물 다 흐려놓을 놈인데!"

"누, 아니, 원장님! 저 먼저 들어가겠습니다. 고맙습니다. 형, 아니, 민 선생님! 내일 뵐게요!"

대한은 지율이 마음을 바꿀까 봐 걱정이 되는지 인사를 건네고 부리나케 미용실을 나가 버렸다. 탈의실에선 혜정의 끊임없는 구시렁거림이 흘러나왔다. 지율은 눈에 보이는 사람이 준우밖에 없게 되자 어색함을 감추지 못했다. 오늘 하루 종일 눈만 마주쳐도 가슴이 두근거렸기 때문이다. 지율은 무슨 말이라도 해야 할 것 같은 의무감을 느끼고 입을 열었다.

"손…… 괜찮으세요?"

지율은 머리카락이 박혔던 준우의 손을 눈으로 가리키며 물었다. 준우는 어깨를 한 번 들썩 올렸다 내리는 것으로 무심하게 대꾸했다.

"다행이네요."

직원들이 탈의실에서 나오자 지율은 준우와 더 이상 대화를 나누기는 힘들 것 같아 자리에서 일어났지만 자기도 모르게 휘청거렸다. 갑자기 현기증이 일어나 하늘이 돈짝만하게 보였던 것이다. 지율은 심한 어지럼증을 느끼며 다시 의자에 주저앉았다.

"어, 어, 내가 왜 이러지?"

제일 먼저 지율에게 다가온 사람은 준우였다. 많이 놀란 듯 다급하게 몸 상태를 물어왔다.

"괜찮아요?"

정상으로 돌아오기까지 몇 초간의 시간이 흘렀다. 나머지 직원들도 덩달아 놀라 지율에게 달려왔다.

"원장님! 몸도 안 좋으신데 오늘 너무 무리하신 거 아니에요?"

지율은 눈을 감고 간신히 고개를 가로저었다.

"제가 무슨 무리를 했다구……. 저 괜찮아요. 걱정 마세요."

지율을 바라보는 준우의 눈빛은 점점 밤하늘처럼 어둡고 깊어져만 갔다.

제10장
기상천외

오픈 첫날부터 위태롭게 보이는 지율을 집 앞에까지 바래다
준 준우의 표정엔 못마땅함이 가득했다.

"자기 관리 안 할 거야?"

겨자가 혀를 탁 쏘는 듯한 느낌의 말이었다. 지율은 열쇠를 꽂
다 말고 뒤를 돌아보았다. 심술 난 거인 거위가 사람을 노려보며
버티고 서 있었다.

'힘들어 죽겠는데 이놈의 거위가 왜 시비를 걸고 그래?'

"안녕히 가세요!"

지율은 못마땅한 듯 인사를 건네고선 문을 열고 들어갔다. 신발
을 신경질적으로 흔들며 벗자 다리 근육이 켕기어 거북한 느낌이
들었다. 만사가 귀찮아진 지율은 뱀 허물 벗듯 옷을 벗으며 욕실

로 향했다. 몸에 묻은 먼지와 피곤을 한꺼번에 씻어버릴 생각으로.

뜨거운 물로 목욕을 끝낸 지율은 간편한 옷으로 갈아입고 침대에 누웠다. 다리가 계속 뻐근해 '아이고, 죽겠다!' 라는 말을 계속 내뱉으며 주물러 댔다. 그때 벨이 울렸다.

"이 밤에 누구야?"

지율은 일어나기 싫은 얼굴로 엉금엉금 기어 현관 쪽으로 갔다. 비디오폰을 확인하는 것도 귀찮아 큰 소리로 '누구세요?' 라고 물으며.

"나야."

준우의 목소리였다. 아직도 이상한 죽의 영향인지 목소리만 들어도 지율은 괜히 가슴이 설레기 시작했다. 이런 상태로 문을 열었다가는 자신의 감정을 확연히 드러낼 게 뻔해 지율은 일부러 시간을 끌기 위해 용건을 물었다.

"무슨 일이신데요?"

"지난번에 쇼핑했던 물건들 가져왔어."

지율은 준우의 손을 탄 물건들은 신기한 마력을 발휘하는 것 같아 받고 싶지 않았다. 하지만 그럴 수 없는 상황이었다. 지율은 일어나 바닥에 늘어놓은 옷가지들을 주워 침실에 밀어 넣고선 문을 열어주었다.

샤워를 했는지 아직 물기가 마르지 않은 머리, 저녁이 돼 돋아난 수염으로 까칠까칠해 보이는 얼굴, 얇은 니트와 헐렁한 바지를 입은 준우는 그 어느 때보다 편안해 보였다. 하지만 눈빛만은 위험스럽게 빛났다. 적어도 지율에겐 그렇게 보였다. 연신 퉁탕퉁탕 뛰는 지율의 가슴은 진정이 되질 않았다.

준우는 쇼핑백 네 개를 들고 들어와 자신의 집 물건을 챙기듯 적당한 장소를 찾아내 물건들을 넣어주었다. 뭔가에 홀린 듯한 표정으로 그런 준우를 보던 지율은 '그냥 놔두고 가라'라는 말을 할 타이밍을 놓치고 말았다. 일을 다 끝낸 준우가 지율을 보았다. 뜨끔해진 지율은 준우에게 돈을 줄 생각에 허둥지둥 가방을 찾아 고개를 두리번거렸다.

"얼마 드리면……."

그때 준우가 지율의 손을 붙잡고 다짜고짜 침실로 데려가 침대에 눕혔다.

"헉! 이, 이, 이게 무슨 짓이에요?"

지율이 눈을 동그랗게 뜨고 심하게 말을 더듬으며 물었다.

"엎드려 봐."

마치 의사가 환자에게 요구하듯 내뱉는 말이었다.

"내, 내가 왜 그래야 하는데요?"

지율이 두려움을 감추고 반항하듯 날카롭게 물었다.

"매사에 꼭 그렇게 가시를 세워야겠어? 토 달지 말고 시키는 대로 말 좀 고분고분 들어봐."

준우가 꾸짖듯 말하고선 지율의 몸 한쪽을 가뿐히 들어올려 뒤집었다. 그리고 침대 위에 엉덩이를 걸치고 앉아 지율의 바지를 차례로 걷어 종아리를 드러냈다.

"어머! 지금 뭐 하시는 거예요?"

지율이 또다시 반항을 하듯 몸부림을 치며 일어나 앉으려 했다.

"아유, 가만히 좀 있어봐!"

준우가 손으로 지율의 엉덩이를 찰싹 때리며 다시 엎드리게 했다. 지율은 눈을 커다랗게 떴다가 오만상을 찌푸리며 고함을 질러댔다.

"도대체 무슨 권리로 남의 집에 쳐들어와 온갖 행패를 부리는 거예요?"

"근육통에 시달리는 고슴도치가 안쓰러워서 약 발라주려고 온 것뿐이야."

"고, 고, 고슴도치요?"

지율이 하도 어이가 없어서 말을 더듬으며 되물었다.

"그래. 뾰족뾰족한 가시가 달린 동물, 고슴도치. 왜? 그 표현이 맘에 안 들어?"

준우가 주머니에서 튜브를 하나 꺼내 뚜껑을 열고 내용물을 짜내며 물었다.

"아니, 가시 달린 게 고슴도치밖에 없어요? 이왕이면 장미라든가 별사탕이라든가, 뭐 더 듣기 좋고 예쁜 표현이 얼마든지 있잖아요? 세상에, 고슴도치가 뭐야, 고슴도치가!"

하여간 되로 주면 말로 되돌려 주는 여자였다. 준우는 지율의 투정이 귀엽게 느껴져 소리없이 웃었다.

"내가 '장미 한 송이가 시든 게 또는 별사탕이 깨진 게 안쓰러워서 왔'고 해도 감동받기는커녕 콧방귀만 뀌었을걸?"

준우가 지율의 종아리에 약을 묻혀 손끝으로 문지르며 말했다.

"내 속에 들어와 앉아 있는 것도 아니면서 그걸 어떻게 알아요?"

여전히 가시 돋친 말투로 응수를 한 지율이 눈을 몇 번 깜박거리더니 이내 지그시 감았다. 처음엔 차갑게 느껴졌던 약이 준우의 손끝에서 나오는 온기와 합쳐져 따뜻해져서였다.

"똥인지 된장인지 꼭 먹어봐야 아나?"

지율은 말을 해도 꼭 그렇게 하느냐며 대들려다가 생각을 바꾸고선 입을 다물었다. 끈적끈적 물컹물컹 미끌미끌. 종아리를 무대로 어떤 제약도 없이 약과 함께 제멋대로 춤을 추는 준우의 손이 긴장으로 굳어진 몸에서 힘을 빼앗아가고 있었다. 항의하기보다는 차라리 즐기라는 듯 달래는 손길의 감촉에 지율은 이내 항복을 하고 말았다. 말로 표현을 안 해서 그렇지 꽤 흡족할 만큼 편안하고 좋았다. 지율은 자기도 모르는 사이에 정신이 점점 혼미해져 갔다. 흐리멍덩해진 의식 속에 준우의 목소리가 희미하고 가늘게 들려왔다.

"조금 있으면 다리가 하끈거릴 거야. 그래도 이것만큼 좋은 건 없어."

"에에?"

불분명하고 흐릿한 발음을 조그맣게 내뱉은 지율은 곧 조용해졌다. 잠들어 버린 것이다. 준우는 정성껏 마사지를 해준 다음 바지를 내려주었다.

"어떤 것 같아?"

지율이 아무 말도 하지 않자 준우가 이상하다는 듯 고개를 갸우

뚱했다.

"자?"

역시나 대답이 없자 준우는 어이가 없다는 듯 실소를 터뜨렸다. 그리고 지율의 상태를 확인하기 위해 가까이 다가갔다. 예상대로 지율은 세상모르고 자고 있었다. 살짝 벌어진 입술 사이로 규칙적인 숨소리를 내며.

"어떻게 눈을 감자마자 자?"

준우가 놀랍다는 듯 혼잣말로 중얼거렸다.

"그냥 자면 어떡해? 문 잠그고……."

준우는 지율을 깨우려다가 이내 마음을 바꾸고 침대 옆에 주저앉았다. 그리고 지율의 얼굴을 자세히 뜯어보기 시작했다. 항상 앞머리에 가려 보이지 않았던 눈썹이 먼저 눈에 들어왔다. 적당한 숱을 지닌 눈썹은 굳이 펜슬로 그리지 않아도 될 정도로 고르게 나 있었고, 모양 좋게 휘어져 있었다. 자존심과 고집이 세 보일 정도로 높지도, 그렇다고 낮지도 않은 코는 가끔씩 쥐고 흔들어주고 싶을 만큼 귀엽게 생겼다.

준우는 시선을 복숭앗빛으로 발그레한 볼로 옮겼다. 그리고 볼 위에 도도록하게 솟은 뾰루지 하나를 발견했다. 순간 준우의 손이 저절로 들썩거렸다. 그걸 당장 제거하고 깨끗이 소독해 주고 싶은 마음이 앞섰기 때문이다. 하지만 그러지 않기로 했다. 은밀히 감상할 수 있는 시간이 줄어들까 봐, 지금의 순한 양 한 마리가 또다시 고슴도치로 변할까 봐.

준우는 약간의 갈등을 하며 지율의 입술로 시선을 옮겼다. 한쪽

볼이 침대에 눌려서 그런지 입술 모양이 살짝 일그러져 있었다. 벌어진 틈으로 하얀 이와 붉고 촉촉한 혀가 보였다. 준우는 작은 신음을 흘리며 눈을 감았다. 못 볼 것을 봤다는 듯이 인상도 찡그렸다.

"남자 앞에서 이렇게 무방비한 상태로 자면 어쩌자는 거야? 여자한텐 단순한 잠일지 몰라도 남자한테 정말 이기기 힘든 유혹이자 지독한 고문이라구. 당신은 도대체 남자를 아는 거야, 아니면 모르는 거야? 아니, 아무리 피곤해도 그렇지 언제 어떻게 변할지 모르는 늑대를 두고 잘 수가 있어? 이런 상황에서 잠이 와? 잠이? 정말 못됐다. 난 요즘 불면증에 시달리는데 쿨쿨 잠만 잘 자고……."

준우는 눈을 번쩍 뜨고 두 손을 들어 쫙 펼쳤다. 그리고 잡아먹겠다는 식으로 손가락을 부르르 떨어댔다.

"진짜 얄미워서라도 확 덮쳐 버릴까 보다!"

그때였다. 지율이 눈을 번쩍 떴다. 마치 준우가 하는 말과 행동을 다 듣고 봤다는 듯이. 지율은 눈을 부릅뜨고 벌떡 일어나 앉았다. 그리고 고래고래 비명을 질러댔다.

"아아아아아!"

"왜 그래? 무슨 일이야?"

깜짝 놀란 준우가 지율의 어깨를 붙잡고 다급한 목소리로 물었다.

"으으으으으! 종……."

어쩔 줄 몰라 두 손을 쥐었다 펴기를 반복하는 지율이었다.

"종?"

"종아리에서 불이 났어요! 아, 뜨거워!"

지율이 준우의 손을 뿌리치고 벌떡 일어나 침대 위에서 팔딱팔딱 뛰며 계속 비명을 질러댔다. 준우는 약효가 나타난 것뿐이라는 걸 깨닫고 안도의 한숨을 내쉬었다. 하지만 그것도 잠시, 지율이 준우의 목을 바싹 옥이어 죄며 흔들어댔다.

"당신, 나 골리려고 일부러 그 약 발라준 거죠? 이, 이, 이 돌팔이!"

그때부터 지율의 화려하고도 인정사정없는 이종격투기 데뷔전이 펼쳐졌다. 차고 때리고 올라타고 짓누르고 꺾고 조르고 쓰러뜨리는 건 기본이고 반칙에 해당하는 찌르고 물어뜯고 박기까지. 지율의 공격은 참으로 다양하고 잔혹했다. 준우는 잠깐의 휴식만으로도 자신을 완전히 녹아웃시킬 수 있는 지율의 놀라운 힘과 잠재력에 다시 한 번 놀라고 말았다.

"당신이 최홍만이야, 아니면 최홍순이야!"

헤드록을 당한 준우가 괴롭다는 듯 소리쳤다.

"뭐요? 뜨거운 맛을 더 봐야겠다는 거예요?"

지율은 침대 위로 나자빠진 준우의 배를 올라타고 앉아 준우의 두 볼을 잡아 힘껏 늘렸다. 일명 마운트 포지션! 하지만 지율이 이종격투기를 제대로 알고 취한 모션은 아니었다. 준우가 참다못해 지율의 와락 안고 한 바퀴를 굴렀다. 그리고 지율의 두 팔목을 한 손으로 모아 잡고선 머리 위 침대에 눌러 고정을 시켰다. 순간 불리한 자세와 위치에 놓이게 된 지율의 표정에선 당황하는 빛이 역력히 보였다. 반면 역전의 기회를 잡은 준우는 이종격투기계의 제일인자로 군림한 것처럼 위협적인 분위기를 풍겼다.

"체급이 달라서 봐주려고 했는데 나도 사람인지라 더 이상은 아파서 못 참겠거든? 항복할래 아니면 이대로 계속 할래?"

지율은 분하다는 듯이 아무 말 없이 준우를 노려보았다.

"오호, 계속 진행을 하겠다! 각오해. 난 기술 방법이 좀 다르거든."

준우가 남은 손으로 지율의 목과 겨드랑이를 간질였다. 지율은 즉각적인 반응을 보였다. 몸부림을 치며 까르륵까르륵 자지러지게 웃어댄 것이다.

"그만 못해요! 이런 반칙이 어디 있어요! 아유, 사람 살려!"

"지금 반칙이라고 했어? 더 심한 반칙을 한 게 누군데!"

하도 괴롭게 웃어서인지 지율의 두 눈가엔 눈물까지 어른거렸다.

"나 죽어요! 항복! 항복!"

지율이 숨넘어가는 소리를 하며 마침내 굴복했다. 준우는 더 이상 공격을 하지 않았다. 그렇다고 해서 지율을 순순히 놓아주지도 않았다. 지율이 살며시 눈을 떠 준우를 올려다보았다. 준우는 웃는 얼굴로 지율을 빤히 들여다보고 있었다. 그리고 이내 고민에 빠진 듯 눈빛이 어두워져 갔다. 이제껏 모른 척하고 억눌렀던 감정이 또 불쑥불쑥 튀어올라 오고 있었기 때문이다.

'빠르잖아. 이 여자에 대한 내 감정…… 너무 빠르다고. 제기랄!'

지율이 어리둥절한 표정으로 준우를 쳐다보았다. 그리고 준우의 눈빛에 점점 동화가 된 듯 얼굴에서 웃음기를 거둬들였다. 이 종격투기를 한바탕 벌인 탓인지 심장이 더욱 속도를 내며 달음박질쳤다. 준우가 점점 몸을 낮춰 지율에게 다가갔다. 그럴수록 지율의 눈은 더욱 커졌고, 심장의 속도는 최고조에 달했다. 더 이상 수축시킬 수 없을 만큼 긴장으로 몸과 마음을 오그라뜨린 지율은, 예민해질 대로 예민해지고 팽팽해진 신경과 감각의 줄을 위태롭게 잡고 있었다. 자칫 잘못해 줄을 놓으면 땅이 꺼지고 하늘이 무너질 것만 같았다. 지율은 자기도 모르게 준우에게 경고조로 외쳤다.

"귀 한 번 더 물어뜯기고 성불구자 되고 싶어요? 삼 초 안에 나한테 떨어져요! 일 초!"

그것만은 피하고 싶은지 준우는 지율에게서 얼른 몸을 떼고 일어났다. 그러다 방바닥에 늘어져 있는 옷가지들을 봤다. 지율이 오늘 입었던 외투, 원피스와 그 안에 감춰져 있던 슬립, 속옷과 스타킹이었다. 준우는 갑자기 자신이 변태가 된 듯한 기분이 들었다. 여자의 옷만 봐도 이젠 마구 흥분이 되었기 때문이다. 지율은 준우가 자신의 옷을 보고 있다는 걸 깨닫고 얼른 다가와 옷가지를 뒤로 숨겼다. 지율의 얼굴이 사과처럼 빨개졌다. 준우는 그런 지율이 사랑스럽게 보였다.

'내가 미쳤나 보다. 내 눈이, 머리가 이상해진 게 틀림없어.'

준우는 이곳에 계속 있으면 정신이 이상하게 될 것 같았다. 되도록 이 자리를 빨리 벗어나야 한다는 강박감마저 들었다.

"내, 내, 내일 봐요."

준우는 말을 더듬기까지 하며 황급히 방을 나가 버렸다.

지율은 쉽게 잠을 잘 수가 없었다.

"거슬려…… 거슬려……. 자꾸 거슬려……."

지율은 계속 뒤척이며 같은 말을 되풀이했다. 그리고 천장에 뭐가 묻은 것도 그렇다고 뚫린 것도 아닌데 자꾸 시선이 위로 향해졌다. 위에서 무슨 소리라도 나면 기계적으로 귀가 쫑긋해졌다. 지율은 시간이 갈수록 궁금해졌다. 신경을 거슬리게 하는 존재가 지금 무엇을 하고 있을지, 무슨 생각을 하고 있을지가 말이다. 그리고 이러한 질문들은 꼬리를 물고 끊임없이 쏟아져 나왔다.

그러다 지율은 자신에게 왜 그렇게 신경을 쓰는 거냐고 반문을 하며 애써 무심해지려고 했다. 눈을 감고, 귀를 막고, 잠을 자려고 애를 썼다. 하지만 그럴수록 모든 감각과 신경은 반항을 하듯 곤두서 버렸다. 평소엔 눈만 감으면 딱 삼 분 안에 필름이 끊겼는데 지금은 거짓말처럼 정신이 점점 말똥말똥해졌다. 게다가 유리처럼 투명하게 맑아진 정신세계엔 미꾸라지 같은 놈이 들어와 활개를 치고 다녔다. 바로 준우였다.

"아, 미치겠네! 나 정말 왜 이러니?"

지율이 도저히 참을 수 없다는 듯 이불을 확 제치고 일어났다. 그러다 굳은 결심을 한 듯한 표정으로 다시 누워 이불을 머리끝까지 덮어버렸다. 그리고 몸을 이리저리 뒤척뒤척 굴리며 중얼거렸다.

"얼마 없는 미녀! MC 더 맥주! 잠자는 숙소의 미녀! SG원어민! 니 이모를 찾아서! 추적 60인분! 공동변비구역! 웰컴 투 또 맞고! 살인의 추석! 오즈의 맙소사! 결론은 미친 짓이다! 폭행몬스터! 체험살해현장! 황홀해서 새벽까지! 흔들린 우동! 양들의 메밀묵! 대추나무 사람 걸렸네! 신밧드의 보험! 초록불고기! 킬리만자로의 표절! 구시렁구시렁 중얼중얼……."

지율은 태어나서 처음으로 수면제 대용으로 생뚱맞은 짓을 하며 잠을 청했다.

뛰어난 기술과 외모, 그리고 뛰어난 화술을 겸비한 헤어디자이너가 왔다는 소문이 동네에 쫙 퍼졌다. 그 덕분에 미용실은 눈코 뜰 새 없이 바빠졌다. 연예인처럼 생긴 꽃미남한테 열광하기 쉬운 십대부터 장래의 손녀 사윗감으로 점찍어둔 할머니들까지 다양한 연령층의 손님들이 준우에게 열광했다. 십대들은 문을 벌컥 열고선 '오빠, 너무 멋있어요!' 하는 말을 남기고 도망치기도 했고 할머니들은 준우의 사주를 받아가기도 했다. 그리고 서서히 팁을 쥐어주는 손님들도 생겨났다. 팁의 개념을 모르는 사람들은 간식거리를 안겨주고 가기도 했다.

지율은 예전의 지옥 같은 순간이 실제로 있었던가 하는 착각까지 들었다. 직원들은 가끔 사소한 이유로 으르렁거렸지만 일하는 동안 만큼은 팀워크에 문제가 없었다. 준우는 직원들에게 필요한 조언을 아끼지 않았고 원하는 경우엔 교육까지도 신경 써서 해주었다. 그래서 직원들도 준우를 잘 따랐고 하루가 다르게 발전해

나갔다. 그러다 보니 준우가 자신은 그냥 헤어디자이너일 뿐이라고 해도 그를 원장으로 부르는 손님들이 많아지게 됐다.

그사이에 길 건너 미용실도 완성이 되었고 곧 오픈을 앞두게 되었다. 대대적인 홍보 전략으로 사람들의 기대 또한 대단했다. 그리고 은근히 지율의 미용실과 맞붙을 경우 그 결과가 어떻게 될 것인가에 대해 궁금해하는 눈치였다. 동네 미용실이라는 곳은 원래 모든 정보가 모이고 퍼지는 매개체 역할을 하기 때문에 그런 것쯤은 쉽게 알 수가 있었다. 그런데 그 정보들 중엔 헛소문도 포함되어 있었다. 그것은 지율과 준우가 부부라는 것이었다. 위아래 층에 사는 이유로 출퇴근을 거의 함께하다 보니 그런 소문이 돈 것 같았다. 손님들이 직접 확인하는 경우엔 즉시 해명을 하지만 보이지 않는 곳에서 나도는 소문까지는 어찌할 도리가 없었다.

새로 오픈을 하고 처음으로 쉬는 날이 돌아왔다. 가족 단위의 손님들이 몰리는 주말을 피해 화요일을 정기휴일로 정했다. 지율은 정기휴일엔 하루 종일 침대랑 진한 사랑을 하며 뒹굴 생각이었다. 그런데 준우가 전날 밤 퇴근하는 길에 지극히 사적인 부탁을 해왔다. 지율은 부탁 내용을 듣고선 뛸 듯이 놀랐다. 그리고 거절했다.

"미, 미, 미쳤어요! 내가 왜 그런 일을 해요! 싫어요!"

준우가 지율에게 살충제, 또는 청소기가 되어 해충을 박멸해 주고 먼지를 제거해 주는 일을 부탁해 온 것이다. 그 해충이자 먼지는 다름 아닌 해리라는 여자였다. 준우의 말을 들어보니 해리라는 여자는 그동안 준우에게 꾸준히 연락을 취해왔던 것 같았다. 지율은 한참 고민을 하다 그런 일은 도저히 할 수가 없어 이렇게 말했다.

"그냥 그분하고 다시 시작하시면 되잖아요. 민 선생님은 몰라도 그분은 아직 끝나지 않은 거 같은데 꼭 그러셔야 해요?"

진심으로 하는 소리냐는 식으로 준우가 눈살을 찌푸렸다.

"그럼, 당신은 전남편이 다시 시작하자고 하면 할 수 있겠어?"

갑자기 준우가 세혁의 얘기를 꺼내자 지율은 눈을 휘둥그렇게 떴다.

"어머? 여기서 그 얘기가 왜 나오는 거예요? 민 선생님하고 제 경우가 같아요?"

"그거 알아? 한 번 손상된 머리는 무슨 수를 써도 절대 회복이 안 된다는 거. 미련 때문에 계속 가지고 있으면 건강한 부분까지 다 타고 올라간다구! 잘라내야 할 건 확실히 잘라내야 해!"

"누가 헤어디자이너 아니랄까 봐 비유를 해도 꼭!"

지율은 준우에게 눈을 흘겼다.

"알았어요! 알았다구요! 도와주면 되잖아요!"

다음날.

지율은 기꺼이 살충제&청소기 역할을 해주기 위해 준우와 함께 강남의 고급 레스토랑에 나와 앉아 있었다. 하지만 살기등등한 눈으로 자신을 노려보며 다가오는 해리를 보는 순간 후회하고 말았다. 해리가 자신의 머리채를 확 잡아당겨 세탁기에 집어넣고 돌릴 만한 분위기를 풍기고 있기 때문이었다. 지율은 요즘 하도 신경을 써서 머리가 많이 빠지고 있는 탓에 잡히는 순간 대머리가 될까 두려워졌다.

　때문에 지율은 자신이 좋아하는 잔잔한 음악이 흐르고 마음에 드는 의자에 앉아 있어도 위안이 되질 않았다. 지금 이 상황에선 그냥 준우한테 예쁘면 모든 게 다 용서되지 않느냐고 하고선 냅다 도망을 치고만 싶었다. 그만큼 해리는 같은 여자가 봐도 눈부신 미인이었다. 무슨 연고로 헤어졌는지 모르겠지만 저런 여자랑 사귀다 헤어지면 실연의 아픔도 남들보다 백 배는 더 될 것 같았다.

　"준우 씨."

　당장 지율에게 칼을 꽂을 것처럼 싸늘한 시선을 던졌던 해리는 준우와 눈이 마주치자마자 측은한 표정과 천사의 목소리를 냈다. 그 민첩함에 지율은 혀를 내두르고 싶어졌다.

　"앉아."

　준우가 냉담한 표정으로 일관하지 않으면 정말 이 자리에 단 일 초라도 머물고 싶은 생각이 없는 지율이었다.

　"꼭 이런 식으로 확인시켜 줄 필요까진 없잖아."

　해리는 지율을 매섭게 쳐다보면서 준우를 원망하듯 말했다. 지율은 해리가 하고 나온 다이아몬드 귀걸이와 그것과 한 세트처럼 보이는 목걸이, 왼손에 끼여진 반지를 차례로 훑어보았다. 그러다 그 반지가 약지에 끼여진 것을 깨달았다. 결혼반지였다.

　'어라? 이 여자 뭐야? 유, 유, 유부녀야?'

　지율은 놀란 가슴을 진정시킬 수가 없었다.

　'아니, 뭐 이런 거시기한 여자가 다 있어?'

해리한테 어울릴 만한 단어를 골라 붙여주기엔 시간이 너무나 부족한 지율이었다. 지율은 기가 차서 말문이 막혔다.

'엄연히 가정이 있는 여자가 딴 맘을 품다니 이게 가당키나 한 일이야?'

지율은 뻔뻔한 해리를 질질 끌어서라도 한강으로 가고 싶었다. 그리고 검푸른 강에 내던져 버리고 싶었다. 하지만 물고기들이 되돌아온다는 깨끗한 한강에 수질오염 물질 같은 여자를 버려 또다시 더럽힐 순 없지 않은가.

'에이, 오백 원짜리 잉어빵보다 못한 여자!'

속으로 실컷 욕을 해준 지율은 점점 생각을 바꿔먹기 시작했다. 도망가기보다는 준우의 밝은 미래를 위해 이 염치없는 거머리를 확실하게 떼어주겠단 쪽으로 마음이 기운 것이다. 지율이 밝은 미소를 지으며 입을 열었다.

"인사가 빠진 것 같군요. 안녕하세요? 김지율이라고 합니다. 준우 씨한테 말씀 많이 들었어요."

해리는 전설의 고향에서나 나올 만한 싸늘한 시선으로 지율을 째려보았다. 간담이 서늘해지면서도 지율로 하여금 오기와 화를 돋우게 하는 눈빛이었다.

"그럼 제 이름도 잘 알고 계시겠군요."

지율은 처음 보는 사람한테 인사도 할 줄 모르는 싸가지가 옐로우인 여자와 사귀었던 준우의 취향이 의심스러워지기 시작했다.

'민 선생, 너 여자 보는 눈 되게 없다! 어떻게 이딴 여자를 사귄 거니?'

"들은 적은 있지만 굳이 제 기억에 담아둘 필요성을 못 느껴서요."

거침없이 당당한 지율의 대꾸에 해리가 모욕감을 느꼈는지 붉으락푸르락한 표정을 지었다. 지율은 기세를 몰아 한마디를 덧붙였다.

"어쨌든 한번 뵙고 싶었는데 예상보다 자리가 빨리 마련되었네요."

지율은 일부러 탁자 위에 있는 준우의 손을 잡았다. 그리고 엄지손가락으로 부드럽게 쓰다듬기까지 했다. 아주 많이 사랑한다는 듯 수줍게 미소까지 지으며.

'나 어때? 이 정도면 네 애인 역할 잘해내고 있는 거야? 나 예쁘지?'

지율이 속으로 준우에게 물었다. 준우가 얼떨결에 지율의 미소에 환하게 답했다. 지율은 그 미소에 용기를 얻고 다시 해리를 여유만만하게 쳐다보았다. 아니나 다를까, 해리의 눈에서 질투의 불길이 확 일었다.

'이런, 이런, 이런! 남편도 있는 아줌마가 그런 눈을 해서야 쓰나? 내가 마음 같아선 그 눈에 물을 끼얹어서라도 정신을 차리라고 말하고 싶거든? 어디 먹을 게 없어서 남편 아닌 다른 남자랑 바람피울 마음을 먹어? 흑심은 연필이나 품어야 한다는 명언도 몰라? 아줌마! 그렇게 뻔뻔하게 굴면 나중에 번데기로 태어날지도 몰라. 그러니까 민 선생한테 더 이상 치근덕대지 말란 말이야! 알았어? 아.줌.마!'

지율이 속으로 해리에게 따끔하게 충고했다.

"준우 씨……."

해리가 도저히 못 믿겠다는 식으로 준우를 불렀다.

"더 이상 확인시켜 줄 것도 없다. 이젠 제발 그만 좀 하자. 지긋 지긋하지도 않니?"

'얼씨구! 민 선생 연기도 아주 젬병은 아닌데?'

지율은 속으로 코웃음을 치며 말했다. 준우의 차가운 말에 해리 가 바르르 떨었다. 그 바람에 예쁜 눈과 도톰한 입술, 그리고 달걀 형 얼굴을 지탱하는 턱이 미세하게 흔들렸다.

"내가 준우 씨를 몰라? 어딜 봐서 이 여자가 준우 씨 애인이라 는 거야?"

해리가 지율을 바라보며 야멸치게 쏘아붙였다. 순간 지율이 인 상을 일그러뜨렸다.

'어머? 이 아줌마가 웃찾사 개그맨들보다 더 웃긴 아줌마네! 내 가 어때서? 당신보다 좀 못해서 그렇지 나도 어디 나가면 지하철 입구 같은 데서 인상 좋다는 소리 들어! 이거 왜 이러셔?'

하긴 인상 좋다는 말로 함께 도를 알자는 사람들밖에 그런 소릴 하는 사람은 없지만 그래도 자존심 상하는 말이었다.

"네가 한순간에 변했듯 나도 그랬다. 됐니?"

준우가 단호하게 말하자 지율은 속으로 환호했다.

'잘했어! 민 선생! 브라보! 파이팅!'

그때 해리가 가방을 챙겨 들고 벌떡 일어났다. 그리고 준우의 손목을 잡아끌고 나가려 했다.

"나가! 나 준우 씨랑 단둘이 얘기하고 싶어!"

해리의 말이 끝나기가 무섭게 지율도 벌떡 일어났다. 그리고 두 눈을 부릅뜨고 해리를 노려보며 큰소리를 쳤다.

"그 손 당장 치우시죠! 준우 씨 애인 자격으로 경고하겠어요. 더 이상의 접근 용납하고 싶지 않아요. 전 질투가 아주 많은 사람이 거든요. 오늘은 웃었지만 다음엔 당신 얼굴에 사 차선 도로를 만들어놓을지도 몰라요. 그 손 치우지 않으면 지금 당장이라도 시행할 거예요!"

그래도 해리는 그럴 생각이 없어 보였다. 오히려 '어디 한번 해보시지' 하는 표정을 지으며 준우를 더욱 잡아끌었다. 순간 지율은 당황스러워졌다. 엄포를 놓는 것과 말한 그대로를 시행하는 것은 커다란 차이가 있기 때문이다.

'뭐야, 진짜 저 여자 얼굴에 사 차선 도로를 내야 하는 거야? 민 선생님, 어떻게 좀 해봐! 설마 나보고 정말 그런 잔혹한 짓을 하라는 건 아니죠?'

지율이 준우를 바라보며 속으로 물었다. 때마침 준우가 자신의 손목을 붙든 해리의 손을 떼어내기 시작했다. 손가락 하나하나를 차례로 잡아 떼어냈다. 그런 준우를 바라보는 해리는 거의 울 것 같은 얼굴이 되었다.

"준우 씨, 제발…… 이러지 마……."

"그동안 수백 번 말했고, 보여주고 확인까지 시켜줬어. 내가 더 이상 뭘 어떻게 해야 하니?"

아무런 동요 없이 말하는 준우의 표정과 목소리에서 찬바람이 일었다. 보는 지율이 다 섬뜩할 정도였다. 준우를 원망스럽게 보던 해리의 눈에 말간 눈물이 고였다. 그리고 이내 눈물 한줄기가 뺨을 타고 흘러내렸다.

"준우 씨, 아니라는 거 알아. 준우 씨 마음속엔 아직도 내가 있다는 거 알아. 그렇지? 준우 씨!"

준우가 단단히 결심을 했는지 해리를 매섭게 쳐다보며 다시 입을 열었다.

"착각은 혼자 다 하고 사는구나. 가라, 더 이상은 너랑 할 말 없다."

잠시 무거운 침묵이 조용한 강처럼 흘렀다.

"준우 씨……."

조금이라도 준우의 모습을 담아두려는 듯 해리는 그대로 서 있었다. 계속 흘러내리는 눈물, 하고 싶은 말이 많아 들썩이는 턱과 입술. 그 모습을 바라보는 지율의 마음이 다 짠해져 왔다. 손수건이라도 꺼내서 닦아주고픈 충동이 다 들 정도였다. 해리는 이내 마음을 고쳐먹고 몸을 돌려 문을 향해 뛰어나갔다.

험악한 분위기를 연출한 그들에게 주위의 따가운 시선이 날아들었다. 지율은 갑자기 가슴이 답답해져 왔다. 숨이 차 올랐다. 맑고 시원한 공기가 절실하게 필요했다. 지율은 가방과 바바리코트를 집어 들고 나가려고 했다. 그때 준우가 그런 지율의 손목을 낚아채듯 잡았다. 지율이 괴로운 표정으로 입을 열었다.

"나 다시는 이딴 짓 하게 만들지 말아요. 미안하다는 말도, 고맙다는 말도 필요없으니까 놔달라구요. 숨 막혀 죽을 것 같단 말이에요.”

　“도와줄 거면 확실하게 끝내게 도와줘. 혹시라도 해리가 당신 혼자 나가는 걸 보면 의심하지 않겠어?”

　준우는 지율의 손을 잡은 채 자리에서 일어났다. 그리고 차에 올라타고서야 비로소 놓아주었다.

제11장
동병상련

"어떻게 유부녀일 수가 있어요?"

집으로 가는 도중에 차 안에서 지율은 해도 해도 너무하다는 생각이 들어 대뜸 물었다. 준우가 인상을 찡그렸다. 그러나 지율은 이왕 말을 꺼낸 김에 아예 일침을 가할 생각으로 말을 계속 이어나갔다.

"아니, 그렇잖아요! 여자가 그렇게 없었어요? 어떻게 유부녀랑 사귈 생각을 해요? 그리고 안목이 그렇게 없어요? 예쁘면 다 용서가 되는 거예요? 아무리 예쁘면 뭐 해? 싸가지는 옐로우해 가지구! 그나마 뒤늦게라도 정신 차리고 정리한 건 잘한 일이지만 솔직히 민 선생님한테 실망했어요. 그렇게 안 봤는데! 끝까지 가지 못할 거면 시작을 말지, 시작은 왜 해가지고 여자 상처 주고 울리고……."

"날 다 알아?"

준우가 지율의 말을 끊고 물었다.

"나도 날 다 모르는데 내가 선생님을 어떻게 다 알아요?"

지율이 준우를 빤히 쳐다봤다. 준우는 계속 앞만 보고 운전을 하며 말을 해나갔다.

"난 열심히 사랑했고, 진심으로 청혼했고, 다른 남자랑 결혼하겠다는 여자 말렸고, 그게 안 돼서 떠났고, 이혼하고 다시 돌아오겠다는 여자 거절한 죄밖에 없어. 그게 질타받을 일인가?"

'사랑? 사랑했단다. 이 남자가 다른 여자를 사랑했단다.'

지율은 갑자기 가슴 한복판이 뻐근해지는 느낌이 들었다. 그 느낌이 의심스럽고 당혹스러웠다.

'이 남자가 누굴 사랑했든 말든 그게 나랑 무슨 상관이야?'

지율은 스스로에게 반문을 해보았다. 하지만 이미 금이 가고 틈이 벌어진 가슴은 찬바람이 일고 있었다. 쥐가 난 것처럼 칼질을 해대는 것처럼 저릿저릿해졌다. 지율은 혹시라도 이런 감정을 준우가 눈치챌까 봐 말없이 창밖으로 고개를 돌려 버렸다.

"여지를 준 게 아닌지 잘 생각해 보세요!"

준우는 더 이상 아무 대응도 하지 않았다. 침묵이 다시 찾아들었다. 시간도 꽤 흘러갔다. 지율은 졸음이 슬슬 몰려와 눈을 감아 버렸다. 그리고 아주 오랫동안 뜨지 않았다. 잠이 들어버린 것이다.

준우는 주차장에 차를 세우고 거의 그의 어깨에 기댈 듯이 쓰러져 자는 지율을 바라보았다.

'잠 하나는 끝내주게 자는군.'

준우는 지율의 안전벨트를 풀어 자신에게 더 편안하게 기대도록 만들었다. 지율은 따뜻한 온기를 찾아 파고드는 강아지처럼 어깨에 볼을 비벼댔다. 지율의 머리카락이 그의 목덜미를 간질이고 그녀에게서 나는 향이 그의 후각을 자극했다. 지율은 잠을 자면서도 준우의 모든 감각과 생각을 점령했다.

'제기랄! 미치겠네!'

준우의 의지와 욕망이 싸움을 벌였다. 그의 눈이 먼저 의지를 배반하고 지율의 붉은 꽃처럼 핀 입술로 내려갔다. 그 다음엔 손이 그곳을 향해 다가갔다. 하지만 준우는 지율이 깰까 봐 차마 만지지는 못하고 입술 근처만 배회하다 손을 내렸다. 준우는 아쉬움을 달래며 손을 말아 주먹을 꽉 움켜잡았다. 준우는 욕망에 다시 불이 붙기 전에 지율을 흔들어 깨우기 시작했다.

"이봐, 이봐!"

"아이, 시끄러워 죽겠네! 엥?"

지율은 무거운 눈꺼풀을 간신히 올리고 주위를 둘러보았다. 낯익은 아파트 주차장 전경과 준우가 시야에 들어왔다. 지율은 그제야 정신을 차리고 바른 자세로 앉았다.

"무슨 여자가 눈만 감았다 하면 잠을 자? 누가 업어가도 모를 정도로."

준우가 투덜투덜 불평을 하자 지율이 얄밉다는 듯이 째려보았다.

"그러니까 건강하죠. 전요, 수면제까지 찾으면서 불면증에 시달리는 사람들 절대 이해 못하는 사람이에요. 눈 감고 딱 삼 분이면 필름 끊기거든요. 그리고 누가 허리 부러지려고 무거운 절 업어가요? 업어간다 해도 아마 저한테 얻어터져서 최소 전치 사 주 정도의 부상을 입을 텐데."

지율이 늘어지게 기지개를 켜고 하품을 하며 말했다.

"말이나 못하면……. 거, 흘린 침이나 좀 닦고, 새둥지 된 머리 좀 만지지?"

"제 침은 로열젤리라 피부에 좋아요. 그리고 요즘 이런 부스스한 헤어스타일이 또 얼마나 유행인데요."

지율이 능청스럽게 손등으로 입가를 쓱 닦고, 머리를 더 헝클어뜨리며 말했다. 준우가 어이가 없다는 듯 입을 떡 벌리고 지율을 쳐다보았다.

"아니, 무슨 여자가 이렇게 뻔뻔스러워? 정말 종잡을 수 없는 캐릭터네!"

"남이야 그러든 말든 신경 끊고 사세요. 저 가요. 안녕히 가시든지 말든지."

지율이 귀찮은 듯한 말투로 쏘아붙인 뒤 문을 열고 내렸다. 그리고 집을 향해 거의 뛰어가듯 걸어갔다. 지율은 준우가 오기 전에 황급히 열쇠를 찾아 문을 열고 들어갔다. 그리고 문에 기대어 안도의 한숨을 내쉬었다. 곧 복도를 걸어오는 발자국 소리가 들려왔다. 그리고 아주 가까운 곳에서 멈췄다. 지율은 괜히 긴장이 되고 흥분이 됐다. 두근거리는 심장 소리가 너무 크게 느껴져서 준우한테까지 들리는 건 아닐까 싶었다.

　잠시 후 다시 계단을 오르는 소리가 들려왔다. 한 계단씩 오를 때마다 지율의 눈동자도 점점 위로 향했다. 지율은 위층 현관문 여닫는 소리가 들리고 나서야 비로소 눈을 감고 다시 안도의 한숨을 내쉬었다. 지율은 의도적으로라도 준우를 멀리해야겠다는 생각을 했다. 너무 가까운 곳에서 많은 시간을 함께하기 때문에 이렇게 감당하기 힘든 감정이 쉽게 생긴 거라고 판단했다.

　"김지율, 더 이상 장난을 쳐서도, 부탁 같은 걸 들어줘서도 안 돼. 단둘이 있는 시간은 앞으로 절대 만들면 안 돼. 안 돼, 안 돼, 안 된다구."

　지율은 자신에게 누누이 따끔하게 타일렀다.

　"그런데…… 왜 이렇게…… 가슴이 쿡쿡 쑤시는 거지?"

　미처 못 봤다. 봤더라면 무슨 수를 써서라도 미용실 안으로 못 들어오게 저지했을 텐데 유감스럽게도 못 보고 말았다. 지율은, 마감 시간이 얼마 남지 않은 상황에서 미용실을 찾은 세혁을 보고 눈살을 찌푸렸다. 세혁은 그런 지율을 아랑곳하지 않고 매력적인 미소를 지으며 인사를 건넸다.

　'늘 일에 치여서 바쁘다던 인간이 잘도 싸돌아다니는군!'

　지율은 뻔뻔한 세혁에게 인사도 하지 않고 그저 노려보기만 했다. 직원들의 이목을 생각해서 독한 말은 차마 내뱉을 수가 없었던 것이다. 직원들은 세혁을 즉각 알아보고 반색을 했다. 지난번에 가지고 온 스테이크의 힘이 작용을 한 것 같았다.

세혁은 이번엔 호두파이를 들고 왔다. 그것도 직원들이 한 상자씩 가져갈 수 있게 말이다. 직원들의 입이 귀에 걸렸다. 지율은 호두파이가 든 상자와 세혁을 번갈아 보며 못마땅한 표정을 지었다.

'돈이 썩어나는군!'

세혁은 지율이 자신을 반기지 않을 거라는 걸 이미 예상한 듯 준우에게 대뜸 자신의 머리를 다듬어달라고 했다.

준우는 손님 자격으로 온 세혁에게 깍듯하게 대했다. 공사를 분명히 해야 함으로, 까다롭고 문제를 일으킬 만한 소지가 있는 손님일지라도 나가는 순간까지 인상 구기지 않고 최선을 다해야 한다고 배웠고 후배들한테도 그렇게 가르쳤기 때문에. 그러나 그건 훈련된 행동에 지나지 않았다. 불편한 감정을 억누르고, 무표정한 가면 속으로 자신을 꽁꽁 감추는 훈련 말이다. 대부분 그런 행동을 하게 될 땐 말수가 줄어들게 되는 법이다. 준우는 세혁이 묻는 말에 되도록 짧게 대꾸했다. 상대방으로 하여금 불친절한 느낌을 받지 않도록 교묘하게.

그러나 눈치가 없는 건지, 뻔뻔스러운 건지 세혁은 준우에게 계속 말을 걸었다. 그래서 자신과 준우가 동갑내기라는 것과 한때는 같은 시기에 영국에 머무른 적도 있었으며, 영화를 광적으로 좋아한다는 걸 알아냈다. 통하는 게 생겨서 그런지 준우의 말수도 점점 늘기 시작했다.

"혹시 우리나라가 국제 영화제에서 처음으로 수상한 게 언제인 줄 아십니까?"

"1961년에 강대진 감독의 '마부'가 베를린 영화제에서 특별 은

곰상을 수상한 게 최초인 걸로 알고 있습니다.”

“아시네요! 대부분 사람들은 1987년 임권택 감독의 ‘씨받이’ 가 처음인 줄 알거든요!”

'잘났다들!'

지율은 머리를 깎으면서 영화퀴즈를 주고니 받거니 하는 세혁과 준우를 흘겨보았다. 세혁은 물 본 기러기, 꽃 본 나비처럼 마냥 싱글벙글하면서 기뻐 어쩔 줄을 몰라 했다. 이에 웃는 낯에 침 못 뱉는다고 무뚝뚝했던 준우도 점점 세혁에 대한 경계심을 풀고 격의없는 대화를 나눴다.

'통하는 게 있어서 참 좋으시겠어! 흥!'

“앞으론 민 선생님한테 머리를 해야겠는데요. 아주 맘에 듭니다.”

머리를 다 깎은 세혁이 이렇게 말하자 지율은 더욱 눈을 흘겼다. 그리고 큰 소리로 퇴근을 하자고 외쳤다.

직원들은 탈의실에서 옷을 갈아입으면서 수군거렸다.

“원장님하고 저분하고 무슨 사이일까?”

“돈도 많아 보이고 민 선생님 못지않게 잘생겼는데, 혹시 원장님을 좋아해서 쫓아다니는 남잔가?”

“아까 민 선생님 머리 자를 때 보니까 왠지 분위기가 냉랭하던데 삼각관계, 연적 아니야?”

“잉? 그 말은 형하고 누나하고 사귄다는 거야?”

대한이 갑자기 놀란 표정으로 물었다.

“바보! 그걸 지금 알았냐? 분위기 파악이 그렇게 안 돼?”

혜정이 핀잔을 주자 대한이 분한 표정을 지어 보였다.

"우씨, 형은 왜 이제까지 그런 사실을 나한테 숨긴 거야?"

"그러나저러나 원장님은 누구랑 연결이 될까?"

은영이 궁금한 듯 눈동자를 굴렸다.

세혁은 준우에게 커트비보다 훨씬 더 많은 팁을 주고 자신에게 구하기 힘든 영화 시디가 있는데 자신의 집에 와서 보지 않겠느냐는 제안까지 했다. 이에 준우는 세혁의 기분을 고려해 정중하게 사양을 했다. 세혁은 준우와의 헤어짐이 아쉬운지 퇴근 후 술이나 한잔하는 게 어떠냐고 끈질기게 의향을 묻다가 퇴짜를 당했다. 세혁은 시무룩한 표정으로 준우에게 악수를 청했다. 그리고 준우의 손을 아주 오랫동안 놓아주지 않았다.

'징하다, 징해!'

지율은 세혁이 가고 나자 바깥에 왕소금 한 자루를 왕창 쏟아 붓고 싶은 심정이 되었다. 하지만 준우가 그런 지율의 심정을 알리가 없었다. 그래서 집으로 가는 도중에 지율의 속을 뒤집어놓는 말도 서슴지 않는 것이리라.

"오세혁 씨 좋은 남자 같던데 왜 헤어진 거야? 오세혁 씨는 당신이랑 다시 잘해보고 싶은 마음으로 자꾸 오는 거 같은데."

지율은 어이없다는 표정으로 준우의 말을 되뇌었다.

"좋은 남자요? 저랑 다시 잘해보고 싶은 마음으로 오는 거 같다구요?"

"누가 봐도 그렇게 보여."

"이런 말 알죠? 보이는 게 다가 아니라는 말! 알지도 못하면서 그딴 말 하지도 말아요!"

지율이 버럭 화를 냈다.

"그 말은 오세혁 씨랑 다시 잘해보고 싶은 마음이 없다는 거야?"

"당연히 없죠! 절대! 네버! 네에에에버어어어어!"

지율은 아주 강력하게 부정을 하다가 갑자기 걸음을 멈췄다. 도저히 이런 기분으론 집에 들어갈 수 없었던 것이다.

"난 눈과 마음을 소독하고 들어갈 테니까 먼저 가세요."

소독은 알코올로! 일상생활에서 쉽게 찾을 수 있고 선호하는 알코올은 술! 지율은 집 근처에 있는 포장마차로 발길을 돌렸다. 준우는 그런 지율의 뒷모습을 물끄러미 쳐다보았다.

"헛소리 집어치우라고 해요!"

지율은 빈 잔에 소주를 채워 단번에 마신 후 크게 외쳤다.

"내가 머리에 총 맞았어요? 그런 잡것하고 친구 하고 지내게? 나쁜은 노옴! 어? 술이 또 떨어졌네. 소주도 패트병으로 좀 팔지. 아줌마! 여기 술 한 병만 더 주세요!"

지율이 바닥을 드러낸 소주병을 흔들며 꼬일 대로 꼬인 혀로 주문을 했다.

"그만 마셔. 벌써 세 병이나 마셨어."

지율의 반복되는 술주정을 싫증 내지 않고 꿋꿋하게 들어주던 준우가 처음으로 나서서 제지를 했다.

"어? 네놈은!"

지율이 준우를 향해 손가락질하며 눈살을 찌푸렸다. 그러다 이내 웃음을 터뜨렸다.

"우헤헤헤…… 황금 알을 낳는 거위구나! 내가 너한테 얼마나 고마운지 몰라! 매일매일 황금 알을 쑥쑥 낳아줘서 말이야! 나, 너 아니었으면 정말 쪽박 차고 길거리에 나앉을 뻔했거든. 고맙다, 거위야! 이 은혜 평생 잊지 않을게! 고마워, 어이구, 착한 거위!"

지율이 심하게 취했는지 준우의 엉덩이까지 두드리며 주정을 해댔다.

"그만 가지."

"싫어! 나 오늘 여기에 있는 술 다 죽여놓고 갈 거야. 다 주우거어써어!"

준우는 한숨을 내쉬고선 헛소리를 지껄이는 지율을 일으켜 세웠다.

"가. 그만 가자구."

"어엉! 나 안 가, 안 간다니까!"

준우는 계산을 하고 막무가내로 버티는 지율을 데리고 포장마차를 나섰다. 술의 힘 때문인지 지율은 말이 많아지고 배짱이 두둑해졌다.

"야! 헤어디자이너면 머리나 말리지 왜 술 더 먹겠다는 사람을 말리고 그래!"

"조용히 해. 동네 사람들 다 깨겠어!"

준우가 난감한 표정으로 목소리를 낮춰 말했다.

"사람들이 유리냐? 깨기는 왜 깨!"

지율의 목소리가 쩌렁쩌렁하게 울렸다. 준우는 더욱 난처한 표정을 짓고선 안 되겠다 싶어 지율을 어깨에 들쳐 업었다.

"조용히 안 하면 엉덩이에 뿔이 날 정도로 때려줄 거야!"

낮게 위협하듯 으르렁거리자 지율이 두 주먹으로 준우의 등을 탕탕 때렸다.

"야! 이게 뭐 하는 짓이야? 내려놓지 못해? 그리고 네가 무슨 마법사라도 되냐? 엉덩이에서 뿔이 어떻게 나냐? 어디 해봐! 해봐!"

"계속 시끄럽게 굴 거야?"

"동네 사람들! 이 남자가 엉덩이에서 뿔이 나게 할 수 있대요!"

준우한테 대롱대롱 매달린 지율이 크게 외쳤다.

"조용히 못해!"

준우가 지율의 엉덩이를 찰싹 때리며 혼을 냈다. 그리고 뛰다시 피해서 집으로 향했다.

정신이 드는 순간 지율은 놀이기구를 탄 것처럼 머리가 어질어질하고 깨질 것 같았다.

"아으으으윽……."

쓰린 속에서 뭔가가 세차게 울컥 치밀어 오르는 느낌에 지율은 이불을 젖히고 침대에서 후다닥 내려왔다. 그리고 심하게 비틀거리며 화장실로 향했다.

"우웩!"

변기를 부여잡고 한참을 씨름한 지율은 세상이 빙글빙글 도는 것 같아 눈을 감았다. 더듬거려 물을 튼 지율은 물로 입을 헹군 다음 실눈을 뜨고 칫솔을 찾아 치약을 바르고 양치질을 하기 시작했다.

"아이고, 죽겠다. 으음……."

간신히 양치질을 끝낸 지율은 다시 비틀거리며 침실로 돌아왔다. 그리고 아무 생각 없이 침대로 몸을 던졌다. 그때였다.

"아야!"

남자의 비명 소리! 지율은 정신이 번쩍 들었다. 그리고 비명을 지른 남자가 준우라는 것과 그가 아무것도 걸치지 않은 상태로 일어나 앉는 것을 보며 날카로운 비명을 질러댔다.

"아아아아악! 읍!"

준우는 비명을 지르는 지율의 입을 다른 손으로 막았다.

"조용히 해! 뭔 일 난 줄 알고 동네 사람들 다 쫓아오겠어!"

지율은 공포에 질린 눈으로 준우를 살펴보았다.

'허거걱! 이게 도대체 뭔 일이야? 내가 왜 이 남자랑……. 내가 요즘 니무 피곤했니? 이것 역시 악몽이겠지? 그게 맞겠지? 제기랄! 하지만 모든 게 너무나 생생하잖아!'

지율이 자신의 입에서 준우의 손을 잡아떼고 침대에서 후닥닥 내려왔다. 충격에 소름이 돋았는지 온몸이 싸늘해진 지율은 당황한 얼굴로 자신의 몸을 내려다보았다. 그리고 한 번 더 비명을 질렀다.

"아악!"

지율이 임시방편으로 침대 위에 있는 베개를 낚아채 아무것도 걸치지 않은 몸을 가렸다. 우툴두툴하게 소름이 돋은 몸이 미친 듯이 떨려왔다.

"도, 도, 도대체 이게 어떻게 된 일이에요?"

지율이 심하게 말을 더듬으며 자초지종을 물었다.

"기억…… 안 나?"

"기억?"

지율이 인상을 찡그리며 기억을 더듬었다. 하지만 어지럽고 뒤죽박죽이 된 머리에선 아무것도 건질 만한 게 없었다. 지율은 그저 거친 숨을 몰아쉬며 씩씩댔다.

"포장마차에서 술 마신 것밖에 생각이 안 나요!"

"이런……. 정말 기억이…… 안 난단 말이야?"

준우가 답답하다는 듯이 물었지만 지율의 심기를 불편하게 만들 만큼 느물거렸다. 지율은 벌끈 화가 났다. 유일한 방패막이인 베개를 그의 면상에 던져 버리고 싶을 정도로.

"도대체 나한테 무슨 짓을 한 거예요?"

"어허, 기억이 안 난다고 나한테 덤터기를 씌우면 되나?"

"말 좀 해봐요! 도대체 무슨 일이 있었는지!"

지율이 고함을 치며 닦달을 해댔다.

"당신이 나 붙잡았잖아! 엉덩이에 뿔 나는 거 보여주기 전엔 절대 안 보내준다구. 보여주면 상으로 비싼 술 준다고 하면서 술까지 꺼내왔잖아!"

"헉! 내, 내, 내가요?"

지율은 도저히 믿을 수 없다는 듯이 외쳤다. 그리고 주위를 두리번거렸다. 준우의 말대로 방바닥엔 낯익은 빈 병 하나가 바닥을 드러낸 채 나뒹굴고 있었다.

"나보고 계속 거짓말쟁이라고 하면서 그 술 혼자 다 마신 것도 기억 안 나?"

"내가요?"

지율이 거의 울 듯한 표정으로 되물었다.

"남자들은 다 거짓말쟁이고, 사기꾼이고, 잡것이라고 하면서 울고불고했던 것도 기억 안 나겠네?"

"내가요?"

지율이 미치겠다는 듯이 절규하며 되물었다.

"샌드백이 돼서 멍이 들 정도로 맞아줬는데도 기억이 안 난다?"

준우가 한심하다는 듯이 물었다.

"아아…… 나 미쳤나 봐. 내가 정말 그랬어요?"

준우가 고개를 힘껏 끄덕였다. 지율은 하늘이 샛노래지는 기분에 베개를 안고 휘청거렸다.

'세상에, 어떻게…… 이렇게까지 기억이 안 날 수가 있는 거야? 그런데 설마 더 심한 일이 있었던 건 아니겠지?'

지율이 벗은 자신의 몸을 내려다보았다. 그리고 잔뜩 겁에 질린 표정으로 준우를 바라보았다.

"그래도…… 설마…… 우리…… 그거…… 그거 한 건 아니죠?"

"그거라니?"

준우가 능청스럽게 되묻자 지율이 짜증스럽게 외쳤다.

"그거 말이에요! 그거! 남녀가 벌거벗고 할 일이 그것밖에 더 있어요?"

"그거가 정확히 뭘 의미하는지는 몰라도 몇 시간 전에 책임질 만한 일을 한 건 틀림없지."

"채, 채, 책임질 일? 내가 당신을 잡아먹기라도 했단 소리예요?"

지율은 뒷골이 당기는 느낌에 신음을 흘렸다.

'나 미친 거 아냐? 내가 뭔가에 홀려도 단단히 홀린 거야! 그러지 않고서야 어떻게 저 거위랑 잘 수가 있냐구! 김지율! 너, 어쩌다 이렇게 망가진 거니?'

"눈 감아요!"

지율이 버럭 소리를 질렀다. 준우가 말을 안 듣고 오히려 눈을 말똥말똥 뜨자 지율이 한 번 더 소리를 질러댔다.

"눈 감으란 소리 안 들려요!"

"이미 볼 거 다 봤는데 새삼스럽게 그래야 하나?"

"으아아앙! 난 몰라! 나 어떡해!"

지율이 뒷걸음질을 치며 욕실로 쏙 들어가 버렸다. 욕실에서는 계속 지율의 울음소리가 흘러나왔다. 준우는 그제야 간신히 참았던 웃음을 터뜨렸다. 지율에게 들릴까 봐 베개로 입을 틀어막고 웃어댔다.

사실 지율이 준우를 가지 못하게 막은 건 사실이었다. 엉덩이에서 뿔이 나오게 하지 못하면 절대 보내줄 수 없다고 했던 것도, 술을 꺼내와 마술을 보여주면 주겠다고 한 것도 사실이었다. 지율은 어이가 없어 웃는 준우에게 거짓말쟁이라고 손가락질을 하며 그때부터 계속 혼자 병째 술을 마시기 시작했다. 전남편한테 맺힌

한이 많았는지 눈물을 흘리며 넋두리를 늘어놓았다. 남자들은 다 몹쓸 짐승이라며 때리기까지 했다. 지율이 한 말 중 중요한 부분은 이것이었다.

"신혼여행 가성…… 내가 얼마나 충격을 먹응 줄 아니? 내가 창피해서 이런 말 안 하려고 했능데……. 오늘응 왠지 하고 싶다. 그 잡것이 내 옷을 홀딱 다 벗겨놓고도 아무 반응도 안 보이능 거야! 이게 무슨 뜻인지 알아? 내가 듣고 알기론 분명히 신체적인 반응이 일어나야 하는데 깜깜무소식잉 거야. 그래도 나는 그 잡것이 충격먹을까 봐 너무 긴장이 돼서 그럴 수도 있다, 오늘만 날이냐, 다음 기회엔 꼭 성공하자고 하면서 위로를 해줬어. 그런데 그날 이후로 그 잡것이 절대 날 안지 않능 거야. 아무리 내가 여자로서 매력이 없어도 그렇지, 어떻게 그렁 짓을 할 수가 있어? 하긴 그때 눈치를 챘어야 했능데! 너! 혹시 너도 여자보다 남자를 더 좋아하는 거 아냐? 그러니까 그 잡것한테 좋응 남자니 뭐니 하는 거 아니냐궁!"

준우는 혀 꼬인 소리로 주절주절 과거사를 읊어대는 지율의 말에 큰 충격을 받고 한동안 망연자실할 수밖에 없었다. 결국 지율은 전남편이 동성애자라 이혼을 할 수밖에 없었다는 말을 한 거나 다름없었다. 지율은 자신이 무슨 말을 한 것인지도 모르고 자리에서 벌떡 일어났다. 그리고 삿대질을 하며 외쳤다.

"사람은 겪어봐야 안다고 너도 똑같은 짐승일 수 있어! 너도 내가 옷 벗어서 반응있으면 남자고 반응없으면 잡것인 거야!"

준우가 말릴 새도 없이 지율이 옷을 훌훌 벗어 던지기 시작했다.

여자의 벗은 몸을 처음 본 것은 아니지만 이런 경험은 난생처음이라 준우는 잔뜩 긴장한 표정으로 마른침을 꿀꺽 삼켰다. 지율이 그런 준우를 뚫어져라 쳐다보았다. 가늘게 뜬 눈은 매우 위험스럽게 빛났고, 남자의 애간장을 녹일 만큼 강렬했다. 지율은 눈 깜짝할 새에 블라우스와 스커트, 그리고 속옷을 벗어 나체가 되었다. 준우는 이미 오래전에 지율이 확인하고자 하는 상태가 되었지만 그걸 알려줄 만큼 정신적으로 여유롭지 못했다. 준우는 자신이 생각했던 것보다 더 예쁜 몸매를 가진 지율에게 감탄을 하고 말았다.

"자, 너 일어나 봐! 신체검사해 보게 일어나라구!"

지율이 몸을 구부려 준우를 일으켰다. 지율의 몸에서 풍기는 체취에 준우는 정신이 아뜩해지는 것 같았다. 그걸 아는지 모르는지 지율이 이젠 준우의 옷을 벗기기 시작했다. 셔츠를 벗기고 허리띠를 풀고 바지를 내렸다. 그리고 시선을 아래로 떨어뜨렸다.

"어? 정…… 상이네."

자신이 원하는 걸 확인한 지율은 갑자기 휘청거리더니 정신을 잃고 준우에게 푹 안겨왔다. 준우는 그런 지율을 부축해 침대에 눕혀 재웠다. 그게 다였다. 준우는 술에 잔뜩 취해 정신을 잃은 지율을 한참 동안 바라보았다. 얼마나 어이가 없던지. 그런 반면 얼마나 우습고 안쓰러운지, 얼마나 귀여운지. 그리고 얼마나…… 다행스럽고 기쁜지…….

욕실에선 여전히 지율의 울음 섞인 신음 소리가 들려왔다.

"으아아앙! 내가 미친 거야! 미친 거야!"

제12장
설왕설래

"**나**도 좀 쓰자!"

화장실 안에선 아무 소리도 들리지 않았다.

"나 급하단 말이야!"

준우가 일부러 다급하게 문을 두드리며 재촉을 했다. 드디어 문을 벌컥 열렸다. 그리고 샤워를 했는지 목욕 가운을 입은 지율이 도끼눈과 오리 입을 하고 나타났다. 여전히 화가 안 풀렸는지 지율은 퉁퉁걸음으로 침실로 들어가 문을 탕 닫아버렸다. 준우는 대수롭지 않다는 듯 화장실로 들어가 이를 닦고 샤워까지 한 후 나왔다. 그사이에 지율은 옷을 갈아입고 거실 소파에 앉아 있었다. 다리를 꼬고 팔짱을 낀 채로. 준우는 찬바람의 근원지인 지율에게 다가가 옆 자리에 앉았다. 그리고 편안한 목소리로 물었다.

"속 괜찮아?"

"어떻게 그럴 수가 있어요?"

지율이 칼바람을 날리듯, 바늘로 콕 찌르듯 쌀쌀맞게 물었다.

"뭐가?"

준우가 고개를 옆으로 돌려 지율의 표정을 살피며 물었다. 여전히 편안한 표정으로.

"어떻게 만취해서 정상이 아닌 여자를 안을 수가 있느냐구요!"

준우는 목구멍을 간질이며 올라오는 웃음을 참고 입을 열었다.

"물에 빠진 놈 건져 주니까 내 봇짐 내놓아라 한다더니! 아니, 스스로 옷 벗고, 내 옷 벗기고, 날 안은 사람이 누군데 지금 나한테 화를 내는 거야?"

지율은 순간 너무나도 당혹스러워서 굳어버리고 말았다.

"말도 안 돼……. 내, 내, 내가요? 내가 그런 짓을 했단 말이에요?"

"아! 이래서 증거라는 게 필요하다니까! 핸드폰 카메라로 찍어두기라도 할 걸. 그럼 모든 게 확실해지고 딴소리 못할 텐데."

준우가 한탄하듯 말하자 지율의 표정은 점점 더 곤욕스러워져 갔다. 길을 가다 질퍽거리는 뭔가를 밟고 끝까지 진흙일 거라 우기고 싶은데 결국 똥인 것을 발견했을 때의 심정이랄까. 지율은 하늘이 무너지는 심정으로 두 눈을 질끔 감았다. 금방이라도 눈에서 폭포수가 쏟아져 내릴 것만 같았다. 지율은 두 손으로 얼굴을 가리고 우는소리까지 해댔다.

"아아! 정말 난 죽어야 해! 어쩌자고 그런 짓을 한 걸까?"

준우는 지율이 자책하는 동안 소리없이 맘껏 웃었다. 그리고 곧 다시 입을 열었다.

"어젯밤 일 후회해?"

"보면 몰라요?"

지율이 얼굴을 가린 채 괴로운 듯 외쳤다.

"그럼, 다 잊어주고 책임지란 소리도 안 할 테니 너무 괴로워하지 마."

준우가 위로하듯 말을 건네고선 다시 웃음 가득 담은 얼굴을 했다.

"난 평생 잊지 못할 거예요. 어젯밤 일은 내 일생일대의 오점으로 남겨질 사건이라구요."

"조선시대야? 프리섹스까지 성행하는 시대에 그깟 일이 무슨 오점씩이나?"

지율이 얼굴에서 손을 떼고 고개를 홱 돌려 준우를 째려보았다.

"그걸 지금 위로랍시고 하는 거예요?"

"내 말이 위로로 들렸어? 난 사실이 그렇다는 것뿐이었는데."

준우가 새치름한 표정으로 약을 올리듯 말하자 지율은 분하다는 표정을 짓고 다시 얼굴을 가렸다.

"내가 정말 수치스러워서 살 수가 없어요! 당장 한강으로 달려가 떡밥이 되고 싶은 심정이라구요!"

"그럼, 먹고 죽은 귀신 때깔도 좋다고 밥이나 먹고 한강 가자! 어젯밤 당신을 말리지 못한 죄 매우 큰 것 같으니 나도 당신 따라서 심청이처럼 풍덩!"

지율이 듣다못해 다시 고개를 들고 준우를 쳐다보았다.

"민 선생님, 되게 교묘한 거 알아요? 말 자체를 두고 보면 위로가 확실한데 어째 내 귀엔 조롱하는 내용으로 들리는 거죠?"

"듣기는 제대로 들었군! 나니까 당신 꿍얼꿍얼하는 푸념 들어주지 다른 사람들 같았으면 바보라고 손가락질할 거야! 당신, 남자랑 관계 맺어본 적도 없어? 어떻게 내가 하는 말 곧이곧대로 믿을 수가 있어? 아니, 그리고 내가 그렇게 형편없는 놈으로 보였어? 술 때문에 제정신이 아닌 여자를 이게 웬 떡이냐 하며 취하는 그런 파렴치범인 줄 알았냐구? 도대체 나를 뭘로 보구! 나 참, 어이가 없어서!"

준우가 쉬지도 않고 따따부따 혼을 내고 일어서자 지율은 어리둥절한 얼굴로 그를 올려다보았다.

"그럼…… 우리…… 그거 안 한 거예요?"

"한 번만 더 물어보면 엉덩이에 뿔이 나는 게 어떤 건지 진짜 보여줄 거야!"

'아무 일 없었다구? 정말…… 아무…… 일도?'

의심이 점차 또 다른 의심으로 변해가기 시작했다.

'아니, 그래도 그렇지 어떻게 아무 일도 없을 수가 있어? 술에 취했더라도 여자가 벌거벗었는데 목석처럼 도 닦은 사람처럼 잠만 잤단 말이야? 아이 씨, 아무 일도 없었다는 말에 안심이 돼야 함에도 불구하고 왜 이렇게 기분이 더러워지지? 혹시 민 선생도 여자보다 남자를 더 좋아하는 거 아냐? 우씨, 왜 내가 만나는 남자들은 다 그 모양 그 꼴인 거야! 그게 아니라면 내가 성적인 매력이

전혀 없다는 거야? 정말 울 수도 없고 웃을 수도 없고 미치겠네!'

"아, 배고파 뒈지겠네."

준우가 배를 쓰다듬으며 말하자 지율이 벌떡 일어났다.

'이 썩을 놈의 거위! 너 같은 건 뒈져도 돼!'

속으로 욕설을 삼킨 지율은 준우을 때리며 집 밖으로 몰아내기 시작했다.

"가요! 가라구요! 집이 멀기나 해요! 왜 우리 집에서 자고 물 쓰고 그래요! 썩 나가지 못해요!"

현관문 바로 앞까지 떠밀려 온 준우가 갑자기 뒤로 홱 돌아섰다. 그리고 지율의 양 어깨를 덥석 잡고 강렬한 눈빛으로 내려다보았다. 잠시 후 그의 입에서 폭탄에 가까운 말이 투하됐다.

"우리 신체검사도 끝냈는데 사귈까?"

지율이 깜짝 놀라 눈을 크게 떴다.

'이놈의 거위가 간덩이가 부었나! 너 자꾸 나 가지고 놀면 배 가르고 간 빼서 푸아그라 해먹어 버린다!'

"왜? 싫어? 안 돼?"

"네!"

지율이 다소 굵직하고 거친 목소리로 대답을 했다.

"왜?"

"제가 왜 민 선생님이랑요?"

"싱글인 남녀가 사귀는 게 이상한 일인가?"

"그건 하나도 이상한 일이 아닌데요, 저랑 민 선생님 같은 직장 동료잖아요!"

"사내연애라는 말을 하고 싶은 거야?"

"사내연애 금지라는 말을 하고 싶은 거예요!"

"그럼, 위층 남자와 아래층 여자의 연애라고 해두지."

"흥미없어요!"

지율은 자신의 몸에서 준우의 손을 떼어내고 다시 몰아내기 시작했다. 그런데 준우가 다시 지율의 두 팔을 꽉 잡았다.

"지금 뭐 하자는 거예요?"

지율이 준우를 향해 거칠게 항의하듯 물었다.

"작별 인사."

준우의 얼굴이 다가왔다. 곧 그의 입술이 지율의 입술에 부드럽게 내려앉았다. 마치 나비 한 마리가 사뿐히 내려앉았다 마법을 걸고 날아가 버린 듯한 키스였다.

"이따 봐."

준우의 목소리가 귓가를 부드럽게 스치고 지나갔다. 눈을 커다랗게 뜨고 굳어버린 지율은 마네킹처럼 서 있었다. 그런 지율에게 준우는 싱긋 웃어주고선 현관문을 열고 나가 버렸다. 지율은 아무 말도, 아무 짓도 할 수가 없었다. 몽롱하고 얼이 빠진 상태였다. 순식간에 벌어진 일이고 아직까지 취기가 남아 있어 판단력까지 흐려져 있었다.

지율은 마른침을 꿀꺽 삼키고선 문을 잠갔다. 그리고 술에 취한 사람처럼 침실로 휘청휘청 걸어 들어가 침대에 맥없이 팍 고부라졌다. 정신을 잃은 것도, 자는 것도 아니었다. 있어야 할 것이 없이 텅 비어 있는 진공 상태나 다름없는 모습으로 그대로 누워 있었다. 그러는 사이에 시간은 하염없이 흘러갔다.

"당했다…… 도둑맞았다……. 귀싸대기라도 때렸어야 했는데……. 김지율…… 너 이제 어쩔래?"

자신에게 저음으로 느릿느릿 물어본 지율이 손을 천천히 말아 쥐었다. 눈도 점점 가늘게 만들었다. 화가 난 듯 입술을 앙다물었다.

"민준우! 이 망할 놈의 거위! 감히 날 농락해? 가만 안 둘 거야. 아주 잘게 썰어서 찧어서 가루로 만들어줄 테야! 잘못했다고 무릎 꿇고 울고불고 매달려도 눈 하나 깜짝하지 않을 거야! 썩을 놈! 물 크러질 놈!"

지율이 주먹으로 매트리스를 한 번 세게 내려쳤다. 그리고 벌떡 일어나 화장실로 내달렸다. 준우의 입술이 닿았던 입을 소독하기 위해서였다. 지율은 칫솔에 치약을 듬뿍 발라 양치질을 하기 시작했다. 잇몸에서 피가 날 정도로 세게 닦고 또 닦았다. 그렇게 연속 다섯 번을 씻고, 구강청결제로 헹궈냈다. 입술도 비누로 여러 번 씻어냈다.

침실로 돌아온 지율은 손거울로 입술과 이를 들여다봤다. 하도 닦아서 그런지 이의 표면에선 번쩍거리는 빛이 났고 입술은 붓고 빨개져 있었다. 지율은 입을 쑥 내밀고 실룩거렸다.

"그런데 내 입에서 술 냄새 안 났을까? 아니, 그런데 그놈은 도대체 무슨 꿍꿍이속이야? 왜 나한테 이러는 건데? 앞으로 어쩔 작정인데 저렇게 막 나오는 거냐구!"

지율이 눈을 위로 치켜뜨고 천장을 노려보았다. 그리고 주먹을 번쩍 들어 가운뎃손가락을 힘껏 폈다.

"너! 한 번만 더 날 가지고 놀면 그땐 뼈도 못 추릴 줄 알아! 아주 박살을 내버릴 거다!"

다음날 아침.

"떠올리고 싶지 않은 기억을 싹둑싹둑 잘라낼 수 있는 가위는 어디 없나?"

지율은 조심스럽게 현관문을 열고 주위를 살폈다. 복도는 조용했고 계단 역시 그랬다. 지율은 발 하나를 먼저 빼고 바짝 긴장한 몸을 밀듯 밖으로 나왔다. 그리고 소리를 내지 않고 문을 닫았다. 조심스럽게 열쇠를 꽂고 천천히 돌려 잠근 후 까치발을 하고 걸어 나갔다. 종종걸음으로 아파트 단지를 벗어난 지율은 안도의 숨을 내쉬며 미용실로 향했다.

지율은 평소보다 훨씬 일찍 나왔기 때문에 출근도 제일 먼저 할 걸로 예상했다. 하지만 아니었다. 미용실엔 이미 불이 켜져 있었고 혜정과 은영, 그리고 대한이 나와 있었다. 그냥 나와 있는 것이 아니고 모두들 가발을 가지고 맹연습 중이었다. 지율은 자신이 시킨 것도 아닌데 자발적으로 나와 기술을 연마하는 그들의 모습에 감동받은 얼굴을 했다. 그런데 그들에겐 지율의 이른 출근이 놀라운 일이었던가 보다.

"어? 원장님, 어쩐 일로 이렇게 일찍 오셨어요?"

"그냥……."

지율은 차마 준우를 피해 일찍 나왔다는 말은 못하고 말끝을 흐리며 휴게실로 들어갔다. 그러다 소스라치게 놀라고 말았다. 준우가 휴게실에서 물을 마시고 있었기 때문이다.

'아니, 이 인간이 왜 이렇게 일찍 나온 거야?'

속으로 따지듯 구시렁거리던 지율은 갑자기 어젯밤이 떠올라 얼굴이 새빨개졌다. 그 모습에 준우는 웃음을 참는 표정이 되었다. 지율은 직원들이 들을까 봐 입술을 달싹거려 소리없이 '웃기만 해봐요!' 라고 위협했다. 준우도 지율을 흉내 내며 '겁 하나도 안 나!' 라고 대응했다.

"민 선생님, 이것 좀 봐주세요!"

"네, 갑니다!"

바깥에서 혜정이 부르자 준우가 얼른 대답을 하고선 장난스런 미소를 지었다. 그리고 지율의 뺨에 기습적으로 입을 맞추고 나가 버렸다.

"헉!"

지율이 또 한 번 화들짝 놀라 손으로 뺨을 감쌌다. 그리고 준우가 나간 휴게실 문을 죽일 듯이 노려보았다.

"이…… 이…… 이……."

지율은 차마 대놓고 망할, 썩을, 물크러진 거위라고 하지는 못하고 분한 마음에 입술을 바르르 떨어댔다. 한 손까지 번쩍 들고 뒤늦게 귀싸대기를 갈기지 못한 것을 후회하며 부르르 떨기만 했다.

지율은 분해서 도저히 참을 수가 없었다. 복수를 해주기 전엔 혈압이 제자리로 돌아올 것 같지가 않았다. 그래서 오 분이란 시간을 마음을 진정시키는 데 소비한 후 정중한 목소리로 준우를 부르기 시작했다.

"민 선생님, 저 좀 보시죠."

지율이 부르는 소리를 듣고 준우가 휴게실로 다시 들어왔다. 지율은 손으로 의자를 가리키며 침착하게 말했다.

"우선 여기 좀 앉으세요."

지율은 준우가 의자에 앉자마자 눈을 가늘게 뜨고 악마의 미소를 지었다. 번뜩이는 눈빛에 준우가 덫에 걸렸다는 사실을 깨닫고 잠시 움찔했지만 이미 때는 늦었다. 지율이 준우의 목을 잡아 마구 흔들고 코를 비틀어주었다. 준우는 차마 비명을 지르지 못하고 소리없이 괴로운 표정을 지었다. 지율은 그제야 분한 마음을 가라앉히고 공격을 중단했다. 준우는 거친 숨소리를 내며 씩씩대는 지율을 어이없다는 듯 쳐다보았다. 그리고 이내 웃음보를 터뜨리며 작게 웃어댔다.

"더 맞고 싶지 않으면 입 다물어요!"

지율이 직원들을 의식해 되도록 준우에게만 들릴 정도로 쏘아붙였다.

"민 선생님은 결핍된 게 너무 많은 사람이에요."

"결핍?"

"네! 싸가지 결핍! 매너 결핍! 도덕성 결핍 등등!"

"난 본능에 충실했을 뿐인데."

'늑대 허리 꼬이는 소리하고 있네!'

"도대체 날 뭘로 보는 거예요?"

"보면 귀여워서 뽀뽀해 주고, 쓰다듬어 주고, 안아주고 싶은 원장."

'뭐? 귀, 귀, 귀여워? 그리고 여자도 아닌 원장? 이것이 이제까지 직장 생활을 퇴폐적으로 해왔나? 야! 너 해고당하고 싶어?'

지율은 더 화가 나서 속으로 외쳤다.

"넘치는 것도 너무 많은 사람이군요! 건방, 교만 호르몬이 아주 좔좔 흘러넘쳐요! 또 한 번만 이런 짓 하면 성희롱으로 고발해 버릴 거예요!"

"화내지 마. 화내는 모습이 너무 자극적이라 뇌쇄될 것 같단 말이야."

지율은 준우의 말에 게거품을 물고 쓰러질 것만 같았다.

"내가 말을 말아야지!"

지율은 씩씩거리더니 바람을 일으키며 휴게실을 나가 버렸다.

"머리 잘한다는 소문 듣고 왔어요."

"여기 남자 원장님이 머리를 그렇게 잘하신다면서요?"

"직원들이 다 친절하고 말도 재미있게 잘한다고 하더니 정말이네!"

손님들의 입에서 이런 평가가 점점 많이 나올수록 지율의 입은 귀에서 내려오질 않았다.

'손님들이 민 선생을 원장님이라고 불러도 뭐 그것쯤이야!'

지율은 아량까지 넓어졌다. 하지만 미용실에서 일하다 보면 꼭 그렇게 기분 좋을 일만 생기는 게 아니었다. 실컷 비싼 파마에 염색에 헤어매니큐어까지 한 손님이 클레임을 제기하면서 돈을 못 내겠다 하며 미용실을 들쑤셔 놓고 가는 일, 처음 보는 직원들에게 대놓고 반말을 해가면서 무시를 하는 일, 손님들이 밀려 있는 상황에서 자신부터 안 해준다고 깽판을 놓는 일 등등 별의별 일들도 생기곤 했다. 그리고 그런 일들은 대부분 준우 외에 다른 직원들이 서비스를 하는 경우에 생겼는데 뒷마무리는 거의 준우가 알아서 해결해 주곤 했다. 그래서 지율은 그럴 때마다 준우에게 고맙기도 했지만 그가 없는 상황에선 미용실을 이끌어가기가 힘들겠다는 생각이 들어 마음이 불안해졌다.

그러는 사이에 길 건너 미용실, 국내 최고의 헤어디자이너가 국내 최저가로 최고의 서비스를 해주고 피부 관리와 네일 아트까지 한곳에서 편하게 해준다는 나금자 미용실이 오픈을 했다. 워낙 규모가 크고 고급스럽게 인테리어를 했다는 소문이 돌아 많은 손님들이 몰려갔다.

물론 상승 곡선을 타던 지율의 미용실에도 여지없이 영향이 미쳤다. 지율의 미용실을 이용하던 손님들도 호기심과 더 싼 가격의 유혹을 이기지 못하고 그곳으로 발길을 돌렸던 것이다. 나중엔 그저 궁금해서 한 번씩 다녀왔을 뿐이라고 하며 다시 되돌아온 손님도 많았지만 지율의 미용실을 의식해 가격을 더 내리면서까지 손님들의 발목을 잡아 앞으론 어떻게 될지 아무도 장담할 순 없는 상황이 되어버리고 말았다.

"우리도 가격을 더 내려야 하지 않을까?"

"어떤 약을 쓰기에 저런 가격으로 손님을 받을 수 있는 거야?"

"같이 망하자는 소린 거지?"

"거기서 일하는 직원들은 다 죽어나겠다. 하루에 파마 예닐곱만 말아도 녹아웃인데 어쩌려고 그래?"

"아랫사람들 부려먹고 자기는 돈이나 세겠다는 심산인 거지. 그 원장님 원래 그런 사람이잖아. 아마 직원들도 하루가 멀다 하고 바뀔걸."

"자, 자! 그만 흥분하고 시간 있을 때 연습이나 더 하세요. 경쟁력을 키워야 살아남을 수 있는 겁니다."

준우가 성토 대회를 열어 신랄하게 비판을 하던 직원들을 진정시켰다. 직원들이 준우의 말이 맞다고 하며 연습을 하러 자리를 비켰다. 그때 곰곰이 생각을 하던 지율이 대뜸 준우에게 말을 했다.

"저도 좀 가르쳐 주실래요?"

"뭘?"

"미용 기술 말이에요."

"뭐?"

준우가 눈살을 심하게 찌푸렸다.

"미용실은 원래 주인이 기술없으면 힘들다면서요. 그러니까 저도 한번 배워볼까 해서요. 뭐, 나름대로 재미있을 것 같기도 하고……."

"진심이야?"

준우가 진지한 눈빛을 하고 물었다.

"장난으로 들리세요?"

"쉽지 않거든."

"알거든요!"

준우가 말끝을 올리자 지율도 똑같이 올리며 대꾸를 했다. 그리고 굳은 결심을 했다는 듯이 말했다.

"샴푸부터 가르쳐 주세요! 앞으로 제가 샴푸 다 할게요!"

준우는 어안이 벙벙해졌다.

'겁도 없이 미용을 시작하겠다니!'

마감 시간이 돼서 직원들은 퇴근을 했고, 준우는 휴게실에서 지율에게 강의를 해주고 있었다. 노트에 그림을 그리고 중요한 내용을 메모까지 해주며.

"가끔 비누로 머리를 감는 사람들이 있는데 그건 모공을 막아 비듬의 원인이 되기도 해."

지율은 펜을 잡은 준우의 손과 노트에서 생성되는 글씨를 감탄하듯 쳐다보았다.

'자식, 글씨도 잘 쓰네!'

"가끔 샴푸와 린스를 겸용 제품을 쓰는 경우가 있는데 피하는 게 좋아. 두피 위주의 세정을 해주는 샴푸와 모발 위주의 보습을 도와주는 린스의 기능이 각각 다르기 때문에."

'그런 샴푸 만드는 회사한테 네가 영업 방해한다고 다 일러준다!'

지율은 속으로 계속 토를 달았다.

"샴푸의 양은 긴 머리, 숱이 많은 모발의 경우는 펌프 두 번, 짧은 머리, 숱이 적은 모발의 경우는 펌프 한 번이 적당해. 머리를 충분히 물로 적신 후 샴푸를 양손으로 비벼 적당히 거품을 내어 머리카락보다는 두피를 꼼꼼히 닦아내야 해."

그때 준우의 손이 지율의 머리카락 사이를 헤집고 들어와 이리 저리 돌아다니기 시작했다. 그러면서 계속 설명을 해나갔다.

"샴푸 시 손가락은 세워 두피 마사지를 하듯 꼼꼼히 세척해야 해. 손톱으로 하면 절대 안 돼. 두피의 샴푸 방향은 앞에서 정수리 방향, 귀에서 정수리 방향, 뒷머리 부분에서 정수리 방향, 전체적 으로 마사지를 하듯 하는 거지. 이렇게, 이렇게, 이런 식으로."

지율은 아무 말도 귀에 들어오지 않았다. 준우의 손이 계속 머 리카락 사이를 오가는 동안 온몸이 전기가 오른 것처럼 찌릿찌릿 하다가 이내 아이스크림이 녹듯이 사르르 녹아들어 버린 것이다. 지율은 눈을 감고 준우의 손이 주는 느낌에 빠져들었다.

'아아, 조오오타아아…….'

지율은 황홀경에 빠져 있다 이내 자기도 모르게 신음을 흘렸다. 그 소리는 입술 사이를 뚫고 바깥으로 세어나가 버렸다. 그러고도 지율은 인지를 못한 상태였다.

"아아……."

순간 휴게실이 조용해졌다. 머리카락 사이를 헤집고 다니던 준 우의 손길도 뚝 멈춰졌다. 지율은 그런 줄도 모르고 계속 에로틱 한 신음을 흘렸다. 그러다 뭔가 콕콕 쑤시는 시선을 느끼고 눈을 슬그머니 떴다. 준우가 '지금 뭐 하는 거야?' 하는 표정으로 빤히 쳐다보고 있었다. 지율은 그제야 자신이 한 짓을 깨닫고 허둥대며 자신의 머리에서 준우의 손을 떼어냈다.

'어머나! 내가 지금 무슨 짓을 한 거야? 설마 내 성감대가 두피? 미쳤어! 미쳤어!'

지율은 더욱 빨개지고 화끈거리는 얼굴을 자신의 두 손으로 감쌌다. 수치스럽고 창피해서 쥐구멍이라도 있으면 들어가고 싶은 심정이었다. 준우가 그런 지율의 반응에 피식 웃음을 터뜨렸다.

"굶주렸어?"

"뭐, 뭐라구요?"

노골적인 조롱에 당황한 지율이 말까지 더듬었다.

"키스 한번 진하게 해줘?"

"뭐, 뭐, 뭐요? 이…… 이…… 이…….'"

지율이 차마 '이놈의 거위가' 라는 말은 못하고 손만 번쩍 든 채 준우를 노려보았다.

"이 뭐? 그리고 그 손으로 어쩔 건데?"

준우가 능청스럽게 묻자 지율이 준우의 허벅지를 세게 꼬집었다. 맘껏 욕설을 퍼붓고 싶은 걸 간신히 참고 다소 정중한 욕을 선택해 사용하며.

"이 나쁜 선생님!"

그런데 준우의 허벅지는 바위처럼 단단해서 손에 잡히지도 않았다.

'헉! 어째, 이런 일이!'

당황한 지율이 주먹으로 준우의 허벅지를 탕탕 내려쳤다. 하지만 준우는 끄떡도 하지 않았다.

'뭐 이런 무쇠다리가 다 있지? 네가 마징가 제트라도 되냐?'

그때 준우가 지율의 손을 확 낚아챘다. 그리고 지율을 뚫어지게 쳐다보더니 점점 얼굴을 내렸다. 지율은 준우의 행동에 놀라 눈을 질끔 감았다. 심장은 빠른 속도로 뛰어대고 입 안과 입술이 메마른 낙엽처럼 바싹바싹 마르기 시작했다. 지율은 바로 코앞에서 준우의 호흡이 느껴지는 순간이 오자 숨도 맘대로 내쉬지 못한 채 부들부들 떨어댔다.

키스를 하고 싶은 충동에 다가갔던 준우는 심하게 떠는 지율을 보고 마음을 바꿨다. 손가락으로 인형의 얼굴을 누른 것처럼 인상을 찌푸리고 있는 지율의 표정 때문에 당장이라도 웃음이 터져 나올 것만 같아서였다. 준우는 원래의 목적을 변경해, 지율의 어깨에 얼굴을 파묻었다.

키스를 할 줄 알았던 준우가 그런 식으로 행동을 하자 지율은 눈을 번쩍 떴다. 그리고 일순간 긴장이 풀려 많은 양의 숨을 한꺼번에 토해냈다. 준우는 그 소리가 우스웠는지 숨죽여 웃음을 쏟아냈다. 지율은 준우의 몸이 들썩거리자 비로소 그가 웃고 있다는 걸 깨달았다. 순간 지율의 눈이 가늘어졌다. 또다시 미간을 좁히고 인상을 썼다.

"지금 웃었죠?"

지율의 싸늘한 물음에 준우가 고개를 가로저으며 아니라고 거짓말을 했다.

"이젠 거짓말까지 해요?"

준우가 더 이상 안 되겠는지 이제는 아예 맘 놓고 소리 내어 웃어댔다. 그 바람에 지율은 기분이 더욱 나빠졌다.

"내가 민 선생님 장난감이에요, 아니면 개그맨이에요? 왜 날 가지고 놀고, 날 보면 웃는 거예요? 진짜 나쁜 선생님이야! 오늘의 수업 끝!"

지율은 준우를 밀치고 벌떡 일어나 휴게실을 나가 버렸다. 준우는 그런 지율을 붙잡지도 않고 그저 쓴웃음을 지었다.

이상야릇하고 짓궂은 분위기가 연출됐던 이날 이후로 개인 교습은 흐지부지되고 말았다. 하지만 지율은 날마다 경쟁 상대인 미용실을 이기기 위해 기술을 연마하는 직원들 사이에 꼽사리 껴서 나름대로 귀동냥으로 배우고, 배운 것을 준우의 허락하에 실습도 해보았다. 기껏해야 머리를 감겨주고, 말려주고, 헤어제품을 발라주고, 염색약을 도포하고 중화제를 도포했다가 정확히 십오 분 후에 롯드를 풀어주는 일이었지만 성취감을 느끼게 해주는 일들이었다. 그리고 직원들이 지나가는 말로 소질이 있다며 칭찬을 해줄 땐 일이 재미있게 느껴지기도 했다.

하지만 뭐든 간에 얻는 게 있으면 잃는 것도 있는 법. 잦은 샴푸와 중화제의 성분으로 인해 손이 거칠어지고 갈라졌으며 좋은 옷들은 염색약과 파마약이 튀어 입을 수 없게 되어버린 것이다. 그래도 지율은 가슴이 뿌듯했고 기분이 좋았다. 그 모든 것들이 그 어느 때보다 인생을 열심히 살고 있다는 증거들이니까 말이다.

지율은 날마다 바쁘게 열심히 살았다. 이것들이 그 증거들이었다.

12월 4일 늦은 밤.

준우에게서 〈첫눈 내리는 거 알아요?〉라는 문자가 도착한 줄도 모르고 쿨쿨 잠만 잠.

12월 13일 쉬는 날.

집에 한번 왔다 가라는 엄마의 전화에 그러겠노라 해놓고 하루 종일 침대 밖으로 나오지 않음.

12월 25일 크리스마스.

크리스마스임에도 불구하고 별 감흥 없이 데이트하러 나가는 손님들의 머리를 만져 주는 일을 함.

12월 26일 아침.

25일이 크리스마스이자 준우의 생일이라는 걸 뒤늦게 깨달음. 하지만 너무 바빠 뒤늦게 축하 인사를 건네는 것조차 또다시 잊어버림.

12월 31일.

월급 지급, 집세, 대출 이자, 리모델링 비용 일부 갚음.

참, 일주일에 한 번씩 꼬박꼬박 얼굴 도장을 찍는 세혁도 열심히 무시해 줌.

지율의 스물여섯 해와 12월은 그렇게 지나가고 있었다.

제13장
궁여지책

"존경하는 미용실 식구 여러분, 새해 복 많이 받으시고, 로또복권 당첨되시기 바랍니다. 다가오는 설에는 부모형제, 일가친척들과 함께 그동안 못다 나눈 정 고스톱으로 나누시되 절대 짜고 치지 마시고, 지난해 엿 같았던 일들 다 잊고 희망찬 새해를 맞으시기 바랍니다. 돌이켜 보면 지난해 우리 미용실 식구들은 참 짱나는 한 해를 보내야 했습니다. 경제가 어려워서 누구보다 열받았고, 설상가상으로 연말에는 폭설이 내려 배추, 과일 값이 장난 아니게 올라서 맘껏 먹지도 못했으며, 나라에 큰 화재가 발생해 똥줄이 타기도 했습니다. 한줄기 빛과 같았던 줄기세포 연구에 대한 기대가 충격으로 뒤바뀌면서 백년만년 벽에 똥칠할 때까지 살 줄 알았던 우리 모두, 마음에 깊은 상처를 받기도 했습니다. 이런 상황에서 탈모, 대머리를 영구적으로 해결할 수 있는 방법만 찾아내도 얼마나 좋겠습니까? 우리는 우리나라의 미용문화를 바꾸고, 손님들의 고통을 조금이라도 덜어드리기 위해 최선을 다해 손님들을 모셔야 합니다. 지난 두 달 동안, 아무리 참기 힘든 음해와 헛소문이 있더라도 참고 또 참으며 미용에만 매진해 왔습니다. 앞으로도 정직한 기술과 책임있는 서비스로 미용에 전념해 대한민국이 미용 선진국으로 도약할 수 있는 발판을 만들게 되길 진심으로 바랍니다. 이것이 우리 미용실 식구들의 가장 큰 소망이겠죠. 미용실 식구 여러분, 얼마 전에 저는 매직스트레이트 시술을 받다 머리가 끊기고 탈색을 하다 두피가 홀라당 벗겨지는 사고 소식을 듣고 너무나 마음이 아팠습니다. 미용에 대한 불신을 심어주는 그런 극단적인 사고는 절대 일어나서는 안 되겠습니다. 지금 무엇보다 시급하고 중요한 것은 바로 올바른 미용을 하는 것입니다. 식구 여러분, 우리는 '더 마니끌레유' 미용실의 이름과 명성에 걸맞게 정성을 다해 손님을 모시고 손상없는 머릿결을 유지하기 위해 최선을 다하십니다. 함께 힘을 모아 오늘보다 나은 내일을 만들고, 올해보다 나은 내년을 반드시 만듭시다! 2006년 1월 더 마니끌레유 미용실 원장 김지율."

한 모당의 박 모 대표를 패러디한 것 같은 헤어스타일과 정장을 입은 지율이 미용실 직원들을 앉혀두고 신년연설을 한 후 허리를 90도로 굽혀 인사를 했다. 그때 미용실 문이 벌컥 열렸다. 그리고 길 건너 미용실 원장인 나금자와 그쪽 직원들이 떼거지로 몰려 들어왔다.

"개소리 마라! 면허증도 없는 주제에 감히 미용계가 어떻다고 떠들어대는 거야? 너 같은 건 당장 물러나야 해! 물러나라! 물러나라!"

뒤에 있던 직원들이 험악한 인상을 짓고서 지율에게 달려들었다. 곱게 올린 머리를 확 잡아채 빙빙 돌리고 주먹으로 패고 꼬집어댔다.

"물러나! 물러나라구! 개소리 말고 물러나!"

"아야! 왜들 이러세요? 사람 살려! 사람 살려!"

지율은 목이 찢어져라 비명을 질렀다. 그때 어디선가 핸드폰 소리가 크게 들려왔다. 지율은 눈을 번쩍 뜨고 눈동자를 불안하게 이리저리 굴렸다. 미용실이 아니라 집이었다. 폭력을 행사하던 사람들은 오간 데 없고 자신은 이불에 똘똘 말려 베개에 파묻혀 있었다.

"휴우, 개꿈인가?"

지율은 가슴을 쓸어내렸다. 핸드폰을 받기 위해 일어나려 하자 머리카락이 베개 커버 지퍼 사이에 끼여 쥐어뜯기는 느낌이 들었다.

"아아! 아야!"

지율은 베개와 실랑이질을 한 후 핸드폰을 집어 들었다. 발신인을 보니 엄마였다. 폴더를 열고 전화를 받은 지율은 용건부터 물었다.

"엄마, 왜?"

엄마에게서 아무 말이 없었다. 핸드폰을 살펴보니 이미 전화가 끊긴 상태였다. 요즘 들어 부쩍 악몽에 시달리고 식은땀에 흥건하게 젖은 상태에서 깨는 지율은 핸드폰을 접고 안도의 숨을 푹푹 내쉬었다.

심한 갈증이 느껴진 지율은 물을 마신 후 엄마에게 전화를 걸 생각이었다. 하지만 출근 시간이 삼십 분밖에 남지 않았음을 알리는 시계를 보고 엄마에게 전화를 거는 것을 나중으로 미룰 수밖에 없었다. 그런데 그것이 몇 시간 뒤에 큰 화근이 될 줄이야!

그날 오후, 엄마가 미용실로 직접 찾아왔다. 그것도 미용실이 한창 바빠 지율이 소매를 걷어붙이고 손님 머리를 열심히 감기고 있을 때. 그런 지율의 모습을 본 엄마의 눈이 둥근 달처럼 휘둥그레졌다. 도저히 믿을 수 없다는 듯한 표정이었다. 금지옥엽 애지중지 고이고이 기른 딸이 생판 낯선 남자의 머리를 감기는 모습에 금방이라도 눈이 뒤집힐 것만 같은 모습이었다. 지율 또한 그런 엄마의 모습에 어찌할 바를 모르고 딱딱하게 굳고 말았다. 손님 얼굴로 물이 튀는 것도 모른 채.

"어, 엄마……"

손님의 입에서 터져 나오는 비명이 전혀 들리지 않는 지율은 간신히 엄마를 불렀다. '엄마'라는 소리에 직원들 모두가 놀란 표정으로 인사를 건넸다.

"안녕하세요. 어서 오세요."

심한 충격을 받은 엄마는 직원들의 인사에 응하지도 못한 채 안색이 굳어져 있었다. 지율은 이렇게 넋을 놓고 있을 때가 아니라는 생각이 들었다. 직원이나 손님이 자신을 '원장님'이라고 부르는 순간 일은 더욱 커질 게 분명했기 때문이다. 지율은 앞치마에 손을 닦고 돌기둥이 되어버린 엄마를 휴게실로 몰아넣었다. 그리고 다시 나와 직원들에게 자신의 엄마는 자신이 미용실을 운영하는 줄 모르니 절대 원장이라고 부르지 말라는 신신부탁을 하고 다시 휴게실로 들어갔다.

"엄마, 연락이라도 좀 하고 오지 그랬어. 그런데 여긴 어떻게 알고 온 거야?"

엄마는 한동안 지율을 위아래로 훑어보기만 했다. 앞에 있는 지율이 정말 자신의 딸이 맞는지 확인하는 눈빛이었다. 아무리 봐도 자신의 딸 김지율이 틀림없자 엄마는 불이 난 눈으로 큰소리를 쳤다.

"당장 일 그만둔다고 해! 내가 너 이딴 데서 머리나 감기라고 키운 줄 알아?"

"엄마, 소리 좀 낮춰. 밖에 다 들리겠어."

"너 이러고 사는 거 아시면 네 아버지가 가만히 계실 거 같니?"

"엄마, 내가 좋아서 하는 일이야. 나 괜찮아, 나 정말 괜찮다구."

"이게 괜찮은 얼굴이야? 못 본 사이에 내 새끼 얼마나 고생이 심했으면 살이 다 빠지고. 어마, 애 손 좀 봐! 이게 여자 손이니, 아니면 사포니! 너 도대체 뭘 했기에 이 모양 이 꼴인 거야? 야채, 생선을 팔아도 네 손보다 낫겠다. 내가 정말 너 때문에 못산다, 못살아! 당장 짐 챙겨!"

지율은 오버의 극치가 뭔지를 제대로 보여주는 엄마의 입에서 연신 튀어나오는 침의 파편을 피하지도 못하고 다 받아냈다.

'어쩜 세월이 가도 저 극성은 변하지 않는 걸까?'

지율은 눈살을 찌푸렸다.

"엄마, 우선 진정 좀 하고……."

"내가 지금 진정하게 생겼어? 네 고모가 이쪽을 지나가다 널 봤다고 했을 때만 해도 그냥 매니저로 있겠거니 생각했지 이렇게 고생하고 있을 줄 누가 알았겠니? 차라리 엄마한테 일이 필요하다고 말했으면 다 알아서 해줬을 거 아냐! 왜 사서 이 고생을 해? 왜?"

지율은 활활 타오르는 불에다 기름을 붓지 않기 위해 근질거리는 입을 꾹 다물고 있었다.

'여기서 고생은 내가 제일 조금 하는데……. 아, 그러나저러나 우리 엄마를 어떻게 말리지?'

그때였다. 엄마의 핸드폰이 울렸다. 지율은 잠시나마 침의 파편을 피할 수 있게 돼서 엄마 몰래 안도의 한숨을 내쉬었다. 지율은 엄마에게 눈짓으로 어서 핸드폰을 받으라고 했다. 엄마는 여전히 지율을 주일 듯이 노려보며 핸드폰을 받아 들었다. 눈빛과는 너무나 다른 교양있는 목소리로.

"여보세요. ……지승이니? 왜? ……내가? 내가 너랑 오늘 점심을 먹기로 했어? 우리가 언제 그런 약속을 했니? 난 영 기억이 안 난다. ……알았다. 곧 갈게."

지율은 엄마가 자신의 친오빠인 지승과 통화하고 나서 곧 가겠다는 말을 하자 속으로 쾌재를 불렀다. 당장 지승에게 달려가 손을 꽉 부여잡고 고맙다는 말을 전하고 싶을 정도였다.

"하여간 지율이 너! 토 달 생각 아예 하지 말고 이번 설 연휴 동안엔 집에 와서 지내라. 긴히 할 말도 있으니까. 알았어?"

마지못해 고개를 한 번 끄덕이자 엄마의 퇴장은 의외로 쉽게 이루어졌다. 지율은 안도의 한숨을 크게 내쉬고 엄마를 배웅한 후 미용실로 다시 들어왔다.

"어머님이 귀티가 흐르고 멋지세요!"

"아까 휴게실에서 큰 소리가 들리던데 괜찮으세요?"

"많이 놀라시는 거 같던데……. 그런데 원장님 미용실 하는 거 어머니가 이제껏 모르셨던 거예요?"

지율은 옆에서 직원들이 열심히 묻고 떠들어도 그 소리가 들리지 않았다. 그저 설 연휴를 꼼짝없이 가족들과 함께 보내게 되겠구나, 피할 방법은 없을까, 그런데 긴히 할 말이라는 건 뭘까 등등의 생각으로 머리가 복잡해졌다.

며칠 후 설이 되어 지율은 잔머리를 굴리지 않고 부모님이 사시는 집으로 찾아갔다. 그리고 감당할 수 없는 엄마의 말에 기함을 토하며 소리를 질러댔다.

"엄마!"

"아니, 애가 왜 소리를 지르고 난리야?"

"나보고, 지금, 재혼을 하라고 했어?"

그랬다. 엄마는 이혼한 지 얼마 되지도 않은 지율에게 재혼을 권했다.

'농담이라도 이런 농담은 싫은데…….'

하지만 엄마는 그 어느 때보다 진지하고 단호한 표정이었다.

"그럼, 혼자 살다 늙어 죽을래?"

'그래요! 차라리 혼자 살다 늙어 죽을래요!' 하는 말이 금방이라도 튀어나올 것만 같았다. 하지만 그렇게 외치는 순간 엄마의 혈압이 상승할까 봐 지율은 못마땅한 표정으로 입만 비죽비죽했다.

'긴히 할 말이라는 게 고작 인두겁을 쓰고 그런 파렴치한 짓을 하라는 거였다니!'

지율은 당장 일어나 자신의 집으로 되돌아가고 싶은 마음이 굴뚝같았다. 하지만 그 마음을 억누르고 대답을 기다리는 엄마에게 이렇게 말했다.

"나! 우리나라에서 열 손가락 안에 꼽는 대기업 후계자 아니면 절대 재혼 안 해!"

"뭐?"

엄마는 기가 차서 말문이 막힌다는 듯이 지율을 바라보았다.

"그 말이 혼자 늙어 죽겠단 소리지 재혼하겠단 소리냐?"

'눈치 하나는 되게 빠르셔.'

지율은 속으로 구시렁대며 엄마를 물끄러미 바라보았다.

"엄마, 사람들 이목이 무섭지도 않아? 이혼한 지 얼마나 됐다고 재혼을 하라는 소리를 할 수가 있어? 아무리 해가 다르긴 하지만!"

"너 올해가 어떤 해인 줄 아니?"

엄마는 지율의 말을 끊고 진지한 눈빛으로 설명을 하기 시작했다.

"올해가 음력으로 입춘이 두 번이나 있는 쌍춘년이란다. 그래서 어느 해보다 길하고 말이야. 특히 이번 해에는 7월 윤달이 끼어 있어서 한 해가 385일이래. 그래서 중국 속담에 '입춘이 두 번 들어 있고 윤달이 끼어 있을 경우 결혼하기에 최적기다'라는 말이 있을 정도고."

"재혼하기에 최적기라는 말은 아니네."

지율은 엄마의 눈치를 살피며 말꼬투리를 잡고 늘어졌다. 아니나 다를까, 엄마의 눈빛이 아주 매서워졌다.

"하여간 엄마는 말이다. 지난번 같은 실수를 하지 않으려고 지금 각고의 노력을 기울이는 중이다. 그러니까 너도 엄마를 믿고 따라와 주길 바란다."

"지난번 같은 실수라니?"

지율이 엄마를 의심스럽게 바라보며 질문을 던졌다.

"그놈이 그런 놈인 줄도 모르고 내가 널 그놈한테 시집보낸 걸 생각하면 지금도 이가 박박 갈려!"

겨우 알아들을 정도로만 중얼거리는 말이었지만 지율은 심장이 덜컥 내려앉았다.

'그럼, 엄마도 그 잡것이 게이라는 사실을 알고 있는 거야? 내가 말하지도 않았는데 어떻게 아신 거지?'

지율은 자신의 목에서 마른침이 넘어가는 소리가 너무도 크게 들렸다.

"엄마, 그걸 어떻게 알았어?"

"세상에 비밀이 있을 줄 알았니?"

지율은 놀라움을 금치 못했다. 아무리 덮고 막고 숨기려 해도 비밀이라는 것은 어떻게든 드러나기 마련인가 보다. 지율은 이미 헤어진 사람이지만 세혁의 정체가 많은 사람들의 입에 오르내려 져서 어려움을 겪게 될까 봐 염려가 되었다. 세상엔 노력해도 안 되는 게 있지 않은가. 고칠 수 없는 천성이라든지 정체성 같은 것 말이다. 그런 것들을 속이고 결혼을 해서 자신을 힘들게 한 세혁 이 분명 밉기는 했다. 용서할 수도 없었다. 그럼에도 불구하고 시 간이 지나니 오늘처럼 약간의 동정심이 생길 수도 있다는 걸 깨달 았다. 지율은 씁쓸한 마음을 감출 수가 없었다.

그때 엄마가 덧붙인 말에 지율은 어리둥절한 표정을 지을 수밖 에 없었다.

"약도 없는 바람둥이 같으니라구! 그런데 그놈 취향이 참 독특 하더구나. 어떻게 사귀는 여자마다 다 연상에 유부녀일 수가 있는 거니?"

지율은 확실하게 헛다리를 짚은 엄마에게 무슨 말을 해야 할지 몰라 바보처럼 입만 벌린 채 굳어져 있었다. 하긴 충격의 정도를 생각하면 차라리 그렇게 오해하는 편이 나을지도 모른다. 세혁이 게이라는 사실을 숨기고 결혼한 사실을 알고도 순순히 이해해 주 는 선에서 끝낼 엄마가 절대 아니기 때문이다. 아마 모르긴 몰라 도 다른 나라로 망명을 하는 편이 훨씬 낫겠다는 생각이 들 정도 로 시달릴 것이다.

"귀신은 속여도 난 못 속인다. 지율이 너도 요새 자꾸 연락 미루고 날 피하는 거 보면 되게 수상쩍어. 너도 비밀 같은 거 있는 거 아냐?"

"아냐, 그런 거 없어!"

지율은 가슴이 뜨끔해서 변명하듯 대답했다.

"요즘 네 오빠도 나한테 뭔가를 숨기는 거 같고, 너도 그렇구."

"오빠가?"

별 심각성을 느끼지 못한 지율이 시큰둥하게 되물었다.

"그래. 뭐 숨길 게 있다고 핸드폰만 울리면 바깥으로 조르르 나가서 받고, 무슨 전화냐고 물으면 우물쭈물하고 말이야."

"바람났나?"

"얘! 말이 씨가 된다고 그런 말 함부로 꺼내지도 마!"

엄마의 불호령에 지율이 얼굴을 살짝 찡그렸다가 엄마 못지않게 큰 소리를 냈다.

"오빠가 그럴 사람이야? 애처가 협회 대표회장을 맡아도 될 정도로 일편단심 새언니인 사람이? 아마 오빠 새언니가 명왕성에 가고 싶다고 하면 무슨 수를 써서라도 데려다 줄걸! 그런 사람이 바람은 무슨 바람!"

"아니, 그러니까 도대체 네 오빠가 왜 저러는 거냐구? 네가 오빠한테 무슨 일 있는지 좀 알아봐라."

"알았어, 엄마. 내가 당장 오빠한테 가서 물어볼게."

지율은 이렇게 둘러대며 자리에서 벌떡 일어났다. 엄마랑 더 같이 있다가는 자신의 비밀까지 탄로가 날 것 같았기 때문이다. 엄마는 오빠의 비밀을 캐러 간다는 지율을 말리지 않았다. 오히려 꼭 알아내서 오라는 듯이 고개를 힘껏 끄덕였다.

지율은 서재에서 서류를 검토하고 있는 지승을 찾아갔다. 그리고 단도직입적으로 물었다.

"오빠! 뭐 숨기는 거 있어?"

"뭐?"

지승이 꽤 당황한 표정으로 지율을 쳐다보았다.

"죄졌어? 왜 그렇게 당황해?"

"내, 내가 언제……."

차라리 긍정을 하는 게 나을 정도로 어색하고 티가 나는 말투였다.

"빨리 불어. 뭐야? 뭔데 엄마도 나도 의심하게 만드는 건데?"

"어머니가 너한테 뭐라고 해?"

"오빠 수상하다구. 무슨 일이 있기는 한 것 같은데 오빠가 숨기는 거 같다구. 여자 문제는 절대 아니라고 말해줬는데도 많이 궁금하신가 봐. 도대체 무슨 일이야? 나한테까지 숨길 건 없잖아. 말 좀 해봐."

"그딴 거 없어!"

끝까지 밝히고 싶지 않은지 강력하게 부정을 하는 지승이었다. 오히려 지율을 당황하게 하는 말까지 덧붙였다.

"너야말로 나한테 숨기는 거 있지 않아?"

지율은 잠시 머뭇거렸다. 시간을 벌 작정으로 되묻기까지 했다.

"숨기는 거?"

"그래."

지율은 고개를 바짝 세우고 단호하게 말했다.

"나도 그딴 거 없어!"

하지만 그 뒤에 '애고, 되게 피곤하다. 가서 좀 쉬어야겠다'라는 말을 잽싸게 덧붙이며 서재를 빠져나왔다. 서재 밖에서 지율은 안도의 숨을 내쉬었다.

"죄짓고 살면 안 되겠다. 심장이 왜 이렇게 떨리는 거야?"

자신이 예전에 썼던 방으로 들어온 지율은 침대에 누워 이런저런 생각을 하며 시간을 무료하게 보냈다. 그러다 엄마가 제안한 재혼에 대해 깊이 생각해 보았다.

'재혼? 서른도 안 된 나이에 결혼, 이혼, 재혼이라니……. 애고, 어둡다. 내 인생이 너무도 어둡다. 지금 당장 재혼할 마음은 없지만 그래도 재혼을 하게 된다면 꼭 내가 원하는 남자랑 할 거야. 내가 선택한 거니까 후회를 해도 내가 하고 책임을 져도 내가 질 거니까. 그런데 어떤 남자가 좋을까?'

지율은 스스로에게 질문을 던지자마자 화들짝 놀랐다. 준우의 얼굴이 머릿속을 확 스치고 지나갔기 때문이다.

"헉!"

지율은 자신의 머리를 한 대 쥐어박았다.

"이놈의 머리가 고장이 났나?"

그랬더니 준우의 얼굴이 마주 대하고 있는 것처럼 더 세밀해졌다.

"이런!"

지율은 눈살을 심하게 찌푸렸다.

"왜 그 인간이 자꾸 보이는 거야?"

지율은 눈을 거칠게 비벼대고 침대에 머리를 쿵쿵 박아댔다. 뭐든 부작용과 원치 않는 결과가 생길 수도 있는 법. 지율은 이제 준우의 목소리와 다양한 표정까지 들리고 생각이 났다.

"오, 하나님! 저 미쳤나 봐요! 제 머리 A/S 좀 해주세요!"

지율은 절규를 하며 괴로운 신음을 흘렸다.

"하루 열두 시간씩 보던 사람을 못 봐서 이런 증상이 나타나는 건가?"

지율은 피폐해질 때까지 괴로워하다 전화기로 눈길을 돌렸다. 보지는 못해도 목소리라도 들으면 이 증상이 좀 나아질 것 같기도 했다. 요즘 들어 괜히 툴툴거리고 뚱해 있는 거위의 꽥꽥거리는 목소리를 들으면 이놈의 머리가 정상으로 돌아올 것만 같았다. 지율은 차마 준우의 핸드폰으로 전화는 못하고 조심스럽게 준우의 집으로 연락을 했다. 어떤 용건도 없는데 말이다. 지율은 두근거리는 마음을 기다렸다.

'그런데 정말 뭐라고 말을 하지?'

그때 낯익은 준우의 목소리가 들려왔다.

[여보세요?]

지율은 심장이 심하게 두근거렸다. 모든 게 정상으로 돌아오기 전의 단계인지 몰라도 머릿속이 하얗게 변했다. 그래도 이 소리만 듣고 끊을 순 없지 않은가. 지율은 너무 아쉬울 것 같아서 머리를 굴렸다. 이 순간에 왜 연예인 전도연의 코맹맹이 소리를 모사할 생각이 들었는지 몰라도 지율은 나름대로 열심히 흉내를 냈다.

"여보세요? 거기 오리구이 전문점이죠?"

[네?]

준우의 황당해하는 목소리에 지율은 인상을 찡그리며 다시 말을 이어나갔다.

"거기 오리구이 전문점 아닌가요? 예약 좀 하려고 하는데요."

[전화 잘못 거셨습니다.]

준우가 전화를 끊을 것 같다는 생각이 들자 지율은 황급히 제지를 했다.

"잠깐만요! 이상하다. 이 번호가 분명히 맞는데······."

[여기는 오리구이 전문점이 아니라 가정집입니다.]

"그래요? 이상하네. 내가 잘못 알았나?"

준우에게서 잠시 아무 말이 없었다.

'의심을 하는 건가?'

지율은 준우가 알아차리기 전에 뒷마무리를 하고 전화를 끊으려 했다.

"실례가······."

[혹시 김지율?]

정확하게 꼬집어내는 준우의 말에 지율은 가슴이 철렁 내려앉았다. 그래도 순순히 사실을 밝힐 순 없었다.

왜? 쪽팔려서! 지율은 끝까지 우겨볼 생각이었다.

"김······ 지율이라뇨? 전 저, 전도연인데요."

[전도연? 풋!]

비웃었다. 준우가 비웃었다.

'이건 이미 뽀록났다는 뜻?'

지율은 막무가내로 우겼다.

"왜 웃으시는 거죠? 제 말이 안 믿기시는 거예요? 저 정말 전도연이라니까요!"

그때였다. 갑자기 방문이 벌컥 열렸다. 오빠인 지승이었다. 지승은 자신의 여동생이 전도연을 사칭하는 현장을 목격하고서 놀란 표정을 지었다. 지율도 지승 못지않게 놀라 얼떨결에 전화를 끊어버렸다.

"오빠! 노크 좀 하고 들어오지! 왜?"

지승은 곧바로 용건을 대지 못하고 머뭇거렸다.

"식사 준비 다 됐다. 내려와라."

"알았어."

'아이 씨, 하필이면 이럴 때 들어올 게 뭐람!'

나쁜 짓을 하다 걸린 사람마냥 얼굴이 붉어진 지율은 냉큼 방을 빠져나갔다. 지승은 허둥지둥 방을 나가는 지율의 뒷모습을 보고 의구심을 품었다.

"도대체 누구랑 전화를 하면서 말도 안 되는 사기를 치는 거야? 전도연이 알면 넌 명예훼손에 사기다!"

지승은 의심 가득한 눈으로 전화기를 쳐다보았다. 그러다 호기심을 해결하고 싶어서 전화기를 들고 재다이얼을 눌러보았다. 신호가 가자마자 상대방의 목소리가 들려왔다.

[당신인 거 다 알거든? 성대모사를 하려면 제대로 하든지. 어떻

게 그게 전도연이야? 보고 싶으면 그냥 보고 싶다고 하지 왜 사기를 치고 그래?]

지승은 다시 한 번 놀라고 말았다. 뭔가 일이 잘못되고 있다는 느낌이 들어 당혹스러웠다.

"민준우? 너냐?"

준우는 지승의 목소리를 듣고 아무 말도 하지 못했다.

제14장

금시초문

한강 둔치에 두 남자가 서 있었다. 매섭게 불어대는 바람이 두 사람에게 생채기를 낼 것처럼 반복적으로 달려들어 할퀴고 달아났다.

"내가 이해할 수 있게 설명 좀 해봐라."

이혼을 하고 독립한 지율이 사기를 당해 곤란한 상황에 몰린 것을 남몰래 계속 지켜봐 온 지승이 준우에게 물었다. 준우는 지승이 묻는 말에 좀처럼 대답을 하지 않았다. 지승이 다짜고짜 만나서 얘기를 하자며 전화를 끊는 순간부터 거듭 고민을 했지만 무슨 말을 어떻게 해야 할지 몰라서였다. 오해라고 말하자니 자신의 감정을 속이는 것 같고, 지율에 대한 솔직한 감정을 털어놓자니 분란이 일어날 것만 같았다. 준우는 난감해서 미간을 좁히고 눈살만 찌푸리고 있었다. 지승이 준우 쪽으로 고개를 돌렸다.

"난 내 동생을 도와달라고 했지 농락하라고 하진 않았다."

"농락?"

준우가 쓴웃음을 지으며 신경을 거슬리는 단어를 지적했다. 그리고 계속 말을 이어갔다.

"모욕적인 표현을 쓸 만큼 나, 너한테 그렇게 형편없는 인간인 거냐?"

"내가 널 그렇게 생각했다면 애당초 그런 부탁도 하지 않았겠지."

주먹다짐을 하다 정이 든 친구 사이였고, 가족한테 할 수 없는 말, 비밀까지 나누며 인연을 맺어온 지가 벌써 십칠 년이나 된 그들이었다. 그 정도의 세월이라면 서로에 대해 알 만큼 안다고 할 수 있는 시간들이었다.

"나한테 부탁한 거 후회해?"

"후회하게 만들지 마라."

"후회하게 만든 건 내가 아니라 오히려 네 녀석이다."

"그게 무슨 뜻이냐?"

"난 요즘 그런 부탁을 한 네 녀석이 부쩍 원망스럽거든."

"이유를 묻기가 왠지 불안하구나."

"나도 네가 보일 반응이 두려워 선뜻 말하기가 힘들다."

돌려서 말하지만 지승은 준우가 지율한테 이성으로서의 감정을 품게 된 것을 알 수가 있었다. 나름대로 고민도 많이 했고 지금 이 순간에도 갈등하고 있다는 것도 말이다. 차라리 남자가 여자에게

호감을 느끼는 정도의 일시적인 감정이라면, 곧 사라질 감정을 품은 것이라면 별 염려가 되지 않을 것이다. 그런데 그게 아닌 것 같다는 생각이 들어 막막해졌다.

"이럴 땐 네 속마음을 훤히 들여다볼 수 있다는 게 곤욕스럽다. 민준우, 난 너랑 친구로서만 우정을 나누고 싶다. 괜히 불편해지는 관계로 얽히고설켜 널 잃고 싶지는 않다. 지율이랑 어느 정도 진전된 관계인지는 모르겠지만…… 마음 접어라."

"나라서 안 되는 거냐?"

"오해는 하지 않았으면 좋겠다. 너이기 때문에 안 된다는 게 아니다. 우리 부모님이기 때문에 안 된다는 거다. 그래, 툭 까놓고 얘기하면 우리 부모님, 집안 학벌 재력 따져 가며 사는 속물이시다. 그건 너도 이미 경험해 봐서 다 알 거다. 초등학교 시절 내 잘못이 분명한데도 나한테 주먹 휘둘렀다는 이유만으로 수단 방법 가리지 않고 널 학교에서 몰아내신 분들이시니까. 이제 와서 말이지만 난 너에 대한 죄책감으로 늘 괴로웠다. 그래서 네가 있다는 고아원에도 찾아가 보기도 했고, 고아원을 나가 버렸다는 널 찾아달라고 우리 부모님한테 말씀을 드리기도 했었다. 하지만 우리 부모님 눈 하나 깜짝하시지도 않으셨다. 그런 분들이시다. 그런 분들이 널 가족으로 받아들이시겠니?"

지승이 말한 것들을 준우 또한 모르는 바 아니었다. 그래서 이제껏 고민했던 것이고 여러 번에 걸쳐 지율에 대한 마음을 접으려 했던 것이다.

"그러지 않아도 우리 부모님 지율이 올해 안으로 재혼시킬 생각이시다."

당연한 이야기일 수 있는데 준우는 그 말에 충격과 상처를 받고 말았다. 속에서 뭔가가 와르르 무너지는 기분이 들었다. 내색하지 않고 태연한 척하기가 무척 힘겨웠다.

"그래?"

"난 어느 누구도 상처받지 않기를 바란다. 그게 너든 지율이든 우리 부모님이든. 특히 이혼 경력까지 있는 내 하나밖에 없는 동생, 이젠 더 이상 아픔이 없었으면 좋겠다."

그건 준우 역시 마찬가지였다. 하지만 다른 사람은 몰라도 준우는 이미 상처를 받고 말았다. 늘 가까이에서 보던 지율의 존재가 왜 이렇게 멀고 높게만 느껴지는지……. 준우는 의기소침해질 수밖에 없었다. 한동안 두 사람 사이에 무거운 침묵이 흘렀다.

"해리 씨 얼마 전에 이혼했다더라."

"알고 있다."

지율을 애인으로 소개한 이후로 영영 다시 볼 일이 없을 줄 알았던 해리는 또다시 연락을 해왔다. 그리고 여전히 구애를 해왔다.

"나한테 도와달라고 하던데……."

준우는 기가 막혀왔다. 불쾌한 감정이 스멀스멀 올라왔다. 한때는 세상이 끝난 것처럼 절망했던 친구가 안타깝게 느껴져 해리를 찾아가 마음을 돌릴 것을 권했던 지승에게 어떻게 그런 뻔뻔한 부탁을 할 수 있는지 도무지 이해가 가질 않았다.

"기억해서 삭제했으면 삭제했지 수정할 생각은 없다."

"그런데 너 해리 씨 마지막으로 만났을 때 도대체 누굴 데리고 나간 거냐? 애인이라고 소개를 했다며?"

준우는 차마 지율이라고 말할 수가 없어 잠시 망설였다.

"누군데? 내가 아는 여자냐?"

지승이 끈덕지게 물어왔다. 계속 지율이 말이 없자 지승은 뭔가 짚이는 게 있는지 안색을 굳혔다.

"설마…… 지율인…… 아니지?"

끝까지 준우가 긍정도 부정도 하지 않자 지승이 처음엔 어이없는 표정을, 그 다음엔 점점 심각한 표정을 지었다.

"민준우, 더 이상 날 실망시키지 않으리라 믿는다."

준우는 공허한 마음으로 회색 빛 하늘을 바라보기만 할 뿐 아무 말도 하지 않았다.

"새해 복 많이 받아라. 또 보자."

이대로 있다가는 준우의 면상에 주먹을 날릴 수도 있겠다는 생각이 든 지승은 인사를 건네고 자리를 벗어났다. 하지만 준우는 그곳에서 움직이질 않았다. 차라리 정신이 들게끔 지승이 자신을 패줬으면 하는 바람을 가진 준우는 시린 겨울바람에 한 여자에 대한 갈망과 열정이 식혀지길 바라듯 그렇게 아주 오랫동안 자리를 지켰다.

설 연휴 마지막 날 정오가 되기 전에 지율은 부랴부랴 자신의 집으로 돌아왔다. 엄마가 바리바리 싸준 음식과 함께. 지율은 음식을 냉장고에 넣다가 다시 꺼내 빈 용기에 음식을 고루고루 담아

집을 나섰다. 그냥 맛있는 음식을 이웃과 함께 나눠 먹는 것뿐이라고 자기 합리화를 하며 준우의 집 앞에서 벨을 눌렀다.

곧 문이 열렸다. 지율은 며칠 만에 보는 준우를 기대하며 살짝 미소를 지었다. 하지만 문을 열어준 것은 준우가 아니라 준우의 아버지인 태현이었다. 지율은 조금 당황을 했지만 예의 바르게 고개를 숙여 인사를 건넸다.

"안녕하세요. 새해 복 많이 받으세요."

"어서 오세요."

지율은 혹시나 하는 마음에 태현 너머를 슬쩍 쳐다보며 손에 든 것을 내밀었다.

"이것 좀 드셔보시라구요."

"아이고, 뭐 이런 걸……. 추운데 좀 들어오세요."

태현이 집 안으로 들어올 것을 권하자 지율은 손을 휘저었다.

"아니에요. 간만에 쉬실 텐데……."

"차 한 잔 드시고 가세요. 준우 잠깐 약 사러 나갔는데 곧 올 겁니다."

지율은 마치 준우를 꼭 보고 가라는 듯이 말하는 태현의 권유를 더 이상 거절하지 못하고 안으로 들어섰다. 듣기론 다른 가족들 없이 단둘이 산다고 했는데 남자들만 사는 집 같지 않게 깔끔하고 정리정돈이 잘되어 있었다.

"앉으세요. 맛이 꽤 좋은 유자차 있는데 어떠세요?"

태현이 지율에게 눈짓으로 소파를 가리키며 부엌으로 향해 걸어갔다.

"네, 주시면 감사히 마시겠습니다. 그런데 민 선생님 어디가 안 좋아서 약 사러 가신 건가요?"

"감기에 잘 걸리지도 않는 녀석이 웬일로 된통 걸려서요. 내가 약 사다 준다니까 바람 좀 쐬고 오겠다며 나갔어요."

"아, 그래요?"

지율은 여기저기를 둘레둘레 둘러보며 대답했다. 그러다 바로 장식장 안에 진열된 여러 개의 액자에 눈길이 갔다. 준우의 사진들이었다. 지율은 호기심을 느끼고선 소파에서 일어나 장식장으로 다가갔다. 개구쟁이처럼 보이는 소년의 모습부터 지금과 별 차이가 없는 모습들까지 성장 기록이나 다름없는 사진들이었다. 지율은 자신이 활짝 웃고 있는 걸 태현이 보는 줄도 모른 채 사진에 흠뻑 빠져 있었다. 그러다 어떤 한 장의 사진을 보고선 고개를 갸웃거렸다. 자신의 오빠인 지승과 너무나 흡사한 남자가 준우와 어깨동무를 하고 찍은 사진이었다. 배경을 보아하니 준우가 영국에 있을 때 찍은 사진 같았다. 배경에 비해 인물들이 작게 표현되어 있었다. 지율은 장식장에 아예 코를 박고 사진을 살폈다.

"보고 싶은 게 있으면 문을 열고 봐도 돼요."

차를 들고 나온 태현이 이렇게 말하자 지율은 얼굴을 붉히며 소파로 다시 와서 앉았다.

"아니에요. 민 선생님하고 같이 있는 사람이 제가 좀 아는 사람 같아서요."

"아, 네."

"그냥 닮은 사람일 거예요. 잘 마시겠습니다."

금방 관심을 끊은 지율은 향긋한 유자의 향을 음미하며 차를 마시기 시작했다.

"호프집도 오늘까지 쉬시죠?"

"친척도 없고 갈 데가 없어서 설인 어제 하루만 쉬고 엽니다."

지율은 알겠다는 식으로 고개를 가볍게 끄덕였다.

"내년 설 이후엔 이 집이 좀 시끄러워졌으면 하는 바람이 있기는 한데 우리 준우 녀석이 들어주려나 몰라요."

준우가 어서 짝을 만나 결혼을 하고 자식을 가졌으면 하는 바람으로 한 말이었다. 그러나 그 말을 별생각없이 들은 지율은 태현에게 그저 싱긋 웃어주고선 다시 유자차를 한 모금 마시려 했다.

"우리 준우 어떤가요?"

지율은 난데없는 질문에 깜짝 놀라 하마터면 컵을 떨어뜨릴 뻔했다.

"네? 아, 민 선생님이요. 음…… 좋죠. 성격도 좋고, 잘생겼고, 능력도 많고……."

없는 말을 꾸며서 하는 건 절대 아니었다. 하지만 갑자기 준우가 나타나면 계속 이어나가기가 좀 거북한 말들이었다. 그때 준우가 문을 열고 들어오다 지율을 발견하고서 멈칫했다. 별로 달가워하는 표정이 아니었다. 연휴 때 장난전화 한 번 한 거 가지고 그러는 것이라면 참으로 소심하기 그지없는 표정이었다. 준우는 지율에게 인사조차 건네지 않고 자신의 방으로 휙 들어가 버렸다. 준우의 무례한 행동에 지율보다 태현이 더 당황해했다.

"아니, 쟤가 며칠 동안 원장님을 못 봤다고 다른 사람으로 착각을 했나? 민준우!"

태현이 지율의 눈치를 살피며 준우를 불렀다. 그래도 준우에게선 아무런 대답이 없었다. 태현은 난감한 표정으로 준우를 직접 찾으러 갔다. 지율은 불청객이 된 듯한 기분에 얼굴이 새빨개졌다. 마음 같아서는 쥐구멍에 숨듯이 당장 자신의 집으로 내려가고 싶어졌다. 지율은 찻잔을 내려놓고 자리에서 일어났다.

때마침 태현이, 준우가 왜 저러는지 도무지 알 수 없다는 듯한 얼굴로 나왔다. 지율은 태현을 최대한 배려해 상냥하게 인사를 건넸다.

"제가 문도 안 잠그고 와서 그만 내려가 봐야 할 것 같아요. 차 잘 마셨습니다. 안녕히 계세요."

"아, 네. 그럼 다음에 뵙겠습니다."

변명에 불과하다는 걸 서로가 알지 못하는 건 아니었다. 하지만 서로가 덜 무안하려면 이것만큼 적당한 말은 없었다.

집으로 돌아온 지율은 시무룩한 표정으로 소파에 털썩 주저앉았다. 태현 앞에서 망신살이 뻗치게 한 준우가 너무나도 밉고 원망스러웠다.

"나쁜 자식! 신년 벽두부터 어떻게 나한테 이럴 수가 있어? 나쁜 놈! 흡쩍!"

지율은 속상한 마음에 눈물마저 질금 나왔다. 가슴 한복판이 알알하고 따끔따끔해졌다. 연휴 내내 바보처럼 준우 생각에 멍해지고 정신이 나갔던 걸 생각하면 스스로 자신을 학대하고 싶을 만큼 부끄럽고 후회가 됐다.

"김지율, 바보, 멍청이, 머저리. 저런 나쁜 놈이 뭐가 좋다구······. 민준우, 이 나쁜 자식아! 너 내 사랑이 그렇게 흔한 줄 알아?"

아니라고 부정도 해봤고, 그래선 안 된다고 자신을 타일러 보기도 했지만 준우에 대한 감정은 분명 사랑이었다. 그걸 깨닫고 인정하기까지 너무나도 힘이 들었다. 그래서 준우의 냉랭하고 무심한 태도가 너무 가슴 아팠다. 화가 났다.

"너 후회하게 될 거야. 꼭 그렇게 되게 만들어줄 거라구."

설연휴가 끝이 나고 미용실은 영업을 재개하게 되었다.

'넌 헤어디자이너가 아니라 연기자가 되었어야만 했어!'

지율은 예쁜 아가씨의 머리를 해주며 계속 사이좋게 이런저런 대화를 나누며 활짝 웃는 준우를 보며 속으로 구시렁댔다. 저렇게 웃다가도 자신과 눈만 마주치면 전염성 강한 바이러스를 대하듯 표정을 굳힐 것을 아는 지율은 아예 그러려니 하면서 시선을 다른 곳으로 돌려 버렸다.

'밴댕이 소갈머리! 전도연 성대모사 한 번 한 거 가지고 나한테 이러면 넌 사람도 아니고, 천벌 받는다!'

지율은 아무리 되짚어봐도 그것 외엔 준우에게 잘못한 게 없다고 생각했다.

'그래, 내가 잘못했다 치자. 그래도 보름째 계속되는 냉대는 정말 너무한 거 아니냐? 너, 내일이 밸런타인데이인데 오백 원짜리 초콜릿이라도 받고 싶으면 행동을 좀 달리해라.'

지율은 계속 들려오는 준우와 여자 손님의 웃음소리에 귀도 틀어막지 못한 채 고문을 당하고 있었다.

이럴 땐 가급적이면 안 오는 게 도와주는 건데 바깥에 세혁의 차가 와서 멈췄다. 지율은 주기적으로 와서 출석도장을 찍고 가는 세혁을 봐도 이제는 아무런 감정도 생기지 않았고, 어쩔 땐 정말 친구가 된 듯한 착각이 들기도 했다. 단 한 가지 세혁이 불만이 있다면 그것은 한때는 남편이었던 남자와 연적이 되어 한 남자를 동시에 좋아하고 있다는 것이었다.

'여자의 적은 여자라는데 이게 도대체 무슨 조화란 말인가!'

문을 밀고 들어오는 세혁은 여전히 양손을 무겁게 하고 찾아왔다. 세혁이 다음에 올 때 무엇을 가지고 올 것인지를 두고 직원들이 내기를 할 정도로 세혁의 물량 공세는 대단했다. 지율은 이번엔 초콜릿이 틀림없을 거라고 장담했다. 밸런타인데이는 내일이지만 미용실 정기휴일과 겹친 날이라 하루 앞당겨 온 것이고 준우에게 주는 초콜릿은 아주 특별할 거라고 덧붙여 장담했다. 역시 세혁은 지율을 실망시키지 않았다. 하지만 기분 역시 더럽고 찝찝했다.

"요즘 영 기분이 안 좋아 보이네?"

세혁이 다정하게 말을 붙였다. 지율에게서 떨어지는 불벼락을 전혀 두려워하지 않는 걸 보면 간이 많이 커진 상태 같았다.

"관심 끄셔요."

지율은 시큰둥하게 대꾸를 하고선 입을 비죽거렸다.

"그런데 나, 부탁 하나 해도 될까?"

'부탁?'

지율은 못마땅한 듯 이맛살을 찌푸렸다.

"민 선생님이랑 셋이 저녁이나 같이 했으면⋯⋯."

지율은 말을 채 끝나기도 전에 자리에서 벌떡 일어났다. 그리고 세혁이 가져온 초콜릿을 까먹고 있던 직원들에게 버럭 소리를 질러댔다.

"저 왕소금 사러 갑니다!"

세혁에게 뿌려줄 왕소금이 절실하게 필요해진 지율은 지갑을 들고 미용실을 휙 나가 버렸다. 난데없이 왕소금을 사러 간다는 말만 남기고 사라진 지율로 인해 미용실은 여전히 온풍기가 뜨거운 바람을 내뿜고 있음에도 불구하고 썰렁해졌다. 입 안 가득 초콜릿을 밀어 넣었던 은영이 아주 작은 소리로 혜정에게 속삭였다.

"요즘엔 밸런타인데이 때 초콜릿 대신 왕소금을 주는 게 유행이냐?"

혜정이 한심하다는 표정으로 은영을 바라보았다. 그리고 교묘하게 은영을 가지고 노는 말을 했다.

"너의 이그너런스(ignorance:무식)는 날이 갈수록 업데이트가 되는구나!"

"뭐? 이그너런스? 업데이트? 업데이트는 대충 알겠는데 이그너런스가 무슨 뜻이냐? 새로 나온 린스 이름이냐?"

혜정은 궁금해서 묻는 은영의 입에 초콜릿을 더 밀어 넣으며 말했다.

"가르쳐 주면 뭐 하냐? 오 분이면 다 까먹는데. 그냥 초콜릿이나 더 까먹어라."

새벽 다섯 시. 칠흑 같은 어둠 속에서 지율의 집은 환한 불빛을 내뿜고 있었다. 지율은 집 안 가득 달짝지근한 향이 진동할 정도로 오랜 시간 초콜릿을 만드는 중이었다.

"난 미친 거야. 미치지 않았으면 어떻게 밤을 꼴딱 새워가며 이걸 만들 수가 있는 거냐구!"

지율은 자신이 만든 초콜릿을 정성스럽게 포장하며 연신 구시렁거렸다.

"김지율, 줄 자신도 없으면서 무슨 무안을 당하려고 네가 이 짓을 하니? 넌 미친 게 틀림없어! 사랑하려면 곱게 해야지 왜 미치기까지 하는 거니?"

지율은 포장을 마무리하고선 난장판이 된 부엌을 둘러보았다. 엉망이었다. 현재 기분만큼이나 엉망이었다. 지율은 한숨을 길게 내쉬었다. 오늘은 상업적인 의도로 변질됐다고 비난도 일고 있지만 그동안 누군가를 마음에 담아둔 이들이 핑계 삼아 사랑을 고백하기에는 안성맞춤인 날, 바로 밸런타인데이다. 사랑 고백을 받지 못해서 슬픈 날일 수도 있지만 주지 못해 외로운 날일 수도 있는 날이란 말이다. 지율은 자신이 만든 초콜릿이 담긴 상자를 바라보았다.

"넌 단 하나뿐인 내 사랑이다. 처음 만든 사랑이라구. 그러니까 잘해. 알았어? 너의 헌신! 희생 정신을 길이길이 만고에 빛날 업적으로 기억하마!"

지율은 초콜릿에게 투철한 사명감으로 임무를 완수할 것을 지시한 후, 금방이라도 자석처럼 딱 달라붙을 것 같고 콕콕 쑤셔대는 눈을 붙이기 위해 침실로 향했다. 침대에 푹 쓰러진 지율은 금방 쌕쌕거리며 잠이 들었다. 초콜릿만큼 달콤한 잠이었다.

그 단잠을 깨운 것은 오전 아홉 시에 걸려온 엄마의 전화였다. 비몽사몽간에 흘려들은 말이라 전화 내용이 잘 기억나진 않았지만 오늘 오후 두 시까지 H호텔 카페로 나오라는 말은 여러 번 반복해서 들었기에 그것만은 확실히 기억할 수가 있었다.

일주일 단 한 번 쉬는 날인 화요일. 지율은 신기하게도 이날만 되면 몸살이 난 사람처럼 하루 종일 축 늘어졌다. 하지만 오늘은 아주 특별한 날이지 않는가. 지율은 연신 하품이 나오고 삭신이 쑤셔댔지만 몸을 추스르고 자리에서 일어났다. 그리고 어느 때보다 공들여 샤워와 화장을 하고 나름대로 익힌 기술로 머리도 멋지게 올렸다. 자신이 제일 아끼고 좋아하는 옷과 액세서리로 치장하고 은은한 향수를 뿌리는 것도 잊지 않았다.

"오호! 김지율, 너도 이렇게 꾸며놓으니까 봐줄 만한데!"

지율은 거울 속에 있는 또 다른 모습의 자신을 보며 자화자찬을 했다. 그러다 지율은 점점 우울 모드로 전환이 되었다.

"김지율, 너…… 이러다…… 거절당하면 어쩌려고 그러니? 극복해 낼 자신 있어? 사내연애 금지라는 말을 했던 것도 너였는데, 이번 일 안 좋게 끝나면 그 남자 어떻게 보려고 그래?"

지율은 갑갑한 심정으로 한숨을 길게 내쉬었다.

"아니다 싶으면…… 똑같은 초콜릿 백 개 만들어서 뿌렸다고 하지 뭐."

지율은 만반의 준비를 끝내고 준우에게 전화를 걸었다. 그런데 무슨 연고인지 신호가 길게 가도록 준우는 전화를 받지 않았다. 지율은 시무룩한 표정으로 종료 버튼을 누르려 했다. 그때 준우의 목소리가 들려왔다.

[여보세요?]

물을 한껏 흡수한 솜처럼 무겁게 내려앉은 목소리였다. 지율은 가슴이 마구 두근거리면서도 준우가 혹시 아픈 게 아닐까 싶어 걱정이 되었다.

"전데요······. 어디 아프세요?"

'입병이라도 난 걸까?'

준우는 아무 말이 없었다. 지율은 곧이어 용건을 말했다.

"저기요······. 오늘······ 시간있으세요?"

핑계를 댈 생각인지 대답이 늦어졌다.

[약속있어.]

준우의 말에 지율은 실망감을 감추지 못했다. 온몸의 힘이 열 개의 발가락을 통해 모두 빠져나가는 느낌마저 들었다. 준우의 말이 핑계일지도 모른다. 아니면 사실일지도 모른다. 하지만 오늘 이렇게 사랑 고백을 하기 위해 모든 준비를 끝낸 사람한테는 풍선에서 바람을 빼가는 말이나 다름없었다. 준우를 만나기 위해 엄마와의 약속도 깰 작정을 했던 지율에게는 더더군다나.

"네에······."

[뭐 급하게 할 말이라도 있는 거야?]

'급하냐구? 아무리 급해도 이 상황에서 너라면 '나 당신 좋아해. 사랑한다고. 내 사랑을 받아주겠니? 라고 할 수 있겠어?

지율은 속으로 종알거린 후 침울한 표정으로 입을 열었다.

"아니에요."

[저기, 지금 핸드폰으로 다른 전화가 오거든.]

지율의 자존심이 뚝 부러지고 산산조각이 나버렸다. 심하게 서운해졌다.

"네. 이만 끊을게요."

지율은 종료 버튼을 누르고 소파에 털썩 주저앉았다. 얼마쯤 지나고 나서 핸드폰이 울려댔다. 지율은 일말의 기대감을 가지고 냉큼 핸드폰을 받았다.

"여보세요?"

준우일 줄 알았다. 그런데 엄마였다.

[늦지 않게 출발해라.]

지율이 또 약속을 지키지 않을까 봐 확인 전화를 한 것이다. 엄마는 하고 싶은 말만 하고 전화를 끊어버렸다. 지율은 이렇게까지 차려입었는데 집에서 굳이 처박혀 있기가 뭐해서 자리를 털고 일어났다. 준우보다는 더 오랜 세월 사랑했던 엄마를 만나기 위해 콜택시를 부른 후 가방과 옷을 챙겨 들고 집을 나섰다.

지율은 아파트 현관문에서 바람을 쐬며 기다렸다. 그러다 새빨간 스포츠카가 자신이 있는 곳을 향해 천천히 다가오는 것을 보게 됐다. 자신이 부른 콜택시가 새해부터 저런 모습으로 탈바꿈했을 리가 없다고 생각한 지율은 차가 자신의 앞에서 멈춰 서도 별 관심을 두지 않았다. 그런데 운전석 문이 열고 나온 여자가 지율에게 말을 걸었을 땐 정말이지 경악할 만큼 놀라고 말았다.

"김지율 씨?"

해리였다. 지율은 '왜 이 여자가 이곳에 나타난 걸까?'라는 의문을 품었다. 그건 해리도 마찬가지였다. 해리는 한쪽 입꼬리를 위로 올리며 비웃는 듯한 표정을 만들어냈다. 그리고 주위를 감상하듯 천천히 둘러보았다.

"오랜만에 와서 그런지 많이 달라 보이네요. 감회가 새로워요. 준우 씨가 여기 일, 이층을 사서 보여주며 청혼을 했을 때가 마지막이었거든요."

지율은 자기도 모르게 눈살을 찌푸렸다. 해리가 하는 말이 모두 거짓이라고 생각됐기 때문이다.

"뭘 잘못 알고 계신 거 아니에요? 일층은 저희 오빠가 사뒀다가 저한테 파신 건데요."

"오빠요?"

해리의 눈이 커졌다가 이내 의심스럽다는 듯이 가늘어졌다. 해리는 곰곰이 생각하듯 말을 되뇌었다.

"오빠요? 오빠라……. 음…… 그럼 혹시 오빠가 김지승 씨?"

지율은 해리의 입에서 나온 이름을 듣고 자신의 귀를 의심하며 놀랐다. 해리가 지율의 당혹하는 표정에서 해답을 찾아내고선 코웃음을 쳤다.

"형, 김지율, 김지승……. 내가 두 사람이 남매란 생각을 왜 못했을까? 그럼, 내 말도 맞고 당신 말도 맞겠네요. 내가 청혼을 거절하자 준우 씨가 지승 씨한테 이 집을 팔고 영국으로 간 거니까.

준우 씨랑 지승 씨가 십칠 년 동안 친구로 지내온 사이라는 건 아시죠?"

지율은 하늘에서 뭔가가 떨어져 머리를 강타당한 기분을 맛보았다.

'십칠 년 동안 친구로 지내왔다구? 말도 안 돼!'

지율은 짧게나마 자신의 기억을 되짚어보았다. 지승의 친구들을 다 아는 건 아니었지만 그 오랜 세월 친구로 지내왔다는 민준우는 단 한 번도, 본 적도 이름을 들어본 적도 없었다. 그때 지율의 머릿속에 한 장의 사진이 스쳐 지나갔다. 지승과 닮은 남자가 준우와 함께 영국을 배경으로 찍은 사진 말이다.

'그럼, 닮은 남자가 아니라 오빠란 말이야!'

지율은 뭐가 뭔지를 모르겠다는 표정을 지었다. 통제력을 상실해 마비된 교통처럼, 정리가 불가능한 책상 속 서랍처럼 머릿속은 뒤죽박죽이 되어갔다. 뿌연 안개가 낀 거리를 헤매는 듯한 기분마저 들었다.

'왜지?'

멍한 눈으로 허공을 바라보던 지율은 질문 하나를 한숨처럼 토해냈다.

'왜 두 사람 모두 그 사실을 내게 숨겨온 걸까? 무슨 의도로, 무슨 목적으로?'

질문이 구체화되어 갈수록 심적으로 느껴지는 불안감 또한 커져 갔다. 아는 게 없다는 것, 이유 여하를 막론하고 그들의 행동을 이해할 수 없다는 것, 그들의 합작품인 장난에 놀아났다는 것. 그

사실만으로도 충분히 혼란스럽고 화가 나기까지 했다.

　콜택시가 다가오고 있었다. 그와 동시에 뒤에서 인기척이 느껴졌다. 지율은 자기도 모르게 뒤를 돌아보았다. 준우가 성큼성큼 다가오고 있었다. 지율은 준우가 자신의 오빠와 막역한 친구이고 이제까지 그것을 숨겼다는 사실을 안 이상 그와 대면하기가 두려워졌다. 지금까지 자신의 존재를 철저히 숨기고 접근했다는 사실에 심한 충격을 받았다. 지율은 뒷걸음질을 치다 몸을 돌려 막 멈추고 있던 콜택시를 향해 뛰어갔다.

　머리가 깨질 것처럼 아파왔다. 이게 웬 도깨비놀음인지, 도대체 영문을 알 수가 없었다. 누구든 이해가 되게끔 설명 좀 해줬으면 하는 마음만 들었다. 하지만 진실이란 존재가 준우만큼이나 무섭고 두렵게 느껴졌다.

제15장
결자해지

엄마와 만나기로 한 약속 장소에 나온 지율은 투명한 창 너머로 멍한 시선을 던지고 있었다.

"김지율 씨?"

지율은 고개를 돌려 자신의 이름을 부르는 남자를 바라보았다. 처음 보는 남자였다. 지율은 '누구세요?' 라고 묻고 싶었지만 충격으로 굳어진 입은 좀처럼 떨어지질 않았다. 남자는 지율이 아무런 말도 하지 않았는데도 맞은편 의자에 엉덩이를 붙이고 앉았다. 지율은 이 남자가 자신의 이름을 어떻게 아는지, 엄마는 왜 아직까지 오지 않는 것인지를 빼고도 머릿속이 복잡했기 때문에 난데없는 남자의 존재가 무척 귀찮게 여겨졌다.

"사진보다 실물이 훨씬 낫군요. 대개는 사진에 속는 경우가 많은데."

지율은 그제야 깨달았다. 이 자리가 어떤 자리인지를 말이다. 지율은 속에서 화가 부글부글 끓어오르기 시작했다. 금방이라도 머리 뚜껑이 열리고 스팀이 내뿜어져 나올 것만 같았다. 인간들이 싫어졌다. 피를 나눈 엄마도, 이때까지 자신을 속인 준우도, 그런 준우와 오랜 세월 친구 사이면서 귀띔 한 번 해주지 않은 오빠인 지승도, 깝죽대는 것 이외엔 아무 죄가 없는 바로 앞의 남자까지 몽땅 말이다. 짜증과 분노가 치밀다 못해 눈물이 치솟고 울음이 입술 바로 앞까지 넘어왔다.

이렇게 날씨도 좋고 의미있는 날, 남들은 초콜릿을 주고받으며 사랑 고백을 하고 즐거운 한때를 보내고 있는데 자신은 생판 낯선 남자와 마주 앉아 서로의 값을 매기고 평가를 해야 한다니. 지율은 억장이 무너졌다. 이 시간 준우가 해리와 함께 있을 것까지 생각하니 가슴이 먹먹해지고 미어졌다.

'그럼, 이때까지 날 냉대했던 것도 해리 씨와 다시 시작하기로 마음먹었기 때문인가?'

지율은 울고만 싶어졌다. 아니, 이미 울고 있었다. 그래서 앞에 앉은 남자가 당혹스러운 표정을 짓고 있는 것이리라. 지율의 두 눈 가득한 말간 눈물이 볼을 타고 하염없이 흘러내렸다. 울음을 참기 위해 앙다문 입술과 턱이 바르르 떨렸다. 코끝이 찡해오자 지율은 훌쩍거렸다. 다시는 울지 말자고 그렇게 다짐을 했는데 왜 하필이면 이름도 모르는 남자 앞에서 그 다짐을 깬단 말인가. 어이없고 허탈한 마음까지 들었다.

'내가 누구 때문에 이렇게 곱게 차려입었는데. 누구한테 잘 보이려고 안 하던 짓까지 했는데. 너무해, 너무해. 정말 너무하다구.'

지율은 정말 그러고 싶지 않은데 어깨까지 들썩이며 울게 됐다. 애써 삼키려 해도 다시 넘어오는 울음으로 이제는 '꺽꺽' 하는 소리까지 내게 됐다. 물론 죽을 만큼 창피했다. 하지만 그치라는 명령을 무시하고 제멋대로 행동하는 감정과 몸을 말릴 순 없었다.

호텔 카페는 맞선, 사업, 친목 등 다양한 명목으로 나온 사람들과 그들에게 발빠른 서비스를 제공하기 위해 분주한 카페 직원들로 꽉 차 있었다. 하지만 지율은 눈곱만치도 관심이 안 생기는 남자가 그런 사람들한테 이상한 눈총과 오해를 받든 말든 신경조차 쓰지 않았다. 앞에 욘사마가 앉아 있어도 상황은 달라지지 않았을 것이다. 지율은 이왕 이렇게 된 거 속이라도 시원해지고 싶어서 더 큰 소리를 내며 울어댔다. 마스카라가 번져 검은 눈물이 흐르고 콧물이 덩달아 나와도 한 대 얻어맞은 여자처럼 그렇게 한없이 울어댔다.

"저, 저기요."

얼떨결에 천하의 몹쓸 인간으로 전락해 버린 남자가 사색이 되어 지율에게 손수건을 건넸다. 사진보다 실물이 훨씬 낫다는 말밖에 한 게 없는데 펑펑 우는 여자는 난생처음이라 뭘 어떻게 해야 할지 몰라 허둥대기만 했다. 지율은 남자의 손에서 손수건을 낚아채 검은 눈물을 닦고 코를 세게 푼 다음 다시 돌려주었다. 더럽다는 듯이 인상을 일그러뜨린 남자는 엄지와 검지 끝으로 오염된 손수건을 받아 들었다.

지율은 말없이 일어나 남아 있는 울음으로 인해 몸을 간헐적으로 떨어대며 그 자리를 떠났다. 남자는 지율을 어이없이 바라보다 주위에서 쏘아대는 비난의 화살에 거의 실신할 듯한 표정이 되어 손을 열심히 휘저으며 말했다.

"저는 아무 짓도 안 했어요. 저 여자랑 오늘 처음 만난 사이라구요!"

하지만 남자의 말은 진실임에도 불구하고 그다지 설득력이 없어 보였다.

지율은 어떻게 집까지 왔는지 기억나지 않았다. 그저 정신 나간 사람처럼 오랜 시간을 걸었던 것 같은데 어느새 자신의 집 소파에 오도카니 앉아 있었던 것이다. 지율은 그때까지도 손에 들고 있던 가방 안에서 핸드폰 진동이 느껴지자 그것을 꺼내 들었다.

"여보세요?"

[야!]

귀청이 떨어질 만큼 무지막지하게 큰 엄마의 목소리였다. 지율은 그다지 놀랄 일도 아니라는 듯 한숨을 내쉬기만 했다. 엄마의 호통이 다시 들려왔다.

[이게 몇 번째 한 전화인 줄 알아?]

"진동으로 맞춰둬서 몰랐어."

지율은 고개를 숙이고 엄지와 중지로 관자놀이를 비벼댔다. 찬 바람을 맞으면서 울어서 그런지 머릿골이 띵 울렸다.

[너 엄마 혈압 높여서 죽이려고 작정했어? 왜 망신살 뻗치게 거기서 울고 그래? 너 그 남자가 누군지 알고나 그런 거야?]

"엄마까지 왜 날 비참하게 만들어?"

[비참하게 만들어? 내가 널 행복해지게 만들려고 얼마나 애를 쓴 줄 알아? 이 여사한테 골프 회원권까지 사주면서 마련한 자리란 말이야!]

화가 어지간히 났는지 엄마는 계속 소리를 꽥꽥 질러댔다.

"내가 돈 벌어서 그 골프 회원권 다시 사주면 되는 거야?"

[뭐?]

기가 막혀 말문이 막히는지 엄마는 잠시 말을 끊었다. 하지만 이대로 끝낼 리 없는 엄마였다. 엄마는 마음에 없는 말도 서슴지 않았다.

[그래! 그러기 전엔 엄마 볼 생각도 말아!]

"알았어!"

이렇게까지 말을 잘 들을 필요는 없겠지만 지율은 정말 엄마를 보지 않을 생각에 핸드폰 폴더를 접어버렸다. 그리고 아예 배터리까지 분리시켜 소파 위로 던져 버렸다. 지율은 갑자기 허기가 느껴졌다. 씹어 삼킬 수만 있으면 뭐든 다 먹을 수 있을 것 같았다. 그때 지율의 시야에 준우에게 주기 위해 포장해 둔 초콜릿 상자가 들어왔다.

지율은 소파에서 벌떡 일어나 상자를 죽일 듯이 노려보며 다가갔다. 그리고 그것을 바닥에 있는 힘껏 던지고 발로 걷어차 버렸다. 분이 안 풀리는지 상자를 아예 휴지통에 처박으려고까지 했다. 하지만 차마 그 짓만은 할 수가 없었다. 초콜릿을 버리는 게 아까워서가 아니었다. 상자에 담긴 것은 단순한 초콜릿이 아니라 자신의 단 하나뿐이자 처음인 사랑이었기 때문이다.

지율은 상자를 들고 다시 소파로 와서 앉았다. 리본을 풀고 뚜껑을 열어보니 예상대로 초콜릿들은 깨지고 엉망으로 뒤엉켜 있었다. 사랑이 깨지고 엉망이 된 거나 마찬가지였다. 지율은 울먹거리며 깨진 초콜릿을 입 안에 넣고 녹였다. 명치끝이 아려오는 쌉싸래한 맛과 행복하다고 착각할 만큼 달콤한 맛이 함께 어우러져 초콜릿은 점점 크기가 작아지면서 사라졌다. 다시 뜨거운 눈물이 솟구쳤다.

지율은 초콜릿을 먹으면 먹을수록 준우와 함께했던 시간들이 떠올랐다. 밤새도록 만든 초콜릿을 스스로 깨게 하고 자신의 사랑을 버릴 수가 없어 다시 주워 담을 목적으로 먹게 만든 준우가 미웠지만 함께 웃고 떠들었던 시간들이 또다시 그립기도 했다. 쓰기도 하고 달기도 한 초콜릿의 양면성처럼 지율의 마음도 그러했다.

초콜릿이 숫자가 점점 줄어들어 가고 있었다. 지율은 꾸역꾸역 초콜릿을 먹어가면서 고민을 했다. 그래서 준우와 한 번쯤은 만나서 해명이든 변명이든 어떤 말이라도 들어볼 필요가 있다는 결론을 내렸다. 그런데 그 자리는 예상외로 빨리 이루어질 것 같았다. 벨이 울렸고 비디오폰에 준우의 모습이 뜬 것이다.

몹시 당황한 지율은 허둥지둥 초콜릿 상자를 소파 아래에 밀어 넣고 거울을 보았다. 지율은 그때까지 자신의 얼굴이 그렇게까지 엉망인 줄 몰랐다.

"세상에! 이 얼굴을 해가지고 어떻게 만나?"

문을 열어줄까 말까 하는 갈등을 하는데 다시 벨이 울렸다.

"누, 누구세요?"

갈라지는 목소리로 더듬거리며 바보 같은 질문을 한 지율이 인상을 한껏 찌그렸다.

"나야."

보이지 않아서이기도 했지만 어떤 생각을 품고 왔는지 짐작도 할 수 없을 만큼 무미건조한 목소리였다.

"잠깐만요!"

지율은 우선 시간을 벌 생각으로 그렇게 외치고선 화장실로 급히 들어갔다. 급한 손길로 얼굴에 물을 끼얹었고 비누 거품을 잔뜩 내 거무튀튀한 눈물 자국을 벅벅 문질러 씻어냈다. 지율은 화장을 지우듯 앞으로 자신의 마음에, 기억에 새겨진 준우의 모든 것을 깨끗이 지워내야만 한다는 생각에 또다시 눈시울이 뜨거워졌다. 이로 아랫입술을 세게 깨물어 억지로 눈물을 참아낸 지율은 거울에게 검사를 맡듯 깨끗해진 얼굴을 디밀었다. 눈물 자국은 보이지 않았지만 누가 봐도 운 흔적은 남아 있었다. 눈이 붓고 코끝이 빨개져 있었기 때문이다.

"쯧쯧, 너 참 불쌍해 보인다."

지율은 객관적인 시선으로 자신을 바라보며 중얼거렸다.

"그나마 그 사람한테 사랑 고백하지 않은 게 얼마나 다행이니? 아주 커다란 실수를 할 뻔했잖아."

최악의 조건에서 긍정적인 면을 찾으려고 애를 쓴 지율은 자신을 향해 용기를 북돋우어주는 미소를 지어 보였다.

"김지율, 만약에 그 사람이 울었냐고 물어보면 어떻게 할 거야?"

지율은 눈동자를 잠시 굴리고 입술을 비죽이다가 외쳤다.

"뭐, 울 일이 남자 하나밖에 없는 줄 알아요! 슬픈 책 읽다가 운 것뿐이에요!"

지율은 답변까지 완벽하게 준비를 하고서 준우를 만나기 위해 화장실을 나섰다.

문밖에 서 있던 준우가 운 흔적이 역력한 지율을 보고 잠시 머뭇거렸다. 지율은 되도록 준우가 눈치채지 못하게 아무렇지도 않다는 듯 그를 맞이했다. 지난번에 그가 신었던 슬리퍼까지 놓아주며.

"들어오세요."

지율은 먹먹한 가슴을 애써 감추며 집 안으로 들어서는 준우에게 물었다.

"커피 드실래요? 지금 막 물 올리려고 했던 참인데."

지율은 준우가 아무 대답도 하지 않았는데도 부엌으로 가 물을 올리고 커피를 준비했다. 다행히 예전처럼 준우가 뒤따라 참견을 하거나 말을 걸지는 않았다. 그만큼 멀어졌다는 뜻이리라. 지율은 가슴 한복판이 다시 아려왔다.

지율은 소파에 앉아 있는 준우에게 뜨거운 커피가 담긴 컵을 건네고 좀 떨어진 곳에 앉았다. 커피를 한 모금 마시자 입 안에 남아 있던 초콜릿의 달곰쌉쌀한 맛이 씻겨져 내려갔다.

"여러 번 전화했었어."

준우가 그렇게 말을 꺼내자 지율은 고개를 숙이고 컵을 손으로 문질러 대며 입을 열었다.

"선보는 중이라서 못 받았어요. 뭐, 저한테 급하게 하실 말씀이라도 있으셨던 거예요?"

전화를 건 줄도 몰랐지만 지율은 일부러 그렇게 말했다. '당신이란 남자 때문에 오늘 하루를 망치거나 속상해하며 울지는 않았다'라는 뜻으로 말한 것이다. 하지만 속이 시원해지기는커녕 오히려 날카로운 밤송이를 삼킨 것처럼 따끔거렸다.

'나는 기분이 더럽고 엿 같은데 이 빌어먹을 거위 놈은 아니었겠지! 아, 억울하다!'

지율은 준우가 아무 말도 하지 않자 고개를 들고 대놓고 말을 배배 꼬며 물었다.

"아, 민 선생님, 아까 해리 씨가 저한테 한 말 때문에 오신 거구나! 저희 오빠랑 십칠 년 동안 알고 지내온 친구라면서요? 그리고 이 집에서 해리 씨한테 청혼하시고 거절당하니 영국으로 가시기 전에 우리 오빠한테 이 집 파신 거라면서요? 그 모든 게 사실이라는 걸 알려주시려고 저한테 전화하신 건가요? 인생 많이 산 것도 아닌데 세상엔 믿기 힘든 일이 참 많네요. 좀 놀랐기는 했어요. 하지만 뭐, 그럴 수도 있겠다 싶었어요. 그런데 전 이게 궁금하더군요. 민 선생님이 우리 미용실에 오시게 된 연유가요, 혹시 우리 오빠한테서 부탁을 받으셔서 그런 건가요? 그리고 그 과정에서 제가 모르는 모종의 거래가 있으셨나요?"

준우는 아무 말도 하지 않았다. 그 모든 게 사실이라도 지금 그것을 인정하면 지율이 받을 충격의 무게가 클 것 같아서였다. 하지만 말을 끌면 끌수록 그것은 부정보다는 긍정에 가까운 대답이 될 수밖에 없었다.

"역시 그런 거였군요."

예상을 했어도 아니길 바랐다. 정말 아니길 바랐다. 지율은 자신이 들고 있는 커피가 뜨겁지만 않았으면 준우의 얼굴에 확 끼얹어주었을지도 모른다. 지율의 눈은 분노로 이지러져 점점 어두워져 갔다. 사랑 고백을 준비했을 만큼 좋아한 남자의 모든 말과 행동이 미리 계획된 것이었다고 생각하니 미칠 것만 같았다. 지율은 쥐고 있는 컵의 손잡이가 부수어질 만큼 힘을 콱 주었다. 그 바람에 컵이 덜덜덜 떨렸다.

"재미있으셨어요, 나란 여자 놀려먹는 재미가? 제가 워낙 단순하고 사람한테 잘 속아서 틀림없이 재미있었을 거예요. 해리 씨만 아니었으면 더 재미있으셨을 텐데……."

"ㄱ만 해."

준우가 차갑게 말을 끊었다.

"뭘요?"

지율이 준우를 쏘아보며 비웃듯 물었다. 둘은 잠시 서로를 죽일 듯이 노려보았다. 준우는 끝내 컵을 탁자에 내려놓으며 벌떡 일어났다. 지율도 컵을 내려놓고 지지 않겠다는 듯이 따라 일어나 준우를 막아섰다.

"왜요? 찔려요? 찔려서 도망이라도 가시게요?"

지율은 불같은 눈으로 내려다보는 준우의 시선을 온몸으로 받아내며 꿋꿋하게 대항했다.

"비켜."

준우가 낮게 으르렁거리며 명령했다.

"교묘하고 뻔뻔스럽게 사람을 우롱한 주제에 어디서 명령이에요?"

지율이 크게 소리쳤다. 준우의 언성도 따라 높아졌다.

"날 다 알지도 못하면서 그런 식으로 말하지 마!"

"당신을 다 알고 나면 더 무서울 것 같아요!"

지율은 기분이 지독히도 나빠졌다.

'이 나쁜 자식! 변명이라도 하란 말이야! 내 입에서 더 독한 말 나오지 않게 변명이라도 하라구!'

지율은 입술을 부르르 떨며 속으로 외쳤다.

'세상에!'

눈앞에 뿌옇게 흐려졌다.

'안 돼! 안 된다구! 김지율, 이런 놈 앞에서 울면 안 돼!'

두 눈에 가득 고여 있던 눈물이 명령을 무시하고 흘러내렸다. 지율은 자기 자신조차 설득하지 못하는 자신이 너무나 한심하게 느껴졌다. 지율은 소리쳤다.

"가버려요! 다신 내 눈앞에 나타나지 말……!"

지율은 말을 다 끝낼 수가 없었다. 준우가 지율의 두 어깨를 꽉 움켜잡고 입술을 덮쳤기 때문이다. 지율은 방금 전 준우의 입에서 새어나오는 울음소리 같은 것을 분명히 들었다.

'무슨 의미일까? 화가 나서? 대드는 날 벌주기 위해서?'

준우는 야수처럼 지율의 입술이 얼얼할 정도로 거세게 빨아 당겼다. 항의하기 위해 지율이 입술을 벌리는 순간 준우가 혀를 재빠르게 밀어 넣고 미친 듯이 입 안을 휩쓸었다. 지율은 삼켜 버릴 듯한 준우의 키스에 아뜩해졌다. 두려움이 엄습했다. 굶주린 사자처럼 준우가 자신을 완전히 삼켜 버릴 것만 같아서 덜컥 겁이 났다. 지율은 있는 힘을 다해 준우를 밀어냈다. 그리고 힘을 실어 손을 날렸다.

찰싹!

지율이 거친 숨을 몰아쉬며 온몸을 부르르 떨어댔다. 준우의 뺨을 정통으로 갈긴 손은 불이 난 것처럼 화끈거렸다. 일방적인 키스로 인해 입 또한 얼얼했다. 심장이 터져 버린 것 같았다. 앞으로 제 기능을 할 수나 있을지 걱정이 됐다.

지율은 스스로 충격을 받았다. 분노의 감정을 실은 행동, 틀림없는 폭력이었다. 서로 웃고 지나갈 수 있는 행동이 아니라면 말이다. 지율은 준우에게 폭행을 당했고 폭력을 휘둘렀다고 생각했다. 두렵기도 하고 화가 나기도 해서 미친 듯이 몸을 바들바들 떨었다.

얼마나 세게 때렸던지 준우의 뺨은 점점 붉게 부어올랐다. 지율은 어떠한 말도 내뱉을 수가 없었다. 머릿속에선 여전히 비상 경보음이 날카롭게 울려대고 세포, 신경, 근육은 흥분의 도가니에 빠져 요란하게 날뛰고 있는 상황에선 아무 짓도 할 수가 없었다. 그리고 절대 이성적일 수도 없었다. 간신히 버티고 서 있는 것만으로도 지율은 자신이 용하다는 생각을 했다.

"사람은 믿고 싶은 것만 믿는다는 말이 옳아. 진실의 모양이 모두 똑같다고 생각해? 아니! 사람에 따라 천차만별로 변하기도 해."

준우가 지율을 태워 버릴 것처럼 강렬하게 바라보며 말했다.

'이 여잔 내가 아무리 설명해도 여동생을 아끼는 오빠의 마음을, 친구와의 우정, 약속을 지키기 위해 날마다 사랑하는 마음의 뿌리를 뽑는 내 마음을 이해하지도, 믿지도 못할 거야.'

"철석같이 믿었던 사람한테 배신당하는 느낌이 어떤 건지 알면서 나한테 어떻게 이럴 수가 있어요?"

지율이 울먹거리며 외쳤다.

'적어도 난 당신을 믿었어요! 적어도 난…… 당신을 진심으로 대했고 사랑했다구요!'

차마 내뱉을 수 없는 말로 인해 지율은 목과 가슴이 미어졌다.

"도대체 나한테 원하는 게 뭐야?"

지율은 준우가 던지는 질문에 말문이 막혔다. 둔탁한 물건으로 머리를 한 대 얻어맞은 기분마저 들었다.

'원하는 거?'

지율은 잠시 고민에 빠졌다.

'사랑할 줄도 모르는 남자한테 난 뭘 원하는 거지? 날 사랑하지도 않는 남자한테 난 뭘 원하는 거지?'

지율은 머릿속이 다시 혼란스러워졌다. 지율은 자신이 애초부터 준우를 사랑했던 것이 아니라 그를 황금 알 낳는 거위로 받아들였다는 걸 깨닫고선 할 말이 없어져 버렸다.

'그래, 절실했지. 민준우라는 남자가 아닌 기술과 능력이 탁월한 헤어디자이너가 절실하게 필요했었지. 아, 우습다. 내가 왜 이렇게 길길이 날뛰었을까? 이 남잔 단지 오빠한테 부탁을 받고 날 도와준 것밖에 없는데 왜 난 오빠를 탓하지 않고 이 남자를 탓하는 걸까.'

지율은 흥분을 가라앉히려고 노력했다.

"일을 그만두라면 그만두겠어. 잘 판단해서 결정해."

솔직한 심정으론 지율도 모든 걸 다 내려놓고 싶었다. 모든 걸 툴툴 털어버리고 아무도 모르는 곳으로 가서 꼭꼭 숨어버리고 싶었다. 하지만 그런 무책임한 짓은 할 수가 없었다. 자신을 믿고 따라온 미용실 식구들에게 상실감을 느끼게 할 순 없었다. 가족들에게 당당한 모습을 보여주기 위해 열심히 살아왔던 그 시간과 노력을 수포로 돌아가게 할 순 없었다. 추호도 준우에게 사과할 마음 따윈 없었는데 이젠 그럴 수밖에 없는 상황이 되어버리고 말았다. 그가 없는 미용실은 상상조차 할 수가 없었다. 그가 없는 자신의 인생은 둘째치고라도 말이다.

"미…… 안해요. 내가 너무 흥분한 나머지…… 사리분별을 하지 못했어요. 무례하게 군 거 사과할게요."

지율은 차마 준우를 똑바로 볼 수가 없어서 시선을 피한 채 사과의 뜻을 전했다. 그래서 준우가 측은한 눈빛으로 자신을 내려다보는 것도 전혀 알지 못했다. 준우는 이 순간에도 지율에게 진심을 보여줄 수 없는 게 가슴 아팠다.

세상엔 좋은 게 있더라도 보는 걸로만 만족해야 하는 게 있다. 보는 족족 마음에 든다고 모든 걸 소유할 순 없다. 그런데 이 여자만은 이유를 막론하고 소유하고 싶어졌다. 뻔뻔스럽고 스스로도 용납이 안 되는 마음이었다. 아무런 제한이 없다면 그냥 이 여자를 사랑하고 싶었다. 하고 싶은 거 다 하고, 다 가지며 살아도 짧은 인생이었다. 그런데도 그런 마음을 거부하는 건 아마도 세상엔 무게를 비교할 수 없는 것들이 참 많기 때문이었다. 인생에서 사랑이 항상 최우선순위일 순 없는 것이다.

준우는 소파 밑에 깨진 초콜릿이 숨겨져 있는 것을 못 본 척해야만 했다. 지율의 입에서 울면서 먹었을 초콜릿의 맛이 느껴지는 것을 알고도 모른 척해야만 했다. 사랑을 숨기는 일은 너무 힘들고 고통스러웠다.

폭풍 전의 고요보다 후의 고요가 더 무섭다. 아무런 일이 없었다는 듯 하루의 반을 함께 지내야 한다는 건 감정적으로 거칠었던 두 사람에게 너무도 힘든 일이었다. 준우는 준우대로 속마음을 감추고 자신의 감정을 눌러야만 하는 상황이 버거웠고, 지율은 지율대로 냉정하게 자신을 대하는 준우의 태도를 인정하면서도 아픔을 감출 수가 없었다. 그래도 그들은 시간이 약이란 말을 믿고 자신의 상처가 아물기만을 기다렸다.

밸런타인데이를 전후로 또 하나 눈에 띄게 달라진 것이 있다면 그건 대한과 혜정, 그리고 은영의 관계였다. 대한이 부쩍 은영을 피해 다녔다. 혜정은 대한이 말만 걸어도 귀를 틀어막고 도망 다니거나 때로는 대한에게 주먹을 날리고 발길질을 해댔다. 역시 일진회 짱이었던 그녀의 내력은 속일 수가 없었다. 은영만이 점점 살도 빠지고 여성스러워졌다. 대한만 보면 눈이 거의 보이지 않을 정도로 미소 지으며 행복해했다.

알고 보니 그 이유인즉슨 은영이 그녀의 덩치에 걸맞은 크기의 초콜릿을 대한에게 안겼는데 대한은 그게 부담이 돼서 은영을 피해 다닌다는 거였다. 대한이 좋아하는 건 혜정인데 막상 혜정은 대한에게 '너 같은 놈한텐 은영도 아깝다!' 라는 말을 하며 대한이 귀찮게 구애를 할 땐 폭력으로 다스린다는 거였다.

자세한 내막을 지율에게 알려준 최 선생은 그들의 삼각관계가 어떤 식으로 결말이 나게 될지가 너무 궁금하다며 흥미로워했다. 대한은 시간이 날 때마다 준우에게 상담을 요청하고 조언을 얻어냈지만 여전히 두 여자 사이에서 갈피를 못 잡고 갈팡질팡했다. 사랑은 누구에게나 험난한 난코스인가 보다.

사랑이 인생의 전부가 아니기에 지율의 인생도, 미용실도 별 무리 없이 굴러가는 듯했다. 어떻게 굴러가느냐의 차이가 있기는 하지만. 날이 갈수록 황금 알을 낳는 거위의 명성은 자자해져 미용실은 탄탄대로를 달렸다.

경쟁 상대인 나금자 미용실은 겉보기엔 잘되는 것 같아도 수시로 직원들이 바뀌고 늘 내분이 끊이질 않아 원장이 골치를 썩고 있다는 후문이 들려왔다. 지율은 가끔 길을 오가다 나금자 원장과 우연히 만나곤 했다. 하지만 나금자 원장은 온갖 감언이설로 지율을 꼬드겨 미용실을 떠넘겼던 때와 달리 안면을 싹 바꾸며 모르는

척을 했다. 여전히 하는 짓거리가 괘씸해 어쩔 땐 가는 길을 막고 한 번쯤은 묻고 싶었다. 인생을 꼭 그런 식으로 살아야만 했느냐고 말이다. 하지만 오랜 세월을 비겁하고 교활하게 살아온 사람이 한마디의 충고로 변할 리는 없는 것이다. 인생은 반드시 심는 대로 거두게 되는 법. 지율은 한때 절대 용서가 되지 않았던 사기꾼 나금자 원장에게 어느 정도의 아량을 베풀기로 했다. 절망의 끝에서 좋은 사람들을 만날 수 있게 해주고, 수업료가 비싸기는 했지만 인생 공부를 확실하게 시켜준 것에 대한 고마움 때문이었다. 고마움이란 단어가 다소 아이러니하게 들릴 수 있지만.

그러던 어느 날 오후, 골프 회원권을 마련하지 못하면 못 볼 줄 알았던 엄마가 붉으락푸르락한 얼굴로 미용실로 불쑥 찾아왔다. 굴곡이 많은 한 해를 시작해서 그런지 지율은 또 한 번의 풍파가 일어날 것을 예상할 수 있었다. 따로 차를 몰고 온 지승이 허겁지겁 엄마의 뒤를 따라들어 왔을 땐 그 풍파가 매우 사나울 것 같다는 생각이 들어 바짝 긴장이 되었다.

지난번 일로 올라간 혈압이 아직까지 내려오지 않아 분풀이를 하러 온 것이라면 지율도 분명히 할 말이 있었다. 어떠한 동의도 없이 엄마 혼자 저질러 놓은 일이기 때문에 수습도 혼자서 해야 한다는 게 지율의 생각이었던 것이다. 그런데 엄마의 첫마디로 미루어볼 때 지난번 일 때문에 미용실을 습격한 것은 아닌 것 같았다.

"미용실 인수? 네가 하다하다 별짓을 다 하는구나!"

'이런! 세상엔 비밀이 없다더니! 귀신은 속여도 엄마는 속일 수

가 없다더니!'

드디어 엄마가 비밀을 알아내고야 만 것이다. 제정신이 아닌 엄마는 소파 위에 가지런히 놓여 있는 쿠션을 지율에게 차례로 집어 던졌다. 아무도 분노의 화신이 된 엄마를 말릴 수도, 건드릴 수도 없었다. 말리면 더 난폭해지거나 쓰러져 버리는 엄마의 성격을 아는지라 지승조차 난감한 얼굴로 식은땀만 흘리고 있었다.

"애당초 널 독립시키는 게 아니었는데! 미용실이고 뭐고 당장 다 때려치우고 집으로 들어와!"

엄마는 미용실이 떠나가라 고함을 치고선 다시 밖으로 나가 버렸다. 엄마는 쓰나미와 같은 존재였고 미용실은 쓰나미가 할퀴고 간 피해 현장이 되어 황량하고 참연한 정경을 연출하고 있었다. 지승은 준우와 지율이를 번갈아 보며 미안한 표정을 짓고선 엄마를 쫓아 나갔다.

지율은 엉뚱하게 이 상황에서 심은하가 '청춘의 덫'이란 드라마에서 남긴 '뭣 때문에, 난 겁나는 것도, 조심할 일도 없어. 미친 여자 돼서 옷 벗고 춤출 수도 있어. 난 못할 짓이 없어'라는 명대사가 생각났다. 아마도 엄마에게 이렇게 말하고 싶어서 그랬는지도 모른다. '뭣 때문에, 이혼한 것도 모자라 실연까지 당한 마당에 난 겁나는 것도, 쿠션으로 맞은 이상 조심할 일도 없어. 스태프 돼서 샴푸하고 파마 말 수도 있어. 기술도 늘어서 난 못할 짓이 없어'라고 말이다.

실로 지율의 간은 상당히 커진 상태였다. 엄마가 그렇게 엄포를 놓고 갔음에도 불구하고 절대 부모님의 집으로 들어가지 않았다.

엄마의 온갖 협박 전화와 문자에도 굴하지 않았다. 엄마가 임의로 지율와 아파트와 미용실을 부동산 중개소에 매매 물건으로 내놓아도 절대 흔들리지 않았다.

엄마는 말 안 듣는 지율 때문에 거의 실신 직전까지 갔고, 급기야는 아버지까지 지율이 미용실 인수를 했다는 사실을 알게 되었다. 아버지는 어디서 저런 골통이 나왔냐며 호적을 파겠다고 노발대발했다. 그럼에도 불구하고 지율은 요지부동이었다. 어디서 이런 용기, 배짱이 생겼는지 몰라도 지율은 꿋꿋하게 굳세게 버텼다.

간이 커지자 오장육부도 그에 맞춰서 커졌는지 지율은 몇 차례 엄마와 전화통화를 하다 불같이 화를 내며 대들기도 했다. 거품을 물고 쓰러지지 않기 위해 안간힘을 쓰는 엄마에게 더 이상 엄마의 꼭두각시 노릇은 하지 않겠다고 선언을 하고, 아예 딸 하나 없는 셈치고 살라는 막말까지 해 몹쓸 딸로 낙인찍히고 말았다.

지율은 뜻을 굽히고 싶지 않을 만큼 현재의 삶에 만족하고 있었다. 만족이란 단어만으론 부족했다. 희열을 만끽하고 있다는 표현이 더 어울리지도 모른다. 일이 고될 때도 있고 난관에 부딪힐 때도 있지만 스스로의 생각과 의지로 문제를 해결하고 결과가 어떻든 간에 보람을 느끼고 교훈을 얻는 현재의 삶에서 성숙해져 가고 있는 자신을 발견하는 기쁨이랄까. 지율은 왔던 길을 되돌아가고픈 마음이 절대 없었다. 현재와 비교하면 수동적으로 움직였던 과거는 그다지 매력이 없었기 때문이다.

시간이 지나자 강경한 태도를 고수했던 부모님이 회유정책으로 선회를 했다. 지승을 보내 협상 테이블을 마련하게 한 것이다. 하지만 지율은 여동생에게 한마디 상의도 없이 일을 계획한 지승에게 불만이 많았던 터라 협상은 난항만 거듭할 뿐이었다.

"지율아, 오빠를 봐서라도 제발 뜻을 꺾어라. 이러다 두 분 다 쓰러지시겠다."

지승은 손이 발이 되게 지율에게 빌고 또 빌었다. 하지만 지율은 본체만체했다.

"싫다고 몇 번을 말해!"

"부모님도 무작정 일을 하겠다는 널 말리시는 건 아니잖아. 우선 미용실을 접고 나서 너한테 어울릴 만한 일을 같이 모색해 보자는 거지. 차라리 이럴 거면 너도 오빠처럼 아버지 회사로 들어와 일 도와드리면 되잖아. 꼭 이럴 필요가 뭐 있니?"

"난 족벌기업 만드는 데 일조하고 싶은 마음 없어."

참는 것도 한계가 있다. 지승은 절대 뜻을 굽히지 않고 또박또박 말대답을 하는 지율이 못마땅해 버럭 소리를 질러댔다.

"미용실만 접고 집으로 들어오면 되는 건데 그게 뭐가 그렇게 힘이 들어서 버티는 거야? 네가 싫어도 부모님이고 넌 그분들 속에서 나온 자식이라구! 자식 이기는 부모 없다는 말까지 하시며 한 걸음 물러서시면 너도 그래 줘야 옳은 거 아니니? 너 정말 너무한다!"

"오빠 내가 또 인형처럼 살기를 바라? 나 정말 그러고 싶지 않단 말이야! 나도 내 인생 내 스스로 책임지면서 살고 싶어! 부모님이 대신 살아주는 인생 싫단 말이야! 날 그냥 내버려 두면 안 돼?"

지율의 심정을 다 이해하지 못하는 게 아니었기에 지승은 잠시 눈과 입을 감고 다물었다. 골치가 지끈거려 왔다. 이혼 이후 너무나도 변해 버린 지율의 태도 때문에 지승은 간간이 충격을 받긴 했지만 이젠 감당할 수 없는 지경까지 이르렀다는 걸 깨달았다.

　"그럼, 그렇게 무작정 고집만 부릴 게 아니라 부모님을 설득해 보든지."

　"무슨 수로? 나도 나지만 저렇게 막무가내로 나오시는 분들을 어떻게 설득을 해?"

　"해보지도 않고 어떻게 알아?"

　"오빠야말로 처음엔 나 도우려고 민 선생님이랑 일 꾸민 사람 아니야? 그런데 왜 이제 와서 부모님 입장에서 날 설득하려고 해?"

　지승은 다시 말문이 막혔다. 차마 '그때 당시엔 준우가 널 사랑할 줄은 몰랐으니까!' 라는 말을 할 수가 없었기 때문이다. 지승은 미용실 문제만으로도 집안이 들썩거려 힘든데 만약 준우와 지율이 더 깊은 관계가 되거나 어느 한쪽이 상처를 입게 되면 감당할 자신이 없었다. 그래서 아예 이 김에 뿌리를 뽑고 싶었던 것이다.

　어쩌면 미용실 문제만 있었다면 지율의 든든한 조력자로 남을 수도 있었을 것이다. 하지만 두 사람 문제는 다르다. 마음 같아서는 지금 당장이라도 자신이 아끼고 사랑하는 그들을 맺어주고 싶었다. 그렇지만 부모님을 생각하면 그럴 수가 없었다. 지율의 이혼에 상처받고, 지율의 반란에 경악하는 부모님에게 또 다른 충격을 안겨줄 수는 없는 일이었다.

"나한텐 가족 모두가 소중하다. 모두의 입장이 충분히 이해도 가고 공감도 된다. 그래서 지금까지 부모님에겐 네 입장을, 너한 텐 부모님의 입장을 설명해 주고 이해를 부탁했던 거다. 하지만 피하고 싶어도 때론 잔인하게 어느 한쪽을 선택해야만 하는 순간 이 오기도 하는데 지금이 딱 그런 때인 것 같다."

지승은 무거운 얼굴로 한숨을 내쉬었다. 마지막 카드를 내밀어 지율의 뜻을 억지로 꺾는 게 마음 아팠지만 어쩔 수 없는 선택임 을 스스로에게 타이르며 입을 열었다.

"네가 정 그렇게 나오면 나로서는 어쩔 수 없다. 내가 시작한 일 에 대해선 내가 마무리를 지을 수밖에."

지율은 지승의 말이 이해가 가지 않아 표정을 일그러뜨렸다.

"그게…… 무슨 말이야?"

"준우 녀석한테 이 일에서 손 떼라고 하는 수밖에."

"뭐?"

지율은 경악하며 자리에서 벌떡 일어났다.

제16장
배수지진

지율은 하루 종일 현관 벨이 울리고 핸드폰이 울려댔지만 나가보지도, 받지도 않았다. 아무 말도 없이 결근한 지율에게 무슨 일이 생긴 게 아닌가 싶어 달려온 미용실 직원일 수도 있고, 지승의 말을 듣고 작별 인사를 하기 위해 온 준우일 수도 있었다. 하지만 지율은 그들을 만날 만한 준비가 되어 있지 않았다. 그래서 그저 침대 위에서 무릎을 세워 얼굴을 파묻고 바위처럼 꿈쩍하지 않은 채 생각에 잠겨 있었다.

시간이 흘러갈수록 절망스럽고 힘겨웠다. 그동안의 모든 노력들이 지승의 한마디로 물거품이 될 것을 생각하니 나락으로 떨어진 기분이었다. 애를 써도 추스를 수가 없었다. 빛을 잃고 어두워진 마음은 방 안 전체를 감싸는 암흑과 더불어 지율을 억눌러 갔다. 어두컴컴한 방 안에서 지율의 하루는 그렇게 끝나가고 있었다. 더 이상 현관 벨도 울리지 않았고, 핸드폰도 배터리가 다 됐는지 울리지 않았다.

다음날 아침.

지율은 비장한 눈을 하고 현관 앞에 섰다. 하루 사이에 티가 날 정도로 야윈 얼굴이었지만 표정에 나타난 결의만큼은 굳건해 보였다.

지율은 현관문을 열고 밖으로 나왔다. 예상을 못한 건 아니지만 준우가 계단에 앉아 있었다. 지율은 애써 눈길을 피하며 입술을 감쳐물었다. 절대 흔들리지 말자, 약한 모습 보이지 말자고 수백 번 다짐하고 나왔지만 준우를 보자마자 와르르 무너져 내릴 것만 같아서였다. 지율은 문을 잠그면서 준우에게 아무렇지도 않은 듯 말을 건넸다.

"거기서 뭐 하세요?"

더 이상 할 게 없어진 지율이 무표정한 탈을 쓰고 준우를 향해 돌아섰다. 준우의 얼굴이 까칠해 보였다.

'잠을 못 잔 걸까?'

눈빛까지 무시무시하고 험악해 보였다.

'아니, 저놈의 거위가 사람을 잡아먹으려고 하나? 왜 저런 눈빛으로 노려보는 거야? 어디 무서워서 작별 인사나 하겠나!'

지율이 속으로 불만을 토로하고 있는데 준우가 계단에서 천천히 일어나 다가왔다. 준우의 검은 눈동자는 뜨거운 분노로 이글이

글 타고 있었다.

"당신이란 여잔 사람 미치게 하는 방법을 확실히 아는 것 같군."

최대한 분노를 억누르며 낮게 으르렁거리는 말에 지율은 소름이 오싹 끼쳤다.

'이놈의 거위가 지금 누굴 놀리나? 너야말로 날 확실하게 미치게 만들었잖아! 내가 누구 때문에 이렇게 변했는데?'

지율이 속마음을 감추고 침착하게 말을 했다.

"알아듣기 쉽게 설명해 주세요."

"지금 내가 왜 이러는지 몰라서 그래?"

내가 네 속에 들어앉아 있는 것도 아닌데 그걸 어떻게 알아?

지율은 불쑥불쑥 튀어 올라오는 화를 억누르며 조용히 말했다.

"네, 모르겠어요."

"어젠 왜 하루 종일 날 피한 거지?"

"피한 적 없는데요. 피곤했어요. 계속 잠이 쏟아지고 피곤해서 잤을 뿐이에요."

준우의 눈썹이 의심스럽다는 듯이 휘어졌다.

"그걸 지금 나보고 믿으라구?"

"믿기 싫으면 관둬요. 그리고 원장인 내가 하루 자리를 비웠다고 직원한테 이렇게까지 추궁을 받을 이유가 있는지 모르겠네요. 게다가 민 선생님은 곧 일을 그만두실 거 아닌가요?"

지율의 냉정한 말에 준우는 다시 눈살을 찌푸렸다. 지율이 말을 덧붙였다.

"오빠하고 이미 말 끝났을 거 아니에요."

"그래서 내 의견 따위는 필요없다?"

준우가 비꼬듯 물었다.

"달라질 게 있나요? 저는 오빠만큼 민 선생님한테 해드릴 능력이 없는데."

"그래서 미용실을 포기하겠다는 거야?"

"아뇨!"

지율은 단호하게 대답했다. 그리고 두 눈을 부릅뜨고 준우를 노려보며 말을 해나갔다.

"이렇게 끝낼 것 같았으면 시작도 하지 않았어요. 착각하지 말아요! 민 선생님이 뛰어난 헤어디자이너인 건 인정하는데 세상에서 유일한 헤어디자이너는 아니거든요. 민 선생님이 손 떼셔도 전 끝까지 끌고 나갈 거예요. 다시 바닥을 치고 망하는 한이 있더라도 계속할 거라구요!"

준우는 아무 말 없이 지율을 뚫어지게 쳐다봤다. 그러다 한쪽 입꼬리를 올리며 피식 웃음을 터뜨렸다. 지율은 그 웃음이 상당히 마음에 들지 않아 더욱 인상을 일그러뜨렸다.

'뭐야, 이 웃음의 의미는! 이게 사람을 끝까지 가지고 노네!'

"내가 사람을 잘못 보지는 않았군. 당당함, 거침없는 성격, 높은 콧대, 두둑한 배짱까지 다 마음에 들어. 그런데 이것 참 섭섭한 걸. 나는 그래도 당신이 끝까지 날 잡을 줄 알고 은근히 기대했었는데."

지율은 뚱딴지처럼 난데없는 말을 지껄이는 준우를 노려보았다.

'적당히 가지고 놀았으면 제자리에 갖다 놔라, 거위야!'

그때였다. 준우가 정확한 발음으로 또박또박 말을 해나갔다.

"그건 그렇고, 누구 맘대로 일을 그만두라 마라 해? 요즘 부당 해고는 형사처벌까지 받을 수 있는 이유가 되는 거 몰라? 그리고 지금이 어느 땐데 말도 없이 결근을 해? 주인의 위치가 얼마나 중요한지 아직도 몰라서 이래? 내가 이런 상황에서 어떻게 일을 그만둬?"

지율은 자신의 귀를 의심할 수밖에 없었다.

'이놈의 거위가 뭐 잘못 먹었나? 왜 이래?

"가자고! 출근 시간 늦겠어!"

지율은 어리둥절한 표정으로 앞장서서 가는 준우를 바라보았다.

'도대체 뭐가 뭔지. 일을 계속하겠단 소리야? 왜? 뭣 때문에? 나야 심은하 대사를 패러디할 만도 하지만 저 거위는 도대체 뭣 때문에? 나보고 도대체 어쩌라는 거야? 무슨 꿍꿍이수작이냐구!'

고층 건물 십이층에 위치한 사무실. 지승은 밀린 업무를 뒤로하고 계속 전화를 시도하고 있었다.

"받아! 받으라구, 이 자식아! 이번에도 안 받으면 넌 죽음이다!"

텔레파시가 통했는지 전화 연결이 되었다.

[바빠 죽겠는데 왜 전화질이냐?]

"민준우! 너 진짜 비협조적으로 나올 거냐?"

지승이 버럭 고함을 질렀다.

[인마, 할 말 있으면 이따 밤에 와서 얼굴 보고 해! 바빠서 이만 끊는다!]

"야! 민준우!"

전화가 끊겼다. 지승은 어이가 없다는 듯 전화기만 바라보다 '쾅' 소리가 나게 내려놓았다. 그리고 어린아이처럼 발버둥을 쳤다.

"이것들아! 너희들 도대체 왜 이러는 거냐? 왜 이렇게 말을 안 들어먹는 거냐구?"

지승은 뒷골이 당기자 신음을 흘리며 의자에 기댔다.

"할 일도 산더미같이 쌓여 있고, 마누라도 요즘 자기한테 소홀하다고 삐쳐 있는데. 이것들아, 차라리 날 죽여라! 죽여!"

지승은 도무지 마음 편히 살 수가 없었다. 두 노인네들은 더 심하게 압력과 제재를 가하라고 날마다 콕콕 쪼고 십칠 년 동안 사귄 친구 녀석과 이십칠 년 동안 사이좋게 지내온 여동생은 간을 배 밖으로 내놓은 청개구리처럼 말을 안 듣고 배짱을 튕겨대니 말이다. 지승은 요즘 신경성 탈모와 식욕부진, 그리고 소화불량 증상까지 보였다.

"이 젊은 나이에 대머리 독수리처럼 머리 듬성듬성해지고 약골이 돼서 마누라한테 외면당하면 그건 다 너희들 탓이야!"

지승은 처절하게 절규하며 서류를 들여다보았다. 까막눈도 아닌데 까만 것은 글자요, 하얀 것은 종이였다. 지승은 미치겠다는 듯이 안면 근육을 씰룩거렸다. 오늘도 집에 일찍 들어가기는 틀렸다. 미용실 마감 시간까지 밀린 업무를 마치고 지지리 말도 안 들는 두 연놈을 족치러 가야만 했기 때문이다.

"내 이상적인 결혼 생활에 문제가 생기면 그건 다 너희들 책임이야! 다 죽여 버리겠다!"

지승은 다시 눈에 힘을 주며 서류에 집중을 했다.

미용실 마감 시간에 정확히 맞춰 달려온 지승은 파리하고 해쓱한 모습이었다. 반면 미용실 식구들은 그 어느 때보다 팔팔한 모습으로 나란히 팔짱을 끼고 서서 미용실을 와해시키려는 적을 맞이했다. 그들 사이에선 팽팽한 긴장감이 감돌았다. 지승은 하나로 똘똘 뭉쳐 자신을 매섭게 노려보는 미용실 식구들을 하나하나 살펴보았다.

민준우! 초등학교 시절 고아라고 놀리는 자신을 돼지게 팬 놈이었다. 앞니가 부러지는 부상을 입은 그로서는 그 주먹의 위력이 얼마나 센지 뼈저리게 경험한 바가 있기 때문에 절대 힘으로 도전하고픈 마음이 없었다.

최대한! 준우에게 듣기론 별명이 '개만도'란다. 개만도 못해서 그런 별명을 얻었다는데 한 번 덤비면 끝장을 봐야 한단다. 여기서 끝장이란 최소 전치 사 주 이상이다. 절대 도중에 놓아주는 법이 없단다. 항복을 해도 소용이 없단다. 한 번 미치면 뵈는 게 없어서란다. 투견 같은 놈한테 개죽임당하고 싶진 않았다.

전혜정! 고교 시절 일진회 짱먹었던 파란만장한 과거를 가진 아가씨다. 호리호리한 몸매의 소유자지만 엄청난 에너지를 숨기고 있단다. 본성을 드러내면 아무도 못 말린단다. 개만도 최대한의 천적인만큼 절대 만만한 상대가 아니었다.

유은영! 일명 무식대마왕. 우선 말이 안 통한단다. 동문서답과 건망증의 귀재이기도 하고 상대를 한 순간부터 속이 터지고 뒷골이 땅겨서 쓰러지기 십상이란다.

최 선생! 눈물의 여왕. 무슨 말을 못한단다. 기뻐서 울고, 슬퍼서 울고, 별일도 아닌 일에 운단다. 여자의 눈물은 남자의 마음을 약하게 만드는 무기에 해당한다.

마지막으로 김지율! 이혼한 이후로 변해도 너무 변했다. 대형 사고만 치는 게 아니라 자기가 전도연이라며 사기를 치고 심은하 흉내를 내가며 겁날 것도, 조심할 일도 못할 짓도 없단다. 어쩌다 이렇게 됐는지.

일 대 육이라는 수적 열세에 지승은 기가 죽었다. 주먹이 가깝고 법이 먼 그들과 힘으로 겨뤄서 얻어낼 것은 피멍밖에 없으리라. 지승은 인도의 민족운동 지도자인 간디처럼 비폭력, 무저항주의를 내세워 원만한 대화와 타협으로 문제를 해결하고 싶었다. 지승은 피곤에 지친 얼굴로 입을 열었다.

"민준우, 우리……."

"왜 자꾸 우리 선생님을 못살게 구시는 거예요?"

"그렇게 사시면 안 됩니다!"

"무슨 말이 필요해? 그냥 받아버려!"

지승의 말이 끝나기도 전에 직원들이 차례로 사납게 대들었다. 험악한 분위기가 연출되자 눈물의 여왕은 울먹거리기 시작했다.

"그게 아니고……."

지승은 말을 하기 위해 입을 열었다. 하지만 직원들이 거세게 다시 대들었다.

"원장님 오빠 되시는 분이 나서서 도와주지 못할망정 왜 우리를 힘들게 하시는 거냐구요!"

"그렇게 사시면 벌받습니다!"

"혹시 배다른 남매 아냐? 어떻게 오빠라는 인간이 저럴 수가 있어?"

무슨 말을 못하게 했다. 한 명은 이제 장례를 치르는 사람처럼 대성통곡을 했다. 지승은 답답한 마음으로 준우와 지율을 못마땅하게 쳐다보았다. 그러다 또 말을 못하게 막을까 봐 속사포처럼 하고 싶은 말을 쏟아냈다.

"나도 할 만큼 했다! 이젠 나도 몰라! 너희들이 알아서 해! 부모님한테 직격탄을 맞든 말든 난 더 이상 상관 안 할 거다! 몰라! 몰라! 나도 너희들이 몸서리날 만큼 아주 징글징글하다!"

지승은 아주 포기했다는 듯이 두손두발을 들고 미용실을 나가 버렸다. 직원들은 자신들이 이룬 결과에 아주 흡족한 얼굴로 환희에 찼다.

"원장님, 염려 놓으세요! 미용실은 우리가 지킬 겁니다!"

"뭉치면 살고 흩어지면 죽는다!"

"아자, 아자, 아자, 파이팅!"

"훌쩍! 훌쩍!"

지율은 대동단결을 해서 반동세력을 몰아내 준 직원들에게 고마움을 표시하기 위해 시원한 생맥주를 쏘기로 했다. 회식 장소는 여전히 문전성시를 이루고 있는 찰리 아저씨네 호프집이었다. 태현은 미용실 식구들을 위해 따로 분리된 공간을 제공하고 푸짐한 안주에 생맥주를 마실 수 있게 해주었다.

직원들은 요즘 유행하는 헤어스타일과 새로 나온 헤어제품에 대해 심도있게 토론하고, 일을 하면서 겪는 고충을 털어놓기도 했다. 가족, 친구, 꿈, 사랑, 연애, 그리고 결혼에 관한 지극히 사적인 대화도 빠지지 않았다.

지율은 자신이 겪어보지 못한 이야기를 간접적으로 경험하게 되는 시간이 즐거워 내내 어린아이처럼 눈을 똥그랗게 뜨고 경청했다. 우스갯소리를 해서 직원들을 웃기기도 했고, 재미있고 황당한 이야기에 나팔꽃처럼 활짝 웃기도 했다. 그러다 슬프고 어두운 이야기엔 눈물을 찔끔거리고 안타까워했다.

준우는 그런 지율을 가끔씩 사랑스럽다는 듯이 쳐다보았다. 준우는 지율에게서 불꽃같은 열정과 넘치는 끼, 그리고 풍부한 감정 등 새로운 면을 발견했다. 그러한 것들을 이제껏 어떻게 억누르며 살아왔는지 신기히게 생각될 정도였다.

"우리 진실게임해요!"

"와! 재미있겠다!"

혜정과 은영이 번갈아가며 바람을 잡았다.

"어떤 방식으로?"

대한이 웃으면서 물었다. 지율은 아무래도 세 사람의 행동이 구리다는 생각이 들었다.

"쉽게 하지 뭐. 가위바위보 해서 지는 사람이 나머지 사람들이 차례로 하는 질문에 '예, 아니요'로 대답하고 대답을 거부하고 싶으면 맥주 한 잔 마시기. 흑기사 같은 건 없구!"

최 선생까지 끼어드는 게 정말 수상했다.

'아주 작정을 했구나, 작정을 했어! 그래, 대답하기 곤란한 질문 나오면 그냥 술 마시고 죽으면 되는 거지 뭐!'

지율은 마음을 단단히 다잡았다. 진실게임을 제안한 네 사람이 희희낙락한 웃음을 지어 보였다. 혜정이 나서서 크게 외쳤다.

"좋아요! 자, 그럼 시작합니다. 가위, 바위, 보!"

다같이 손을 내밀었다. 역시 수상했다. 진실게임을 제안한 네 사람이 연속적으로 같은 순서로 가위바위보를 했기 때문이다. 덕분에 첫 번째 희생양은 아주 빨리 결정됐다. 바로 준우였다.

"어, 나네."

"자, 질문 들어갑니다!"

혜정이 먼저 묻기 시작했다.

"현재 사랑하는 분이 계신가요?"

단도직입적인 질문이었다. 미리 계획된 질문처럼 느껴지기도 했다.

"예!"

준우가 참으로 경쾌하게 대답했다. 지율은 겉으로 내색은 하지 않았지만 준우가 사랑하는 사람이 있다는 말에 심장이 덜컥 내려 앉았다.

'해리 씨를 두고 하는 말일까?'

명치끝이 저려왔다. 혜정이 은영에게 의미심장한 눈길을 보냈다.

"혹시 그분도 미용업계에 계신 분인가요?"

말이 끝나기가 무섭게 준우가 두 번 생각할 것도 없다는 듯이 대답했다.

"예!"

모든 이들의 눈이 아주 커졌다. 너무나도 쉽게 대답해 주는 준우에게 놀라움을 금치 못한 표정들이었다. 지율도 예외는 아니었다. 해리가 미용업계에 있는 줄 미처 몰랐던 그녀의 놀라움은 그 이상이 되었다. 하지만 직원들의 시선이 일제히 자신에게 꽂히는 걸 보고 놀란 것에 비하면 그건 아무것도 아니었다.

'그런데 왜 다들 나를 쳐다보는 거야? 나 아니야! 아니라구!'

지율은 눈짓으로 열심히 부정을 했다. 그때 최 선생이 얼떨결에 질문을 했다.

"도대체 언제부터 그렇게 되신 거예요?"

"최 선생님! 그렇게 질문을 하시면 어떡해요? '예, 아니요'로 대답할 수 있는 질문을 하셔야죠."

혜정이 화들짝 놀라며 말했다.

"어머! 어떡해!"

최 선생이 미안한 표정을 지었다.

"후후, 그럼 최 선생님의 질문은 무효가 되는 건가요?"

준우가 재미있다는 듯이 웃었다. 혜정과 은영, 그리고 대한이 하나의 질문이 날아간 것에 대해 안타까움을 금치 못했다.

"결혼도 염두에 두고 계신가요?"

대한의 질문으로 준우가 잠시 고민에 빠졌다. 지율은 아주 심각한 표정으로 준우를 주시했다.

'너 설마 그 싸가지랑 결혼까지 하려구? 아서라, 인생 두 번 망치고 싶지 않으면.'

지율은 속으로 열심히 충고를 해주었다. 그때 준우가 조심스럽게 입을 열었다.

"네."

네 사람은 그럴 줄 알았다는 듯이 서로 돌아가며 손바닥을 들어 마주쳤다. 반면 지율은 힘이 쏙 빠져나갔다.

'나쁜 자식. 그럴 거면서 왜 나한테 살충제, 청소기 역할을 시켰던 거야? 그래, 이 나쁜 놈의 거위야. 싸가지랑 잘 먹고 잘살아라! 나도 너보다 훨씬 좋은 놈 찾아서 더 잘 먹고 잘살 거다! 아, 술 당긴다.'

벌칙도 안 받은 지율이 독작으로 잔을 비웠다. 지율은 더 이상 알고 싶은 진실이 없었지만 자신의 차례가 됐기 때문에 별생각없이 질문을 했다. 준우의 시선을 외면하며.

"후회없는 선택이신가요?"

준우는 지율을 뚫어지게 바라보며 진심을 다해 대답을 했다.

"네."

"와!"

네 사람의 눈과 입이 동시에 커다랗게 변했고 똑같은 감탄사가 터져 나왔다. 그러나 지율은 여전히 자신만의 판단으로 침울했고 어깨를 축 늘어뜨렸다.

'넌 그때도 후회하지 않는다고 했잖아! 그런데 또 후회없는 선택이라구?

지율은 차마 물을 수 없는 말을 속으로 구시렁거리며 직원들을 쳐다보았다.

'아니, 이것들이 사팔뜨기들인가? 왜 계속 날 쳐다보면서 실실 웃는 건데? 내가 아니라니까! 내가 아니라구! 그러지 않아도 속상한데 자꾸 염장 지를래?'

지율은 두 주먹을 불끈 쥐고 목구멍에서 맴도는 말을 간신히 삼켰다.

"자, 자, 알고 싶은 게 있으면 가위바위보를 해야 합니다! 다같이 가위, 바위, 보!"

매번 지율과 준우만 다른 걸 내게 됐는데 이번엔 지율이 걸렸다.

"앗싸! 원장님이다!"

알고 싶었던 게 많았던지 직원들이 일제히 환호성을 질러댔다. 직원들은 서로 야릇한 시선을 보냈다. 더 얄궂은 질문을 하라는 신호였다. 반면 두 번째 희생양이 된 지율은 곤욕스럽기만 한 이 게임이 어서 끝나기를 바랐다.

"민 선생님이랑 손은 잡아보셨나요?"

혜정이 질문을 하자 나머지 사람들은 너무 쉬운 질문이라며 야유를 보냈다. 하지만 지율은 자신과 준우의 관계를 계속 오해하고 하는 혜정의 질문에 뭐라 대답을 해야 할지 몰라 준우를 쳐다보았다. 하지만 준우는 자신과 상관없다는 듯 다른 곳만 쳐다보고 있었다. 지율은 어쩔 줄을 몰라 하며 앞에 놓인 술 한 잔을 노려보았다.

'저걸 마셔, 아니면 그냥 불어? 잠깐! 술을 마신다는 건 어차피 '예' 라고 말하는 것과 똑같은 거잖아!'

지율은 이제야 게임의 규칙이 불공정하다는 걸 깨달았다.

'만약 거짓말을 하면 어떻게 될까? 설마 민 선생이 거짓말이라고 폭로하진 않겠지?'

지율은 헛기침을 한 후 마침내 입을 열었다.

"아니요."

지율은 대답이 의심쩍다는 듯이 쳐다보는 직원들과 눈을 가늘게 뜨고 쳐다보는 준우를 애써 무시했다.

"그럼, 곧바로 키스를 하셨나요?"

은영이 질문을 하고선 키득거리며 웃어댔다. 거짓말도 한 번 하는 게 어렵지 두 번 하는 건 그다지 어렵지도 않았다. 지율이 아무렇지도 않게 거짓말을 했다.

"아니요."

"아무래도 거짓말 같은데, 뽀뽀는 해보셨겠죠?"

대한이 물고늘어지는 질문을 해왔다.

"아니요."

입에 침도 안 바르고 하는 거짓말. 눈 하나 깜짝 안 하고 하는 거짓말이었다. 이번엔 최 선생이 물어왔다.

"거짓말이시죠?"

"아니요."

지율은 하늘이 무섭지도 않은지 새빨간 거짓말을 태연하게 했다. 마침내 준우의 차례가 되었다.

'민 선생님, 이럴 수밖에 없는 내 마음 이해하시죠? 나하고 스캔들 나면 혼삿길에 지장있잖아요. 다 선생님을 위한 거니까 가볍게 넘어가자고요. 가볍게.'

지율은 속으로 웃으며 준우의 질문을 기다렸다.

"저랑 손도 잡고 뽀뽀도 하고 키스까지 해놓고 기억이 안 나요?"

세상에서 가장 큰 망치로 뒤통수를 얻어맞아도 이것보단 나을 것이다. 직원들은 일제히 경악을 하며 '어머! 어머! 그럴 줄 알았어!' 라는 말로 법석을 떨어댔고 지율은 뒷골을 움켜잡으며 쓰러지고 말았다.

'으윽…… 이 빌어먹을 테에에러어어리이이스으으트으으야! 어쩌자고 그런 비리를 폭로하는 건데? 네가 내 창창한 앞날을 망쳐 놓을 생각인 거야?'

다섯 사람의 심장에 핵폭탄을 투하하고도 멀쩡한 민준우. 지율의 눈엔 그런 그가 알카에다보다 더 극악무도한 테러리스트로 보였다. 지율은 괴로운 듯 두 손을 불끈 말아 쥐었다. 마음 같아선 목청껏 이런 대사를 외치고 싶었다.

'여봐라! 칼이든 바늘이든 가지고 오너라! 내, 저 망할 놈의 거위 목을 베든지 주둥아리를 꿰매 버릴 테다!'

제17장
허심탄회

모든 진실과 비밀을 낱낱이 까발리고서야 게임과 회식이 종료되었다. 미용실 직원들은 귀가를 하기 위해 뿔뿔이 흩어졌고 속이 상해 연거푸 술을 마신 지율은 알딸딸하게 취해서 준우와 함께 집으로 향해 걸어가고 있었다.

준우가 비틀거리는 지율을 부축해 주려 하자 지율은 준우를 밀다는 듯이 떠밀었다. 그리고 혀 꼬인 소리로 외쳤다.

"다 털어놓으니 속이 후련해용?"

"진실을 은폐하는 건 비열한 짓이야."

준우가 웃음을 참으며 말했다.

"진실 중에서도 때롱 감춰야 하능 게 있능 거예용."

"그게 뭔데?"

"사람 마음을 다치게 하능 진실! 그런 겅 비밀이란 이름으로 감춰둬야 해용. 사랑이라능 거 누군가에겐 상처가 될 수도 있으니까 되도록 은밀하게 해야 해용. 아무도 모르게……. 모르는 게 때롱 약이 될 수 있으니까……."

"그런 것까지 일일이 신경 쓰면서 어떻게 사랑을 해?"

"정말 잔인한 분이시군용! 그래서 절 그렇게 짓밟아놓으신 건가요? 저도 자존심있어요. 저도 여자라구용. 저도 민 선생님처럼 언젠가능 좋은 인연 만나서 다시 결혼할 수 있는 사람이란 말이에요. 도대체 뒷감당을 어떻게 하시려고 직원들한테 마이너스가 될 수 있능 얘기를 아무렇지도 않게 하싱 거예요? 나중에 해리 씨가 이런 사실을 알게 되기라도 하면 어쩌려궁! 사람 입이 얼마나 무서운뎅."

준우가 갑자기 걸음을 뚝 멈춰 섰다. 지율은 그런 줄도 모르고 혼자 계속 구시렁거리며 앞서서 걸어갔다. 그러다 옆에 아무도 없는 것을 느끼고 반쯤 감긴 눈으로 뒤를 돌아보았다.

둘밖에 없는 아파트 단지 안. 으슴푸레한 가로등, 그 밑에 서 있는 준우. 술에 취해서 그런지 지율은 그런 배경에 서 있는 준우가 포토샵 처리한 것처럼 멋지게 보였다.

'자식, 참 잘생겼다! 저런 놈하고 사랑하능 해리 씨가 부럽당, 부러워. 그리고 아깝당, 아까워. 아무리 생각해도 저런 놈을 해리 씨한테 빼앗기기능 아깝당. 그냥 내가 이 김에 저놈을 확 자빠뜨령?'

지율의 간은 술로 인해 점점 그 크기가 커져 갔다. 딴에는 고혹적인 여인의 자태를 흉내 내며 준우에게 다가가기까지 했다. 하지만 준우의 눈엔 그런 지율이 흐느적거리는 문어 아가씨로밖에 보이지 않았다.

'어떻게 나와 해리의 관계를 오해할 수 있는 거지? 그럼, 아까 진실게임을 할 때 내가 한 말을 다 해리와 연관지어 생각한 거란 말이야?'

준우는 황당하다 못해 기가 막혀왔다.

'나란 남자를 겨우 그 정도로밖에 안 본 거야?'

준우는 바싹 다가서는 지율은 내려다보았다. 가로등 불빛 때문인지 술기운 때문인지 발그레한 볼과 몽환적인 분위기를 풍기는 눈빛이 이젠 꽤 매혹적으로 느껴졌다.

"야! 민준우!"

대뜸 객기를 부리며 자신을 부르는 말에 준우의 눈썹이 훌쩍 올라갔다.

'아주! 야? 게다가 민 선생도 아니고 민준우? 세게 나오는데?'

준우는 지율이 무슨 말을 하기 위해 자신을 그렇게 불렀는지가 궁금해지기 시작했다.

"왜?"

"너 내가 화악 자빠뜨린당!"

준우는 자신의 귀를 못 믿겠다는 듯이 지율을 아연한 표정으로 바라보다가 입을 뗐다.

"자빠뜨린다?"

"그래!"

준우는 계속 반말조로 들이대듯 말하는 지율이 우습기도 하고 귀여워 피식 웃음을 터뜨렸다.

"어? 너 지금 나 비웃었징?"

"그래, 비웃었다. 어쩔래?"

준우가 빈정거리자 지율이 못마땅하다는 듯 인상을 썼다. 그리고 이내 검지로 까딱이며 가까이 다가오라는 신호를 보냈다. 준우가 순순히 지율의 눈높이에 키를 맞춰주었다. 그러자 지율이 준우만 알아듣게끔 속삭이듯 말했다. 나름대로 준우를 위협하는 거라고 생각하며.

"너 자꾸 나한테 까불면 진짜 잡아먹어 버린다."

준우는 작고 칼칼한 소리를 내며 웃었다.

"그래, 잡아먹어라, 먹어."

지율의 표정이 다소 심각해졌다.

"진짜?"

"그래, 진짜."

"후회해도 소용 없다."

"후회 안 한다."

지율이 더욱 눈을 가늘게 뜨며 준우를 바라보았다. 그러다 아주 강하게 다시 물었다.

"지이이인짜아아아?"

"한 번만 더 물으면 내가 널 잡아먹는다."

지율의 눈이 잠시 커졌다 다시 가늘어졌다. 고민에 고민을 거듭하는 얼굴이었다. 그러던 지율이 갑자기 준우의 입술을 기습적으로 훔쳤다. '쪽' 하는 소리를 내고 떨어진 지율이 이렇게 말했다.

"맛이 있나 없나 시식해 본 거야."

술에 상당히 취해서 한 행동이었다. 결코 제정신으로 한 행동이 아니었다. 그럼에도 불구하고 준우는 가슴이 두근거렸다. 전에 자신도 지율에게 해본 적이 있는 행동이었지만 그땐 이렇게까지 심장이 고동치지 않았다. 준우는 입에 침이 고였다. 정신이 혼미해질 것 같아 침을 꿀꺽 삼켰다. 순간 갈망하듯 살짝 벌어지는 지율의 입술이 시야에 포착됐다. 준우는 지율의 뜨거운 숨결까지 느껴지자 피가 점점 뜨거워지고 몸의 일부분이 뻐근해졌다. 바로 앞에 있는 붉은 입술이 어떤 맛인지 미칠 만큼 궁금해졌다. 충격처럼 밀려드는 야릇한 호기심에 전율이 온몸을 타고 흘렀다. 마치 첫키스에 대한 막연한 환상을 가진 사춘기 소년처럼. 준우는 몸이 원하는 바에 부응하기 위해 지율의 손목을 잡아끌고 어두컴컴한 구석으로 데리고 갔다.

한밤중이라 인적도 없고 후미진 곳은 준우의 급해진 욕망을 조금이나마 해소시켜 주기에 적당한 장소였다. 준우는 급하게 지율의 입술에 자신의 뜨거운 입술을 내리눌렀다. 그리고 노크도 없이 불법 침입한 도둑놈처럼 부드러운 입 안 곳곳을 헤집고 돌아다녔다. 그 기세는 걷잡을 수 없이 세차고 격렬했다.

지율은 준우의 적극적인 공세를 거부하기는커녕 아득히 밀려드는 키스의 열기와 다급함을 기꺼이 받아들였다. 격정적이고 정열적으로 몸을 밀어붙이는 준우에게 더욱 안달하며 자신의 몸을 밀착시켰다. 준우는 감당할 수 없는 욕망을 제어하지 못해 잠시 입술을 떼고 신음을 터뜨렸다. 그러자 지율이 준우의 목을 휘감고 다시 키스를 했다. 그들은 서로에게서 느껴지는 달콤함의 근원지를 찾아들어 갔다. 점점 크기를 더해가는 욕구로 그들의 키스는 혈관 속의 피를 달굴 만큼 뜨겁고 영혼을 흔들어놓을 만큼 열렬해졌다.

그러다 시간이 갈수록 점점 부드러워졌다. 그들은 서로의 맛을 음미하듯, 감각을 시험하듯 진중하면서도 탐욕스러웠다. 지율은 나른하고 몽롱한 상태에서 달콤하고 부드러운 과일을 베어 물듯, 아이스크림을 먹듯 준우의 혀를 핥고 빨았다. 자신이 무슨 짓을 하고 있는지도 모르는 망아(忘我)의 경지에 접어든 지율은 꽤 많은 시간이 지났음에도 불구하고 입술이 떨어지자 허전하다는 생각이 들었다. 영혼이 빠진 텅 빈 육체의 껍데기만 남아 있는 듯했다. 길이와 강도에 상관없이 키스의 종말은 아쉽고 허탈하기만 했다.

'아직도 고픈데, 더 맛보고 싶은데…….'

지율은 멍한 눈으로 준우를 바라보았다.

'혹시 이 남자 요술쟁이 아냐? 연체동물이 된 것처럼 몸과 마음이 흐물흐물해. 힘이 하나도 없어.'

지율은 제정신이 아닌 상태에서 축 늘어진 문어처럼 준우에게 매달려 있었다. 키스. 어찌 보면 단순한 신체 접촉에 불과한 일이었다. 그런데 조금 전의 세상과 지금의 세상이 판판 다르게 느껴졌다. 희한한 일이었다. 그저 시간만 흘러가는, 삭막하고 지루하던 일상이 온통 핑크빛이 소용돌이치는 세상으로 바뀌었다.

"저기…… 저기…….”

"저기, 뭐?"

지율이 뜸을 들이자 준우가 거칠게 숨을 내쉬며 되물었다.

"나 좀…… 어떻게 해주면 안 돼요? 힘은 하나도 없는데…… 속에선 화산이 곧 폭발이라도 할 것처럼 뜨거워요."

차마 입 밖으로 내기 뻔뻔하고 엽기적인 주문이라 지율이 주저주저하며 말했다. 지율은 준우의 반응을 살폈다. 하지만 표정에선 건질 게 아무것도 없었다. 무표정하게 굳은 얼굴. 지율은 잠시나마 간덩이를 키운 걸 후회하고 또 후회했다. 지율은 일부러 바보처럼 배시시 웃었다.

"헤헤헤…… 뻥인데! 속았죠?"

지율은 얼른 준우에게서 팔을 풀었다. 그리고 준우에게서 빠져나와 집으로 도망치듯 달렸다. 쓰디쓴 약을 한 사발 들이마신 사람처럼 얼굴을 일그러뜨리며.

"아유, 쪽팔려!"

지율은 키스를 한 순간부터 술이 깨기 시작하더니 지금은 정상으로 거의 돌아온 상태였기 때문에 아까처럼 객기를 부릴 수도, 배짱을 튕길 수도 없었다. 지금은 그저 도망치고 싶은 마음뿐이었다.

지율은 집 앞에서 허겁지겁 열쇠를 찾아 문에 꽂고 돌렸다. 바로 뒤에서 준우가 걸어오는 소리가 들렸다. 그 소리가 가까워질수록 지율의 심장도 빠르게 뛰었다. 손잡이를 잡고 문을 여는 순간 준우가 뒤에서 한 손으로 문을 잡고 나머지 다른 손으로 지율의 허리를 감싸 안았다. 지율은 당황한 나머지 뒤로 돌아섰다. 그때 준우가 다시 지율에게 키스를 하며 집 안으로 그녀를 밀고 들어갔다.

지율도 준우를 간절히 원했던지라 그를 밀쳐 낼 수가 없었다. 마음이 가는 대로 몸을 맡겼다. 그래서 준우의 키스에 더욱 깊이 빠져들었고, 뜨거운 반응을 보였다. 그만큼 감정이 이성을 지배하고 준우에 대한 갈망이 깊었다. 마음의 문을 열기가 힘들어서 그렇지 막상 열면 상대방의 마음을 받아들이기도, 자신의 속마음을 내보이는 것도 쉬웠다.

둘은 서둘러 신발을 벗고 거실 안으로 들어갔다. 그리고 침실로 향했다. 그사이에 잠시 떨어지기라도 하면 누가 먼저라고 할 것도 없이 서로를 끌어당기고 입을 맞췄다. 싫증이 날 때까지 키스를 하고 싶은지 그들은 오랫동안 서로를 놓아주지 않았다. 탐험을 하듯, 관찰을 하듯, 실험을 하듯, 음식에 감탄을 하듯 키스에만 온 정신을 기울였다.

준우는 지율을 번쩍 들어 침대 위에 내려놓았다. 그들은 잠시 뜨거운 눈길로 거친 호흡을 나누며 서로를 바라보았다. 사랑하는 만큼 거리를 좁히고 싶은 준우가 천천히 지율에게 다가갔다. 아주 가까운 거리에서 준우는 손을 내밀어 지율의 눈썹을 쓰다듬고 콧날로 내려왔다. 지율은 그 감촉을 감상하듯 두 눈을 감았다. 준우의 손이 계속 미끄러지듯 뺨을 훑고 키스로 인해 다소 부은 입술로 옮겨왔다. 부드러운 감촉을 느끼며 준우가 낮게 한숨을 토해내며 말했다.

"지금이라도 늦지 않았어. 더 이상 만지지 말라고 해."

"싫어요."

지율이 반항하듯 말하고선 미간을 살짝 찡그렸다. 준우의 손이 턱 선을 그리며 목으로 내려와 어깨로 미끄러지듯 들어왔다. 코트 안에 입고 있는 니트는 목이 깊게 파여 있어 별 무리 없이 하얀 어깨가 드러났다. 준우의 숨소리가 더욱 거칠어졌다.

하나의 감각을 닫으니 나머지의 감각이 더 예민해졌다. 지율이 천천히 숨을 들이마시자 가슴이 크게 부풀어졌다. 준우의 손은 점점 속도를 내며 니트 위를 내달렸다. 볼록하게 튀어나온 가슴 주위를 맴돌던 손이 정상을 향해 오르기 시작했다. 원을 그리며 쓸어 올리듯. 지율의 입이 살짝 벌어졌고 작은 탄성이 새어나왔다.

준우의 손은 더욱 대담해져 이젠 니트 밑을 파고들었다. 납작한 배를 가로질러 다시 가슴을 감싸고 있는 장막 속으로 파고들었다. 준우가 가슴 전체를 덮어버린 손에 힘을 가하며 살짝 움켜쥐었다. 모든 것이 생각대로였다. 지율의 가슴은 풍만하고 부드러웠다. 준우가 엄지손가락으로 유두를 살짝 스치자 그것은 팽팽하게 굳어졌다. 준우는 두 손가락 사이에 그것을 집어넣고 조금씩 비틀었다. 그러면서 지율의 목에서 흘러나오는 욕망의 소리를 즐겼다. 지율은 가슴 전체로 퍼지는 알싸한 느낌에 머릿속이 혼미해지기까지 했다.

"날 자제시켜 봐."

준우가 괴로운 듯 속삭였다. 하지만 지율은 그러고 싶지 않았다. 지금의 느낌이 너무나도 황홀하고 좋아서 조금 더 즐기고 싶은 마음이었다.

"조금만…… 조금만 있다가요."

지율은 가는 소리로 말하고선 거친 숨을 토해냈다. 지율은 피부에 와 닿는 준우의 손길이 좋았고 준우에게도 똑같이 대응하고만 싶었다.

"정말 괜찮은 거야?"

"더 이상 명령도, 질문도 하지 마요."

지율이 팔을 뻗어 준우의 목을 끌어당겼다. 그리고 입술을 찾아 다시 키스했다. 지율은 준우의 강인한 남성다움과 거친 면모에 점점 부드럽게 녹아들어갔다. 얼굴에 닿는 준우의 수염 자국들, 입술의 맛과 살갗에서 풍기는 향기, 준우의 모든 것에 갈증을 느꼈다.

준우가 지율의 옷을 벗기기 시작했다. 코트에 이어 니트를 들어 올리고 스커트를 끌어내리자 지율은 한기를 느끼고서 몸을 약간 떨었다. 어둠 속에서 준우가 일어나 웃옷을 벗자 금속성 허리띠 버클이 빛을 내며 모습을 드러냈다. 준우는 지율에게 시선을 고정시킨 채 바지를 벗고 다가왔다.

둘은 서로의 벗은 모습에 더욱 흥분을 느꼈다. 준우의 두 손이 지율의 가슴으로 이동해 가 천천히 곡선을 그리면서 브래지어를 벗겨냈다. 그러자 희고 둥근 곡선 위에 자리잡고 있는 분홍빛 유두가 빳빳하게 고개를 쳐들었다. 준우는 그곳에 자신의 입을 가져다 대고 혀로 핥고 입술로 살짝 물었다. 그러다 이내 가슴을 입 안 가득 물고선 강하게 빨아들였다. 지율은 가슴에서 느껴지는 쾌감으로 신음을 내질렀다. 참으려고 해도 자꾸 새어나오는 자신의 목소리를 억제할 수는 없었다. 지율은 준우의 머리카락 사이로 손을 집어넣고 그의 머리를 헤집었다. 그 느낌이 아주 좋았다.

준우의 손과 입이 아래로 천천히 움직여 갔다. 배와 중요한 부분을 가리고 있는 팬티 위, 허벅지, 그리고 스타킹을 신어 매끄럽게 느껴지는 다리까지. 준우는 탐험을 한 곳엔 꼭 증거를 남기듯 뜨거운 키스를 했다. 말랑말랑하면서도 탄력있는 육체의 부드러움으로 희열을 느낀 준우는 어서 빨리 지율의 몸 안에 자신을 묻고픈 충동을 느꼈다. 지율을 느끼고 맛보고 싶었다. 그러나 참아야만 했다. 지율이 그를 고통없이 받아들일 수 있는 충분한 시간이 될 때까지.

"그런데 저기요."

지율이 거친 숨을 몰아쉬며 말을 꺼냈다.

"응."

"나요."

"응."

지율이 자꾸 주저하며 말하기를 어려워했다.

"당신이…… 처음이에요."

준우가 놀랄 것을 예상했던 지율은 오히려 그가 이미 알고 있다는 듯이 피식 웃자 당혹스런 낯빛을 했다.

"알아."

"어? 어떻게요? 처음인 게 많이 표나요?"

"응. 그것도 아주 많이. 손끝만 닿아도 당신 금방 타오르고 있거든."

지율이 얼굴을 붉히자 준우가 미소를 지으며 다시 애무해 나갔다. 지율은 작은 신음 소리를 내며 준우에게 초조하게 엉켜왔다. 지율의 두 손이 준우의 등에 부드럽게 와 닿았다. 지율은 손가락으로 조심스레 준우의 등을 쓰다듬고 손톱으로 부드럽게 긁어댔다. 지율은 마음속에서 맴도는 말을 조심스럽게 끄집어냈다.

"날 원한다고 말해줘요."

사랑한다는 말까지는 바라지도 않았다. 하지만 비로소 진정한 여자가 되는 순간만큼은 최소한 원한다는 말 정도는 듣고 싶었다.

"원해. 당신을 간절히 원해."

준우가 맨살이 드러난 허벅지 안쪽을 쓰다듬고 팬티 안으로 손을 집어넣자 지율의 등이 한껏 휘어졌다. 신비의 계곡에서 빠져들고픈 액체의 열기가 느껴졌다. 그의 몸이 어서 서두르라고 안달을 해댔다. 딱딱하고 뜨겁게 달구어진 그의 것이 달콤한 해방감을 맛보기 위해 줄달음치고 있었다. 지율은 촉촉하고 부드러웠으며 아늑하고 또한 달콤했다. 더 이상 지율을 끝까지 기다릴 수가 없었다. 준우가 애원하듯 지율을 쳐다보았다.

"아플 거야."

지율이 알고 있다는 듯 고개를 끄덕였다. 준우가 능숙하게 지율과 자신의 몸에서 장애물을 제거했다. 그리고 손을 아래로 내려 촉촉하게 젖은 좁은 문을 부드럽게 문지르고 안으로 천천히 집어넣었다. 지율의 온몸이 부르르 떨려왔다. 준우는 절묘하게, 부드럽게, 대담하게, 자신만만하게 애무를 하면서 잠시 기다렸다. 지율이 제발 그만 하라고 애원할 때까지 계속 그곳을 쓰다듬고 어루만지며 회전하는 행위를 계속했다.

"아아…… 미칠 것만 같아요."

그때 준우는 그 문의 입구로 자신을 깊이 들이밀었다. 지율은 큰 고통으로 인해 짧은 비명을 질렀다.

"괜찮아?"

준우가 걱정스런 낯빛을 하고 다정하게 속삭였다. 지율은 고개를 끄덕였다.

"네…… 괜찮아요."

이런 느낌은 난생처음이었다. 아랫배를 타고 전해오는 아픔은 칼에 살이 베이거나 부딪혀서 느껴지는 것과는 달랐다. 지율은 괜찮다는 말을 하면서도 자신도 모르게 눈물이 났다. 다른 사람이 아닌 준우가 준 아픔에 흘리는 기쁨의 결과물이었다. 평생 한 번겪을 이 느낌을 죽을 때까지 간직하고 싶었다. 준우와 자신만이 아는, 그 누구도 모를 이 비밀을.

지율이 느끼는 큰 고통으로 인해서 기쁨을 어떻게든 참아보고 싶었지만 준우는 너무나 황홀해서 멈출 수가 없었다. 자신을 꽉 조이는 길을 넓히기 위해 조금씩 움직였다. 그 속도는 그들이 내뱉는 거친 호흡과 함께 빨라졌다.

지율은 애원하듯 그를 자신 깊이 끌어당겼고, 준우는 부서질 듯 지율을 세게 끌어안아 자신에게로 더욱 밀착시키며 다급한 공격을 시작했다. 지율은 처음 느껴지는 감각적인 쾌락을 두려워하면서도 달콤한 흥분에 전율했다. 줄기차게 파고드는 황홀한 공격에 참을 수 없는 신음을 흘렸다. 준우는 밀려드는 클라이맥스를 지율

과 함께 느끼고 싶다는 생각을 하며 자신을 힘겹게 조절했다. 고
통과도 같은 쾌락에 온몸이 젖어들었다. 잠시 후 준우는 뜨겁게
달구어진 지율의 몸 안에 자신의 모든 것을 쏟아냈다.

둘은 마침내 힘이 다 빠져 버렸다. 완전히 기진맥진해진 그들은
사랑에 취해서 나른해져 갔다. 준우는 지율의 가슴에 얼굴을 묻고
축축해진 피부에 여러 번 입을 맞추었다. 그리고 그 부드러운 둔
덕에 거칠거칠한 뺨을 가볍게 비벼댔다. 지율은 준우의 머리카락
을 만지작거리며 희미하게 미소를 지었다. 그리고는 잠 속으로 빠
져들었다.

"으앙!"

어디선가 갓난아이의 울음소리가 들려왔다. 언뜻 잠이 깬 지율
은 눈살을 찌푸리고선 베개로 양 귀를 틀어막았다.

'아이 씨, 어느 집 아기가 사람 잠을 못 자게 울어대는 거야?'

그때였다. 누군가가 지율을 마구 흔들어 깨웠다.

"엄마, 엄마!"

어린아이들의 다급한 목소리가 귓전을 때렸다. 비록 눈은 감았
지만 지율은 아이들의 목소리로 그 수가 세 명이라는 것을 알아냈
다. 하지만 지율은 눈을 뜨지도, 입을 열지도 않았다. 왜냐하면 자
신은 아이들의 엄마가 아니기 때문이었다.

'애들아, 사람 잘못 봤다. 난 너희들의 엄마가 아니란다. 귀찮
게 좀 하지 말고 저리 가거라!'

하지만 아이들은 여전히 지율을 재촉하듯 흔들어 깨웠다.

"엄마! 일어나세요! 라연이가 배가 고픈가 봐요. 젖 좀 주세요!"

'라, 라연이? 젖? 어머, 애들이 무슨 소리를 하는 거야?'

지율은 아이들의 말에 소스라치게 놀라며 일어났다. 지율은 믿을 수 없는 광경에 잠시 멍해졌다. 눈앞에 세 명의 여자 아이가 나란히 무릎을 꿇고 앉아 있었다. 지율을 빤히 쳐다보며. 아이들은 모두 붕어빵을 찍어낸 것처럼 똑같은 단발머리에 땟물이 줄줄 흐르는 얼굴, 한 달 정도 빨지 않은 것 같은 낡은 스웨터와 바지 차림으로 감기에 걸렸는지 콧물을 질질 흘리고 있었다. 소매로 쓱 닦아서 콧물이 노란 수염이 되어 양 볼에 그어져 있었고 한 아이는 턱까지 아슬아슬하게 내려온 콧물을 훅 들이마셨다. 누런 콧물이 콧속으로 쏙 들어가는 것을 본 지율은 구역질을 하고 싶은 표정을 했다. 그리고 자지러지게 울어대고 있는 갓난아이를 바라보았다. 그때 제일 큰 아이가 갓난아이를 안고 지율에게 다가왔다.

"엄마, 라연이한테 얼른 젖 주고 밖에 나가보세요. 손님들 기다리세요."

'아니, 얘가 뉘 집 딸인데 끔찍한 소리를 해대는 거야? 애도 안 낳아본 여자한테 젖을 주라니!'

소름이 끼친 지율은 문을 향해 냅다 도망을 쳤다. 다시 자지러지게 우는 갓난아이와 엄마를 애타게 부르는 아이들의 소리가 뒤통수를 찔러도 절대 뒤돌아보지 않았다.

방문을 벌컥 열고 나온 지율은 난생처음 보는 광경에 또 한 번 놀라고 말았다. 좁은 가게 한가운데 연탄 난로가 있었고 그 위엔

찌그러진 양동이가 올려져 있었다. 뜨거운 물이 담겨져 있는지 김이 모락모락 나고 있었다. 그리고 좌측 벽엔 '축 개업'이란 글자가 새겨진 거울이 두 개 걸려 있었고 그 앞엔 낡은 수건을 어깨에 두르고 파마를 만 아줌마 둘이 꾸벅꾸벅 졸며 앉아 있었다. 천장엔 먼지가 그득하게 내려앉은 형광등이 수명을 다했는지 깜박거리고 있었다. 어둠침침하고 구질구질한 내부는 딱 시골에서나 볼 수 있는 미장원의 모습이었다. 그때 한 여자가 잘 열리지도 않는 미닫이문을 열고 들어왔다.

"라연이 엄마! 밖에 좀 나가봐요! 라연이 아빠가 또 술을 마시고 비틀거리네!"

'아니, 왜 자꾸 나한테 라연이 엄마라는 거야? 그리고 라연이 아빠라니! 그럼 술 먹고 비틀거리는 인간이 내 남편이란 소리야?'

지율이 계속 못마땅한 표정을 짓자 여자가 지율의 팔을 잡고 바깥으로 이끌어냈다.

바깥에 나온 지율은 하얀 눈으로 덮인 허허벌판을 둘러보았다. 지율의 눈이 휘둥그레졌다.

'여기가 도대체 어디인 거야?'

지율은 자신이 방금 나온 건물을 되돌아보았다. 페인트조차 바르지 않은 단층 건물 벽엔 손으로 직접 쓴 '네 자매 미용실'이란 붉은 글자의 나무 간판이 걸려 있었고, 곳곳엔 깨진 창문들, '소변 금지', '오미자하고 이달수하고 바람났다!' 라는 낙서들이 휘갈겨져 있었다. 건물과 옆에 심겨진 나무를 이은 빨랫줄엔 낡은 옷가지들이 걸려 있었는데 찬바람에 이리저리 휘날리고 있었다.

사색이 된 지율은 점점 가까워지는 노랫소리에 고개를 돌렸다. 한 남자가 비틀거리며 걸어오고 있었다. 한 손엔 소주병을, 다른 한 손엔 새우깡 세 봉지를 들고 배트작배트작 그렇게 말이다. 남자의 뽕짝 메들리를 듣고 집에서 세 명의 아이들이 뛰쳐나왔다. 반색을 하며 '아빠!' 하고 달려드는 아이들에게 남자는 '어이구, 내 새끼들! 옜다, 받아라!' 하며 새우깡 세 봉지를 날렸다. 아이들은 환호를 하며 새우깡을 받아 챙기고 집 안으로 쏙 들어갔다. 지율 앞에 선 남자는 '이놈의 여편네야, 서방님이 왔는데 밥도 안 챙기고 뭐 해?' 하고 버럭 화를 냈다.

"라연이 엄마, 어서 들어가 봐! 저 손님들 파마 만 지 두 시간 다 됐지? 내가 중화해 줄게."

지율은 여자에게 떠밀리다시피 하며 남자와 함께 가게 안으로 들어갔다. 부엌처럼 보이는 곳에 갔더니 큰 아이가 김치가 담긴 그릇을 상에 올리고 공기에 밥을 담고 있었다.

"엄마, 다 됐어요. 들고 들어가세요."

지율은 아이가 시키는 대로 순순히 상을 들고 방을 들어갔다. 그리고 과자를 먹는 아이들과 장난을 치던 남자 앞에 놓아주었다. 남자는 지율과 상을 번갈아 보더니 갑자기 발길질을 해댔다. 그 바람에 상이 요란한 소리를 내며 엎어져 버렸다.

"아니, 이 여편네가 내가 벌어다 준 돈은 어디다 빼돌리고 이 따위 거지발싸개 같은 밥상을 차려오는 거야? 지금 네가 하늘 같은 남편을 무시해?"

남자가 지독한 냄새를 풍기는 양말을 벗어 지율의 얼굴을 향해 던지고 옆에 있던 재떨이를 날렸다. 지율은 눈에서 찢어지는 아픔을 느끼고 날카로운 비명을 내질렀다.

'아니, 이놈의 술주정뱅이가 재떨이로 사람을 쳐? 도대체 이 모든 황당한 시추에이션은 언제쯤 끝나는 거야?'

지율은 도저히 참을 수가 없어서 홱 돌아섰다. 그리고 모든 것을 뒤로하고 집 밖으로 나왔다.

지율은 불이 난 것 같은 눈을 어루만지며 어디로 가야 할지 몰라 울먹거렸다.

'내가 또 악몽을 꾸는 거지? 그런 거지? 내가 이렇게 어둡게 살 리가 없어! 절대 없다구!'

지율은 그때 뭔가를 발견하고 멈칫했다. 집 앞에 고급 승용차 한 대가 주차되어 있었다. 지율은 까맣게 코팅된 멋진 차에서 시선을 떼지 못하고 입을 떡 벌렸다. 그때 뒤쪽 창문이 스르륵 내려졌다. 그와 동시에 한 남자의 얼굴이 보였다.

'어머나, 세상에!'

민준우였다. 준우는 비즈니스 잡지에 성공 스토리와 함께 사신이 게재될 만큼 멋진 모습을 하고 있었다. 지율은 차 쪽으로 냉큼 다가가 준우를 불렀다.

"민 선생님!"

선글라스를 쓴 준우가 천천히 고개를 돌려 지율을 응시했다. 잠시 후 준우는 선글라스를 벗고 동정의 눈빛으로 지율에게 이렇게 물었다.

'어쩌다 이렇게 망가진 거니? 쯧쯧……'

준우는 뽀글거리는 파마에 기하학 무늬의 몸뻬를 입은 지율을 훑어보며 매력적인 입술을 달싹거려 느릿느릿 말을 하기 시작했다.

"그때 나 잡지 그랬니?"

지율은 무슨 말을 해야 할지 몰라서 우물쭈물했다. 아무리 악몽이지만 자신의 인생이 이렇게까지 망가질 수 있을까 싶어 부끄러웠던 것이다. 준우는 상의 주머니에서 흰 봉투를 하나 꺼내 지율에게 건넸다.

"살림에 보태 쓰고 마음 바뀌면 연락해."

지율은 넋이 나간 표정으로 봉투를 받아 들었다. 그러자 준우는 다시 선글라스를 쓰고 기사에게 '가지'라는 말을 하며 창문을 올렸다. 차가 움직이자 지율은 다급한 마음에 차를 두드리며 쫓아가기 시작했다.

"민 선생님! 기다려요! 민 선생님! 저 좀 데려가 주세요!"

하지만 차는 멈추지 않았다. 지율은 사력을 다해 준우를 부르며 뛰기 시작했다. 뒤에선 아이들이 '엄마!' 하고 부르는 소리가 들리고 연이어 술주정뱅이의 '이놈의 여편네가 어딜 가는 거야!' 하는 소리가 뒤따라왔다. 숨을 헐떡거리며 뛰던 지율은 결국 돌부리에 걸려 넘어지고 말았다. 차는 시야에서 점점 멀어지고 있었다. 지율은 서럽게 울며 목청껏 준우를 불렀다.

"민 선생님! 민 선생님! 가시면 안 돼요! 안 돼에에에에에에!"

"김지율! 눈 떠! 눈 뜨라구!"

지율은 누군가가 뺨따귀를 때리자 비명을 지르며 눈을 번쩍 떴다. 눈앞에 준우가 보였다. 매정하게 돈만 던져 주고 가버렸던 준우가 말이다. 지율은 북받치는 설움에 울며 준우를 주먹으로 패기 시작했다.

"엉엉! 이 나쁜 놈, 나쁜 놈! 그렇게 가버리면 어떡해! 어떡해! 엉엉!"

준우는 기꺼이 샌드백이 되어 지율의 폭력을 받아냈다.

"내가 어딜 갔다고 이래?"

지율은 잠시 폭력을 멈추고 눈물 젖은 눈으로 주위를 둘러보았다. 자신의 방이었다. 궁상맞은 집도, 누런 콧물을 흘리는 아이들도, 주정뱅이 남편도 없었다. 지율은 안도의 숨을 내쉬며 바로 앞에 있는 준우를 바라보았다. 샤워를 했는지 머리가 젖어 있었고 큰 수건으로 아랫도리를 가린 상태였다. 지율은 그제야 어젯밤 일이 떠올라 이불로 벗은 몸을 가렸다. 얼굴이 점점 빨간 사과처럼 변해갔다.

"악몽이라도 꾼 거야?"

준우가 지율의 얼굴에서 눈물을 닦아주며 물었다. 지율이 말없이 고개를 끄덕이자 준우는 살포시 미소를 지었다.

"내가 출연했던 모양인데 무슨 내용이었는지 궁금하네."

지율은 한참을 망설이다 자신이 꾼 꿈에 대해 리얼하게 이야기해 주었다. 준우는 그 광경이 상상이 되는지 계속 피식피식 웃다 나중엔 배꼽을 잡고 웃어댔다.

"웃지 마요! 난 정말 비참하고 앞이 깜깜했다구요!"

"그럼 막내가 라연이면 첫째는 가연이, 둘째는 나연이, 셋째는

다연이? 이름 무지 예쁜데? 그런데 혹시 그거 태몽 아니야?"

지율은 눈을 커다랗게 뜨고 경악했다.

'말도 안 돼! 그런 지지리 궁상 태몽이 어디 있어? 그리고 어젯
밤 일은…… 어젯밤 일은 단지…… 단지 충동, 그래! 충동에 의
한…… 시, 실수였다구.'

지율은 인정하기가 힘든지 속으로도 말을 고르고 골라 떠듬거
렸다.

'김지율, 너 이제 어쩔래? 황금 알을 낳는 거위를 잡아먹어 버
렸으니 이젠 어쩔 거냐구?'

지율은 인생이 이렇게 후회가 된 적이 없었다. 후회해도 소용없
다고 준우에게까지 큰소리를 뻥뻥 쳤던 지율이 오히려 무덤을 파
고 들어앉고 싶을 만큼 후회를 했다. 지율은 정말이지 입이 열 개
라도 할 말이 없었다.

"어디 아파? 안색이 왜 그래?"

지율은 준우가 계속 반말을 해와도 뭐라 할 말이 없었다. 돌이
킬 수 없는 강을 건넜다는 생각만 들 뿐이었다. 지율의 눈동자는
무수한 감정으로 인해 어두워졌다.

"저, 저기요. 저 좀 씻고 올게요."

"그래. 그렇게 해."

지율은 몸을 감싼 이불을 질질 끌며 욕실로 향해 걸어갔다. 찌
뿌드드하고 거북한 아랫부분 때문에 지율의 걸음걸이는 다소 불
편해 보이기까지 했다.

준우는 그런 지율을 번쩍 안아 들고 욕실로 가 씻겨주고 싶은

충동을 느꼈다. 또한 어젯밤처럼 손으로 부드러운 살결을 느끼고, 혀로 지율의 입술과 가슴을 맛보고, 귀로 지율이 내는 에로틱한 소리를 듣고 싶은 욕구가 솟구쳤다. 하지만 상상만으로 만족해야 했다. 곧 출근을 해야만 했기 때문이다.

지율은 꽤 오랜 시간 욕실에서 나오질 않았다. 준우는 시간만 여유롭다면 지율을 앉혀놓고 사랑을 고백하고 싶었다. 오늘 밤 다시 만나 황홀한 시간을 함께 보내자고 제안하고 싶었다. 하지만 그러기엔 시간이 턱없이 부족했다. 지금 집으로 올라가 옷을 갈아입고 출근을 해도 몇 분 정도는 늦을 것 같았다. 준우는 고민을 하다 욕실 문에다 대고 말했다.

"나 집에 가서 옷 좀 갈아입고 미용실로 가야 할 것 같아."

욕실 안에서 아무 말이 없자 준우가 다시 말을 이어나갔다.

"몸이 안 좋은 거 아냐? 괜찮아?"

"괜찮아요. 먼저 가세요. 거의 다 했으니까."

"그래, 알았어. 나중에 봐."

준우는 서둘러 떠났고, 지율은 그제야 욕실 문을 열고 나왔다. 근심 가득한 얼굴로.

제18장
동상이몽

회식의 여파로 직원들의 출근이 평소와 달리 조금씩 늦어졌다. 그중 제일 늦게 출근한 사람은 최근에 지각 횟수가 눈에 띄게 준 혜정이었다. 혜정은 다리를 절뚝거리며 출근을 했다. 지각을 하지 않으려고 뛰다 하이힐 뒤축이 떨어졌단다.

"싼 게 비지떡이란 말이 괜히 있는 게 아냐! 이것 봐, 이거!"

혜정이 뒤축이 떨어져 타달거리는 자신의 하이힐을 들어 보이며 이렇게 외쳤다.

"나한테 본드 있는데. 이리 줘, 내가 붙여줄게."

혜정의 마음을 얻으려고 항상 노력했지만 번번이 외면을 당했던 대한이 때는 이때다 싶어 혜정에게 바싹 다가섰다. 하지만 혜정은 그런 대한을 쳐다보지도 않고 손만 내밀었다.

"이리 줘. 내가 붙일게."

대한은 본드를 건네고선 시무룩한 표정으로 뒤돌아섰다.

"최대한! 그런데 너, 설마 아직도 본드 흡입하고 다니는 건 아니지?"

혜정의 말에 놀란 대한이 개구리처럼 팔딱 뛰며 뒤돌아섰다.

"아냐! 그거 어제 집에 가다 애들한테 뺏은 거야."

"넌 아직도 삥 뜯고 다니니?"

혜정이 하이힐에 본드를 바르며 말했다.

"우씨, 넌 도대체 날 뭘로 보는 거냐?"

"뭘로 보긴, 이렇게 눈으로 보지. 왜? 개만도, 불만있냐?"

혜정은 대한을 째려보며 퉁명스럽게 대답했다. 그사이에 본드가 혜정의 손에 떨어졌다. 하지만 그 사실을 알지 못한 혜정은 대한과 계속 말씨름을 해댔다.

"나, 요즘 바른생활맨처럼 살아. 우리 아버진 내가 너무 변했다고 혹시 죽을 때가 다 된 거 아니냐고 걱정까지 하신다. 너무 그러지 마라!"

"정상적인 생활을 그렇게 표현하실 정도면 그동안의 네 생활이 어땠는지 짐작이 가고도 남는다."

"혜정아……."

옆에 있던 은영이 걱정스레 혜정을 불렀다.

"왜?"

혜정이 대한에게서 은영에게로 시선을 옮겼다.

"너 구두 뒤축을 붙이는 거니, 아니면 손을 붙이는 거니?"

은영의 지적에 혜정이 깜짝 놀라 비명을 내질렀다.

"어머! 어머! 어떡해! 손가락이 붙었어!"

혜정이 서로 달라붙은 손가락을 보이며 펄쩍펄쩍 뛰었다.

"에그, 에그! 그러기에 왜 우리 착한 대한 씨를 건드리고 그래? 벌받은 거지 뭐."

"우리 착한 대한 씨? 야! 헛소리 지껄이지 말고 내 손가락 좀 어떻게 해줘봐!"

"이리 와, 칼로 살살 썰어서 떼어보게."

"뭐? 칼? 썬다고? 내 손가락을?"

"그럼, 어떡해? 이대로 세 손가락 가진 외계인처럼 살래?"

"으앙! 나 어떡해!"

혜정과 은영이 손가락을 해결하기 위해 휴게실로 들어갔다. 그런 모습을 지켜보던 대한이 준우에게 말을 걸었다.

"어쩜 이렇게 사람 마음을 몰라주는 거죠?"

"더 잘해봐. 진심은 통하는 법이니까."

"진심이 통해요? 쟨 아무것도 안 통해요!"

휴게실에서 혜정의 비명 소리와 은영의 질책하는 소리가 들려왔다.

"야! 아파! 살살 해줘!"

"가만있어 봐! 그러다 진짜 네 손 자르겠다!"

"아! 아프다니까!"

"참아! 어쩔 수 없잖아!"

그때였다. 한 달에 한 번씩 꼬박꼬박 들러 쥐 파먹은 머리를 디

밀고 최 선생과 옥신각신하는 할머니가 등장했다. 그런데 왠지 전의 느낌하고는 사뭇 달라 보였다. 오자마자 미용실을 들었다 났다 해야 하는데 어디가 아픈지 그럴 기색이 전혀 보이질 않았다. 할머니와 가장 친한 최 선생이 냉큼 달려가 그 이유를 물었다.

"할머니, 왜 이렇게 안색이 안 좋으신 거예요? 무슨 일이라도 있으셨던 거예요?"

"나 절에 들어가게 머리 다 밀어줘."

할머니의 주문에 미용실 직원들의 눈이 일제히 커졌다.

"엥? 머리를 밀어달라구요?"

"그래. 한 올도 남기지 말고 다."

할머니는 체념한 표정으로 의자에 앉았다.

"도대체 무슨 일로 그러시는 거예요?"

"갔어."

할머니가 한숨을 내쉬듯 말했다.

"네? 가다니요? 누가요?"

"두 연놈이 뱅기 타고 태국으로 갔어!"

"헉! 할아버지랑 노인정 붙여우 할머니가요? 어머! 어머!"

최 선생이 극도로 오버를 하며 흥분했다. 할머니는 주머니에서 꼬깃꼬깃한 가제 손수건을 꺼내 눈가의 눈물을 찍어냈다.

"내가 이렇게 살면 뭐 해? 동네 창피해서 도저히 살 수가 없어. 속세를 떠나 불공이나 드리며 살아야지. 냉큼 안 밀고 뭐 해?"

할머니의 호통에 대한이 냉큼 커트 보를 둘러주었다. 하지만 최 선생은 바리깡을 들고서 눈물만 주르르 흘렸다. 할머니는 굳게 마음을 먹었는지 아예 눈을 꽉 감고 기다렸다.

"차라리 황혼이혼을 해버리시지 머리는 왜 미신대요?"

"이혼을 했을 것 같으면 진즉에 했지."

"할머니, 훌쩍, 전…… 못해요! 어떻게…… 할머니 머리를 엉엉! 나쁜 할아버지! 나쁜 불여우 할머니! 어쩌자고 그런 만행을 저지르신 거야? 엉엉!"

최 선생이 바리깡을 세트대에 내려놓고 눈물바람으로 미용실을 뛰쳐나갔다. 보나마나 화장실에서 한 많은 귀신처럼 울다 올 것이기에 미용실 직원들은 그다지 걱정을 하지 않았다. 그때 지율이 나서서 할머니에게 말했다.

"할머니 상심하시는 거 충분히 이해해요. 하지만 자신을 학대하는 바보 같은 일은 하지 마세요. 그런 말도 있잖아요. '난 소중하니까!' 란 말. 할아버지를 사랑하고 미워하시는 것보다 할머니 스스로 자신을 소중하게 여기는 마음이 더 중요하지 않나요? 할머니, 기왕 오셨으니까 오늘 아주 예쁘게 하시고 쇼핑이라도 다녀오세요. 친구들하고 노래방 가서 신나게 노래도 부르고 춤도 추시고요. 탬버린 쳐줄 사람 없으면 저라도 해드릴게요. 네?"

할머니가 울먹거리며 지율을 올려다봤다.

"예쁘게?"

지율이 미소를 지으며 고개를 끄덕였다.

"네! 새색시처럼 아주 예쁘게요. 저희가 화장까지 다 해드릴게요. 민 선생님, 그렇게 해주실 거죠?"

지율이 거울을 통해 준우에게 물었다.

"네!"

"그래! 내가 누구 좋으라고 머리를 밀고 절로 들어가? 나도 앞으론 나한테 투자하고 내 인생 살 거야. 태국? 난 집을 팔아서라도 유럽 여행이다!"

마음을 고쳐먹은 할머니는 눈물을 닦고 결연한 표정으로 거울을 응시했다. 지율은 빙그레 웃으며 준우에게 할머니를 맡겼다.

"제가 머리 색깔 고급스럽게 바꿔 드리고 세련되게 커트해서 파마도 해드릴게요. 그리고 마지막으로 메이크업도 멋지게 해드리구요."

준우는 대한에게 염색 준비를 시키고 약을 조제하러 갔다.

몇 시간 뒤, 할머니는 완전히 변신한 모습으로 미용실을 나섰다. 변신 전후 사진을 찍어두었더라면 할 정도로 딴사람이 되었다. 머리 하나로 기분까지 전환될 수 있다는 걸 깨달은 할머니는 표정이 한결 밝아졌다. 할머니는 자신을 멋지게 변신시켜 준 준우에게 연신 고맙다는 말을 하고 미용실을 떠났다. 그리고 다시 옷을 멋지게 차려입고 와선 친구들과 노래방에 가기로 했다는 말을 하며 바리바리 싸 온 음식을 건넸다.

직원들은 할머니가 싸다 주신 음식으로 점심을 때우며 대화를 나눴다.

"해준 머리 마음에 든다고 하면서 나가는 손님 보는 게 제일 보람있어."

"맞아. 그게 제일 좋지. 그러나저러나 그 할아버지 진짜 심하다. 버젓이 부인이 있는데 어떻게 다른 할머니랑 밀회 여행 떠날 생각을 할 수 있냐! 하여간 남자들이란!"

은영과 혜정의 대화를 듣고 있던 대한이 못마땅한 표정으로 끼어들었다.

"왜 멀쩡한 남자들까지 싸잡아서 도매금으로 모는 건데? 그 할아버지는 그렇다 쳐도 가자고 따라나선 할머니는 잘한 거냐? 여자가 꼬리를 치니까 남자들이!"

"개만도, 그 아가리 그만 놀려라! 확 박아놓기 전에!"

혜정의 사나운 말 한마디에 대한이 입을 앞으로 삐죽 내밀고 뚱한 얼굴을 했다.

"야, 전혜정. 너 우리 착한 대한 씨한테 막말하는 것 좀 고쳐 줄래?"

"뭐?"

혜정이 어이가 없다는 듯 씩씩대는 은영을 쳐다보았다. 대한도 전혀 반갑지 않다는 얼굴로 은영을 말렸다.

"유은영 씨, 저 안 도와주셔도 되거든요?"

"대한 씨도 저처럼 사랑과 우정 사이에서 갈등하고 있다는 거다 알아요! 하지만 더 이상 이런 대접을 받아가면서 우정을 지키실 필요가 있나요? 우리가 서로 사랑을 택했다고 해서 욕하고 떠나간다면 우리도 그런 값싼 우정 따윈 필요없는 거 아닌가요?"

미용실 식구들은 다들 멍해져서 은영을 바라보았다. 어디서 많이 듣던 구절을 인용해서 멋지게 말하는 거야 뭐라고 할 순 없었지만 지금 이 상황과는 전혀 어울리지 않는 말이었기 때문이다. 대한의 인상이 점점 일그러져 갔다.

"아이, 미치겠네!"

"사랑할 땐 미쳐야 하는 거예요."

"아이고, 뒷골이야!"

"어머! 대한 씨, 혹시 고혈압 같은 거 있어요?"

은영이 방정을 떨며 대한에게 다가가도 미용실 식구들은 으레 그러려니 하면서 다시 식사를 하기 시작했다. 동문서답의 귀재인 은영과 장시간 대화를 하면 할수록 혈압이 상승하는 게 어제오늘의 일이 아니기 때문이었다.

준우는 바로 맞은편에 앉아 밥을 먹는 지율을 힐끗 쳐다보았다. 그러다 지율의 입술이 평소보다 다소 부어 있다는 생각을 하게 됐다.

'어젯밤 내가 너무 세게 빨고 깨물어서 그런 건가?'

별생각없이 원인분석을 하던 준우는 갑자기 자신의 몸이 뜨거워지는 것을 느꼈다. 너무 당황한 나머지 준우는 자기도 모르게 헛기침을 하고 말았다. 그 바람에 지율과 정면으로 눈이 마주쳤다. 지율은 날씨가 많이 풀렸음에도 불구하고 목까지 올라오는 옷을 입고 있었다. 준우는 그 이유가 어젯밤 자신이 남긴 거친 사랑의 흔적 때문이라는 결론을 짓고 이번엔 얼굴을 붉혔다.

'이런, 망할! 내가 지금 무슨 생각을 하는 거야?'

준우는 절제할 수 없는 사고를 원망하며 속으로 욕을 내뱉었다.

"잘 먹었습니다."

준우는 다른 때와 달리 일찍 식사를 마치고 일어났다. 지율을 계속 보고 있으면 어젯밤 일이 더욱 선명하게 기억날 것만 같아서였다.

그 이후로 준우는 마감 시간이 될 때까지 죄없는 시계를 들여다보며 원망하고 욕을 해댔다. 배터리가 다 닳은 게 아니라면 시계만큼 정직한 물건이 또 어디 있으랴. 하지만 준우에게 하루는 너무 더디고 곤욕스럽기만 했다. 지율에게 쏟아내고 싶은 게 너무나도 많아서였다.

준우는 지율에게 '당신이 옆을 지나갈 때마다 나는 향기 때문에, 머릿속에서 그려지는 당신의 알몸 곡선 때문에, 환청처럼 들려오는 당신의 거친 숨소리 때문에 내가 얼마나 미칠 것만 같았는지 알아?' 라고 소리치고 싶었다. 그리고 어젯밤에 맛본 달콤함이 아직도 남아 있는지, 거친 손길로 인해 어디 한 군데 상한 곳은 없는지 확인을 하고 싶었다. 질릴 때까지 지율의 이름을 부르며 하나로 녹아들어 갈 때까지 안고만 싶었다. 점점 수위가 낮아지는 준우의 인내심은 마감 시간 전에 이미 바닥을 드러낸 상태였다.

준우는 아홉 시가 되자마자 지율의 손목을 끌고 퇴근을 서둘렀다. 지율이 장부 정리를 덜 끝냈든 말든 그건 알 바 아니었다. 직원들의 어리벙벙한 시선이 등에 꽂히든 말든, 마감 시간에 맞춰온 세혁이 반갑게 인사를 하든 말든 그것 또한 알 바 아니었다.

"어머! 왜 이래요? 사람들이 이상하게 쳐다보잖아요! 이거 놔요!"

"보든지 말든지!"

퉁명스럽게 말을 내뱉은 준우는 뛰다시피 쫓아오는 지율을 번쩍 안고 가는 게 더 빠르겠다는 생각을 했다. 그는 당장이라도 그 생각을 행동으로 옮기고 싶었지만 사람들의 이목을 더 집중시킬

까 봐 차마 그 행동까진 못했다. 그나마 집이라도 가까이에 있는 게 천만다행이었다.

준우는 집 앞에서 숨을 헐떡이는 지율의 가방을 빼앗아 열쇠를 찾아내고선 문을 열었다. 그리고 다시 안으로 끌고 들어가 벽으로 몰아붙였다.

"도대체 왜 이러는 거냐구요?"

준우는 이유를 묻는 지율의 허리를 감아쥐고 그녀의 입술을 내리 덮었다. 그에겐 이유를 설명해 줄 여유조차 없었던 것이다. 준우는 아직도 붓기가 가라앉지 않은 입술을 이로 물고 세게 빨았다. 벌어진 입 안에 혀를 찌르고 유희를 하듯 깊게 파고들었다가 물러가기를 반복했다. 어제보다 더 달콤했다. 준우는 여기에서 만족하지 못하고 지율의 목과 귀를 살짝살짝 깨물어 맛을 보았다.

"이러지 말아요. 우리 우선 대화 좀 나눠요. 네?"

뜨거운 키스의 열기로 몸이 점점 달아오르는 지율이 준우를 진정시키려 했다. 하지만 준우는 아무 소리도 들리지 않은지 계속 지율의 몸을 더듬고 쓰다듬었다. 웃옷을 위로 잡아당기고 손을 안으로 집어넣어 숨겨진 가슴을 찾아내 어루만졌다. 잠이 들어 있던 유두는 애무의 손길로 인해 탱탱해졌고 고개를 빳빳이 쳐들었다. 준우가 그곳에 입을 대고 지율의 몸 안에 있는 달콤함을 다 가지겠다는 듯이 강하게 빨아들였다.

지율은 몸을 비틀어대며 신음을 흘렸다. 그사이 준우의 두 손은 스커트와 매끄러운 슬립 속으로 파고들어 엉덩이를 감쌌다. 그리고 딱딱해진 자신의 몸을 향해 끌어당기면서 한쪽 손으론 그녀의 다리로 자신의 허리를 감싸게 했다. 그 바람에 지율은 공중으로 붕 뜬 상태나 다름이 없게 됐다.

"어쩌려고 이래요?"

지율은 준우에게 안겨 두 손으로 그의 목을, 두 다리로 그의 몸을 감싼 자세가 되었다. 흐트러진 숨결로 지율의 배는 급박하게 오르락내리락했다. 준우의 손이 팬티를 젖히고 습곡을 파고들었다. 그의 손길을 정확하게 기억하는 여성에서 샘이 솟아났다. 그의 기다란 손가락이 좁은 문을 뚫고 들어오자 지율은 숨을 급격하게 들이마셨다가 거칠게 내뱉었다.

"달콤하고 부드러워! 촉촉하고 따뜻해! 그래서 미칠 것만 같아! 들어가고 싶어. 당장 들어가고 싶어."

준우가 절규하듯 말하고선 바지 지퍼를 끌어내렸다. 그리고 단 한 번의 동작으로 지율과 하나가 되었다. 준우는 비명에 가까운 신음을 내지르는 지율에게 다시 입을 맞추고 그 상태로 소파에 앉았다. 준우는 강한 손으로 지율의 엉덩이를 움켜쥐고 더 깊은 곳으로 자신을 밀어 넣었다.

"하루 종일 이러고 싶었어. 당신을 느끼고 싶었다구."

준우가 애절하게 속삭이자 지율이 응축된 한숨을 터뜨리며 그에게 몸을 바짝 밀착시켰다. 지율은 더 이상 준우를 거부하지 않고 그가 원하는 대로 모든 것을 내어주기로 했다. 준우는 자신이 사랑하는 남자가 아닌가. 지율은 그가 주는 느낌 이상으로 되돌려주기 위해 노력했다. 지율은 한 손으론 그의 머리카락을 헤집고 다른 손으론 옷 속에서 물결치는 근육을 어루만졌다. 고르지 않은 숨을 토해내는 준우의 입에 자신의 입술을 맞대어 호흡을 함께 나누고 혀끝으로 유혹하듯 핥고 빨았다. 그의 가슴에서 울리는 그르렁거림을 가슴으로 흡수하며 그를 기쁨으로 몰고 갔다.

"당신, 너무 빨리 배우는 거 아냐?"

"선생님을 잘 둔 덕이죠."

지율이 손으로 준우의 젖은 입술과 광대뼈, 그리고 눈썹을 더듬으며 속삭였다. 그리고 차마 고백할 수 없는 말을 속으로 삼켰다.

'사랑이 아니면…… 절대 이럴 수 없죠. 욕심이지만 내가 당신한테 최고의 여자로 기억되었으면 좋겠어요. 적어도 이 순간만큼은 날 사랑했노라고 말할 수 있기를 바라요. 이런 경험을 또다시 할 수 있을까요? 당신이 날 영원히 사랑해 준다면 얼마나 좋을까요. 아아, 당신하고 절대 떨어지고 싶지 않아요.'

지율은 뜨거운 열정의 소용돌이에 휩싸여 더 이상 어떤 생각도 할 수가 없게 됐다. 하늘로 치솟을 듯한 느낌에 이성마저 흐릿해졌다. 강약을 조절하며 감각적으로 움직이는 준우로 인해 지율은 말로 표현할 수 없는 기분을 맛보게 됐다.

'아아, 너무 뜨거워. 금방이라도 폭발할 것만 같아. 온몸이 산산조각날 것만 같아.'

지율은 점점 빨라지는 준우의 리듬에 맞춰 몸을 움직였다. 그리고 동시에 절정에 도달한 비명을 토해냈다.

거칠었던 움직임과 숨결이 점차 진정이 되어갈 즈음, 그들은 그제야 실내가 어두운 것을 깨달았다. 하지만 둘 중 어느 누구도 불을 켜기 위한 수고는 하지 않았다. 지율은 차라리 어두운 게 다행스럽다는 생각을 했다. 여전히 준우를 품은 채 그에게 딱 달라붙어 있는 지율은 차라리 이 순간이 정지해 버렸으면 하는 바람을 가져보았다. 원하는 걸 다 얻어냈다고 생각한 준우가 아무렇지도 않은 얼굴로 자신을 떼어내고 가버리면 세상이 무너지는 기분을 맛볼 것 같아서 두려워졌다. 가슴 한복판이 날카로운 송곳에 찔린 듯 아파왔다. 지율은 자신이 울고 있다는 사실을 깨닫지 못하고 그렇게 굳어져 있었다.

"울어?"

지율은 준우가 질문을 해도 아무것도 할 수가 없었다.

"내가…… 당신 아프게 한 거야?"

지율은 걱정을 담아낸 준우의 목소리를 결코 잊을 수 없을 거라 생각하며 고개를 가로저었다. 준우는 지율의 얼굴을 보기 위해 자신에게서 지율을 떼어내려 했다. 하지만 지율이 강하게 거부했다.

"잠깐만요. 그냥 이대로 있어주면 안 돼요? 조금만, 조금만 더요."

준우는 자신의 품을 파고드는 지율이 사랑스럽다는 듯 손으로 헝클어진 머리를 빗어주었다. 지율은 눈을 감고 준우에게서 나는 체취를 오래오래 기억하기 위해 숨을 들이마셨다. 그러다 머릿속에서 그려지는 그림 하나에 절망스런 표정을 자아냈다. 준우가 자신이 아닌 다른 여자와 함께 사랑을 나누는 그림이었다. 생각만 해도 끔찍하고 소름이 돋쳤다. 지율은 문득 질투 때문에 죽을 수도 있겠구나 하는 생각을 했다.

'지금처럼 생생한 이 느낌, 이 체취가 나중에 아무리 노력해도

안 떠오르면 어쩌지? 아아, 나 어쩌자고 이 남잘 사랑하게 된 걸까?'

준우는 울음을 삼키며 몸을 간헐적으로 떠는 지율에게 어떤 말을 건네야 할지 알 수가 없어 난감한 표정을 지었다.

'왜 우는 걸까? 나와 사랑을 나눈 걸 후회해서?'

준우는 스스로 던진 의문에 욕을 해주고 싶을 만큼 굴욕감을 느꼈다. 지율의 눈물이 그를 점점 아프게 했다. 미리 하지 못한 말 '사랑해, 영원히 내 곁에 있어줘' 라는 말이 입 안에서 맴도는데 이런 상황에선 도저히 토해낼 수가 없었다.

'제길! 이럴 땐 어떻게 해야 하는 거야?'

그때 지율이 그에게서 몸을 떼고 입을 가린 채 욕실로 향해 달려갔다. 그리고 문까지 잠가 버렸다. 준우는 차마 다가가지 못하고 괴로운 표정으로 문만 바라보았다. 하늘이 무너지는 기분이 제대로 느껴졌다.

욕실 안에 들어간 지율은 물을 틀어놓고 물소리에 울음을 조금씩 섞어 흘려보냈다.

'아아, 날 어떻게 생각할까? 부담스러웠을 거야. 날 안은 걸 후회했을 거야. 창피해. 죽을 만큼 창피해. 어째서 난 쿨하게 마무리를 하지 못했을까? 이대로 연기처럼 사라져 버렸으면 좋겠어. 다시 멀쩡한 얼굴로 그를 볼 순 없어. 김지율, 베드, 앵베실, 이디오.'

지율은 열심히 자책하며 눈물을 흘렸다. 얼마 후, 지율은 현관문이 열리고 닫히는 소리를 들었다.

변덕이 죽 끓듯 날씨 변화가 극심한 초봄이었다. 때 아니게 내리던 눈이 비가 되어 내리고 있었다. 아침부터 검은 구름이 잔뜩 낀 우중충한 하늘은 지율과 준우 두 사람의 기분을 그대로 말해주는 듯했다. 그들은 며칠째 엇갈린 시선으로 서로를 힐끔거릴 뿐 다가가지 못한 채 한숨만 내쉬고 있었다.

지율과 준우가 각자 허공에 열심히 삽질을 할 수밖에 없었던 원인은 분명 대화 부족이었다. 그럼에도 불구하고 그들은 서로 대화하기를 꺼려했고 서로를 멀리했다. 워낙 미용실이 바빠져서 문제를 해결할 시간이 없기도 했지만 시간이 꽤 흐른 뒤에는 그 문제를 다시 끄집어내 대화를 나눈다는 자체가 생뚱맞은 일처럼 여겨졌다. 그래서 그들은 구렁이 담 넘어가듯 그 문제를 덮어버리고 쉬쉬하려 했다. 하지만 그들은 눈에 띄게 시들해져 가고, 빛을 잃어갔다. 특히 주위 사람들 눈엔 상태가 심각해진 것처럼 보이기까지 했다.

"오늘도 흐리네."

"그러게."

혜정과 은영이 걸레를 빨며 귓속말을 주고받았다.

"아직도 냉전 중인가?"

"그러게, 둘 다 여전히 눈도 안 마주치잖아."

"걸레 빤 거 있으면 나 좀 줘."

최 선생이 그들에게 다가와 손을 내밀었다. 하지만 혜정이 달라는 걸레는 안 주고 최 선생의 손을 확 잡아끌었다. 다른 손으로 조용히 하라는 듯한 표시까지 하며.

"왜?"

최 선생이 궁금한 얼굴로 작게 속삭였다.

"저 두 사람 저대로 그냥 놔둬야 하나요?"

혜정이 최 선생의 귀에다 대고 소곤거렸다.

"난 또 뭐라구."

최 선생이 싱겁다는 듯이 말을 하자 혜정과 은영이 궁금한 얼굴을 했다.

"사랑 싸움은 사랑의 결정체를 얻기 위한 하나의 과정이니까 너무 걱정하지 마."

도가 튼 사람처럼 말을 한 최 선생이 은영의 손에 있는 걸레를 낚아채듯 가져가 버렸다.

"결정체? 과정? 말은 되게 멋있는데 어려워서 영 귀에 안 들어온다."

은영이 고개를 갸우뚱하자 혜정은 속으로 '아이고, 저놈의 무식은!' 하며 한탄을 했다. 그때 갑자기 은영이 혜정을 무섭게 째려보았다. 마치 혜정의 속마음을 읽기라도 했다는 듯이.

"왜, 왜?"

"혹시 너랑 대한 씨도 결정체인가 뭔가를 얻으려고 계속 싸우는 거냐?"

혜정이 놀란 가슴을 쓸어내렸다. 그리고 은영을 타박하듯 말했다.

"결정체 같은 소리 하고 있다! 너의 착한 대한 씨한테 가서 삽질이나 그만 하라고 전해주련?"

"삽질? 대한 씨가 왜 삽질을 하는 건데? 식목일도 안 됐는데 나무라도 심는다니?"

은영이 눈을 커다랗게 뜨며 물었다. 혜정은 더 말을 해서 뭐 하겠냐는 듯이 고개를 절레절레 흔들어대고선 자리를 벗어났다. 은영이 혜정의 뒤통수에다 대고 버럭 소리를 질러댔다.

"야! 전혜정! 내가 밖에 나갔는데 대한 씨 삽질 안 하고 있으면 너 나한테 죽어!"

난데없는 은영의 고함 소리에 의자 위에서 헤어제품에 묻은 먼지를 닦던 지율이 놀라 휘청거렸다.

'아이고, 깜짝이야! 애 떨어지겠네!'

지율은 자신이 속으로 내뱉은 말에 스스로 놀라 눈을 휘둥그렇게 떴다.

'애?'

지율은 눈을 가늘게 뜨고 마른침을 꿀꺽 삼켰다. 그동안 바빠서 생각하지 못했던 자신의 변화된 몸 상태가 떠올랐기 때문이다.

'가만있자, 내가 마지막으로 마법에 걸렸던 때가 언제였지?'

지율은 빠릿빠릿하게 머리를 굴려 기억을 해내려 했다. 잠시 후, 지율의 눈이 더 커졌다.

'아니야, 아니야! 김지율, 잘 좀 계산해 봐!'

지율은 다시 계산을 해보았다. 하지만 그 결과는 똑같았다. 손에 든 헤어에센스와 걸레가 지율의 심장과 함께 바닥으로 떨어지고 말았다. 지율은 의자 위에서 뻣뻣하게 굳어져 갔다.

'아, 하늘이 또 샛노래지네!'

아주 오랜만에 찾아온 증상 중 하나였다.

제19장
일편단심

"**화**장실에 자주 가고 싶죠?"

"네."

"아침에 일어나면 속이 메스껍죠?"

"네."

"가슴이 좀 커지고 예민해졌죠?"

"네."

"많이 자도 피곤하고 자꾸 늘어지죠?"

"네."

"감기 걸린 것처럼 몸이 으슬으슬 춥죠?"

"네."

"임신인데요."

생판 처음 보는 여자 약사가 점쟁이 같은 소리만 하더니 지율의 심장을 잔인하게 뒤흔들어 놨다.

'어떻게 저런 말을 아무렇지도 않게 내뱉을 수 있는 거지?'

약사는 금방이라도 눈이 튀어나올 것 같은 지율에게 위로나 축하는 못해줄망정 뭔가를 내밀고 사무적인 어투로 말을 이어나갔다.

"정확한 확인이 필요하시면 이걸로 테스트를 해보세요. 혹시 불량품이 있을지 모르니 두 개로 해보시고요. 안에 든 설명서대로 하시면 돼요. 다 합쳐서 만 원입니다."

지율은 여자가 내민 임신 진단 시약을 물끄러미 바라보았다.

'저 만 원짜리가 행복이 될 수도, 불행이 될 수도 있단 말이지?'

지율은 눈짓으로 '살 거냐 말 거냐' 라는 식으로 약을 흔들어대는 약사에게 돈을 건네고 약을 받아 들었다. 그리고 다시 찾아가보라고 하면 절대 못 찾을 것 같은 약국을 나왔다. 집과 미용실에서 아주 멀리 떨어진 낯선 동네의 약국이기 때문이었다.

'김지율, 이혼녀인 주제에 임신이 가당키나 하니?'

지율은 대형사고를 연달아 내는 자신이 한심스럽게 여겨져 한숨을 길게 내쉬었다. 참담했다. 축복받은 일임이 분명한 임신 소식에 감사하지 못하고, 축하 대신 손가락질 받아야 할 것이 두려워 가슴 조이는 자신의 신세가 비참하게 느껴졌다. 또한 아주 작은 생명체에 불과하지만 사랑의 결정체인 아기에게 이 정도밖에 안 되는 엄마의 모습을 보여주는 자신이 너무 부끄러웠다.

지율은 떨리는 손을 조심스럽게 배에다 가져다댔다. 순간 뜨거운 눈물이 핑그르르 돌았다. 가슴 한복판이 쿡쿡 쑤셔댔다. 아기에게 미안한 마음이 커서 차마 고개를 숙일 수가 없었다. 아랫입술을 깨물면 그 아픔이 아기에게까지 전달이 될까 봐 그럴 수도 없었다.

'미안해…… 형편없는 모습 보여서. 하지만…… 이것만은 알아줄래? 넌…… 실수 아니었어. 분명 사랑이었어. 적어도 나는 사랑으로 널 만난 거야.'

어느새 지율의 눈에 그득해져 있었던 말간 눈물이 뺨을 타고 주르륵 흘러내렸다. 가슴이 먹먹해진 지율은 하늘이 진정한 하늘색으로 돌아오기를 바라며 오랜 시간 그렇게 앉아 있었다. 잠깐 외출하고 오겠다는 말을 남기고 미용실을 나온 지 어언 네 시간째였다.

"뭐, 인마?"

아닌 밤중에 홍두깨라더니! 지승은 귀지를 파낸 후 다시 확인하고 싶은 말에 핸드폰을 꽉 쥐었다.

[행방불명이라구.]

부녀자 성폭행 연쇄살인사건으로 세상이 들썩들썩하고 시끄러운데 지율까지 실종됐다는 소식이었다. 충격 그 자체인 소식에 지승은 멍해졌다. 몇 시간 전에 가족들과 뉴스를 보면서 혼자 사는 지율을 걱정했는데 그게 현실화가 될 줄이야. 지승은 그러면 안 되는 줄 알면서도 준우를 탓하듯 소리를 꽥 질렀다.

"왜?"

준우에게서 아무 대답이 없자 지승이 성마르게 다시 물었다.

"도대체 무슨 일 있었는데?"

[그것보다 어디 갔는지 짚이는 데 없어?]

"집밖에 모르는 애야! 그런 애가 가긴 어딜 가? 혹시 집에 있으면서 연락 끊고 있는 거 아냐?"

[그게 특기이긴 하지. 남이야 미치든 말든 상관하지 않고.]

말에서 가시가 느껴졌다. 지승은 불안한 마음으로 다시 소리를 질러댔다.

"너 이 자식! 왜 이렇게 사람 불안하게 만들어? 뭐야? 도대체 뭔데 우리 지율인 숨고 너는 가시가 돋친 거야?"

[조만간 나, 너희 집으로 갈 거다.]

"뭐?"

[결혼 승낙 받으러 갈 거라구!]

"너…… 미쳤냐?"

[그래! 미쳤다! 어쩔래!]

전화가 툭 끊겼다. 지승은 핸드폰을 부여잡고 발광을 하며 고함을 질러댔다.

"야아아아! 미이인주주우우운!"

한동안 신경을 끊고 살려고 애를 쓴 지승이었다. 두 노인네가 지지고 볶든 말든 마이동풍 안하무인격으로 막가기까지 했던 그였다. 그런데 지기지우인 녀석이 또 속을 뒤집어놓고 도망을 쳤다. 지승은 그나마 호전됐던 신경성 탈모와 식욕부진, 그리고 소화불량 증상이 다시 도질 것만 같았다.

"아이고! 내가 너희들 때문에 늙는다, 늙어! 그러나저러나 지율인 도대체 어디로 간 거야? 왜 이렇게 불안하고 불길하지? 아주 이상한 일이 생길 것만 같아!"

행방이 묘연한 지율을 찾느라 지친 준우의 모습은 그야말로 엉망이었다. 잠을 못 자 눈은 흐리멍덩하고 수염은 거뭇거뭇하게 자라나 있었다. 아파트 단지로 막 들어서던 준우는 고개를 숙이고 엄지와 검지로 관자놀이를 비벼댔다. 그의 얼굴은 고통스러워 보였다. 생기없이 충혈된 눈동자는 초조와 불안을 담고 있었다.

"빌어먹을……."

준우는 절망스럽게 뇌까렸다. 차라리 대화를 하지 않더라도 지율이 곁에 있을 땐 이렇게까지 괴롭지 않았다. 뾰족한 바늘에 찔린 듯 심장이 지독하게 아프지도 않았다. 머리에서 피가 뿜어져 나올 것만 같았다. 준우는 주먹을 말아 쥐었다 펴기를 반복하며 애써 불안한 마음을 떨쳐 내려 했다.

'도대체 어디로 사라진 기야? 혹시 지승이 이 자식이 빼돌리고 나한테 거짓말을 하는 건 아닐까? 아니겠지? 아닐 거야. 그런데 왜 하필이면 미치광이 연쇄살인범들이 날뛰는 이 순간에 사라진 거야? 날 피 말려 죽일 셈인 거야? 만약에, 혹시라도 그럴 일은 없겠지만! 그래그래, 말이 씨가 된다고 불길한 생각은 아예 하지 않는 게 좋아.'

생각만 해도 진저리가 쳐졌다. 지율이 없는 세상은 상상도 할수 없다는 결론을 내린 준우는 속으로 절규했다.

'김지율! 나와라! 나 미치는 꼴 보고 싶지 않으면 빨리 나오라 구!'

준우는 지율을 빨리 찾아내야만 엉망이 된 자신의 모든 것이 회복될 것만 같은 마음이 들었다. 그때였다. 경비실에서 준우를 발견한 경비원이 급히 나와 그를 불렀다.

"잠깐만요!"

준우가 걸음을 멈추고 경비원을 바라보았다. 혹시나 지율의 행방을 알 수 있을까 싶어 어젯밤 말을 건넸던 경비원이었다.

"박씨가 105호 아가씨 집에 들어가는 거 봤다던……."

준우는 경비원이 채 끝나기도 전에 지율의 집을 향해 달음질치기 시작했다. 안도가 되면서도 화가 불끈불끈 솟아올랐다. 만나면 절대 가만두지 않을 거라고 다짐을 하며 달렸다.

탕! 탕! 탕!

방황을 마치고 집에 돌아와 임신 진단 시약으로 임신 사실을 확인하고 잠이 든 지율은 뭔가를 때려 부수는 소리에 놀라 잠이 깼다. 지율은 만사가 귀찮다는 듯이 인상을 찡그리며 이불을 머리끝까지 뒤집어썼다.

"잘 거야. 뱃속의 아기를 생각해서라도 잘 거라구. 누군지 몰라도 가라. 저리 가라구!"

"김지율!"

준우의 목소리가 들려왔다. 지율은 불현듯 자리를 박차고 일어났다. 더 자고 싶다는 생각이 확 달아났다. 또다시 현관문을 때려 부수는 소리와 준우의 목소리가 들려왔다.

"김지율!"

"저놈의 거위가 왜 이른 아침부터 소란을 피우는 거야? 동네 창 피하게!"

지율은 아무래도 안 되겠다 싶어 방을 나갔다. 현관문을 열자 곧 험상궂은 얼굴의 준우가 나타났다. 쿡 찌르면 금방이라도 점화 가 되어 불꽃을 탁탁 튀길 것만 같은 분위기였다. 지율은 준우가 집 안으로 들어서자 툴툴거렸다.

"제 이름 광고할 일 있어요? 왜 그렇게 소리를 지르고 난리예 요?"

지율은 헝클어진 머리를 손으로 빗다 잠옷 안에 아무것도 걸치 지 않은 것을 깨닫고 팔짱을 끼었다. 차가운 바깥바람이 맨다리를 스치고 안으로 파고들었다. 한기를 느낀 몸에 소름이 우둘투둘 돋 아났다. 준우가 이를 박박 갈며 항의했다.

"집에 계속 있었으면서 왜 핸드폰은 꺼놓고 문도 안 열어주는 거야?"

'소리 지르지 마요. 태교에 안 좋아요.'

지율은 속으로 그렇게 외치고선 욕실로 급히 들어갔다. 속이 메 스꺼워서였다. 하지만 준우는 지율이 자신을 피한다고만 생각하 고 욕실 문 앞까지 쫓아왔다.

"왜 사람 미치게 만들어? 왜 사람 조마조마하게 만드는 거냐 구?"

'미안하다, 미치게 해서. 그런데 너 자꾸 우리 아기 놀라게 할

래? 좀 조용히 해라.'

지율은 양치질을 하며 구시렁거렸다.

"야! 김지율! 너 비겁하게 계속 숨을 거야? 나와! 나오라구!"

양치질을 끝낸 지율이 문을 벌컥 열고 나왔다.

"귀 안 먹었어요. 말 좀 살살 해요."

지율이 물을 먹기 위해 부엌으로 걸어갔다. 한 남자의 심장을 새카맣게 태운 여자치고 지율은 뻔뻔할 만큼 여유로웠다. 지극히 이성적이고 좀처럼 흥분하지 않는 남자를 미치고 팔짝 뛰게 만들어 놓고도 천하태평이었다. 준우는 하늘을 우러러 탄식을 내뱉고 마음을 진정시켰다. 지율이 물을 마시고 돌아섰다. 준우는 그런 지율을 밉다는 듯이 바라보았다.

미운 만큼 사랑스러운 여자. 헝클어지고 엉망인데도 예뻐 보이기만 하는 여자. 준우는 지율을 만나고 한시도 마음 편한 적이 없었다는 걸 깨달았다. 마음속 깊이 박혀 빼낼 수도 없는 사랑이기 때문이었다. 준우는 지율에게 다가가 힘껏 끌어안았다.

'스펀지처럼 이 여잘 흡수해 버릴 수만 있다면……'

준우는 안타까운 듯 한숨을 내쉬었다.

"걱정했어. 당신이 사라진 줄 알고 많이 놀랐다구."

'왜?'

지율은 속으로 준우에게 질문을 던졌다.

'내가 월급 안 주고 도망이라도 칠까 봐? 샴푸해 줄 사람이 없어져서? 가지고 놀 장난감이 사라져서?'

"다시는 그러지 마. 제발 그러지 마. 사람 미치게 하지 말라구."

지율은 아무 말도 하지 않고 눈을 감았다. 넉넉한 준우의 품이 너무 따뜻해서 녹아들 것만 같아서였다. 비누 향과 어우러진 체취에 도취돼 정신마저 몽롱해졌다. 그동안 억눌렀던 사랑하는 감정이 몰큰몰큰 솟아올라 와 그 크기를 더해갔다. 온몸을 휘감는 그 감정에 의해 지율은 준우에게 안주하고 싶은 유혹, 그를 소유하고 싶은 욕망, 그의 여자가 되고 싶은 강렬한 갈망에 사로잡혔다.

한 남자에게 이렇게 다양하고 깊은 감정을 품게 될 줄이야. 지율은 자기도 모르게 두 손으로 준우의 허리를 감고 가슴팍에 볼과 코를 비벼댔다. 그런 행동이 야릇한 자극이 될 수 있다는 것도 모른 채. 준우의 입에서 신음이 새어나왔다.

"날 유혹하려고 하는 게 아니면 그만두는 게 좋을 거야."

'당신이 날 사랑만 해준다면 뭔들 못하겠어요. 당신이 원하고, 좋아하고, 좋아할 만한 것들은 다 해줄 거예요.'

지율이 대범하게 준우의 옷 속으로 손을 밀어 넣고 탄탄한 피부를 어루만지며 손톱으로 가볍게 긁어댔다. 손에서 전해지는 느낌 하나하나를 차곡차곡 기억에 담아갔다.

'그러면 안 되는 건데 왜 자꾸 당신한테 끌리는 걸까요? 왜 더 당신한테 다가가고 싶은 걸까요? 질리기는커녕 자꾸 소유하고픈 욕심이 생기는 걸까요? 이런 게 정말 사랑인가요?'

"……당신이 내 남자였으면 좋겠어요."

지율은 무의식중에 작게 웅얼거렸다. 준우가 갑자기 몸을 굳히고 지율의 어깨를 잡아 떼어내고 나서 뚫어져라 쳐다보았다.

"방금…… 뭐라고 그랬어?"

"네?"

지율은 어리벙벙한 표정으로 준우에게 되물었다.

"제가…… 뭐라고 했나요? 저 아무 말도 안 했는데."

"당신이 분명히 그랬어. '당신이 내 남자였으면 좋겠어요'라구."

"제, 제가요?"

생각으로만 머물러야 할 말이 입 밖으로 새어나온 걸 그제야 깨달은 지율은 몹시 당황해하며 말을 더듬었다.

"미안해요! 그냥 못 들은 걸로 해주세요! 난, 난……."

준우가 지율을 뜨겁게 바라보며 입을 열었다.

"당신이 내 여자였으면 좋겠어."

"네?"

놀리는 말인지 사랑 고백인지 분별할 수 없는 준우의 말에 지율이 눈을 휘둥그렇게 뜨고 되물었다.

"그래서 늘 내 곁에 있어줬으면 좋겠어."

"네?"

"날 사랑해 주는 아내, 내 아이들의 엄마, 평생 연인, 친구가 되어줬으면 좋겠어."

지율은 너무 놀라서 더 이상 되물을 수도 없었다.

"난 유일한 권리를 부여받은 남자가 됐으면 좋겠어. 이렇게 당신한테 입맞출 수 있고, 안을 수 있고, 만질 수 있고, 안까지 들어갈 수 있는 권리."

준우가 지율에게 다정하게 입을 맞췄다. 그리고 잠옷 속으로 손을 집어넣고 쓰다듬으며 은밀하게 속삭였다.

"내 마음을 움직이는 말이 거짓이거나 여러 번 우려먹은 작업용 멘트라면 당신, 절대 용서 못할 것 같아요. 놀리는 거라면 제발 그만둬요."

지율이 준우의 손길에 금방이라도 무너질 것 같아 절규하듯 말했다. '우려먹다'라는 표현을 쓰고 보니 서글퍼지기까지 했다. 뭐든 처음으로 우려낸 것은 빛깔이나 맛이나 향기가 진하고 끝물은 모든 게 부족하고 덜한 법이기 때문이다. 사람의 욕심이 끝 간 데 없는 것이겠지만 의심이 생기는 건 어쩔 수 없는 일이었다.

"베뜨, 앵베실, 이디오."

지율은 준우의 입에서 튀어나온 말에 놀랐다.

'저 말의 의미를 알고 쓰는 걸까? 바보, 멍청이, 머저리라고 가르쳐 주지도 않았는데 어떻게 알았으며 지금까지 기억을 하고 있는 거지?

"여러 번 버림받은 사람은 쉽게 마음을 보이지도, 주지도 않아. 마음의 문이란 한 번 열기가 얼마나 어려운데. 죽을 용기를 다해 문을 열었다가 찬바람이 불고, 비가 들이치면 다시 문을 걸어 잠그지. 그럼 다시 열기는 더욱 힘들어져."

준우가 금반지가 끼어져 있는 손을 들어 보이며 계속 말을 이어 갔다.

"내 인생이 그랬어. 달랑 금반지 하나 쥔 채 고아원 앞에 버려지고, 옳은 길로 인도해 줄 거라 믿었던 선생님한테 버림받아 학교에서 내쫓기고, 내 인생 전부를 걸 만큼 사랑했던 여자한테도 버림받았어. 다시는, 무슨 일이 있어도 문 열지 말자 다짐하고 또 다짐했지."

준우가 지율을 사랑스럽다는 듯 바라보았다. 준우의 입가에 부드러운 미소가 걸렸다.

"난 내 마음의 문은 나만 열 수 있다고 생각했어. 그런데 밖에서 너무나도 쉽게 여는 사람이 나타난 거야. 그게…… 바로 당신이야."

특별함을 부여해 주는 말에 지율은 가슴이 조금씩 벅차올랐다.

"처음엔 이런 감정을 품을 수 있다는 사실에 놀랐고, 내 감정을 스스로 조율하지 못할 수도 있다는 걸 깨달았어. 이성이 말리기도 전에 내 감정은 벌써 당신을 향해 뛰어나가고 있었다구. 나도 솔직히 처음엔 두려워 감정을 설득해 숨기려 했어. 하지만 당신을 만날 때마다 그 모든 게 헛수고라는 걸 깨닫게 됐지."

지율은 준우의 표정에서 거짓된 면을 골라낼 수도, 집어낼 수도 없었다. 어떠한 거슬림도 없이 마음에 콕콕 파고드는 진실한 고백이었다.

"늘 하고 싶은 말이 있었어. 당신을 만나기 위해 강을 건너야겠다는 생각을 했을 때, 돌다리에 막 발을 내디뎠을 때, 물살이 세서 계속 건너가야 하나 고민이 됐을 때 난 이 말을 하고 싶었어. 하지만 쉽게 할 수가 없었어. 너무 흔하게 들릴까 봐 그럴 수가 없었다고. 이미 다른 누군가에게 했던 말이기 때문에, 그걸 당신도 알기 때문에 미안해서 쉽게 줄 수가 없었어. 강을 건너면서 수십 번 씻어 새것처럼 만들려고 노력했어. 나 지금 당신한테 그 말 하고 싶은데 들어주고 받아줄래?"

지율은 가슴이 마구 뛰었다. 듣지 않아도 알 것 같은 말. 듣지 않은 상황에서도 이렇게 흥분이 되고 긴장이 되는데 자신의 귀로 확인하는 순간 자신이 어떤 반응을 보일지 몰라 두려운 말. 그래도 지율은 듣고 싶었다. 지극정성으로 준비해 두었다는 말을 준우의 매력적인 입술과 멋진 목소리를 통해서 확인하고 싶었다. 간절히 아주 간절히. 지율은 천천히 고개를 끄덕였다.

"사랑해."

'세상에 이렇게 멋지고 달콤하게 들리는 말이 또 있을까? 어떤 비교도, 형언할 수도 없는 말이 존재할까?'

지율은 알 것 같았다. 여자로서 행복하다는 느낌이 어떤 건지 이젠 알 수 있을 것 같았다.

"그것도 아주 많이."

진심을 다해 덧붙이는 준우의 말에 지율은 자기도 모르게 울먹거렸다. 금방 두 눈에 뜨거운 눈물이 담겨졌다.

"슬퍼서 우는 눈물하고 기뻐서 우는 눈물하고 맛이 같을까요?"

바보 같은 질문으로 들릴지 몰라도 지율은 준우에게 이렇게 물었다.

"나, 기뻐서 운 적은 단 한 번도 없었던 것 같아서요. 머리가 나빠서 기억이 안 나는지는 몰라도. 나 믿고 싶어요. 그 말, 거짓말이라고 해도 그냥 믿을래요. 평생, 영원히⋯⋯."

"무슨 여자가 이렇게 의심이 많아?"

준우가 답답하다는 듯이 살짝 눈살을 찌푸렸다.

"상처받지 않고 살아가려면 많아야 해요."

"내가 상처 줄 거라고 생각해?"

"의도적으로 상처를 주는 사람은 범죄자예요. 당신이 그런 사람이 아니라는 건 알아요. 하지만 실수할 수도 있으니까요."

이번엔 준우가 지율을 한참 동안 바라보았다. 그리고 지율의 손을 붙잡아 지그시 감싸 쥐었다.

"늘 기도할게. 늘 노력할게. 그런 실수하지 않도록."

말을 끝낸 준우가 지율에게 뜨겁게 키스했다. 그때 준우의 핸드폰이 제대로 방해를 하며 울어댔다. 지율이 잠시 입술을 떼고 말했다.

"받아봐요."

"싫어. 당신 외엔 아무 소리도 안 들려."

준우가 다시 지율에게 입맞췄다. 길게 울리던 핸드폰이 잠시 조용해졌다. 하지만 곧 다시 시끄럽게 울어댔다. 준우가 나지막이 욕설을 내뱉었다.

"급한 용무일 수도 있잖아요. 받아봐요."

준우는 주머니에서 핸드폰을 거칠게 꺼내 받았다.

"여보세요?"

준우의 거칠고 퉁명스러운 음성에 지율이 소리없이 웃었다.

[지율이 아직도 못 찾았나?]

따지듯 묻는 지승이었다. 준우는 십칠 년이란 세월을 생각해서 지승을 겨우 용서했다.

"찾았다. 지금 나랑 있다. 지금 무지 바쁘다. 또 전화해도 소용

없으니까 두 시간 후에 해라. 끊는다."

준우는 자기 할 말만 하고 전화를 끊어버렸다. 그리고 아예 배터리를 빼버렸다.

"당신 오빠니까 그나마 봐준 거야."

준우는 다시 지율을 끌어안았다. 그리고 두 시간 동안 열정적으로 지율과 사랑을 나눴다.

지승은 핸드폰을 노려보며 준우가 한 말을 되씹어보았다. 준우는 분명히 지율을 찾았다고 했다. 같이 있다고 했다. 아침 여섯 시밖에 안 됐는데 무지 바쁘다고 했다. 전화를 받지 못할 만큼 바쁘다고 하면서 두 시간 이후로 다시 전화를 하라고 했다. 머릿속을 확 스치고 가는 생각에 지승의 눈이 점점 커졌다.

'세상에!'

똥인지 된장인지 꼭 먹어봐야 아는 건 아니었다. 지승은 뒷골을 움켜잡고 비틀거렸다.

"무슨 일이냐?"

팔짱을 끼고 눈을 감은 채 위엄있는 모습으로 소파에 앉아 있던 아버지가 굵은 목소리로 물었다. 간신히 정신을 차린 지승이 식은땀만 주룩주룩 흘렸다.

"무슨 일이냐고 묻지 않느냐!"

언성이 커지자 지승은 강력접착제가 발라진 입술을 죽을힘을 다해 벌렸다.

"저, 저, 저기……."

지승은 차라리 이대로 기절이라도 했으면 좋겠다는 생각을 하며 말을 이어나갔다.

"아무래도…… 두 사람…… 갈 데까지 간 것 같습니다."

말이 끝나기도 전에 아버지가 두 눈을 번쩍 떴다. 그 눈에서 강한 레이저 광선이 뿜어져 나왔다. 지승은 그 빛이 너무 눈부셔 두 눈을 질끔 감아버렸다. 아버지는 진동 안마 의자에 앉아 있는 사람처럼 온몸을 부르르 떨어댔다. 심하게 일그러진 안면근육이 요란하게 들썩였다. 아버지가 자리에서 벌떡 일어났다.

"당장 잡아들여! 호적 팔 준비하고 관 두 개 짜놔! 아니, 네 놈 것까지 세 개!"

아버지는 핵폭탄 선언을 하고 나서 서재로 무섭게 돌진했다. 곧 서재에서 와르르, 우당탕탕, 쨍그랑, 쾅 등 요란한 소리가 들려왔다. 거실에 남아 있던 지승과 그의 아내, 그리고 지율의 엄마는 얼음 동상이 되고 말았다.

아버지의 명을 받들기 위해 지승은 준우와 지율에게 연락을 취했고, 그들은 순순히 출두 명령에 응했다. 살얼음판을 걷는 듯한 기분으로 지율은 준우와 함께 아버지 앞에서 절을 한 후 무릎을 꿇고 앉았다. 엄마는 아예 앓아누웠다는 핑계로 나와보지도 않았다.

지율은 어차피 준우와 결혼을 하게 되면 호적에서 분리가 되기 때문에 그런 것쯤은 무섭지도 않았다. 관을 짜서 나란히 묻어주겠다는 위협도 두렵지 않았다. 다만 가족들한테 환영받지 못하는 준우가 안쓰럽고 그에게 미안할 뿐이었다. 지율은 속으로 준우를 응원했다.

'민준우, 파이팅!'

지율은 제발 준우에게 상처 주는 말을 하지 않았으면 하는 마음으로 아버지를 바라보았다. 아버지는 그들이 와도, 절을 해도, 앞에서 묵묵히 앉아 기다려도 절대 눈을 뜨지 않고 침묵을 지켰다. 오랜 시간 그렇게 그들은 대치를 했다.

"죽을 각오가 되어 있는 거냐?"

마침내 묵직한 질문을 던지며 아버지가 눈을 떴다. 준우와 지율은 이미 각각 그럴 각오가 되어 있었다. 하지만 낳아주시고 길러주신 부모님께 버릇없이 '그렇다'고 대답을 할 수가 없어 입을 다물고만 있었다.

"자네에 대해서 들을 만큼 들었네. 자네도 나에 대해서 알 만큼 알 걸세."

아버지는 말을 또박또박 느릿느릿 해나가며 준우를 날카로운 눈으로 살폈다. 같은 남자가 봐도 의젓하고 믿음직하게 잘생긴 녀석이었다. 고아 출신에 변변찮은 배경을 지녔다고는 믿기지 않을 만큼 다부지고 강인해 보였다. 인생을 오래 살다 보면 겪어보지 않아도 첫눈에 사람 됨됨이를 알 수 있는 능력과 안목이 발달하게 된다. 그런데 흠과 티를 찾으려고 애를 써야 하는데 녀석의 많은 장점이 먼저 부각되어 버렸다. 아버지는 그게 못마땅한 듯 미간을 좁히고 말을 이어나갔다.

"말이 길어지면 서로에게 생채기만 더 생길 테니 단도직입적으로 말하겠네. 우리 지율이 더 이상 만나지 말게. 이전에 있었던 일들은 문제 삼지 않겠네."

"외람되지만 그럴 순 없습니다."

준우의 단호한 대답에 아버지의 눈썹이 일그러졌다.

"그럴 수 없다?"

건방지다는 듯 아버지가 준우의 말을 되뇌었다.

"이유가 뭔가?"

아버지는 준우가 뭔가 노리는 게 있을 거란 생각이 들어 냉랭하게 물었다.

"약속을 지켜야 하기 때문입니다."

"약속?"

"책임도 져야 하기 때문입니다."

책임이란 말에 아버지는 기분이 나쁜 듯 두 주먹을 불끈 쥐고 인상을 더욱 일그러뜨렸다.

"그리고 무엇보다 확신이 있고 자신이 있기 때문입니다."

"확신? 자신? 뭣에 대한?"

자신이 있다는 말에 지율은 준우를 처음 면접했을 때가 기억났다. 황금 알을 낳는 거위일 거라 생각하고 그를 받아들였던 그 당시의 상황이 생생하게 떠올랐다. 지율은 아버지도 자신처럼 준우에게 기대를 걸고 받아준다면 얼마나 좋을까 하는 바람을 가져보았다. 자신이 아는 준우는 그러한 기대를 저버리지 않고 더 큰 보답을 하는 남자이기 때문이었다.

"정말 외람되지만, 서로의 사랑을 끝까지 끌고 나갈 수 있다는 확신과 따님을 행복하게 해줄 자신입니다. 제가 남자로서 한 말과 행동, 그리고 약속에 대해 책임을 질 수 있게 허락해 주십시오."

"자신만만한 것을 넘어 오만하고 건방지군."

화를 간신히 참아낸 아버지가 비틀린 입술로 으르렁거리며 말했다. 지율은 스커트를 꽉 쥐고 부르르 떨었다. 자신이 사랑하는 남자에게 모욕을 주는 아버지가 미웠기 때문이다. 하지만 준우가 어떤 일이 있더라도, 부모님이 무슨 말을 하더라도 절대 대응하지 말라고 했기 때문에 참아낼 수밖에 없었다.

"김지율!"

지율은 아버지가 갑자기 큰 소리로 자신의 이름을 호명하자 심장마비로 사망할 만큼 놀라 눈을 크게 떴다.

"네?"

"저런 놈하고 끝까지 갈 생각이냐?"

지율은 마른침을 꿀꺽 삼키고 진지한 눈빛으로 아버지를 바라보며 입을 열었다.

"네."

"후회하지 않을 자신 있는 거냐?"

지율이 굳은 결심을 한 듯 고개를 끄덕이며 다시 대답을 했다.

"네."

"감당하지 못할 것 같으면 아예 시작도 하지 마라!"

"아뇨! 제가 한 선택, 추호도 후회하지 않을 거예요."

아버지가 거울을 들여다보듯 지율을 빤히 쳐다보았다.

"너 참 많이 변했구나. 이놈이 널 그렇게 만든 거냐?"

"기여를 많이 했긴 했죠."

"자네 이름이 민준우라고 했나?"

아버지가 다시 화살의 방향을 준우에게 돌렸다.

"네, 그렇습니다."

"자네 아버님은 이 일에 대해 뭐라고 하시던가? 지율이가 이혼한 적이 있다는 것을 아시고도 교제 허락을 하시던가?"

"네, 그렇습니다."

"허, 참! 그렇게 쉽게?"

"늘 절 믿어주시는 분이십니다."

"믿는다…… 믿는다."

아버지가 같은 말을 계속 중얼거리며 준우를 뚫어져라 보았다. 분명 지승이 그랬다. 준우와 그의 아버지는 피를 나눈 혈연관계가 아니라고 말이다. 그럼에도 그런 믿음을 가지고 있다 하니 그저 놀라울 뿐이었다. 아버지는 한참 동안 말없이 생각에 잠겼다.

지율이 다리가 저려서 몰래 손가락에 침을 묻혀 코에 바를 정도로 시간을 오래 끌었다. 지율은 사색이 될 만큼 다리가 저려서 죽을 지경이었다.

'아버지! 하나밖에 없는 딸을 죽일 작정이신 거예요? 제발 무슨 말씀이라도 좀 하세요! 전요, 이 남자랑 절대 못 헤어져요. 아버지가 절 버린다 하셔도 부녀 관계는 변하는 게 아니잖아요. 하지만 이 남잔 달라요. 피를 나누지도, 닮은 점도 없어요. 그래서 한 번 헤어지면 끝인 거예요. 전 아버지가 반대를 하셔도 끝까지 이 남자랑 살 거예요!'

"술 잘하나?"

아주 오랜 시간이 흐르고 나서야 아버지의 입에서 나온 말이었다.

"즐길 정도로만 마시는 편입니다."

"난 오늘 자넬 술로 쓰러뜨릴 생각이네. 각오하는 게 좋을 걸세."

지율은 이 말의 의미를 정확하게 알 수가 없어 한동안 어리벙벙한 표정을 지었다. 하지만 준우는 아버지가 '당장은 밉지만 자넬 더 두고 보겠네' 라는 의미로 한 말인 것을 깨닫고 부드럽게 미소를 지었다.

술로 준우를 쓰러뜨리겠다는 야무진 꿈을 품은 아버지는 준우보다 먼저 쓰러졌다. 세월 이기는 장사가 없다는 말처럼 다혈질에 왕고집인 아버지는 많은 술을 마시지도 않았는데 쉽게 취해 버렸다. 그리고 좀처럼 보이지 않았던 속내를 보이기도 했다. 지율이 이혼한 후 딸 가진 죄인이란 말을 더 실감하며 살았고, 자식을 잘못 키워서 이런 고통을 당하나 싶어 자숙하며 지내왔다고 했다. 그리고 인간 만사 새옹지마라고 언젠가는 볕 들 날도 오겠지 하며 마음을 달랬다고 했다. 아버지는 준우에게 다른 건 다 필요없고 오직 지율이만 바라봐 주고 사랑해 줄 것을 부탁하고 되물어 확인했다. 준우는 진심을 다해 그러겠노라 약속했고, 아버지는 그제야 기분 좋게 취해 쓰러져 버린 것이다.

지율은 집으로 돌아오는 차 안에 준우의 어깨에 머리를 기댔다. 준우는 팔을 들어 지율을 부드럽게 감싸며 자신에게 좀 더 끌어당겼다. 지율과 더 많은 걸 나누고 싶지만 준우는 앞에 앉아 운전을 하는 기사를 생각해 점잖게 행동할 수밖에 없었다. 준우는 손으로 지율의 손바닥에 글씨를 써서 물었다.

〈나 잘했어?〉

지율이 빙그레 웃으며 고개를 끄덕였다. 그러자 준우가 다시 글 씨를 써 내려갔다.

〈상 줄 거지?〉

지율이 또다시 고개를 끄덕였다. 그리고 준우의 손바닥에다 글 씨를 써서 물었다.

〈뭐 받고 싶어요?〉

준우가 회심의 미소를 지으며 다시 지율의 손바닥에 원하는 바 를 적어갔다.

〈당신이면 돼.〉

그리고 덧붙였다.

〈그리고 사랑한다는 말.〉

〈오케이!〉

지율이 수줍게 웃으며 준우의 손바닥에 답변을 적었다.

지율과 준우는 차가 좀 더 속력을 내주기를 바라며 서로를 뜨겁게 응시했다.

야구도 그렇고, 축구도 그렇고, 사랑이든 뭐든 간에 효과적인 결과를 얻기 위해서는 시간적인 선택이 아주 중요한 법이다. 하지만 발등에 떨어진 불을 오줌을 갈겨서라도 꺼야 했던 세혁은 그런 걸 따질 여유가 없었다. 자칫 잘못하면 공든 탑이 무너질 수 있는 위기의 상황이기 때문이었다. 눈이 뒤집힌 세혁은 오랜 시간 아파트 단지를 배회하며 지율과 준우를 기다렸다. 가뜩이나 차가 밀려 욕구불만이 최고조에 오른 두 사람에게서 보상은커녕 욕만 실컷 얻어먹을 수 있다는 생각도 못한 채 애절한 마음으로.

그런데 아파트 단지를 배회하는 건 세혁만이 아니었다. 준우가 지율의 집에 인사를 드리러 갔다는 소식을 접한 해리도 세혁처럼 지율과 준우를 기다렸다. 비싼 돈을 들여 손질한 손톱을 이로 뜯어먹으며 가끔 멀끔하게 생긴 세혁에게 눈길을 줘가면서.

두 사람은 그러다 지율과 준우를 태운 차를 보게 됐다. 단물이 뚝뚝 떨어질 정도로 다정해 보이는 한 쌍의 커플로 인해 오랜 시간 추위 속에서 마음을 새카맣게 태운 두 사람은 낙심천만한 얼굴이 되었다. 두 사람은 차에서 차례로 내리는 준우와 지율에게로 냉큼 다가섰다. 네 사람은 잠시 서로를 번갈아 보았다. 먼저 지율이 최근 왕소금을 사는 데 돈을 많이 쓰게 한 세혁에게 가시 돋친 말투로 물었다.

"여긴 무슨 일로 왔어요?"

"저기…… 민 선생님한테 볼일이 있어서……."

그때 해리가 자신이 먼저라는 듯 선수를 치며 외쳤다.

"준우 씨, 나랑 얘기 좀 해!"

"아가씨! 제가 먼저 말했거든요!"

세혁이 지지 않겠다는 듯 해리를 제지하고 나섰다.

"무슨 일이신지 몰라도 저만큼 급하진 않으시잖아요!"

해리는 남자인 세혁이 자신의 연적이란 생각을 눈곱만치도 못했다. 지율은 해리가 그걸 알게 되면 어떤 표정을 지을지가 무척 궁금했다.

"아뇨! 저도 무지 급해요!"

"아니, 무슨 남자가 이해심도, 양보의 미덕도 없어요?"

'저 사람 겉모습만 남자예요.'

지율은 속으로 해리에게 알려주었다.

"새치기를 한 사람이 누군데요? 여기도 제가 먼저 와서 기다렸다구요!"

"내 인생이 걸린 문제라구요!"

"마찬가지예요!"

'지랄하고 자빠졌다!'

지율은 한 할머니의 어록에 속한 이 말이 갑자기 떠올랐다. 지금 유럽 여행 중이라 한국에 안 계신 할머니가 이 자리에 있었더라면 세혁과 해리에게 틀림없이 이렇게 말했을 텐데.

'그래, 이 잡것들아! 우린 갈 테니 열심히 삽질이나 해라!'

지율은 준우의 손을 꽉 잡고 눈짓으로 얼른 집으로 들어가자고 했다. 준우도 알겠다고 윙크를 하고선 지율과 함께 후닥닥 집을 향해 뛰었다. 피 터지게 싸우던 세혁과 해리가 뒤늦게 그것을 알고서 쫓아왔다.

"민 선생님!"

"준우 씨!"

해리가 자신이 늦을 것 같다는 생각이 들자 세혁의 다리를 걸어 넘어뜨렸다.

"아니, 왜 이래요?"

"내가 먼저 갈 거란 말이에요!"

이번엔 세혁이 해리의 발목을 잡고 놓아주질 않았다.

"이거 못 놔요!"

"어디 누가 이기나 해봅시다!"

세혁과 해리는 서로 먼저 가겠다고 실랑이를 벌였다. 그사이 지율과 준우는 집으로 쏙 들어가 문을 꼭꼭 걸어 잠갔다. 그리고 그들은 둘만의 은밀한 시간을 가졌다.

지율과 준우는 아주 편안한 자세로 침대에 누워 서로를 보고 있었다. 준우는 손으로 지율의 머리를 빗겨주고 지율은 손끝으로 준우의 가슴을 부드럽게 어루만지며 평화로운 한때를 보내고 있었다.

"이거 맞춰볼래요? 잘나가는 뉴요커 칼럼니스트 캐리, 옛 남자 친구 결혼식에서 우왕좌왕하는 줄리아 로버츠. 매력적인 윌과 동거하는 그레이스, 연애 고민으로 줄담배를 피우는 브리짓 존슨, 그리고 나의 공통점이 뭔지?"

지율이 영화광인 준우에게 대뜸 묻자 그가 한쪽 입꼬리를 치켜세우며 피식 웃었다.

"여자보다 남자를 더 좋아하는 오세혁 씨랑 친구 하게?"

지율이 눈을 똥그랗게 뜨고선 준우를 쳐다보았다. '게이 친구'라는 정도에서만 정답 처리를 하려고 했는데 준우가 정확하게 세혁을 거론했기 때문이다. 지율이 작게 속삭였다.

"어떻게 안 거예요?"

"당신한테 들었는데."

"내가요?"

지율은 재빠르게 기억을 더듬었다. 하지만 절대 그 비밀을 발설한 적이 없다고 생각했다.

"난 그런 적 없는데요."

준우가 계속 피식거리며 웃어댔다.

"당신이 나 신체검사하면서 그랬어. '신혼여행 가서 내가 얼마나 충격을 먹은 줄 아니? 내가 창피해서 이런 말 안 하려고 했는데, 오늘은 왠지 하고 싶다. 그 잡것이 내 옷을 홀딱 다 벗겨놓고도 아무 반응도 안 보이는 거야! 이게 무슨 뜻인지 알아? 내가 듣고 알기론 분명히 신체적인 반응이 일어나야 하는데 깜깜무소식인 거야. 그래도 나는 그 잡것이 충격먹을까 봐 너무 긴장이 돼서 그럴 수도 있다, 오늘만 날이냐, 다음 기회엔 꼭 성공하자고 하면서 위로를 해줬다구. 그런데 그날 이후로 그 잡것이 절대 날 안지 않는 거야. 아무리 내가 여자로서 매력이 없어도 그렇지 어떻게 그런 짓을 할 수가 있어? 하긴 그때 눈치를 챘어야 했는데! 너! 혹시 너도 여자보다 남자를 더 좋아하는 거 아냐? 그러니까 그 잡것 한테 좋은 남자니 뭐니 하는 거 아니냐구!' 라고 말이야."

"내가 정말 그런 소리를 했어요?"

준우가 우습다는 듯이 고개를 끄덕였다.

"무섭다, 무서워. 술이 정말 무섭다. 그리고……."

'당신도 무섭다' 라는 말을 덧붙이려던 지율이 준우를 의심스럽게 쳐다보았다.

"그런데 당신 아이큐가 몇이에요?"

"몰라. 그런데 그건 왜?"

"녹음기도 아닌데 그렇게 긴 말을 어떻게 다 기억하고 말해요?"

"그러게. 참 신기한 일이네."

"섬뜩한 일이기도 해요."

"생각해 보니 그러네. 그런데 내가 왜 이렇게 됐지?"

준우가 고민에 빠진 듯한 표정을 지었다. 그리고 잠시 후에 뭔가를 알아냈다는 듯이 손가락을 튕겼다.

"아!"

지율이 눈을 가늘게 뜨고 준우를 예의주시했다.

"폭탄 맞아서 그런가 보다."

"폭탄이요?"

"그래. 김지율이란 폭탄. 언제 어디서 어떻게 터질지 모르는 폭탄 때문에 하도 마음을 졸여서 이런 능력이 생긴 거라구. 유독 당신이 한 말에 대해서만 그러는 걸 보면 어느 정도 설득력이 있는 거 같지 않아?"

"잘도 갖다 붙여요!"

지율이 손으로 준우의 맨가슴을 찰싹 때렸다.

"아휴! 매워. 무슨 여자 손이 청양고추보다 더 매운 거야? 혹시 이 손으로 세혁 씨도 때린 적 있었어?"

준우가 지율의 손을 입으로 가져가 살짝살짝 깨물었다.

"아뇨. 제가 무슨 마조히즘인 줄 알아요? 하지만 한땐 짜릿한 복수극을 꿈꾼 적은 있었죠. 친절한 금자 씨처럼. 하지만 그게 어디 쉬운가요? 웃는 낯엔 침 못 뱉는다고, 반죽 좋은 세혁 씨 보면 알잖요. 어쩔 땐 소름 끼칠 정도로 징그럽다는 생각이 들면서도 어이가 없기도 해요. 요즘 같아선 내가 그 사람하고 부부였던 적이 있었나 싶고, 봐도 그냥 재수없다는 생각에 왕소금만 떠오를 뿐이지 저 사람이 나한테 무슨 짓을 했는지도 가물가물해졌어요. 아! 하지만 당신한테 흑심 품은 건 정말이지 참을 수가 없어요. 넘볼 걸 넘봐야지!"

마지막 말에 준우의 모든 행동이 뚝 멈춰 버렸다. 그리고 믿을 수 없다는 듯한 표정으로 지율을 물끄러미 봤다.

"세혁 씨가 누구한테 흑심을 품었다구? 나? 나한테?"

"몰랐어요? 그럼, 그 인간이 왜 그렇게 미용실을 뻔질나게 드나들었겠어요?"

"난, 그냥 나한테 머리를 하고 싶어서 오는 줄 알았지."

"미용실 오는 손님들 중에 당신한테 흑심 품은 여자들이 한둘이 아닌 것쯤은 알죠? 세혁 씨도 그중 하나였는데."

준우의 얼굴이 점점 하얗게 변해갔다. 그러다 나중엔 눈빛이 싸늘해졌다.

"넘볼 걸 넘봐야지! 아니, 내가 어딜 봐서! 오늘 그냥 보내준 게 다 억울해지네! 진즉에 귀띔이라도 해주지 그랬어? 아, 이 닭살 오르는 것 좀 봐! 으윽……."

준우가 자신의 소름 돋은 팔을 쓸어내리며 말했다.

"뭐 하나 물어봐도 돼요? 나, 해리 씨 당신 주위에 얼쩡거리는 거 정말 싫거든요. 한 번만 더 그러면 얼굴에 사 차선 그려놓고 머리 다 뽑아놔도 돼요?"

준우는 지율의 눈에서 강한 질투심을 발견했다.

"그러고 싶어?"

"네."

지율이 굳은 의지를 나타내는 표정을 짓자 준우가 난감한 표정을 지었다.

"애고, 돈 많이 벌어야겠다. 그래야 피해보상도 해주고 당신 붙잡혀 들어가면 꺼내오기도 하지."

"돈 많이 들어가는 짓일까요?"

"아무래도 그렇겠지? 여자한테 얼굴과 머리는 생명과도 다름이 없는데."

"그럼, 고민 좀 하고 결정할게요. 에이, 돈 되는 일만 해야 하는데……."

팔짱을 끼고 심각한 얼굴이 된 지율을 본 준우는 웃음을 터뜨렸다. 준우는 자신을 웃게 해주는 여자, 김지율을 더욱 사랑하게 될 거라는 걸 믿어 의심치 않았다. 그리고 날마다 그 크기가 더해질 것도.

"참! 나요, 병원에 가야 하는데 같이 가줄래요?"

"병원? 어디 아파?"

준우가 놀라움과 걱정을 담은 낯빛을 하고 지율을 살폈다. 하지만 지율은 마냥 싱글벙글 웃기만 했다.

"이 안에서 뭔가가 꿈틀대고 있어요."

입을 귀에 건 지율이 배를 가리키며 말하자 준우가 심각한 표정을 지었다.

"구충제 안 챙겨먹었어?"

귀에 걸려 있던 지율의 입이 고무줄처럼 튕겨져 길이가 오그라들었다.

"한 번 더 만회할 기회를 주겠어요."

지율이 뾰로통하게 말하자 준우가 이번엔 제대로 짚었는지 '설마' 하는 표정을 지었다.

"아, 아, 아기?"

지율이 다시 활짝 웃으며 고개를 끄덕이자 준우가 지율과 그녀의 배를 경이롭게 번갈아 보았다.

"확실한 거야?"

많이 놀랐는지 준우의 목소리가 다소 불안정하기까지 했다.

"임신 진단 시약이 정확하다면요."

준우가 갑자기 침대에서 내려오더니 급하게 옷을 입기 시작했다. 그의 행동에 놀란 지율이 눈살을 찌푸렸다.

"뭐 하는 거예요?"

"병원에 가야지."

"지금요?"

"아니다! 우리 당장 결혼부터 하자! 아니다! 병원부터 가야 하나? 아니다! 뭐부터 해야 하지?"

지율은 허둥대는 준우의 모습이 우습기도 하고 귀엽게 느껴져 웃음을 터뜨렸다. 급한 마음에 셔츠까지 뒤집어 입은 준우가 갑자기 지율에게 다가왔다.

"내가 당신한테 고맙다는 말 안 했지? 사랑한다는 말도 안 했지? 미안, 미안. 고마워. 고마워. 사랑해. 사랑해."

지율이 더 큰 소리로 웃어대며 준우를 사랑스럽다는 듯 끌어안아 버렸다.

희희낙락

삼 개월 후.

세상에서 가장 행복한 미소를 짓고 있는 지율과 준우의 웨딩사
진이 집 안 곳곳에 걸려 있고 놓여 있었다. 그중엔 너무 닭살스러
워서 차마 눈뜨고 볼 수 없는 사진까지 버젓이 공개가 되고 있었
다. 가족사진이란 명목하에 결사적으로 결혼을 반대하며 단식투
쟁까지 벌였으나 결국 가족들의 설득과 회유에 백기를 든 엄마와
무뚝뚝한 아버지도 어색하게나마 웃고 있었다. 중간역할을 하느
라 심신이 고달팠던 지승도 이제야 좀 살 것 같다는 안도의 미소
를 짓고 있었다. 모든 일이 결국 이렇게 될 줄 알았다는 듯 달관한
미소를 짓고 있는 태현의 모습과 이젠 가족이나 다름없는 미용실
식구들의 개성 넘치는 모습도 보였다.

"진작 미용을 할 걸 그랬나? 나 왜 이렇게 잘하는 거지?"

살짝 문이 열려져 있는 방 안에서 지율의 목소리가 들려왔다. 지율은 그 방에서 한 손엔 빗, 다른 한 손엔 가위를 들고 세 번째 마네킹 머리를 자르고 있었다. 잘려 나간 머리카락이 낙엽처럼 떨어졌고, 바닥에 수북하게 쌓인 머리카락은 산을 이루고 있었다. 지율은 얼굴에 자잘한 머리카락을 덕지덕지 묻힌 채 식은땀을 흘려가며 열심히 가위질을 해나갔다.

"이 환상적인 손놀림, 로맨틱한 커트 선. 예술이다, 예술이야! 비달삼순인지 비달금순인지 하는 인간이 와서 울고 가겠다. 악!"

외마디 비명을 지른 지율이 가위를 내려놓고 찌릿찌릿한 통증이 느껴지는 가운뎃손가락을 들여다보았다. 가위가 스치고 지나간 자리에서 선홍색 액체가 스며 나왔다. 피였다.

"김지율, 너의 목표가 정육점 주인이냐, 아니면 헤어디자이너냐? 머리카락을 잘라야지 왜 죄없는 살코기를 썰어대는 거냐구?"

지율이 투덜대며 약상자가 되어버린 주머니에서 약과 일회용 반창고를 꺼냈다. 상처에 야을 바르고 일회용 반창고를 붙이기까지 걸린 시간이 오 초가 채 안 됐다. 이골이 날 만큼 빈번하게 일어나는 일에 가능한 일이었다.

"뭐 하는 거야?"

항상 들어도 질리지 않는 목소리지만 지율은 그 어느 때보다 놀라 눈을 질금 감고 주저앉았다.

"아이고, 깜짝이야! 애 떨어지겠네!"

엄격한 목소리를 냈던 준우가 눈 하나 깜짝하지 않고 지율에게 다가섰다.

"애가 아니라 또 방광염, 신경성 위염, 피로누적, 감기, 생리불
순이겠지."

준우는 삼 개월 전 의사가 해줬던 말을 그대로 읊어주었다. 임
신이라고 믿게 했던 임신 진단 시약은 모두 불량품으로 판명이 났
고, 그 사실에 열이 받은 지율은 불량품을 판 약사에게 따지러 가
려 했다. 하지만 그럴 수가 없었다. 가고 싶어도 약국의 위치를 기
억하지 못해서였다. 준우가 수북이 쌓인 머리카락을 발견하고선
눈을 크게 떴다.

"쉬라고 했더니 하루 종일 커트 연습한 거야? 요즘 손을 왜 그
렇게 다치나 했더니 다 이런 이유에서였군. 당신, 시험이라도 볼
작정이야? 왜 이래?"

"나 연습해야 해요! 그래야! 그래야!"

지율이 일어나서 변명하듯 말했다.

"그래야 뭐?"

"그래야 당신 머리 잘라줄 수 있죠."

"뭐, 뭘 어쩐다구?"

준우가 많이 놀랐는지 말까지 더듬거렸다.

"내가 당신 머리 직접 잘라줄 거라구요."

"당신이 내 머릴?"

지율이 환하게 미소를 지으며 고개를 끄덕였다. 반면 준우는 차
마 싫다는 내색은 못하고 굳어져 있었다. 지율이 들고 있는 가위
가 백정의 칼로 보이기까지 했다.

"이 마네킹 머리 좀 보세요. 정말 잘 자르지 않았어요? 이 정도면 당신 머리도 문제없겠죠?"

준우는 지율을 사랑했다. 그것도 아주 많이. 하지만 자신의 머리를 맡기고 싶은 생각은 추호도 없었다. 결과물이 어떨 거라는 걸 뻔히 아는데 어떻게 선뜻 머리를 내어줄 수가 있단 말인가. 준우는 난감했다. 살과 피를 희생해 가며 맹연습을 하고 있는 지율을 어떤 식으로 말려야 할지 대책이 서질 않았다. 준우는 고민을 하고 나서 입을 열었다.

"나한테 해줄 수 있는 게 이것밖에 없는 건 아니잖아. 난 당신 건강 해치고 예쁜 손 망가지는 것도 싫어. 그러니까 이건 그만둬. 응?"

"당신이 나랑 앞으로 생길 우리 아이들 머리 다 잘라줄 건데 당신 머리는 내가 책임을 져야죠."

"안 그래도 돼. 그런 부담 절대 느낄 필요 없어. 그리고 마네킹하고 사람 머리는 차이가 나서 생각처럼 쉽지도 않아."

준우는 이제 식은땀까지 흘러가며 지율을 설득했다. 하지만 지율의 의지는 절대 흔들리지 않았다.

"맞아요. 마네킹하고 사람 머리는 정말 다른 거 같아요. 그래서 말인데요, 기왕 말 나온 김에 나 당신 머리 한 번만 잘라보면 안 돼요? 네?"

준우는 자기도 모르게 눈을 휘둥그렇게 뜨고 양손으로 머리를 숨기듯 부여잡았다.

"딱 한 번만! 네?"

준우는 사색이 되어 고개를 가로저었다.

"따악 한 번만!"

지율이 애원을 하며 앞으로 한 걸음 다가오자 준우는 이제 뒷걸음질을 쳤다.

"아잉! 따아아아악 한 번만!"

떼를 쓰며 달려드는 지율을 피해 준우는 냅다 도망을 쳤다.

"안 돼!"

"아무래도 애정이 식은 거 같아!"

지율은 요리조리 내빼는 준우를 어떻게든 잡아서 자신의 목적을 달성하려 했다. 하지만 그러기엔 준우가 너무 민첩했다. 지율은 머리를 굴리기로 했다. 준우가 침실로 들어가 문을 잠그자 지율은 거실 바닥에 조심스럽게 누운 후 두 주먹으로 바닥을 쿵쿵 내려쳤다. 그와 동시에 비명, 울음을 터뜨렸다.

"아악! 앙앙!"

침실 문이 열리고 준우가 놀란 얼굴을 해가지고 나와 지율에게 얼른 다가왔다.

"괜찮아? 괜찮아?"

지율은 때는 이때다 싶어 다가온 준우의 허리를 꽉 붙들었다.

"잡았다! 헤헤헤!"

"뭐야! 나 잡으려고 일부러 넘어진 거야? 하여간 못 말려!"

준우가 어이없다는 듯 외치고선 지율을 향해 눈을 흘겼다.

"모로 가도 서울만 가면 되는 거죠. 흐흐흐!"

"내 머릴 꼭 자르겠단 말이지?"

준우가 묻자 지율은 고개를 힘껏 끄덕였다.

"좋아! 그럼, 내 머리 샴푸부터 해줘."

지율이 웃음을 거둬들이고 눈을 동그랗게 만들었다.

"머리는 혼자서 감고 나와도 되잖……."

말이 채 끝나기도 전에 준우가 지율을 번쩍 안아 들고 일어섰다.

"어허, 정석을 밟아야지. 정석을."

지율을 안아 든 준우가 욕실로 성큼성큼 다가갔다. 일이 요상하게 돌아가고 있었다. 욕실 안으로 들어가 발로 문을 밀어 닫은 준우는 지율을 내려주고선 웃옷을 훌렁 벗었다. 환한 불빛에 준우의 가무스레한 맨살이 드러났다. 지율은 적당하게 키운 근육이 아름답게 물결치는 준우의 상체에서 눈을 떼지 못했다. 준우와 눈이 마주쳤을 때 지율은 이미 육체적인 갈망으로 흐려진 눈빛을 하고 있었다. 그 눈빛이 무얼 의미하는지를 정확히 꿰뚫은 준우가 짓궂게 미소 지었다.

"어허, 손님을 그런 눈으로 바라보면 쓰나."

준우의 놀리는 말에 지율이 샐쭉한 표정을 지으며 주먹 쥔 왼손을 들었다. 그리고 밴드를 붙인 가운뎃손가락을 힘껏 펴 보였다. 심한 욕설이라고 생각한 준우가 인상을 찡그렸다.

"손님한테 뒈져 버리라니! 내가 그렇게 가르쳤나?"

"다쳐서 샴푸를 해줄 수 없단 소리예요!"

"그래?"

준우가 지율의 블라우스 단추를 풀기 시작했다.

"뭐 하는 거예요?"

"당신 머리도 감겨주고 샤워도 시켜주려구. 마누라가 아프다는데 그 정도는 해줘야지."

"내가 할게요."

"난 당신 하얀 속살만 보면 머릿속이 하얗게 비어져서 아무 말도 안 들려."

지율의 블라우스를 벗겨낸 준우가 황홀하다는 표정으로 지율의 가슴을 바라보았다.

"브래지어가 예뻐서 좋긴 한데 집에선 되도록 날 위해 착용하지 않았으면 좋겠어."

준우의 말에 지율의 얼굴이 점점 새빨갛게 변해갔다. 준우가 브래지어까지 푼 후 한숨에 가까운 탄식을 했다.

"당신, 나 몰래 가슴 확대 수술한 거 아냐? 오늘따라 왜 이렇게 커 보이지?"

준우가 손을 뻗어 지율의 가슴을 아래에서 위로 쓸어 올리자 지율이 인상을 찡그리며 몸을 움츠렸다.

"왜?"

예기치 못한 반응에 준우가 걱정스레 물었다.

"아파요."

"어디가? 다친 손이?"

지율이 고개를 가로젓고선 말없이 손가락으로 자신의 가슴을 가리켰다.

"가슴이 왜?"

준우는 혹시라도 지율이 넘어졌을 때 가슴에 상처가 난 게 아닌가 싶어 다시 한 번 유심히 살펴보았다.

"나…… 요즘 몸이 이상해요."

"어디가 어떻게 이상한데?"

지율은 다급하게 묻는 준우에게 쉽게 대답을 하지 못하고 망설였다. 준우가 답답하다는 표정으로 지율을 끌어안았다.

"이 바보야! 왜 말을 못해?"

지율은 준우의 맨가슴에 부딪칠 때 가슴이 저릿저릿하고 따끔따끔해 신음을 내지르고 싶었다. 하지만 준우의 따듯한 체온과 쿵쾅거리는 심장의 고동이 생생하게 느껴지는 게 좋아 입을 꼭 다물었다.

"당신, 나 많이 사랑하나 봐요. 그게 느껴져요."

지율이 행복한 미소를 지으며 자신의 볼을 준우의 가슴에 비벼댔다.

"그걸 말이라고 해? 아마 당신은 상상도 못할걸, 내가 당신을 얼마나 사랑하는지."

지율은 기분이 좋다는 듯이 웃음을 터뜨리곤 준우에게 더 파고들며 자신을 밀착시켰다.

"만약에…… 내가 배불뚝이가 돼서 뒤뚱거리고 다니면요?"

"그래도 사랑할 거야."

"아기 낳고 수유하느라 엉덩이도 커지고 가슴 처지면요?"

"그래도."

준우가 고개를 숙여 지율의 어깨와 목덜미, 귓불을 살짝살짝 깨물며 대답했다. 커다란 손으론 지율의 매끈한 등을 어루만지다가 스커트를 걷고 앙증맞은 엉덩이를 꽉 움켜쥐었다. 준우의 입에서 거친 신음을 흘러나왔다.

"아프지 말고 내 곁에 오래오래 있어줘야 해."

"나, 조만간 두서너 번은 아주 끔찍하게 아플 것 같은데."

"겁주는 거야?"

"아뇨, 상 주는 거예요."

"상이라니?"

준우가 잠시 지율을 자신의 몸에서 떼어내며 물었다. 아프다는 지율이 환하게 미소 짓고 있었다.

"난 이번엔 틀림없는 것 같아요."

"뭐가?"

지율이 준우를 향해 눈을 흘겼다.

"베드, 앵베실, 이디오. 힌트를 그렇게 많이 줬는데도 몰라요?"

준우가 무슨 말인지 도무지 모르겠다는 식으로 멍해 있다가 설마하는 표정으로 입을 열었다.

"나, 아…… 빠 되는 거야?"

지율이 더욱 환하게 미소 지으며 고개를 끄덕였다.

"혹시 오늘 만우절이야?"

감격에 벅차 있지만 믿기 힘들다는 식으로 준우가 재차 확인을 하자 지율이 어이없다는 표정을 지었다.

"이게 거짓말이면 내가 갔던 산부인과 세 군데 모두 사기죄로 고소해 버릴 거예요."

준우가 어쩔 줄을 몰라 하며 두 손으로 지율의 얼굴을 붙잡고 입을 맞췄다. 그러다 이내 뭔가가 떠오른 듯 화가 난 표정으로 지율을 노려보았다.

"아니, 그런 사람이 오늘 가위질에 다치고 넘어지기까지 하면 어떡해?"

"아까 넘어진 건 다 연기였어요. 설마 내가 아기도 생각 안 하고 그랬을까 봐요?"

지율의 자백에 준우가 다시 지율을 끌어안고 뜨거운 키스를 했다. 그러다 또 뭔가가 떠오른 듯 호흡이 거칠어져 있는 지율을 놓아주고 허둥지둥 욕실을 나갔다.

"잠깐만 기다려."

잠시 후 거실에서 준우의 흥분한 목소리가 들려왔다.

"장인어른! 밤늦게 죄송합니다! 기쁜 소식 전해 드리고 싶어서요. 곧 할아버지 되실 것 같습니다. 네, 하하하! 장모님! 네! 저도 방금 들었습니다! 하하하! 좋으시죠? 저도 좋습니다! 지승이냐? 그래, 인마! 너만 아빠 되는 줄 알았지? 질투는 나의 힘이다! 하하하! 끊자, 또 전화할 데가 있어서!"

잠시 말소리가 끊겼다가 또다시 들려왔다.

"아버지, 선물 드릴게요! 지율이가 임신을 했어요! 하하하! 정말이라니까요! 아버지, 내일 아침에 올라갈게요. 지금은 긴말 못해요!"

거실 바닥이 쿵쿵거리더니 준우가 다시 욕실로 들어왔다. 입을 귀에 걸고서.

"미용실 식구들한텐 단체 문자로 보냈어!"

준우가 욕조에 뜨거운 물을 받으며 기다리는 지율에게 성큼 다가와 다시 입을 맞추며 말했다.

"사랑해. 사랑해. 사랑해."

지율이 준우의 목을 감싸며 그의 사랑 고백에 화답했다.

"나도 사랑해요."

그들의 키스는 점점 뜨거워졌고, 밤인데도 불구하고 집 전화와 두 사람의 핸드폰이 한꺼번에 울려대기 시작했다. 하지만 그 누구도, 그 무엇도 그들의 사랑을 훼방 놓을 순 없었다.

불어도 아니고 충청도 사투리도 아닌 이 우스꽝스런 이름 『The 마니끌레유』는 실제로 존재하는 미용실이다. 또한 이 글에 나온 몇몇 등장인물과 에피소드도 마찬가지임을 밝혀둔다. 소설이나 다름없는 그들의 인생이 그냥 묻혀지는 게 아까워 글로 옮긴 게 오늘날의 『The 마니끌레유』다.

신문을 보고 TV 뉴스를 봐도 웃을 일보다는 인상 찡그려지는 일들이 많다. '세상에 이런 일이!' 또는 '사람들이!' 라고 덧붙일 만한 엽기적인 사건, 인물들도 만만치 않게 볼 수 있다. 『The 마니끌레유』는 웃을 일이 없는 인생에게 건네주고픈 내 작은 선물이다. 이 글을 읽고 많은 분들이 웃을 수 있으면 좋겠다. 그것만으로도 소임을 다했다는 기쁨을 누릴 수 있을 것 같다.

세 번째 소설이다. 조금이나마 발전한 모습이 담겨져 있으면 좋겠다. 읽는 이들의 마음속에 오랜 여운으로 남아지기를 소망해 본다.

제목에서부터 마지막 원고를 넘기는 순간까지 함께해 준 친구들에게도 감사함을 전한다. 〈깨으른여자들〉에서 동고동락하자고 처음 손을 내밀어준 정(情), 아낌없이 주는 르네 언니, 다정한 생강 언니, 재클린, 맥주퀸, 터프한 오데고, 막내 소빈이, 기꺼이 초대 작가 섹시한여자들에 합류해 주신 이서윤, 님사랑, 이진희, 이새인, 비연님, 또한 늘 활기를 불어넣어 주시는 독자님들, 마이문우 식구들, 청어람 출판사 로맨스팀. 그들이 있기에 글에 대한 사랑과 열정이 식지 않은 것 같다. 고맙습니다.

　　마지막으로 부족한 아내, 엄마, 며느리, 딸인 나를 한결같이 사랑해 주고 참아주며 응원해 준 우리 가족 모두에게 이 말을 꼭 전하고 싶다.

　　사랑합니다. 그대들은 신이 내게 주신 선물입니다.

─2006년 5월 김은아.